LE BANQUET DES EMPOUSES

Olga Tokarczuk

LE BANQUET DES EMPOUSES

Roman d'épouvante naturopathique

Traduit du polonais
par Maryla Laurent

LES ÉDITIONS NOIR SUR BLANC

Titre original : *Empuzjon*

ISBN : 978-2-88250-866-9

Tous les jours, il se passe dans le monde des choses que l'on ne saurait expliquer par les lois que nous connaissons au sujet des êtres. Tous les jours, évoquées sur le moment, on les oublie, et ce même mystère qui les a apportées les remporte, le secret devenant un oubli. Telle est la loi de ce que l'on doit oublier parce qu'on ne peut l'expliquer. Sous l'éclairage du soleil, le monde visible continue impavide. L'étrange nous guette dans l'ombre.

Fernando PESSOA,
Livre(s) de l'inquiétude
(trad. Marie-Hélène Piwnik).

Les personnages

Mieczysław Wojnicz
Originaire de Lwów.
Étudiant en ingénierie des adductions d'eau

Longin Lukas dit **Lion-Gris**
Enseignant au collège de Königsberg.
Catholique traditionaliste

August August
Originaire de Vienne. Socialiste, humaniste,
spécialiste en langues anciennes, écrivain

Walter Frommer
Originaire de Breslau. Théosophe.
Conseiller secret de la police

Thilo von Hahn
Originaire de Berlin. Étudiant des Beaux-Arts,
spécialiste en paysages

Herri met de Bles
Peintre flamand de paysages mystérieux au XVIe siècle

Le docteur Semperweiß
Originaire de Waldenburg.
Médecin intéressé par la psychanalyse

Wilhelm Opitz
Propriétaire de la Pension pour Messieurs.
Fier d'avoir un oncle dans la garde suisse

Rajmund
Jeune commis d'Opitz

György
Berlinois. Philosophe

Tomášek
Jeune bibliothécaire

Les charbonniers

AINSI QUE

Frau Weber et **Frau Brecht**

Gliceria
Servante et nourrice ukrainienne

Klara Opitz
Épouse de Wilhelm Opitz

Sydonia Patek
Infirmière

La jeune femme au large chapeau

Sainte Émérencie
Grand-mère mythique de la Vierge Marie

Les *Tuntschi*

Les habitants innommés
des murs, planchers ou plafonds dont
Nous, les empouses,
spectres de la déesse Hécate

1

La Pension pour Messieurs

La vue est obstruée par les volutes de vapeur échappées de la locomotive et qui serpentent à présent sur le quai. Il faut regarder à travers elles pour tout voir, se laisser aveugler par la brume grise, le temps que le regard se fasse acéré et omnivoyant du passé, du présent et du futur.

Nous apercevons alors les dalles du quai, autant de carrés entre lesquels subsistent de petites plantes frêles, un espace qui veut à tout prix préserver l'ordre et la symétrie.

Peu après, une chaussure gauche y apparaît. Marron, d'un cuir qui a connu des temps meilleurs, elle est aussitôt rejointe par une autre, la droite. Celle-là semble encore plus fatiguée : elle a le bout râpé et sa tige montre des mouchetures décolorées. Les deux chaussures demeurent un instant indécises, mais la gauche finit par avancer. Son mouvement découvre brièvement une chaussette en coton noir sous la jambe du pantalon. Le noir se répète avec les pans ouverts du manteau en loden, car la journée est chaude. Une main fluette, blême, exsangue porte une valise en cuir marron dont le poids fait gonfler les veines du bras qui remontent jusqu'à leur origine dans les profondeurs de la manche. Sous le manteau, par intermittence, apparaît une veste en flanelle de piètre qualité, froissée au cours du long voyage. Rognures du monde, des petits points clairs d'une vague saleté la parsèment. Le col blanc de la chemise, de ceux que l'on fixe par de minuscules boutons, a dû être changé tout à fait récemment car sa blancheur est plus affirmée que celle de la chemise et contraste avec le teint terreux du visage. Les yeux clairs, aux cils et aux sourcils pâles, ont quelque chose de maladif. Sur le fond du ciel intensément rouge au couchant, dans ces montagnes mélancoliques, la silhouette dans son ensemble donne l'impression inquiétante d'arriver de l'au-delà.

Le voyageur se dirige vers le grand hall de cette gare aux dimensions surprenantes pour cette contrée montagneuse. Il avance avec le flot des passagers, dont il se distingue, pourtant, en marchant à pas lents, presque à contrecœur, et d'ailleurs personne ne le salue, nul n'est venu l'attendre. Il pose sa valise sur le sol aux carreaux usés pour mettre des gants chauds. Aussitôt, le droit, formant comme un cornet, se porte à la bouche pour y accueillir des quintes de toux brèves et sèches.

Le jeune homme se voûte et fouille ses poches à la recherche d'un mouchoir. Ses doigts frôlent l'endroit où le tissu du manteau dissimule son passeport. Pour peu que nous soyons concentrées un instant, nous pouvons lire l'écriture tout en fioritures du fonctionnaire de Galicie qui s'est chargé de remplir soigneusement les rubriques du document : Mieczysław Wojnicz, catholique, étudiant de l'École polytechnique de Lwów, né en 1892, yeux bleus, taille moyenne, visage oblong, cheveux blonds.

Ledit Wojnicz traverse maintenant le grand hall de la gare de Dittersbach, localité située non loin de Waldenburg. Son pas est incertain dans cette enceinte sinistre, haute de plafond, où, indéniablement, l'écho se loge sur les corniches les plus élevées. Wojnicz perçoit l'attention avec laquelle, par les guichets des caisses de la salle d'attente, des yeux le scrutent. À la grande horloge, il vérifie l'heure. Elle est tardive, c'était le dernier train venant de Breslau. L'étudiant hésite, puis sort enfin devant le bâtiment, pour aussitôt tomber dans l'étreinte généreuse de la ligne d'horizon montagneuse, irrégulière et déchiquetée.

C'est la mi-septembre, mais ici, comme il le remarque non sans étonnement, l'été est terminé depuis longtemps. Les premières feuilles mortes jonchent le sol. Les derniers jours ont dû être pluvieux parce qu'une légère brume couvre encore le paysage dans son entier, ou presque, si l'on excepte les lignes sombres des torrents. Mieczysław sent dans ses poumons qu'il se trouve en altitude, ce qui est bon pour son corps fatigué par la maladie. Debout sur les marches de la gare, il regarde, dubitatif, ses chaussures aux fines semelles de cuir. Il devra songer à en acquérir d'autres pour l'hiver. À Lwów, les asters et les zinnias fleurissaient encore, personne ne songeait à l'automne. Ici, en revanche, la hauteur de l'horizon veut qu'il fasse plus sombre tandis que les couleurs sont plus criardes, presque vulgaires. Mieczysław est alors envahi par un sentiment qu'il connaît bien – la mélancolie propre aux individus persuadés de leur mort imminente. Il pressent que ce monde autour de lui n'est qu'un décor peint sur un écran de papier. Il pourrait planter son doigt dans ce paysage monumental pour y percer un trou menant directement au néant. Et ce néant commencerait à se déverser telle une inondation, pour finalement l'atteindre lui, Mieczysław, et le saisir à la gorge. Il lui faut secouer la tête pour se débarrasser de cette vision. Celle-ci éclate en mille et une gouttelettes qui retombent sur les feuilles mortes. Par bonheur, un véhicule bancal, une sorte de calèche, caracole sur la route dans sa direction. Un garçon mince, au visage couvert de taches de rousseur, le conduit. Il est habillé d'une drôle de façon, portant une espèce de veste militaire à la provenance difficile à établir – elle ne rappelle ni l'uniforme prussien, ce qui serait justifié dans cette région, ni aucun autre – et un calot militaire, posé d'une manière fantaisiste sur la tête. Sans un mot, le cocher stoppe devant Mieczysław Wojnicz, puis prend ses bagages en marmonnant.

– Comment allez-vous, mon brave ? demande poliment l'étudiant dans un allemand scolaire.

Mais il attend vainement une réponse. L'autre tire son calot sur ses yeux et, d'un geste impatient, lui indique une place dans la calèche.

Ils partent aussitôt. D'abord sur les dos-d'âne du petit bourg, puis par la route tortueuse qui, dans l'obscurité grandissante, les mène à travers la forêt entre les versants abrupts des montagnes. Le murmure d'un torrent proche les accompagne tout au long. Il s'en dégage une odeur qui inquiète toujours Mieczysław, celle des sous-bois humides, des feuilles pourrissantes, des pierres éternellement mouillées. Celle de l'eau. Histoire d'établir un contact, le jeune homme tente de demander au cocher combien dure le trajet, comment il l'a reconnu devant la gare ou encore quel est son nom ; mais ce dernier ne répond pas, ne se retourne pas même vers lui. Il se tait. La lanterne à gaz fixée à la droite du garçon éclaire partiellement son visage dont le profil rappelle le museau d'un rongeur des alpages, une marmotte peut-être, et Mieczysław suppose que le garçon doit être sourd ou effrontément impoli.

Finalement, après quelque trois quarts d'heure, ils émergent de la forêt obscure dans une vallée incroyablement plane, un plateau surprenant entre ces montagnes boisées. Le ciel s'éteint peu à peu, mais la haute ligne d'horizon tellement troublante, qui semble sauter à la gorge de quiconque arrive des plaines, est encore visible.

– Görbersdorf, annonce brusquement le cocher d'une voix étonnamment haut perchée de garçonnet.

Mais Mieczysław ne voit rien d'autre que le mur dense des ténèbres qui, avec désinvolture, se décrochent par pans entiers des versants montagneux. Ce n'est qu'une fois que ses yeux s'y habituent qu'apparaît soudain un viaduc sous lequel la calèche passe pour pénétrer dans le village de Görbersdorf, Sokołowsko en polonais. Puis viennent les contours d'un énorme bâtiment en briques rouges, et sitôt après des constructions de taille moindre, une rue, et même deux lampadaires. L'immeuble en briques devient un colosse qui grandit à vue d'œil, tandis que le déplacement de la calèche fait apparaître des rangées de fenêtres éclairées dans l'obscurité. Leur lumière est d'un jaune sale. Mieczysław n'arrive pas à détacher les yeux de cet inattendu spectacle triomphant, il le regarde encore longtemps jusqu'à ce que cela sombre dans la nuit tel un gigantesque bateau à vapeur.

La calèche tourne dans un petit chemin latéral, le long d'un torrent, et passe un petit pont sur lequel les roues font un bruit rappelant une salve de tirs. Finalement, elle s'arrête devant une vaste bâtisse en bois, d'une architecture très particulière, qui fait penser à une maison en allumettes tant il y a de vérandas, de balcons et de terrasses. Une lumière agréable brille aux fenêtres. Sous celles du premier étage, une magnifique inscription en fer forgé, dans cette écriture gothique allemande que l'on nomme *Schwabacher*, indique « Pension pour Messieurs » :

Gästehaus für Herren

Soulagé, Mieczysław Wojnicz descend de la calèche, et il inspire profondément cet air nouveau dont on dit qu'il guérit les affections les plus sérieuses. Il y a sans doute mis trop de hâte, car le voilà pris d'une crise de toux pénible au point de le contraindre à s'appuyer contre la balustrade du pont. Et là, tandis qu'il tousse, il sent le froid et la viscosité déplaisante du bois pourri. La bonne impression initiale disparaît. Il n'arrive pas à réfréner les crispations violentes de son diaphragme, et cela provoque chez lui l'angoisse infinie d'être sur le point d'étouffer, de subir l'ultime attaque. Comme le lui a conseillé le docteur Sokołowski, il cherche à dominer sa panique, à se représenter une prairie couverte de fleurs, à penser à la douce chaleur du soleil. Il s'y efforce autant qu'il le peut, tandis que ses yeux larmoient, que son visage vire au cramoisi. Il croit être sur le point d'expectorer son âme.

C'est alors qu'il se sent saisi par l'épaule et qu'un homme grand, bien bâti, les cheveux grisonnants, lui tend la main. À travers ses larmes, Mieczysław aperçoit un visage rose respirant la santé.

– Eh bien, eh bien, monsieur. Il faut vous reprendre, lui dit l'homme avec un large sourire et de l'autorité, de sorte que le jeune arrivant, plus mort que vif à force de tousser, aurait voulu se blottir contre lui et être mis au lit comme un enfant.

Oui, vraiment. Un enfant. Au lit. Non sans une certaine gêne, Mieczysław Wojnicz passe les bras autour du cou de l'inconnu qui l'entraîne vers le couloir sentant bon le bois de pin brûlé dans l'âtre, puis l'escalier couvert d'un tapis moelleux. La montée des deux hommes fait vaguement penser à une lutte, à un sport viril où deux corps vigoureux se rapprochent et se repoussent, s'affrontent, non pas pour se faire du mal, mais bien plutôt pour se prouver leur affection et leur attachement mutuel par un duel factice. Mieczysław se soumet à la forte poigne de l'individu, se laisse conduire à sa chambre, à l'étage, s'assied sur le lit et se laisse retirer son manteau et son chandail.

Wilhelm Opitz – ainsi que se présente l'hôte en pointant le doigt vers lui-même – recouvre Mieczysław Wojnicz d'un plaid en laine avant de saisir un bol d'excellent bouillon très chaud apporté par deux mains qui apparaissent brièvement dans l'entrebâillement de la porte. Tandis que le jeune homme boit à petites gorgées, le propriétaire silésien de la pension lève un doigt – à cet instant l'étudiant comprend à quel point ce doigt est un élément essentiel chez cet homme – et déclare dans un allemand suave et quelque peu cocasse :

– J'avais écrit au professeur Sokołowski qu'il serait souhaitable que vous fassiez une pause à Breslau. Ce voyage est trop long, trop fatigant. Je l'avais bien dit.

Le bouillon diffuse son agréable chaleur dans le corps de Mieczysław et le pauvret s'endort avant même d'avoir envisagé de dormir. Tenons-lui encore compagnie un moment pour écouter sa respiration paisible, heureuses que nous sommes du calme retrouvé par ses poumons.

Notre attention à nous, habitantes des lieux, se voit maintenant happée par un rai de lumière fin comme une lame de couteau qui arrive du couloir jusqu'au pot de chambre en porcelaine sous le lit. Les fentes entre les lattes du plancher nous attirent... et nous y disparaissons.

*

À sept heures moins le quart, une sonnerie de trompette réveille Mieczysław Wojnicz, qui, un long moment, ne sait plus où il se trouve. Les fausses notes manifestes de l'air joué l'amusent et le mettent de bonne humeur. La mélodie lui semble connue, à la manière de ces choses si simples qu'elles en deviennent géniales. On a l'impression qu'elles ont toujours existé et qu'elles existeront à jamais.

Mieczysław Wojnicz est affecté de singularités qu'il n'ignore pas, mais c'est surtout son père qui, depuis l'enfance, en mesure l'incidence sur sa vie. January Wojnicz, fonctionnaire à la retraite et propriétaire terrien, a ainsi toujours géré ses particularités avec un immense savoir-faire, avec sérieux et tact, traitant le bien qui lui a été confié en la personne de son fils avec beaucoup de responsabilité et, de toute évidence, avec amour – un amour certes dénué de toute sentimentalité, de ces « minauderies de bonnes femmes » qu'il déteste particulièrement.

L'une de ces singularités, une manie au développement de laquelle January Wojnicz a contribué, est la crainte excessive de Mieczysław d'être observé à la dérobée. Il attache une attention certaine au regard d'autrui, s'assurant toujours que personne, au coin d'une maison, dans un renfoncement, par une fenêtre dont le rideau se soulève, ou même par un trou de serrure, ne le regarde en secret ! La prudence et la méfiance du père se sont muées en obsession chez le fils. Pour ce dernier, c'est comme si le regard d'autrui était une chose gluante qui se collait à lui telle la ventouse molle et répugnante d'une sangsue. Voilà pourquoi, quand il doit passer la nuit dans un endroit, il tire soigneusement les doubles-rideaux aux fenêtres, enfonce une boulette de papier dans la serrure de la porte, vérifie qu'il n'y a pas de petits orifices ou de fentes dans les parois, et va jusqu'à jeter un coup d'œil derrière les tableaux. Dans les pensions et les hôtels, être épié n'est pas une chose particulièrement inconcevable. Un jour où son père et lui s'étaient arrêtés à Varsovie pour une énième visite médicale chez un spécialiste, le jeune Wojnicz découvrit un petit trou aux bords réguliers, maladroitement dissimulé par le riche dessin de la tapisserie murale de sa chambre. Évidemment, il l'a obturé, avec une boulette de mie de pain. Quand, le matin, il a cherché à savoir qui pouvait observer les voyageurs et d'où, il a découvert un escalier de service de l'autre côté du mur. Le fait était là ! Ce n'était donc pas une obsession. Les gens vous épient. Ils adorent ça, vous regarder quand vous ne le savez pas. Ils vous jugent, ils vous jaugent. Un homme ainsi espionné est sans défense, il devient une victime aussi inconsciente qu'impuissante.

Au réveil à Görbersdorf, Mieczysław veut aussitôt donner de ses nouvelles à son père pour le rassurer. Il s'agit d'écrire seulement quelques mots, mais le jeune homme a du mal à le faire, sa main est engourdie et faible. Il concentre donc toute son attention sur son poignet, qui dirige le bout du crayon sur le feuillet couleur crème de son carnet relié de cuir. Ce mouvement nous fascine, nous, les empouses, nous l'aimons. Il rappelle les galeries tortueuses et les ornementations en spirales que les vers de terre creusent dans la terre ou que les vrillettes forent dans le bois. Mieczysław est assis dans son lit, appuyé à deux gros oreillers. Devant lui, il y a un accessoire commode, une sorte de table sans pieds. Elle repose sur un coussinet de pois secs dans lequel se calent les genoux de celui qui écrit.

Deux chiffres apparaissent d'abord, formant un « 13 », puis un bâton et une croix « IX » et, quatre chiffres à la suite composant « 1913 ». Après cela, des entrelacs se dégage le nom « Görbersdorf » aux lettres épaissies à plusieurs reprises. Le signe diacritique sur le « o » bénéficie d'une application particulière. Ensuite, le crayon progresse sur le papier avec régularité et persévérance. La mine grince, le feuillet se creuse sous les formes arrondies des lettres.

La chambre est modeste mais confortablement agencée. Deux fenêtres donnent sur la rue et le torrent, devant la maison, mais la vue en est cachée par de petits voilages au crochet. Sous l'une des fenêtres, il y a une petite table ronde et deux chaises confortables, capitonnées, déjà un peu fatiguées, mais ce sont presque des fauteuils. Un agréable petit coin pour qui voudrait s'y installer et lire. À gauche de la porte se trouve le lit, avec une tête de lit en bois magnifiquement sculptée et, à côté, une armoire. La table de toilette a été placée à droite de la porte. La pièce, tapissée d'une toile à larges bandes bleu clair, semble plus haute et plus vaste qu'elle ne l'est. Au mur, deux gravures de régions exotiques : un bouquinage de lièvres et une meute de hyènes.

Mieczysław Wojnicz livre brièvement, en polonais, ses impressions de voyage. Il convertit mille neuf cents pieds en mètres – cela donne dans les cinq cents – et reporte les chiffres sur l'esquisse de carte qui illustre son voyage de Lwów à Görbersdorf. Ses brefs commentaires concernent surtout les repas pris en route. À l'endroit « Wrocław/Breslau », il ajoute « Potage jaune de courge. En plat de résistance, de la purée avec des lardons frits et une côtelette de porc tout à fait comme chez nous. En dessert, du flan à la vanille avec de la meringue et une délicieuse compote de mûres ». Sous cela, il ajoute « Payé 5 marks ». Il a promis à son père de lui écrire quelques mots chaque jour, notamment sur son humeur, mais en réalité il ne sait pas ce qu'il ressent, aussi préfère-t-il envoyer à Lwów des menus ou des informations géographiques.

Plusieurs coups discrets sont frappés à la porte et, avant qu'il n'ait le temps de dire « Entrez », un soulier en cuir se glisse par le chambranle et ouvre doucement. Il est suivi par les plis noirs d'une jupe, les dentelles d'un tablier et un plateau avec le petit déjeuner, qui est vite déposé sur la petite table. Chaussures, broderies et tablier disparaissent aussi rapidement qu'ils sont apparus, de sorte que Mieczysław, abasourdi, a tout juste eu le temps de tirer le plaid sur lui pour se couvrir et de bafouiller un bonjour et un merci. Il a si faim que seule la nourriture l'intéresse vraiment.

Il va immédiatement le noter dans son bloc de papier à lettres : œufs durs, deux, dans de jolis coquetiers en faïence, couverts de bonnets en forme de poule ; des tranches de fromage de chèvre fumé, décorées de persil ; une noix de beurre des plus jaunes posée sur une feuille de raifort ; une coupelle de saindoux qui sent bon avec un petit couteau à tartiner ; des radis coupés en rondelles et une corbeille de divers petits pains clairs ou bruns, de la confiture d'abricot dans un pot en verre, une tasse de chocolat bien corsé et un petit pot de café.

L'ultime point mis, le bloc se referme en claquant et Mieczysław mange avec appétit tout ce qui se trouve sur le plateau, puis, revigoré par le petit déjeuner, il se lève. Après avoir mis le plaid sur son dos, il trottine jusqu'à sa valise dont, avant de commencer ses ablutions, il sort son linge de corps correctement plié. Et tandis qu'il s'essuie le visage avec la serviette qui sent bon cette odeur d'épicéa omniprésente dans la pension lui revient l'image vive de sa maison au village, celle du linge que Gliceria, en hiver, lorsqu'il pleuvait à verse, montait au grenier dans des seaux pour le mettre à sécher. Il revoit cette soupente toujours empoussiérée, les petites lucarnes appelées œils-de-bœuf, avec vue sur les champs et le petit parc. Mieczysław sent les effluves âcres des tiges pourrissantes de plants de tomates, du maïs ou des rames de haricots. Et par une synesthésie dont les principes lui échappent en partie, cette image se change en une sensation corporelle, celle de vêtements rugueux, de cols amidonnés, de pantalons aux plis fraîchement marqués au fer sur toute la longueur, et de l'étreinte d'une ceinture en cuir rigide. Parce que c'est précisément là-bas, dans cette mansarde, qu'à chaque fois qu'il le pouvait, quand il était seul, échappant à la férule paternelle, il se déshabillait complètement, s'enveloppait dans la nappe en satin aux franges caressantes pour sentir celles-ci frôler délicieusement ses mollets et ses cuisses, songeant comme il serait merveilleux que, à l'exemple des Grecs anciens, les gens puissent se vêtir de pareils chitons.

Ce matin de son arrivée, en évoquant cette toge satinée, il s'habille heureux de se sentir enfin en forme et reposé.

Nous voyons les couches de vêtements couvrir son corps maigrelet jusqu'à ce que sa silhouette – complètement différente de celle de la veille, avec sa face blême secouée de toux – pose une main sur la poignée de porte. Les yeux fermés, Mieczysław se représente la façon dont le verrait quelqu'un qui viendrait à le regarder. Il a une belle allure, celle d'un homme jeune, mince, aux cheveux blonds, avec un visage aux traits fins, en pantalon à rayures et veste en laine marron. L'instant d'après, il ouvre la porte d'un geste résolu.

Non, nous, entités féminines de ces lieux, nous ne qualifierons pas d'obsession son examen, nous parlerons tout au plus de circonspection inoffensive. Les gens devraient s'accoutumer à être observés.

*

Mieczysław Wojnicz descend vers dix heures, il a rendez-vous au sanatorium pour des examens.

La pénombre règne partout dans la pension parce que les fenêtres sont petites et rares, ce qui est typique de l'architecture de montagne. Il y a une table ovale recouverte d'une grosse nappe à motifs, un divan et quelques chaises ; près du mur, un piano peu utilisé comme en témoignent de rares traces de doigts sur le cylindre brillant couvrant le clavier et une liasse de partitions jaunies. Une petite étagère accrochée à proximité est chargée d'ouvrages sur la région, les pistes de ski et les monuments locaux. Dans un énorme vaisselier vitré se trouve un magnifique service en porcelaine blanche décorée de scènes sentimentales bleu cobalt avec des pastoureaux et des moutons.

– *Gemütlich*, chuchote Mieczysław pour lui-même, ravi de s'être rappelé un mot allemand qu'il aime tout particulièrement. Un terme absent de sa langue maternelle. En polonais, serait-ce « douillet » ? « Agréable », peut-être ?

Lui reviennent également les paroles du docteur Sokołowski, à l'époque où ce dernier commençait à le soigner et à lutter contre son apathie pour que la vie lui semble de nouveau appétissante. Oui, « appétissant », songe Wojnicz, un mot préférable à *gemütlich* parce qu'il ne renvoie pas uniquement à l'espace, mais à tout le reste. À une voix, une manière de parler, de s'asseoir dans un fauteuil, de s'attacher un foulard autour du cou, de disposer des petits gâteaux sur une assiette. Mieczysław passe un doigt sur la table recouverte d'une douce panne vert olive, et ce n'est que l'instant d'après qu'il se crispe, effrayé à la vue d'un homme maigre, aux traits marqués de rapace, avec un nez imposant chaussé de lunettes en fer, assis dans un fauteuil près de la fenêtre. Des volutes de fumée de cigarette l'entourent. La main du jeune homme se retire aussi prestement de la nappe qu'elle l'aurait fait du feu, pour se réfugier dans son autre main. L'homme, également confus de voir sa solitude découverte, se lève pour se présenter assez formellement, en allemand, avec un étrange accent silésien.

– Walter Frommer. De Breslau.

Mieczysław décline lentement et clairement ses prénom et nom, sans doute dans l'espoir que l'autre les retienne immédiatement. Les deux hommes parlent un moment, assez pour que Frommer l'informe qu'il a pour habitude de se soigner à Görbersdorf, qu'il y réside par intermittence depuis trois ans déjà. Il retourne parfois à Breslau, mais là-bas sa santé décline vite.

– Voyez-vous, Breslau est située au bord de l'eau. Au printemps, des nuées de moustiques stagnent au-dessus des habitations. Des petits moustiques, mais incroyablement agressifs. Les gens, quant à eux, souffrent de rhumatismes. L'été, il devient impossible de rester assis dans un jardin, ce qui fait que les fonctionnaires n'y travaillent que brièvement, quelques années tout au plus, puis rejoignent de meilleurs postes. Breslau est une cité où l'on est de passage, conclut-il avec une tristesse dans la voix comme s'il ressentait de la compassion pour la ville. C'est à cause de l'eau omniprésente, elle s'infiltre partout... Je supporte mal cela… dit-il encore et il se met à tousser. Voyez-vous cela, je tousse, rien que d'y penser !

Le regard de Mieczysław file vers la fenêtre derrière laquelle passe justement une joyeuse compagnie, avec des éclats de rire à tout moment. Il se dit que ces gens rient en polonais, même s'il ne sait guère comment expliquer cette impression. De loin, il n'entend pas leurs paroles.

– Est-ce que vous vous apprêtez également à emménager au sanatorium ? demande-t-il à Frommer.

Il pense que sa question provoquera un discret sourire chez son interlocuteur, mais Walter Frommer réagit avec force.

– Dieu m'en préserve, s'offusque-t-il. Il y a bien trop de monde ! De là-bas, vous ne voyez rien ! Vous ne savez rien, vous n'apprenez rien ! Vivre en troupeau est pire qu'être en prison.

Eh bien ! Mieczysław doit s'être fait d'emblée une opinion sur ce fonctionnaire, c'est un excentrique.

Apparemment, tous les deux sont timides car ils se font face un moment dans un silence embarrassé, chacun attendant de l'autre quelques mots convenus. Par chance, Wilhelm Opitz, le propriétaire, les sort de cette impasse.

– J'espère ne pas interrompre une conversation animée, dit-il et Mieczysław se demande un bref instant s'il se moque d'eux ou s'il est à ce point distrait.

Mais monsieur Opitz l'attrape par le bras d'une poigne ferme pour l'entraîner vers la porte.

– Je suis désolé, mais je dois soumettre ce jeune monsieur à l'œil attentif du docteur Semperweiß. Notre invité nous est arrivé dans un état déplorable.

Walter Frommer marmonne des paroles incompréhensibles avant de regagner sa place près de la fenêtre pour reprendre à l'identique sa position assise. Un peu comme s'il occupait là le poste de meuble fumant.

– Le docteur Frommer est un peu particulier, mais c'est un homme bien. Comme tout le monde chez moi, dit Wilhelm Opitz dans son dialecte de plus en plus agréable à l'oreille de Wojnicz lorsqu'ils s'arrêtent sur les marches devant la maison. Le commis va vous conduire auprès du docteur Semperweiß. Méfiez-vous de ce médecin, il n'aime pas les gens de l'Est européen. Il n'aime personne d'ailleurs. Vraiment, on ne peut que regretter de ne pas avoir chez nous quelqu'un comme le docteur Brehmer, ajoute-t-il songeur, quand peu après, ils arrivent au petit pont.

Mieczysław Wojnicz est témoin de la formation d'étranges rubans de brume qui, telle de la fumée, s'envolent vers les cimes.

– Peut-être connaissez-vous le docteur Sokołowski ? demande-t-il.

Le visage de Wilhelm Opitz s'éclaire et s'anime.

– Bien évidemment ! Je le connais depuis l'enfance. Il s'était lié d'amitié avec mon père qui travaillait chez lui. Ici, nous travaillons tous en relation avec les thermes. Comment vont les choses pour lui ?

Hum, Mieczysław ne sait rien de précis à ce sujet. Juste que le professeur consulte dans une clinique de Varsovie et qu'il enseigne à Lwów. Son père, January Wojnicz, le fait examiner par Sokołowski quand celui-ci vient dans leur ville. C'est sur la décision de ce spécialiste qu'il se retrouve à Görbersdorf maintenant.

– Est-il toujours aussi mince ? demande encore Wilhelm Opitz.

Mince ? Non, il n'est pas mince. Le professeur Sokołowski est un homme corpulent et robuste ! Mais Mieczysław n'a pas à répondre à cette question surprenante, car, des strates de brouillard, émerge justement Rajmund, le cocher de la veille, un adolescent que monsieur Opitz accueille d'une manière plutôt surprenante, par une tape sur la nuque. Le garçon l'accepte tel un geste absolument naturel et amical.

À présent, Mieczysław et le commis descendent tous deux, marchant le long du torrent vers le centre du village. Rajmund parle avec entrain, mais dans un dialecte tellement étrange que Wojnicz ne comprend pas grand-chose. Il observe avec intérêt les magnifiques demeures le long du chemin et les ouvriers qui réparent le réseau électrique. Rajmund lui demande s'il sait ce qu'est l'électricité.

Ensuite, ils saluent deux dames âgées vêtues de larges jupes qui sont assises sur un banc près de l'une des maisons.

– Frau Weber et Frau Brecht, dit Rajmund avec un sourire ironique et cela Mieczysław le comprend.

L'instant d'après, l'adolescent désigne avec fierté le sanatorium du docteur Brehmer, le bâtiment que Mieczysław a vu la veille au soir et qui, maintenant, lui semble encore plus imposant, d'autant que le brouillard a quasi disparu et que, d'une hauteur lointaine au-dessus de la vallée, le soleil de septembre darde généreusement ses rayons.

Rajmund s'éclipse seulement après avoir conduit Mieczysław jusqu'à la bonne porte dans le vaste couloir. À ce moment-là, une infirmière aux yeux rouges et gonflés le prend en charge. Un bref sourire aimable découvre ses grandes dents jaunies. Leur teinte est en harmonie avec la dorure corrodée d'une montre retenue par une chaînette à son tablier. Au-dessus de la poche de ce dernier, un nom et un prénom sont brodés : Sydonia Patek.

Mieczysław doit patienter dans la salle d'attente du docteur qui n'a pas encore terminé le tour des malades. Ses mains se portent donc aux revues illustrées déposées pour les patients. Ses yeux n'y trouvent nul apaisement, ils n'arrivent pas à se concentrer sur les lettres gothiques. Mais le jeune homme est surpris de trouver également une brochure en polonais, et aussitôt son regard se détend agréablement à la lecture de mots dans sa langue maternelle :

En Silésie prussienne, à un quart de lieue de la frontière tchèque et à 11 lieues au sud de Wrocław, dans la longue vallée s'étendant d'est en ouest, entre Riesengebirge et Adlergebirge dans le district de Waldenburg, se trouve le charmant village de Görbersdorf, célèbre depuis plusieurs dizaines d'années comme station climatique de montagne pour les malades poitrinaires. Görbersdorf se situe à une hauteur de 570 mètres au-dessus du niveau de la mer dans un secteur que la science médicale qualifie d'« exempt de tuberculose ». Les montagnes qui l'entourent atteignent 900 mètres. Elles protègent le village et ses centres médicaux des vents – ceux-ci y parviennent affaiblis –, de sorte qu'à Görbersdorf il règne une quiétude de l'air comme il est rare dans les vallées.

Mieczysław n'en lit pas plus, mais plie la brochure en deux avant de la glisser dans sa poche. Son attention est attirée par un meuble avec une vitrine où se trouve un torse humain en bois, sans tête, sans mains et sans jambes, avec la cage thoracique et le ventre ouverts montrant les organes internes peints en différentes couleurs. Il s'approche pour observer les poumons. Lisses, propres, polis et enduits d'une laque luisante, ils rappellent les pétales charnus d'une fleur monstrueuse ou les champignons qui s'accrochent à l'écorce des arbres. Comme ces lobes se sont adaptés merveilleusement à la forme des côtes ! Comme ils ont adapté leur vocation aérienne à la cage thoracique ! Mieczysław les examine attentivement, il essaie de regarder sous la pointe de l'un d'eux, là où sont contigus d'autres organes de diverses couleurs, ajustés les uns aux autres. Il est déçu, pourtant. Peut-être s'attendait-il à une nouveauté, sans qu'il sache laquelle. La solution d'un mystère. La cause de sa maladie. Pourquoi est-il malade, lui, et pas les autres ?

Quand il retourne à sa place, il est pris d'une inquiétude, d'une irritation qui se traduit toujours par une réaction similaire de son organisme : il transpire. Il va devoir se déshabiller et exposer son corps aux regards d'un étranger. La panique le gagne : comment dissimuler au médecin sa honteuse anomalie ? Que devra-t-il dire pour ne pas aborder toutes ces questions qui le gênent ? Comment y échapper ? Il s'y est déjà exercé tant et tant de fois.

Lorsque le docteur Semperweiß pénètre dans la salle d'attente, il n'a pas un regard pour Mieczysław. Il traverse la pièce d'un pas rapide faisant voler les pans de sa blouse blanche. D'un geste de la main, il fait signe au patient de se lever. Mieczysław Wojnicz suit le médecin presque au trot dans un immense cabinet plein de vitrines, d'appareils médicaux et d'étranges fauteuils. Bizarrement, le jeune homme n'est pas surpris de voir un grand fusil appuyé contre le bureau ; non pas un fusil de chasse, mais plutôt une carabine Winchester, avec une belle crosse joliment polie. Sans se retourner, le praticien dit à Wojnicz de s'asseoir ; et dès lors, celui-ci, partiellement dissimulé par le bureau un peu comme dans une tranchée, se sent rassuré.

Il tend la lettre du professeur Sokołowski au docteur Semperweiß, mais celui-ci ne fait qu'y jeter un coup d'œil, manifestement plus intéressé par le corps assis devant lui. Mieczysław se sent mal à l'aise sous le regard qui l'observe. C'est comme si les yeux du praticien ne voyaient pas Mieczysław Wojnicz, le patient venu de la lointaine ville de Lwów, mais juste un corps, un objet, un mécanisme. Pour commencer, sans ménagement, Semperweiß tire sur la paupière inférieure du patient pour vérifier scrupuleusement la teinte des muqueuses et du bloc oculaire. Ensuite, son regard glisse du menton aux tempes ; enfin, il dit au malade de se dévêtir jusqu'à la taille. Il jette un regard désapprobateur à la cage thoracique, puis se met à appuyer d'un doigt sur les tétons.

– Légèrement hypertrophiés, les ganglions lymphatiques également, annonce-t-il. C'est habituel chez vous ?

– Depuis quelques années, répond Wojnicz, intimidé.

Le médecin lui saisit le menton puis passe un doigt sur sa barbe de deux jours, discrète et inégale. Il palpe soigneusement les ganglions et ensuite ses doigts fermes tapotent le dos, en tirent un son sourd, un écho qui semble sortir des profondeurs de la terre. Il fait cela très soigneusement, centimètre par centimètre, tel un démineur à la recherche d'un explosif dissimulé. Cela dure une demi-heure jusqu'à ce qu'il pousse un soupir et dise au patient de se rhabiller. Ce n'est qu'à ce moment-là qu'il prend la lettre. Pour finir, en regardant par-dessus la monture métallique de ses lunettes, il déclare :

– *Phtisis.*

On pourrait croire qu'il a sifflé.

– *Tuberculosis*, la tuberculose. De nos jours, il est à la mode de parler de « *Morbus Koch* ». Vous savez cela, jeune homme, n'est-ce pas ?

Mieczysław termine de boutonner sa chemise et acquiesce de la tête.

– Pas très avancée, pour être sincère. Toute petite, un grain. *Phtisis* signifie consomption, voyez-vous.

Il prononce « *Zerfall* », le terme allemand pour « consomption » avec un plaisir manifeste, en accentuant le « r ».

– Mais ici, poursuit-il, nous savons circonvenir cela.

– Oui, avec la méthode du docteur Brehmer… intervient Mieczysław, mais le médecin agacé se lève en agitant une main en l'air.

– Oui, Brehmer avait compris que ces voyages en Italie pour soigner la tuberculose n'avaient aucun sens. Seul l'air de la montagne soigne vraiment. Un air comme ici. Vous avez vu ? demande-t-il en allant à la fenêtre où il reste pensif un moment. Ici, nous sommes dans une cuvette, ajoute-t-il avec des gestes d'une ampleur excessive comme s'il voulait faire prendre conscience à son interlocuteur de la nature du phénomène de façon péremptoire. Il y a un grand lac souterrain sous nos pieds, grâce auquel il fait plus chaud qu'ailleurs. Cet air est riche en oxygène, mais il n'y a pas de vent. La population locale n'a jamais connu de maladies pulmonaires ou d'épidémies, voyez-vous. Ici, personne n'a jamais été malade des poumons. De surcroît, l'altitude est comprise entre les limites indispensables pour soigner les maladies pulmonaires. Elle n'est pas trop élevée, elle n'accélère pas le travail du cœur, comme cela se produit dans les localités situées au-delà de neuf cents mètres au-dessus du niveau de la mer. Une forêt de sapins pousse alentour, elle sature l'air d'ozone. Or, l'ozone joue un rôle majeur dans le renouvellement du sang, ce dont bénéficie l'organisme dans son ensemble. Respirer suffira à bloquer le processus de consomption de vos jeunes poumons, monsieur. Chaque respiration contribuera à vous guérir. Voyez les choses ainsi. Pensez qu'à chaque inspiration de la lumière pure pénètre dans vos poumons.

Le médecin regarde Mieczysław Wojnicz à travers ses lunettes dont les verres agrandissent ses yeux sombres d'une manière inquiétante.

– Outre cela, nous avons ici différentes réjouissances. Vous devez juste accepter le protocole de soins, vous y conformer. Vous dire que vous êtes à l'armée.

Il s'approche de la fenêtre pour indiquer d'un signe de tête les patients qui se promènent dans le parc.

– Ce sont vos compagnons d'armes.

Mieczysław se dit qu'il n'aimera guère ce praticien. Il repense au bon docteur Sokołowski, tellement aimable.

– Voilà qui est clair pour moi, docteur, répond-il en tirant sur les manches de sa chemise. Je souhaiterais juste savoir si j'ai une chance de m'en sortir.

– Évidemment que vous en avez une ! S'il en était autrement, vous ne seriez pas venu, jeune homme. Sans la moindre chance, vous n'auriez pas eu le courage de venir. Vous vous seriez étiolé avec votre maladie, là-bas, dans l'Est. Ce sont des régions plates, n'est-ce pas ?

Mieczysław va maintenant apprendre beaucoup de choses intéressantes sur le génial docteur Brehmer, qui a acheté le village de Görbersdorf et sa région. En tout, plus de cent hectares de forêts et de terres pour y installer le sanatorium. Brehmer avait remarqué de longue date que les résultats des examens et des autopsies de patients tuberculeux signalaient toujours une disproportion entre le cœur et les poumons. Les poumons sont relativement grands et le cœur plus petit, avec des parois fines, minces, fragiles et flasques. Or, personne auparavant n'avait accordé d'attention particulière à cette corrélation, et nul n'avait songé à relier cette disproportion organique de la cage thoracique à l'étiologie de la tuberculose. Alors qu'il semble évident qu'un cœur petit et faible induit un ralentissement de la circulation sanguine et, par le fait même et de façon chronique, une irrigation sanguine insuffisante des poumons et l'épithélium pulmonaire. La tuberculose en est une conséquence. En outre, Brehmer avait étudié la répartition géographique de la maladie, ce qui l'a conforté dans l'idée de l'étiologie susmentionnée. D'après les récits de voyageurs, il apparaissait que, dans certaines régions, la phtisie n'existait pas. Il en était ainsi dans les zones plus élevées, montagneuses, et ce quelles que soient les zones climatiques : l'Islande, les îles Féroé ou les steppes kirghizes.

Les caractéristiques climatiques spécifiques des montagnes intervenaient. Une pression atmosphérique plus basse faisait que l'organisme réagissait par une activité cardiaque accrue, un pouls accéléré, car il se défendait d'une carence en oxygène. Cela menait à une augmentation de l'activité cellulaire et à une élévation de la température corporelle. D'autre part, le mode de vie et le régime alimentaire avaient leur importance : beaucoup de nourriture, de lipides surtout, du koumys, un lait de jument fermenté, légèrement alcoolisé, et un travail physique intense.

L'accélération du pouls et de l'activité cardiaque entraînait une augmentation du volume du muscle cardiaque, et dès lors un renforcement du cœur. Chez les habitants des régions évoquées, les hypertrophies cardiaques n'étaient pas rares, un phénomène opposé à celui présent chez les malades de la tuberculose.

– Mon cher jeune homme, dit le docteur Semperweiß pour terminer son laïus, vous avez là notre ordonnance complète. En Europe centrale, les secteurs exempts de tuberculose commencent à une altitude d'à peu près quatre cents mètres. On adjoint à cela la surveillance permanente d'un médecin qui régulera votre régime. De surcroît, il faut sortir marcher au grand air. La nature vous soignera d'elle-même.

Le docteur sort une feuille de papier sur laquelle il note ses conseils point par point, en les commentant tout haut d'une voix quelque peu empreinte de lassitude :

– Six semaines au moins, le mieux serait plusieurs mois. Des promenades choisies spécifiquement pour vous, par des itinéraires à déclivité variable, c'est essentiel, avec des bancs situés à peu de distance les uns des autres pour éviter la fatigue. Traitement mesuré à l'eau froide. Voilà précisément ce qui vous soulagera, jeune homme. Les médicaments, avec modération. En cas de puissants spasmes d'expectoration, je conseille de les retenir dans la mesure du possible, et si vous n'y parvenez pas, de boire à petites gorgées de l'eau froide ou de l'eau gazeuse avec du lait très chaud. En cas de saignement des poumons, Dieu vous en garde, nous avons ici recours à des poches de glace posées sur le cœur et les poumons, puis nous faisons des injections de morphine. En cas de fortes attaques de toux avec étouffement et accès de faiblesse, nous donnons d'abord à boire un excitant puissant, par exemple du champagne. En effet, monsieur, ne craignez pas le champagne ou l'alcool en général. Mais en petites quantités, évidemment. L'ivrognerie est sévèrement interdite ! En cas de fièvre, la température est d'abord vérifiée toutes les deux heures pour être confirmée. La transpiration nocturne est combattue efficacement par l'absorption de lait avec deux ou trois cuillères de cognac ou d'alcool fait maison, le soir. L'infirmière Sydonia Patek vous expliquera et vous montrera cela.

Tandis qu'il discourt, le docteur Semperweiß note ses conseils. Mieczysław, quant à lui, est admiratif de sa capacité à faire deux choses en même temps.

– Vous êtes descendu chez Herr Opitz, n'est-ce pas ? Vous viendrez chaque jour au sanatorium pour vos soins et le repos en chaise longue. Dès qu'une place se libérera, vous vous installerez chez nous. Je vous le ferai savoir. Ici tout est labile. Labile, insista-t-il. Pour l'heure, la pension de Herr Opitz est tout aussi valable pour votre santé que notre sanatorium ou celui du docteur Römpler, et les brèves promenades quotidiennes vous vaudront des joues rouges.

Le médecin se lève plein d'énergie pour tendre la feuille de soins à Mieczysław. C'est terminé, Mieczysław Wojnicz est intégré à la liste des curistes.

Maintenant, il reste assis dans la salle d'attente le temps que la vilaine infirmière lui prépare son carnet de soins et les autres documents nécessaires. Il sort de sa poche le bout de brochure plié en quatre pour en terminer la lecture.

D'une manière générale, il faut convenir que, d'un point de vue thérapeutique, il est considéré que la cure la plus efficace se fait par un séjour dans des localités comme Mérano au Tyrol, Görbersdorf en Silésie, ou Davos en Suisse, cette dernière agencée selon le modèle de Görbersdorf. Le sanatorium du docteur Römpler, fondé en 1875, est situé pratiquement au pied des montagnes et se compose d'un nombre approprié de bâtiments qui sont des villas élégantes. De la montagne au pied de laquelle se trouve le sanatorium, depuis les roches porphyriques, une canalisation de 1 140 mètres achemine une eau de source cristalline pure directement jusqu'aux salles d'eau aménagées avec élégance dans le bâtiment des bains.

Les occupations et les distractions ne manquent pas aux patients. La cure elle-même, les repas, etc., occupent une grande partie de leur journée, et la charmante région environnante de Görbersdorf invite à de nombreuses excursions. L'objectif de la cure est que le patient s'efforce de combattre la maladie par lui-même. Il s'agit de le rendre résistant, en faisant prendre des forces à son organisme. Ainsi l'évolution du mal s'arrête à ses débuts, puis la souffrance régresse peu à peu et la santé revient lentement. À force de gymnastique pratiquée régulièrement, les poumons agressés apprennent à fonctionner correctement, et l'air frais de la montagne réveille l'activité cardiaque. Les résultats de la cure à Görbersdorf se comptent parmi les meilleurs. Presque 75 % des patients recouvrent la santé.

Ce serait merveilleux de croire que lui, Mieczysław, fait justement partie de ces soixante-quinze pour cent !

2

La *Schwärmerei*

Tenant à la main le carnet où désormais seront inscrits ses soins, Mieczysław Wojnicz rentre à la pension tout en réfléchissant aux paroles du docteur Semperweiß. Le plus important, dans la cure, c'est le mode de vie. Se lever tôt, très tôt. Prendre sa température. L'inscrire dans le calepin. Avant le petit déjeuner – servi entre sept et huit heures –, gymnastique obligatoire. Après le petit déjeuner, marche et, possiblement, selon la méthode du père Kneipp, un passage aux soins par jet d'eau froide. La promenade suit un tracé établi. À dix heures, second petit déjeuner : toujours du pain frais beurré et du lait. Chaise longue sur l'une des nombreuses terrasses. Déjeuner entre midi trente et treize heures trente (soupe à base de viande, plat de viande nourrissant avec des légumes, puis dessert et jus de fruits cuits ; le dimanche, le jus de fruits est remplacé par une douceur, une pâtisserie ou un féculent sucré). Après le repas, il est impératif d'aller prendre un café au jardin d'hiver ou dans les pavillons. Puis de nouveau la chaise longue, de nouveau une promenade, mais l'itinéraire de l'après-midi doit être différent de celui du matin. Le goûter vers seize heures, seize heures trente, et le dîner à dix-neuf heures : de la viande chaude avec des pommes de terre et, sans faute, du lait chaud. Le soir, nouvelle prise de température, et quelques phrases dans le carnet pour indiquer comment l'on se sent. Beaucoup de sommeil. Aucune excitation. De bons repas nourrissants. Beaucoup de viande, de lait et de fromage de brebis. Mieczysław décide de prendre ses petits déjeuners et déjeuners au sanatorium. Les dîners, il les prendra à la Pension pour Messieurs. C'est ce qu'on lui a conseillé. Quand il déménagera au sanatorium, il y prendra tous ses repas. Un appel de trompette y invite à table.

Mieczysław Wojnicz est en proie à cette exaltation, cette bonne volonté, cette sorte d'euphorie qui vient quand on entreprend des choses nouvelles, de celles qui promettent à coup sûr un nouveau départ, celles où l'on se détache du passé pour le faire sombrer dans l'oubli. À cet instant, même le sévère et ironique Semperweiß, brusquement, lui semble être un héraut annonciateur de changement.

Chemin faisant, Mieczysław cherche à retenir la configuration des maisons et des pensions. Il observe l'édifice quelque peu surprenant de l'observatoire astronomique où le docteur Brehmer aurait étudié l'influence de l'espace interstellaire et de la météorologie sur le traitement de la tuberculose. Arrivé à l'immense bâtiment de la Villa Rosa, le jeune homme fait demi-tour.

Le soleil doré de septembre brille de tous ses feux. Mieczysław s'efforce de poser les pieds au centre des grandes pierres plates dont la route est pavée. Les deux dames âgées sont toujours sur le banc devant chez elles. En silence, elles écossent des gousses sèches et craquantes. Une fève s'échappe brusquement des mains ridées de l'une d'entre elles pour atterrir juste devant la chaussure de Mieczysław. Il la prend avec soin entre deux doigts pour la rendre à ses propriétaires, mais celles-ci, pour une raison aussi soudaine que mystérieuse, s'arrachent de leur siège et disparaissent immédiatement dans leur maison en emportant paniers et saladiers. À peine a-t-on vu l'éclat de leur jupe noire au soleil. On pourrait dire qu'il ne s'est rien passé. Mieczysław essuie la fève marron sur sa manche, elle semble parfaite. Il la lance en l'air et la rattrape. Comme il ne sait qu'en faire, il la glisse dans sa poche.

Il trouve la porte de sa pension grande ouverte, ce qui l'étonne. Devant, il aperçoit à terre un missel jeté dans une flaque. Les pages couleur crème sont déjà imbibées d'eau sale. Il ramasse le livre de prières puis entre, soudain pris d'inquiétude.

Le salon du bas est vide. Les pensionnaires doivent être en train de recevoir leurs soins au sanatorium. Mieczysław pose le missel maculé de boue sur une petite table ; il s'apprête à monter dans sa chambre quand son attention est attirée par la porte entrebâillée de la salle à manger et, sur la table de celle-ci, par des chaussures qui lui semblent familières. Sans plus réfléchir, comme hypnotisé, il va vers cette porte qu'il pousse pour regarder de plus près.

Les chaussures sont la partie terminale d'un paquet, d'une forme allongée indéterminée, qui, finalement, se révèle être un corps humain. Il est étendu sur la table de la salle à manger, celle où l'on sert les repas. Il a l'air enveloppé à la perfection dans des couches de tissus. Une multitude de jupes, de corsages, de corsets ou de mantes. Telle est l'impression qu'en a Mieczysław qui n'a jamais vu une femme de si près, ou une femme aussi immobile ; elles étaient toujours en train de passer, en mouvement, de sorte qu'il n'était pas possible de se concentrer sur elles et de noter tous les détails. Mais là, il a un corps devant lui et, indéniablement, c'est un corps inerte. Mieczysław regarde les souliers noirs à lacets qui dépassent des jupes et des jupons. Ces derniers sont brodés, avec des dentelles déjà un peu délavées et des ourlets légèrement effilochés. Les lacets des chaussures sont noués d'un double nœud parfait, et on se dit qu'il est étrange qu'une personne qui meurt l'après-midi ait si méticuleusement lacé ses souliers le matin. La jupe du dessus, dans un tissu légèrement brillant à fines rayures noires et grises, est disposée avec décence de part et d'autre de la dépouille. Vient ensuite une sorte de veste étroite, en toile sombre, presque noire, fermée par de petits boutons pareils à ceux que les prêtres polonais ont à leurs soutanes. Sous ce vêtement, un corsage blanc, assez débraillé, avec un bouton manquant dont ne reste que le fil. Le col du chemisier a été tiré jusque sous le menton, mais avec assez de négligence pour que Mieczysław puisse remarquer un sillon violacé en travers du cou, choquant sur la peau blanche.

Et finalement, Mieczysław ne peut l'éviter, il doit lever les yeux vers le visage. Troublé, il aperçoit des paupières mi-closes, et sous les cils, le fin liseré luisant des yeux. La tête est tournée vers lui comme si elle voulait lui confier quelque chose. La bouche étroite, déjà bleuie, esquisse un sourire qui lui semble ironique et absolument déplacé. Les pointes de ses dents, déjà sèches, sont visibles sous la lèvre supérieure. Un fin duvet clair parsème le visage.

Le jeune homme se fige au point de ne plus respirer.

En fait, il a immédiatement reconnu la femme qui lui avait apporté son petit déjeuner le matin. Il a surtout gardé en mémoire la chaussure qui avait repoussé la porte. Et les formes généreuses, serrées dans un corset. Rien d'autre. Ce n'est que là, après sa mort, qu'il lui est possible d'examiner cette femme dans son entier.

– Elle s'est pendue, déclare Wilhelm Opitz, debout sur le seuil.

Mieczysław sursaute, effrayé par la voix basse et puissante du directeur. Opitz l'informe comme s'il lui rapportait un laisser-aller répréhensible, un événement inacceptable. Mais avec toutefois un tremblement dans la voix.

– Tranquillisez-vous, monsieur, les gens de la morgue arrivent pour emporter la dépouille. Rajmund est allé les chercher.

Mieczysław ne sait pas quoi dire. Il a la langue totalement sèche et une boule dans la gorge.

– C'est arrivé quand ? parvient-il juste à demander.

– Quand ? Maintenant. Enfin, il y a une heure. Je suis monté la voir parce qu'elle n'était pas venue réceptionner les légumes du livreur. Elle était pendue. J'ai coupé la corde. Allez dans votre chambre, mon garçon. Ah, voilà les croque-morts.

– Elle m'a apporté mon petit déjeuner ce matin, dit Mieczysław, et, malgré lui, sa voix est émue. C'était votre bonne, n'est-ce pas ?

– Non, pas du tout. C'est ma femme.

Opitz a un geste de la main comme s'il chassait une guêpe, puis il ouvre la porte aux sinistres employés de la morgue, qui s'adressent à lui, tout bas, en dialecte. Mieczysław se retire de la salle à manger. Tandis qu'il gagne rapidement l'étage, il entend leurs voix étouffées mais ne comprend pas ce qu'ils se disent. La conversation lui semble une suite de grommellements d'individus qui n'ont aucun besoin de paroles pour se comprendre.

*

Mieczysław Wojnicz s'installe dans le fauteuil roux décoré d'une têtière au crochet. Il est bouleversé. Bizarrement, il n'avait pas envisagé que le sympathique Wilhelm Opitz ait une épouse. Il aurait dû savoir qu'il est d'usage que les hommes soient mariés à des femmes, lesquelles ne sont pas toujours visibles, ou mises en valeur, qui contribuent aux intérêts de la famille en cuisine ou à la buanderie. Absorbé par ses propres affaires, son arrivée et sa maladie, il n'a pas remarqué madame Opitz. À présent, elle est morte.

Soudain Mieczysław se sent envahi par un flot de souvenirs. La défunte le renvoie d'une certaine manière à sa nourrice. Il ne se la rappelle que presque transparente, une silhouette floue avec des contours imprécis, indistincts. Une Gliceria toujours en retrait, en mouvement, juste un déplacement d'air. Enfant, il jouait avec elle, il voyait ses mains et leur peau fripée qu'il saisissait entre deux petits doigts, il faisait semblant d'être un jars ; on disait qu'il pinçait sa nourrice, mais lui voulait tendre cette peau pour donner une allure presque jeune à sa main. Fantasque, il allait jusqu'à imaginer que s'il étirait entièrement Gliceria – ce prénom extravagant était très populaire parmi les paysannes de Lwów, à l'époque –, s'il modifiait sa seule apparence, il parviendrait peut-être à sauver sa nounou de la vieillesse. Mais il n'y est pas parvenu. Gliceria resta vieille et le devint encore plus. Lorsque Mieczysław eut sept ans, elle est partie parce qu'elle peinait de plus en plus à faire son travail, la lessive, le repassage et le ménage. D'ailleurs, le père de Mieczysław estimait que son fils n'avait plus besoin d'elle et que l'internat la remplacerait. Il avait inscrit son garçon dans une école avec pensionnat, non sans avoir convenu avec le directeur, monsieur Szuman, des conditions de sa formation. Malheureusement, le jeune garçon, alors appelé « Miecio » par son père et son oncle, n'est pas resté longtemps dans cette institution. Par la suite, auprès de ses amis et relations, January Wojnicz a justifié cet échec par un « excès de sensibilité » et une « certaine inadaptation ». Pour le garçonnet, l'explication a été l'humiliation suprême, mais pour le père une tentative désespérée de donner un sens à une situation affligeante.

À quelque chose malheur est bon, comme le dit le proverbe, et Miecio a alors été scolarisé à la maison, avec un précepteur engagé à plein temps pour lui, bientôt suivi d'un deuxième, puis d'un troisième. C'était très onéreux et nerveusement épuisant pour son père, car les enseignants appartiennent aux êtres parmi les plus capricieux. Rien ne leur plaît jamais, ils récriminent tout le temps.

January Wojnicz considérait que tous les malheurs de la nation, de même que les échecs éducatifs, étaient dus à une formation trop douce, efféminée, faite de sensiblerie et de passivité, que la mode du jour appelait l'« individualisme ». Il n'aimait pas cela. Ce qui comptait et compte toujours à ses yeux, c'est la virilité, l'énergie, le travail pour la société en général, le rationalisme, le pragmatisme... Il apprécie tout particulièrement le terme « pragmatisme ».

Il avait une cinquantaine d'années, avec des cheveux noirs qui n'avaient quasiment pas grisonné, une barbe fournie qu'il rasait avec fureur pour ne laisser qu'une magnifique moustache. Autrefois, il la soignait et modelait avec des baumes fixant, élaborés à base de gras animal. Depuis sa petite enfance, Mieczysław se souvenait ainsi de l'odeur de graisse rancie tellement caractéristique de son père, comme une seconde peau odorante. Pourtant, depuis quelques années, January ne façonne plus sa moustache et, pour tout soin, il s'asperge après chaque rasage à l'eau de toilette anglaise Bay Rum. Il est un homme *gracieux*, comme l'on dit à Lwów. Beau et plein de dignité. Il aurait aisément pu se remarier. Mais l'ingénieur senior January Wojnicz a perdu tout intérêt pour les femmes, comme si la disparition de son épouse lui avait fait perdre confiance dans le sexe faible, comme s'il s'était senti trompé, ou même déshonoré par elle. Sa femme avait mis un enfant au monde et elle était morte ! Quelle impudence ! Mais peut-être était-ce parce que aucune femme n'arrivait à la cheville de sa défunte épouse, la mystérieuse demoiselle de Brzeżany, fille unique d'un notaire, veuf lui aussi.

La mère de January Wojnicz, déjà, était disparue trop tôt. Quelque chose allait mal avec les mères. Tout portait à croire que, emberlificotées dans leurs dentelles, elles accomplissaient un travail terriblement dangereux et risquaient leur vie dans leurs boudoirs ou leurs chambres à coucher. Qu'entre les marmites en cuivre, les draps, les serviettes de toilette, les poudres à joues et les piles de menus, un pour chaque jour de l'année, elles menaient une existence mortellement risquée. Dans l'univers familial de Mieczysław Wojnicz, les femmes connaissaient une vie nébuleuse, courte et dangereuse, puis elles mouraient, laissant le souvenir de formes passagères privées de réalité. Leur présence au monde relevait d'une raison floue, réductrice, lointaine et momentanée, assimilée à une nécessité génétique.

À l'époque où Mieczysław devait encore aller à l'école, au nom d'un meilleur enseignement et d'une véritable éducation masculine, son père a décidé de vendre une partie des terres et du patrimoine de sa mère pour acheter à Lwów un appartement confortable et clair, où il a emmené Gliceria en qualité de cuisinière, domestique et intendante. De la sorte, comme il convient pour une famille respectable, quoique incomplète, père et fils sont devenus des bourgeois de Lwów.

Une excellente décision. En investissant son argent dans la modernité, January s'est conduit de façon pragmatique et, finalement, il a tiré de grands bénéfices du fait d'avoir un logement en ville. Ses nouvelles affaires ont pris de l'allant, et il a été plus aisé pour lui d'y veiller en étant sur place qu'à distance, dans l'indolente province de Galicie d'où le moindre déplacement en ville prenait des allures d'expédition au-delà des mers. January Wojnicz est un homme entreprenant et audacieux. Avec une partie de l'argent des biens vendus, il a acheté une modeste maison et une briqueterie dans un village près de Brzeżany. Il a placé le reste de la somme dans des actions des chemins de fer de Galicie, et l'ensemble lui a assuré un revenu important, qui lui permettait de vivre aisément à un niveau respectable avec son fils. Il est prudent et économe à la limite de l'avarice, il fait rarement des achats, mais toujours de qualité.

Évidemment, des tentatives ont été faites afin de le remarier. Mais pour January Wojnicz, sa défunte épouse était devenue un être tellement exceptionnel, tellement idéal, que toutes les femmes de la terre pouvaient à peine prétendre être son ombre pitoyable, ne méritant aucune attention, irritantes même, un peu comme si elles cherchaient à imiter maladroitement la merveille que madame Wojnicz avait été.

Et c'est ainsi que la seule femme dont Miecio se souvient un tantinet, qu'il a approchée et vue dans le détail, c'est précisément Gliceria. Elle l'avait un peu materné, du moins à la cuisine, où elle lui donnait de bonnes choses à manger ; mais dans la mesure où son pouvoir se terminait dans le couloir, avec interdiction de passer le seuil des autres pièces, le petit Miecio n'était cajolé que dans la cuisine, où cette femme cherchait à compenser le fait qu'il était un orphelin, en lui offrant un peu de miel de sarrasin sur une assiette ou en coupant le croûton craquant du pain pour le lui donner, avec une grosse couche de beurre frais. Pour Mieczysław, la nourriture bénéficie toujours de connotations agréables.

Le petit Miecio avait accueilli ces manifestations d'affection avec une reconnaissance qui aurait pu avoir des chances de se transformer en attachement et en amour, mais son père ne l'a pas permis. Pour January Wojnicz, Gliceria était une servante, rien de plus. Aucune familiarité envisageable. Jamais. En outre, il ressentait une certaine méfiance à l'égard de cette femme rondouillette, vieillissante, dissimulée sous des jupes, des volants et des bonnets. Il méprisait son embonpoint, soupçonnant qu'elle se nourrissait à ses dépens, raison pour laquelle il la payait moins qu'il n'aurait dû.

Gliceria a été remplacée par Józef. Ce dernier leur préparait le plus souvent des *pierogi* et du poisson frit qu'il achetait au marché. Les dimanches, père et fils allaient au restaurant rue Trybunalska où ils faisaient bonne chère avec un repas composé d'un potage, d'un plat et d'un dessert, avec un alcool et du café pour January – de quoi se convaincre, en somme, qu'il est possible de se passer des femmes et des cuisiniers incapables.

Quand Mieczysław Wojnicz a aperçu le cadavre sur la table du salon, le souvenir de Gliceria lui est pleinement revenu en mémoire, avec tous les détails qui déterminent une allure de femme. Les plis, les fronces, les volants, les basques, les dentelles, tout ce paganisme de matières dont la fonction est de dissimuler le corps féminin. Il a reconnu dans le paquet inerte étendu sur la table quelque chose de son enfance et de sa mère, mais surtout de sa Gliceria, même si celle-ci a quitté leur maison en larmes et fâchée contre January Wojnicz, qui l'avait humiliée et accusée injustement.

Bouleversé et inquiet, Mieczysław entend des déplacements de meubles et des paroles sourdes. Sans plus tergiverser, il décide de s'échapper de cette maison devenue le lieu d'une mort violente. Il parvient à traverser le salon sans être aperçu et c'est avec soulagement qu'il commence une longue randonnée afin de ne pas revenir à la pension trop vite.

Dans Görbersdorf même, il n'y a pas beaucoup de chemins de promenade, outre celui emprunté par les curistes du sanatorium jusqu'en haut du village. En le suivant, on croise une petite chapelle en bois, jolie à voir, et derrière elle, le long de la rue principale, des demeures plus imposantes avec leur nom inscrit en lettres décoratives sur le fronton : Villa Élise, Villa Schweiz, Villa Adélaïde, et autres du même genre.

À proximité de la chapelle, la route se divise. Il est possible de tourner à droite pour rejoindre le parc, le traverser en longeant de modestes thermes jusqu'à une petite église orthodoxe, récemment élevée là, probablement pour des curistes orthodoxes, des Russes que Mieczysław Wojnicz a déjà remarqués tant ils se distinguent par leur richesse ostentatoire et leur conduite bruyante à en être insupportable. Au-delà de cette église se trouvent deux étangs sur lesquels des cygnes nagent paresseusement ; ensuite, près de la route, il y a encore plusieurs villas et un restaurant huppé dans lequel Mieczysław serait volontiers entré, ne serait-ce que pour prendre une limonade, mais il fait vite marche arrière quand il y aperçoit le rigide Walter Frommer. Derrière le restaurant, une pente abrupte et boisée s'élève très haut, elle jette sur l'église et les étangs une ombre permanente, humide et dense.

Dans le cas où l'on opterait pour la route allant tout droit – ce que fait finalement notre Mieczysław après un demi-tour –, on grimpe toujours plus haut, on traverse une infinité de petits ponts, puis de passerelles, surplombant un torrent sinueux. Les maisons rapetissent comme si l'exigeait le principe « plus haut donc plus modeste ». La dernière est une cabane forestière en rondins, assez imposante, habitée par un vieux couple. Dans le jardin, il y a un tout petit moulin à vent, des oiseaux et des animaux domestiques miniatures sculptés dans du bois. Tous les promeneurs s'y arrêtent pour se reposer un instant en regardant la ménagerie, avant de reprendre la pente abrupte à travers la forêt de plus en plus sombre. La piste en terre battue se transforme alors en un étroit chemin caillouteux, parfois emprunté par des charrettes tirées par des bœufs et qui descendent des montagnes des grumes ou des sacs de charbon de bois d'une merveilleuse couleur brun sombre.

Mieczysław marche donc et regarde les riches façades des élégantes maisons, puis une fois qu'il les a toutes vues, il se met à ramasser les premières feuilles tombées. Les érables sycomores qui poussent nombreux en cet endroit et les quelques tulipiers sont les premiers à rougir. Wojnicz se laisse aller à son plaisir de rechercher les feuilles aux plus belles teintes, à un point tel qu'il en oublie ce qui est arrivé à la Pension pour Messieurs. – Quant à nous, si bien informées, nous n'avons pas encore parlé de l'herbier qui est toujours dans sa valise, mais qui trouvera bientôt sa place définitive sur la table de nuit où il sera fréquemment ouvert. Mieczysław décide aussitôt qu'il va collecter les feuilles des arbres locaux dont les couleurs sont fascinantes comme cela n'arrive qu'en montagne. L'on trouve certains d'entre eux à Lwów, bien sûr, par exemple l'érable – maître des vertus kaléidoscopiques du feuillage ! – ou même le hêtre, dont la zone de peuplement coïncide avec l'espace remarquable appelé Europe. D'ailleurs, ne devrait-il pas se trouver sur le blason de cette dernière ? Les autres plantes se fanent déjà… Il est donc clair que l'herbier de Wojnicz s'enrichira uniquement de feuilles d'arbres, puisque commencent les agapes de leurs envols, comme si la proximité de la morte avait activé dans ces arbres des réserves d'une énergie inouïe qui, au lieu de s'employer à retenir la vie, s'appliquait à fêter le trépas.

*

Ce jour-là, le dîner a lieu très tard.

Les ténèbres sont tombées depuis longtemps. Dans la salle à manger, une seule lampe électrique est allumée au-dessus de la table, on devine un insecte mort dans l'abat-jour. La lumière jaune tombe sur la nappe en lin brodée. La broderie ancienne, délavée, représente des grappes de sureau noir aux fruits mûrs. Sous cet éclairage, les assiettes blanches, les fourchettes et les couteaux miroitent.

Quant à nous, qui sommes des spectatrices assidues, nous considérons que le plus intéressant reste toujours dans l'ombre, là où prévaut l'invisible.

Or, sous la table, nous voyons cinq paires de jambes, et bientôt une sixième se joindra à elles. Toutes sont chaussées. Nous reconnaissons les premières – la paire légère qui la veille est arrivée à la gare –, des chaussures en cuir à semelle fines, désormais sagement immobiles l'une à côté de l'autre. À leur gauche, il en est tout autrement. Deux souliers remuants, noirs à bouts blancs, nullement indiqués pour la montagne. Ils semblent plutôt urbains, venus directement d'une galerie d'art ou d'un passage couvert de grande ville. Certes, leur élégance est déjà très entamée, mais nous aimons leur mouvement permanent, avec les talons qui se lèvent et retombent alternativement. Plus loin viennent deux magnifiques bottines en cuir, cirées, lacées jusqu'au-dessus de la cheville. Leur surface impeccable reflète l'éclairage de la pièce par touches diffuses. Un peu comme de la lumière en exil. Leurs bouts se touchent dans une position enfantine. À la place encore libre vont apparaître des sabots. Les pieds avec de grosses chaussettes vont les quitter, abandonnant leurs urnes cinéraires pour jouer ensemble, marcher l'un sur l'autre et se frotter mutuellement. Ensuite nous voyons une triste chaussure sans lacets dans laquelle plonge un talon mince, en chaussette tricotée à la main. L'autre mocassin repose sur un genou, où le caresse une main fine aux ongles pâles qui semblent phosphorer dans la pénombre. Quelle tristesse que cette main, cette fine ossature et ces ongles laiteux ! Puis ce sont des derbys élégants en peau véritable avec de grands pieds en chaussettes de laine. L'un d'eux se tient tranquille, l'autre tape le sol, avec colère semble-t-il et de façon arythmique.

Mieczysław Wojnicz se présente à tous brièvement, il lui semble que la gravité du moment n'autorise guère plus. Il cherche en outre à ne pas donner l'occasion aux commensaux de le questionner. Les présentations sont faites avant qu'il ait pris place à table. Rajmund apporte le plat de viande. À la gauche de Mieczysław est assis Herr August, August August, dont les parents, dans un accès d'humour anarchiste, lui ont donné pour prénom leur propre patronyme. Il est professeur de grec et de latin. Pour un individu né à Iaşi en Roumanie, il a des traits étonnamment nordiques, des cheveux coiffés à la brillantine et des mains soignées. Vêtu d'une redingote gris clair, il porte autour du cou une écharpe vert céladon. Une repousse de barbe attend la lame du rasoir, mais, au vu des turbulences du jour, le professeur n'a sans doute pas trouvé le temps. La place suivante est occupée par le rigide conseiller de Breslau, le col boutonné jusque sous le menton. Monocle à l'œil, Walter Frommer ne cesse de prendre son mouchoir d'un blanc impeccable, à monogramme brodé, pour essuyer la sueur de son front. Une discrète rougeur sur ses joues pâles signale une poussée de fièvre. Ou peut-être pas, il se peut qu'il soit tout simplement bouleversé par la situation. Étant donné qu'il ne mange pas de viande, son assiette, la seule déjà remplie, contient un petit tas de pommes de terre arrosées de beurre fondu, à côté desquelles un œuf sur le plat lance de joyeuses lueurs.

Près de Walter Frommer se trouve la chaise du propriétaire, monsieur Opitz. Elle reste vide. Ses hôtes l'attendent, ne sachant comment s'exprimera son deuil. Plus loin, c'est Thilo von Hahn qui s'est assis, l'étudiant particulièrement maigre et blême venu de Berlin. Son front haut et bombé se couvre de gouttes de sueur comme celui de Frommer. Ses yeux brillants de fièvre semblent renvoyer tout ce qu'ils voient. Il fixe son assiette, et le morceau de viande, comme s'il ne s'agissait pas d'un aliment, mais d'une chose qui venait de tomber tout à coup de l'espace, à la faveur d'un tour de magie. De temps à autre, Thilo lance à Mieczysław un regard plein d'espoir, comme inspiré par la proximité générationnelle. Celui-ci ne sait guère comment y répondre. Il détourne les yeux vers l'homme imposant à la chevelure grise foisonnante, qu'en pensée il nomme immédiatement Lion-Gris. Il s'agit de Longin Lukas, de Królewiec – la Königsberg des Prussiens –, qui se qualifie lui-même de « gentleman », et, ce faisant, rentre les joues comme s'il était un œnologue en train de goûter un vin très singulier d'origine inconnue. Personnification de la bonne santé, bien bâti, avec un torse masculin idéal, Longin Lukas est agréable à regarder. Difficile de croire qu'il est souffrant. Difficile également d'évaluer son âge. Il porte une veste anglaise en tweed, un chandail fait main en laine gris noir. Le tout semble avoir déjà bien servi et connu des temps meilleurs.

Wilhelm Opitz apparaît enfin sur le seuil. Il considère la tablée sans un mot, ce qui accroît le caractère dramatique de l'instant, puis dirige son regard vers le milieu de la table, là où, quelques heures plus tôt, reposait la dépouille de madame Opitz.

– Messieurs, il me faut vous informer officiellement du décès de... du décès de mon épouse. Je sais que la manière... les circonstances...

Tous se lèvent, le bruit des chaises couvre brièvement les paroles du directeur. Herr August est le premier à se diriger vers Wilhelm Opitz pour lui présenter ses condoléances :

– Nous compatissons. C'est bouleversant ! dit-il, puis il se tait un instant comme s'il voulait illustrer le caractère inexprimable de ses propres émotions, avant d'ajouter rapidement un banal : mais, vous le savez, monsieur, la vie doit continuer.

Ils répètent tous des phrases similaires, avec diverses variantes, en allant serrer la main du directeur à tour de rôle.

– J'avais l'intention de dîner seul, répond Opitz, mais permettez-moi, messieurs, de rester avec vous. Ce sera pour moi un soutien, cela me donnera du courage. Vous n'avez rien contre l'accueil d'un veuf à votre table ? demande-t-il avec un faible sourire (ce doit être une tentative d'humour). Hélas, Rajmund a dû s'occuper du repas de ce soir, j'espère que ce sera mangeable.

Une fois qu'ils sont tous assis, le silence s'installe pour un temps, uniquement troublé par des raclements de gorge, des grincements de chaises discrets ou encore les mots qui accompagnent les plats de pommes de terre ou de viande que l'on se passe.

– Eh bien, je vais le dire en dépit de la tristesse du moment : nous ne saurons jamais ce que veulent les femmes, énonce finalement Lukas, en philosophe, avant de se mettre à couper sa viande.

Mieczysław juge ces paroles trop violentes, s'il s'agit de commenter la situation.

La viande est particulièrement dure, Rajmund a préparé le repas à la hâte, donc un peu n'importe comment, et il est difficile de s'en étonner. D'ailleurs, les pensionnaires se seraient contentés de pain et de fromage ou seraient volontiers allés dîner au restaurant du sanatorium, ce soir-là. Mais Wilhelm

Opitz est un gestionnaire scrupuleux, aussi a-t-il donné des consignes pour le dîner.

Ils mangent tous en silence, plus ou moins perturbés par ce qui est arrivé. Ils ne vont pas au-delà d'un « Merci », d'un « Je vous en prie », ou de petits grognements entendus. Il semble d'ailleurs que seul Mieczysław Wojnicz, revenu du sanatorium avant l'heure habituelle, soit conscient qu'ils se restaurent à la table sur laquelle, à midi, reposait encore la dépouille de madame Opitz. Sans doute est-ce la raison pour laquelle il n'arrive pas à saisir ses couverts. Le sympathique monsieur August, en voisin serviable, a déjà déposé sur son assiette un morceau de viande et l'a même nappé de sauce. Le jeune homme a pourtant autre chose devant les yeux. Son assiette se trouve exactement à l'endroit où gisait le pied de l'épouse du directeur. Amas de tissus, bas, peau, muscles…

Par nature, monsieur August oublie aisément ce qui est désagréable. En outre, à la vue de la viande, sa bonne humeur lui revient manifestement. Aussi, en s'acharnant sur son morceau, il reprend la parole le premier :

– J'estime, cher ami – et là, il regarde Wilhelm Opitz –, qu'en aucune façon nous ne devrions nous sentir coupables de ne pas avoir retenu cette personne de… du fait que nous n'avons pas empêché… Ne dit-on pas que l'on ne peut agir rationnellement que lorsque l'on se trouve dans le domaine du rationnel ? Là où les motivations d'autrui échappent à l'intellect, il ne reste qu'à conserver son calme.

– Je vous remercie, professeur. Vous l'avez bien formulé, déclare Wilhelm Opitz en écrasant ses pommes de terre à la fourchette.

– Je peux vous rassurer, messieurs, intervient Frommer. Des études scientifiques ont montré que le cerveau des femmes fonctionne d'une manière complètement différente du nôtre, il aurait même une autre structure. Avant tout, c'est une question de dimensions, associées au développement d'autres éléments. Là où chez l'homme se situe la volonté, chez la femme se trouve le désir. Là où l'homme s'y entend en chiffres et plus généralement en structures, chez la femme se trouve la maternité…

– C'est exact, le cerveau de la femme est tout simplement plus petit, ce qui est incontestable. Des recherches objectives le démontrent, interrompt de façon péremptoire Lion-Gris, la bouche pleine de nourriture.

– Il faut avouer que, lorsque parfois l'on parle avec les femmes, poursuit Frommer, sa veste boutonnée jusqu'au menton, l'on peut avoir l'impression qu'elles donnent des réponses sensées et pensent comme nous. Or, ce n'est qu'une illusion. Elles imitent notre mode de communication – Walter Frommer insiste particulièrement sur le mot « imitent » –, et certaines, il faut l'avouer, sont très bonnes à cet exercice.

– Donc, elles imitent… hésite monsieur Opitz comme s'il réfléchissait à un fait concret.

– Elles ne savent même pas qu'elles font semblant. C'est un réflexe, un instinct.

Les commensaux mâchent un moment la viande qui leur résiste. Mieczysław la recracherait volontiers, mais cela ne se fait pas. Il doit parvenir à l'avaler.

– Cher monsieur Opitz, dit August August – et Mieczysław redoute qu'il ne veuille porter un toast –, cher monsieur Opitz, notre ignorance nous est pénible. Je ne voudrais pas me montrer indélicat, et je le dis au nom de nous tous, mais cela nous aiderait si vous nous disiez ce qui est arrivé. J'ose espérer que vous ne trouverez pas ma demande impolie.

– Je vais dans votre sens, intervient Lion-Gris en levant une fourchette avec un bout de viande. L'inquiétude vient de l'ignorance. Que diable, soyons des hommes, affrontons la vérité, serait-elle effroyable, ajoute-t-il.

– Qu'est-ce qui l'a poussée à ce geste terrible ? poursuit monsieur August. Je l'ai encore vue hier, et aujourd'hui elle n'est plus là !

Le silence s'installe, il est impossible de voir le visage de Wilhelm Opitz car il baisse la tête, fixe son assiette et tripatouille les pommes de terre avec sa fourchette.

– Je l'ignore, finit-il par dire, et dans sa voix pointe une impuissance qui pousse à le croire. Je l'ignore, tout simplement, reprend-il – et quand il les regarde, Mieczysław jurerait que des larmes brillent dans ses yeux –, sa famille lui manquait peut-être ? Elle était originaire de Bohême.

Wilhelm Opitz se retourne sur sa chaise pour indiquer d'un geste de la main les fenêtres au-delà desquelles, de l'autre côté des montagnes, vivent les Tchèques.

Un silence plus long s'installe, perturbé uniquement par les grincements désagréables à l'oreille des fourchettes en train de lutter sur la porcelaine avec la viande insuffisamment cuite.

– Nous ne pouvons pas traiter le geste d'une femme comme étant absolument conscient, reprend Frommer. La psychologie féminine a prouvé que la femme est simultanément sujet et objet, de sorte que ses choix ne peuvent être que partiellement conscients…

Longin Lukas, qui, tout comme Mieczysław, ne parvient pas à venir à bout de sa viande, pour détourner l'attention du fait qu'il repose ses couverts, cherche à clore le dîner sur une note aimable :

– Par nature, les femmes sont plus délicates et plus sensibles, et c'est pourquoi elles sont si facilement enclines à commettre des actes irréfléchis.

– À la suite de tout ce qui s'est passé ici… commence Frommer, mais il s'arrête comme s'il venait d'oublier ce qu'il voulait dire au milieu de sa phrase.

Les autres attendent la suite, mais rien n'arrive, aussi se remettent-ils à mâcher la viande trop dure, en silence. Mieczysław se raidit, bâillonné par le bout de viande qu'il a en bouche. Il voudrait poser des questions sur tel ou tel point, mais en la circonstance, c'est impossible. Finalement, il parvient à recracher discrètement ce qu'il mâchouille dans son mouchoir pour l'enfouir ensuite dans une poche, profitant de ce que l'attention des commensaux est tournée ailleurs, vers Wilhelm Opitz qui, le repas terminé – tandis que Rajmund débarrasse plutôt maladroitement les assiettes, manquant de renverser au passage la carafe d'eau et laissant tomber des couverts au sol –, va chercher une liqueur de sa fabrication dans le vaisselier. À cette vue seule, autour de la table, la tension baisse notablement.

– Les nouveaux venus n'y ont pas encore goûté, dit le maître des lieux en se tournant vers Mieczysław. Dans l'Est, là-bas, vous n'en avez certainement pas du comme ça ! Voici notre *Schwärmerei.*

– Le docteur Semperweiß la conseille pour les poumons, explique Lion-Gris en serrant les lèvres comme s'il se tenait prêt à goûter à la boisson.

Le liquide sombre se déverse dans les petits godets de verre verts.

En effet, il a un goût vraiment particulier, sucré et amer à la fois, aussi intense que la célèbre *Sieben-Kräuter*, la liqueur aux sept herbes. À cela, il faut ajouter une vague saveur forestière de lichens ou de bois oublié en cave ou peut-être de pommes légèrement moisies. Et encore une chose très étrange que Mieczysław ne parvient pas à exprimer en mots alors qu'il lui semble l'avoir sur le bout de la langue.

L'alcool ramène les pensées de tous sur de bons rails et la conversation glisse naturellement vers les activités que monsieur Opitz organise pour ses clients, après le sanatorium, l'après-midi. Le directeur les assure qu'il trouvera aussi rapidement que possible une nouvelle cuisinière, mais que, d'ici-là, s'ils se défient par trop des talents culinaires de Rajmund – des « Mais si, mais si », « C'était très bon » assez incertains s'élèvent –, ils peuvent se restaurer au sanatorium. Ce sera nettement plus onéreux, évidemment, mais en toute honnêteté, il peut leur en recommander la cuisine. Il n'y en a pas de meilleure dans la région.

Wilhelm Opitz leur promet aussi qu'après l'enterrement, après toutes ces choses déplaisantes, il y aura une expédition jusqu'à l'un des sommets, le Hohe Heide, où les curistes verront la grande attraction de la région, à savoir les *Windlöche* comme on les appelle en allemand. À ce moment-là, Walter Frommer porte la main à sa bouche pour dissimuler un bâillement ou pour faire semblant de bâiller. Certains parmi eux y sont déjà allés, mais personne ne proteste. Lion-Gris de Królewiec et monsieur August se querellent quant à la cause de ce phénomène géologique. Les fissures venteuses sont-elles la résultante de processus volcaniques ou de vents qui ont creusé la roche ? Après un court moment, Mieczysław remarque que Thilo lève les yeux au ciel pour marquer son ennui, puis quitte la table avec un bref salut. Il n'en jette pas moins un clin d'œil de connivence suivi d'un discret sourire à Mieczysław. Ce dernier a encore droit à un verre de liqueur accompagné d'un commentaire ambigu de monsieur Opitz, comme quoi les jeunes ont besoin de s'envoyer un petit coup d'alcool en plus, de quoi mener à bien toutes sortes d'intrigues agréables.

– En êtres rationnels capables d'affronter les revers du destin le front haut, messieurs, vous ne devriez pas vous inquiéter de ce que la mort soudaine de quelqu'un perturbe vos projets. La vie doit continuer.

On peut difficilement accepter d'être assis, de converser en sirotant une liqueur au joli nom de *Schwärmerei* à la table où, quelques heures plus tôt, était étendue une dépouille mortelle, songe Mieczysław légèrement grisé, en replongeant dans ses pensées. À vrai dire, la salle à manger a une autre ambiance désormais, éclairée qu'elle est par la lumière électrique. Et même si cette lumière est altérée par la pénombre pelucheuse, comme fatiguée, la pièce a l'air plus grande, ses espaces paraissent s'étendre plus loin, en toutes directions, dans la profondeur des ténèbres veloutées.

– Ainsi donc, il est impossible de faire abandonner à une femme le chemin d'une maladie mentale autodestructrice ? demande mélancoliquement Wilhelm Opitz, le veuf de fraîche date.

Mieczysław a l'impression d'entendre un écho dans la salle à manger, car la réponse de Longin Lukas se fait entendre avec résonance, comme si ce dernier parlait dans un puits.

– Un homme peut vaincre certaines tentations délirantes grâce à sa volonté, or, puisque la femme en est presque totalement privée, elle n'a aucune arme pour se battre.

Mieczysław Wojnicz a un peu la tête qui tourne. Cette lumière électrique, à laquelle il ne s'est pas encore accoutumé, jette une ombre particulière, différente des éclairages qu'il connaît. Elle n'a pas la simplicité de celle des lampes à pétrole utilisées chez lui. Cette ombre est effilochée, peu sûre d'elle-même, elle cille sur le pourtour du champ de vision. Mieczysław a l'impression que quelque chose rampe sur le sol puis file sous le vaisselier, mais lorsqu'il porte son regard dans cette direction, tout semble normal. Il avale un nouveau verre et se rend compte que tout le monde parle plus fort, gesticule même, comme monsieur August dont les doigts forment une sorte de bec avec lequel il transperce maintenant l'air dans une discussion animée avec Longin Lukas. Surpris, Mieczysław constate que ses ongles sont bleus, comme s'ils avaient été tachés d'encre et que monsieur August avait ensuite cherché à les nettoyer.

Il voudrait vraiment se mêler à la conversation plus qu'intéressante sur la décadence de l'Occident menée principalement par Longin Lukas et monsieur August, tandis que Frommer ponctue leurs joutes par des paroles toujours pertinentes. Néanmoins, il se sent affaibli par sa timidité ; et qui plus est, sa fièvre est revenue. Il reste donc juste assis à écouter et à soupirer, portant son regard tour à tour sur l'un ou l'autre des débatteurs.

*

Maintenant, nous allons les laisser à délibérer assis autour de la table couverte d'une nappe aux broderies de mauvais augure. Nous allons les laisser pour quitter la pension par la cheminée ou par les fentes entre les ardoises et regarder plus loin, plus haut. Voilà qu'il a commencé à pleuvoir, des petites gouttes glissent sur le toit en créant des dentelles transparentes et luisantes, puis tombent une à une à terre. Voilà qu'elles agacent le sol, lui donnent des démangeaisons, le creusent de petits alvéoles, puis se regroupent hésitantes en ruisselets à la recherche d'un passage entre les cailloux, sous une touffe d'herbe, le long d'une racine, avant d'emprunter le chemin tracé avec patience par des animaux.

Mais nous reviendrons.

3

L'intervalle du faisan

Mieczysław Wojnicz quitte la table avec soulagement, incapable de se défaire du sentiment déplaisant qu'ils sont tous enfermés ici, qu'ils sont captifs à Görbersdorf, pareils à un bataillon assiégé et séparé du grand corps d'armée. Et si les canons de fusils ne sont pas visibles, ni aucun signe de la présence d'espions rusés, Mieczysław a l'impression qu'il se trouve piégé par une guerre. Qui affronte qui, cela, il l'ignore totalement dans la mesure où, ici, tous les patients semblent astreints à lutter contre la tuberculose, à combattre la fièvre, à reprendre des forces, à se donner mutuellement du courage, à rétablir un ordre, là où l'empire de la maladie a provoqué l'anarchie.

Avant d'atteindre sa chambre, Mieczysław s'arrête un instant, curieux des bruits étranges qui, vraisemblablement, proviennent du grenier. Il les a déjà entendus cette nuit, mais, à moitié endormi et tellement fatigué, il ne s'en était pas inquiété. Maintenant lui parviennent de nouveau de discrets grattements et une sorte de gargouillis. Il décide d'interroger Opitz à l'occasion sur l'origine de cette agitation. Il reprend sa marche quand, à sa hauteur, s'ouvre une porte et des mains le happent par la manche, puis l'entraînent dans la pièce. Il est tellement surpris qu'il ne pense pas à résister.

Il a devant lui Thilo von Hahn, mince, haletant, vêtu d'un pyjama coûteux de bonne qualité, apparemment prêt à se mettre au lit. La pénombre règne dans cette chambre d'angle. Deux petites fenêtres aux voilages tirés sont en outre masquées par des châssis tendus de toile grise. Seule la troisième ouverture est dégagée, de sorte qu'elle laisse entrer la lumière du lampadaire qui tombe sur d'autres châssis tournés vers la porte. Cela sent bon la peinture, la térébenthine et encore autre chose, un parfum, quelque chose de subtil et de volatile, peut-être du savon avec une senteur de fleurs indéterminées.

– Que diriez-vous, cher ami, de bonbons à la réglisse ? murmure Hahn.

Ses yeux bleu pâle sont cernés et brillants, ils reflètent la lumière de la fenêtre divisée en quatre par un croisillon, ce qui – semble-t-il à Mieczysław – fait au garçon des pupilles marquées d'une croix.

– Des bonbons à la réglisse ? s'étonne-t-il.

Il se serait plutôt attendu à un verre de vodka.

– Ou pas. Pourquoi Willy devrait-il savoir que tu es chez moi... Chut !... dit Thilo en posant le doigt sur sa bouche.

Mieczysław voit bien que Thilo a de la fièvre, la main agrippée à sa manche tremble légèrement. Il cherche à lui faire lâcher prise.

– Assieds-toi, je t'en prie, lui dit Thilo plus calmement, comme s'il réalisait qu'il a effrayé son ami, et il enlève sa main.

Ils s'asseyent tous les deux, Mieczysław dans l'unique fauteuil et Thilo sur le lit.

– Je ne sais pas comment te présenter la chose sans avoir l'air de quelqu'un qui a des problèmes avec ses nerfs. Je te dirai, l'ami, que tu es tombé dans un sale endroit. Ici, il meurt tout le temps quelqu'un.

– Que faire, nous sommes dans un sanatorium... Les maladies pulmonaires et celles de la gorge sont difficiles à soigner...

– Je ne pensais pas à ça. Elle ne s'est pas pendue, tu sais.

– Que veux-tu dire ?

Mieczysław ressent une gêne désagréable, et ce d'autant plus qu'il s'est déjà pris de sympathie pour son jeune interlocuteur.

– Ici, on assassine les gens.

Les croix dans les pupilles de Thilo ont disparu, mais là, à cause de la fièvre sans doute, ses yeux sont vitreux, son regard vague.

– Qui ferait cela ? demande prudemment Mieczysław.

– Mais je ne parle pas de ça. De cette bonne femme. Je parle en général.

Thilo fait de la main un geste circulaire indéfini, comme si le « en général » était partout.

– Difficile de l'expliquer, tout est lié. Ici, les gens disparaissent. Ici, il se passe des choses étranges depuis mon arrivée, dit Thilo qui parle avec difficulté, comme s'il devait dominer sa respiration par la force d'une volonté consciente. Cet endroit est maudit. Il y règne un étrange acquiescement à propos de ces morts. Elles se répètent.

– Ici à Görbersdorf ? veut s'assurer Mieczysław, incrédule. – Il est triste, il espérait nouer avec Thilo une relation plus étroite, sans grande intensité, mais une sorte d'amitié. – Les femmes se pendent ?

– Non ! Je ne parle pas de madame Opitz. Ici, un homme meurt chaque année, parfois même deux. Mis en pièces dans la forêt.

Thilo hoche la tête, apparemment satisfait de l'effet produit par ses paroles.

Mieczysław se sent mal à l'aise. Le dessin de la tapisserie lui paraît soudain éloquent, avec des visages et des yeux en train de les fixer tous les deux. Il secoue la tête.

– Les journaux en parleraient et tout le monde n'aurait que ça à la bouche. Nous ne sommes pas sur une île déserte.

– Ils le cachent. Je sais ce que tu penses. Tu me crois fou, n'est-ce pas ? Un fou malade. Demande à Opitz. Demande-leur, à tous. Tu verras leurs mines défaites !

Mieczysław proteste, affirme qu'il ne le prend pas pour un fou, mais il se sent aussitôt confus de ce mensonge. Oui, Thilo est fou, ou pour le moins la fièvre le fait délirer.

– Je suis tout sauf fou, répète le pauvre Thilo, et il se penche en arrière comme s'il voulait s'allonger sur son lit.

Un silence tendu s'installe. Thilo sort une boîte de chocolats fins de grande marque.

– Sers-toi, dit-il comme s'il voulait s'excuser auprès de son invité.

– Tu es là depuis longtemps ? interroge Mieczysław, histoire d'abandonner le sujet par trop embarrassant.

– Depuis l'automne dernier. Mon état s'est aggravé au début de l'année universitaire. L'été, je me sentais bien. J'étais certain de m'en sortir guéri, mais je ne cesse de m'affaiblir. Je voudrais faire tant de choses et je n'arrive même pas à lire. Sans même parler de peindre ! Quelle vie minable !

Mieczysław ne peut s'empêcher de regarder les châssis disposés partout, les croquis et les estampes accrochés aux murs. Thilo a transformé sa chambre en atelier de peintre.

– Tu étudies la peinture ? demande-t-il hésitant.

Thilo s'est installé confortablement sur son lit. Il appuie la tête sur un coude, ses genoux sont repliés.

– L'histoire de l'art. Je m'intéresse aux paysages.

Mieczysław ne sait que répondre. Certainement pas que, lui, il étudie l'ingénierie des canalisations.

– Il se passe une chose étrange, déclare Thilo qui revient au sujet précédent. Une force agit pour que... Je ne sais pas comment le dire. Ils trouvent dans les forêts des corps déchiquetés. Les cousins d'Opitz. Ici, les habitants sont tous cousins. Ils s'appellent Fischer, Tilch ou Opitz.

– Comment sais-tu tout cela ?

– J'ai vu celui qui a été assassiné l'an dernier. Quand son corps a été ramené au village. En pièces détachées.

Mieczysław lui jette un regard soupçonneux.

– Eh oui. En pièces détachées, répète-t-il. Toutes les parties du corps n'auraient pas été retrouvées.

– Tu as vu la dépouille !

– Ils la rapportaient dans une couverture au village, à l'aube.

Mieczysław ne croit pas Thilo. Il ressent du dégoût, de la fatigue et de la déception, car il pensait que Thilo, du même âge que lui, serait un bon compagnon. Il aurait voulu lui raconter ce qu'il avait vu dans la salle à manger, le cadavre sur la table. Il aurait peut-être été jusqu'à lui parler de Gliceria ou de son père, mais il vient d'en perdre toute envie et, qui plus est, il ressent l'étrange effet de la *Schwärmerei*, laquelle provoque une certaine faiblesse physique, il est vrai, mais aussi une intensification de l'activité cérébrale. Il lui semble que ses pensées sont pareilles à des moutons qui s'égaillent en désordre dans des directions aléatoires.

– Thilo, je m'en vais maintenant. Je crois que moi aussi j'ai de la fièvre, dit-il en se dirigeant vers la porte.

Thilo ouvre les yeux, se relève sur un coude.

– Reste encore, supplie-t-il.

Mieczysław revient s'asseoir au bord du lit.

– Ne pense pas à ces choses-là, ce sont des contes tirés par les cheveux. Nous sommes en sécurité ici, et nous luttons contre notre mal.

– Sais-tu quelle est l'erreur la plus commune de l'homme en danger ? Il lui semble que sa vie est à part et que la mort ne le concerne pas. L'homme ne croit pas à sa mort. Penses-tu que je croie à ma mort ? demande Thilo avant de s'effondrer sur son coussin.

Mieczysław ne répond pas. Il se sent mortellement fatigué. Quand il veut se lever pour partir, Thilo se penche vers lui et dit :

– Fais attention, méfie-toi de tous et d'Opitz particulièrement, c'est un type futé. Il battait sa femme, la traitait comme une serpillière. Je pense qu'il l'a tuée et que, ensuite, il l'a pendue. Ou bien, il l'a obligée à se pendre.

Mieczysław cligne des yeux, il préférerait ne pas y penser. Thilo devrait dormir, et lui, plus que tout, il voudrait se trouver dans son lit, mais il proteste encore :

– Je n'y crois pas. Personne ne l'aurait dénoncé à la police ?

– C'est ainsi avec les épouses. Personne ne s'en inquiète vraiment. Moi, je suis un patient, ici. Tout juste si je suis encore vivant, dit Thilo en haussant les épaules.

Mieczysław glisse un chocolat dans sa bouche. Il est truffé de véritable massepain tendre, et le jeune homme se souvient aussitôt de ce que sentait encore la *Schwärmerei* et qu'il n'arrivait pas à nommer. C'était une odeur de pattes de chien. Il sourit au souvenir de son propre chien, celui de son enfance, mais qui, encore chiot, avait abîmé le tapis du bureau de son père et s'était vu interdire l'entrée dans leur maison ; puis, quand ils déménagèrent en ville, on l'avait laissé au village.

Mieczysław interroge Thilo sur Lukas et August, le moment lui paraissant propice pour passer aux ragots.

– De sacrés zozos, répond Thilo avec animation.

Manifestement, il aime parler d'autrui. Selon lui, ni l'un ni l'autre n'ont d'argent, ils dépendent de l'aumône de leurs familles – August de sa sœur et Lukas de sa fille, apparemment. Parfois, il a l'impression que Lukas est un personnage tellement suspect qu'il doit s'agir d'un espion russe envoyé se soigner. Il ne s'appellerait d'ailleurs pas Lukas mais Łukasiewicz et serait donc au moins pour moitié un compatriote polonais de Mieczysław. Thilo pense aussi que tout le monde n'est pas vraiment malade à la Pension pour Messieurs, et que certains font juste semblant pour fuir la vie ou se cacher. Thilo attend de voir l'effet que font ses paroles, après quoi il met en garde Mieczysław contre August.

– Que puis-je en dire ? C'est un homme sangsue.

Mieczysław tente de savoir de quoi il s'agit, mais Thilo est déjà passé à Frommer. Walter Frommer serait théosophe et spiritiste, il verrait des esprits partout. Longin Lukas lui a dit que Frommer serait très malade, mais Thilo avoue qu'il ne l'a jamais entendu tousser. Frommer vient régulièrement passer quelque temps aux thermes puis s'en retourne à Breslau, d'où il revient plusieurs semaines plus tard, détendu et reposé. Un personnage difficile à décrypter, et Thilo ne lui accorde aucune confiance, mais de toute manière il n'en préfère pas moins son étrange compagnie aux empressements obscurs de Longin Lukas, ou à la compagnie du prétentieux monsieur August.

– Est-ce qu'il ne te fait pas penser à un soldat de plomb tant il est rigide, prêt à répondre à tout appel de l'au-delà ? Et son col boutonné ! Qui porte des cols pareils ?

En effet, qui porte des cols montants pareils ? Mieczysław a pourtant l'impression étrange que Thilo veut lui faire savoir tout autre chose, qui n'a rien à voir avec les hommes de la pension ou avec la mort de madame Opitz. Avec un peu d'ironie mais aussi une réelle attente, Thilo porte sur lui un regard pénétrant, comme s'il voulait que Mieczysław devine lui-même quelque chose. Mais dans la mesure où ce dernier ne semble pas comprendre, Thilo s'étire et bâille.

– Je pense que c'est un opiomane. Parfois, il a un regard trouble.

Là-dessus, ils entendent frapper doucement à la porte. Thilo lance un regard à Mieczysław par lequel il semble dire « Tu vois ? », puis la tête de Wilhelm Opitz apparaît à la porte.

– Tout va bien ? demande la tête.

– Oui, oui, nous allons nous coucher, répond Thilo d'une voix très faible. Je voulais que monsieur Wojnicz ferme ma fenêtre. Elle coince.

– Je suis sur le point de partir, dit Mieczysław qui profite de l'occasion pour s'éclipser de la chambre du malade.

Il sent qu'il a sa dose de sensations et de commérages.

– Ah bon, je vous enverrai Rajmund demain. Dormez, maintenant.

Thilo lance encore un regard entendu à Mieczysław, déjà dans le couloir, et sans un bruit, en remuant seulement les lèvres, lui transmet ce message :

– Ils me surveillent !

Opitz monte dans ses appartements, tandis que Mieczysław s'arrête encore pour écouter d'où vient le son délicat, ce semblant de gargouillis, ces coups étouffés, ces grattements à peine audibles qui l'ont intrigué.

Tout lui semble soudain vraiment irréel, il va jusqu'à se demander s'il ne s'est pas endormi plus vite, et si Thilo et les autres ne sont donc pas les personnages de son rêve. Les corps déchiquetés dans la forêt, Wilhelm Opitz battant sa femme. Il s'essuie le front, désarmé comme s'il était en train de lire un livre complètement absurde dont il comprendrait les mots mais pas les phrases. Lui aussi a peut-être de la fièvre. Oui, assurément, il le sent au léger sifflement caractéristique dans ses oreilles. Est-il en train de délirer ?

Il n'en garde pas moins la vision du corps de la femme étendue sur la table, et celle de Wilhelm Opitz qui réajuste les plis de la jupe, avant de s'adresser à lui, Mieczysław Wojnicz en état de choc, pour lui dire : « Monte dans ta chambre, mon garçon. » Il se demande également : « Et maintenant ? Que va-t-il se passer ? La police va-t-elle venir ? Où la dépouille a-t-elle été emportée ? » Il songe aussi qu'il est désagréable de loger là où quelqu'un est mort (mais y a-t-il un endroit où personne n'est jamais mort ? le monde existe déjà depuis tellement de temps). Ce qui pourtant l'étonne le plus, c'est qu'il soit possible de revenir aussi aisément à la vie de tous les jours, juste après la mort de quelqu'un. Comme c'est simple ! Ici tout particulièrement, à Görbersdorf où des gens meurent tout le temps.

Ensuite, il voit de nouveau le fusil du docteur Semperweiß et cela lui rappelle des scènes du temps où son père et son oncle lui apprenaient à tirer. Ils chassaient le faisan. Un drôle d'oiseau qui surgit à vos pieds pour s'envoler tout soudain à grand bruit, avec tant de maladresse qu'on en ressentait de la colère. Ainsi pouvait-on croire que l'oiseau était responsable de sa propre mort. Il n'était guère difficile à abattre, son oncle y arrivait souvent. Le jeune Miecio, quant à lui, était récalcitrant à pratiquer cette tuerie. Il visait toujours un centimètre plus à gauche, une petite tromperie qu'il avait appelée l'« intervalle du faisan », un décalage que ni son oncle ni son père n'avaient remarqué. Eux préféraient dire que son tir était un « loupé ». L'intervalle du faisan était une stratégie de résistance similaire à celle du silence, ou bien à celle qui consiste à s'éclipser au moment crucial, à se mettre hors de portée des regards. En apparence, on semble prendre part au divertissement imposé, alors qu'il n'en est rien. Un subtil déplacement de la mire, imperceptible pour autrui, se solde par l'échec de l'action attendue.

Mieczysław ouvre la porte de sa chambre et se sent accueilli par l'odeur apaisante de son savon au goudron de pin dont son père lui a acheté une réserve avant son départ. Ses pensées se dirigent ailleurs, maintenant. Il décide qu'il a d'autres soucis, plus importants que les théories complotistes de Thilo. Doit-il aller prendre tous ses repas au sanatorium ? Aura-t-il suffisamment d'argent pour cela ? Et déjà ses pensées dérivent vers l'avenir le plus proche, au-delà des lisières de la nuit, jusqu'à l'aube claire du lendemain. Il s'inquiète de savoir s'il a une tenue de bain appropriée. Que va-t-il se passer s'il doit se déshabiller entièrement ? Va-t-il supporter de rester étendu des heures sur la chaise longue ? Quelle est cette surprise prévue par monsieur Opitz lors de la promenade en montagne ? Ses chaussures résisteront-elles à ces marches ? Sans doute devra-t-il écrire à son père qu'il lui faut en acheter d'autres. Et le coût est important.

Toutes ces questions s'emparent de son esprit, elles engloutissent l'univers dans le grand espace où règne le chaos que chaque être humain porte en lui comme une énorme charge invisible qu'il traîne sa vie durant, allez savoir pourquoi. Son propre moi.

4

Les maladies pulmonaires et les infections de la gorge

Il s'écoule plusieurs belles journées, quasi estivales, que Mieczyław Wojnicz emploie à s'installer dans sa nouvelle existence. Tout lui plaît. L'ordre, la ponctualité, le professionnalisme, la tranquillité. Ici, les gens traitent leurs maux avec sérieux, mais ils veillent aussi à vivre normalement. D'une manière générale, ce sont des personnes banales, de sorte qu'elles lui semblent amicales. Ces messieurs veulent vivre comme tout le monde, ils apprécient les choses ordinaires, portent presque les mêmes vestes et des panamas identiques. Ils se conduisent correctement, avec de la mesure en toute chose. Ils ont de bons lits et des draps propres, rêvent de choses ordinaires qui se résument à recouvrer leur santé, vivre longtemps, connaître leurs petits-enfants ou pouvoir jouir de leurs économies dans leurs vieux jours. Ils achètent des gâteaux à la pâtisserie de façon réfléchie et lisent avec intérêt les informations des journaux. Oui, c'est bien cette « vie appétissante » que recherche tant Mieczysław.

À Görbersdorf, il n'y a pas de cimetière, ce que le jeune Polonais est grandement surpris d'apprendre. Tant de personnes habitent là ! Et il en meurt tellement ! Néanmoins, leur mort passe inaperçue. Avec un sens de l'hygiène certain, avec tact, la mort se plie au rythme des thermes comme le ferait une maîtresse de maison qui sait toujours se défaire avec grâce de tous les déchets et détritus.

C'est monsieur August qui le lui a dit lors d'une flânerie sur la promenade, en faisant tournoyer sa canne en bambou. Mieczysław l'a rencontré par hasard, et il était trop tard pour l'éviter discrètement ; aussi, bon gré mal gré, il l'a salué et rejoint en essayant de s'adapter à son pas lent, quelque peu cérémonieux, mais pénible pour lui. Il me faudra marcher un peu plus loin du village, songe-t-il, sinon je tomberai toujours sur une connaissance. Il décide pourtant de mettre à profit cette rencontre pour apprendre quelque chose sur l'horrible mort de madame Opitz. Horrible, parce qu'il a l'impression que personne ne s'en est vraiment ému. Monsieur August lui saisit le coude et le conduit vers un joli banc à l'écart du chemin principal, au pied de la colline sur laquelle se trouve l'église orthodoxe. Mieczysław redoute d'avoir à écouter un laïus sans fin, mais il n'a plus aucun moyen de s'esquiver.

– Voyez-vous, monsieur, la Vérité écrite avec un grand « V » est toujours associée à la menace de voir supprimer ce qui transgresse ses contours. Aucun dépassement, pas une brindille ! Derrière la Vérité se cache la violence, déclare monsieur August une fois assis, et il fixe Mieczysław, ou plutôt le dévisage d'un air entendu. N'exigez jamais la Vérité, monsieur. Inutile de gaspiller votre jeune âge à cela.

Là-dessus, il s'arrête brusquement.

– Restez un instant immobile ! crie-t-il avant d'enlever de l'épaule de Mieczysław un gros insecte vert qui semble être le croisement d'un grillon et d'un crabe.

Il le pose sur sa main qu'il avance vers le jeune homme afin que celui-ci puisse admirer dans toute sa splendeur cette créature dont la singularité suscite autant de curiosité que de répugnance. Quand Mieczysław se penche presque malgré lui pour mieux voir le monstre, monsieur August pousse un « Aïe ! » qui l'effraie pour de bon. Désagréablement surpris et écœuré par la plaisanterie, le jeune homme se contente de réagir par un raclement de gorge.

Content de lui, monsieur August explique brièvement que Görbersdorf est l'endroit le plus au nord de cette partie de l'Europe où l'on trouve des mantes religieuses. Cela viendrait de la forme du terrain, de la température et de l'absence de vent. Il se met à dessiner la carte de l'Europe sur le sable avec sa canne en bambou, mais à vrai dire Mieczysław Wojnicz ne s'y intéresse pas.

– Regardez le long chemin que doit couvrir cette pauvre créature qui nous arrive du bassin méditerranéen. C'est de là-bas que tout nous vient, mon cher. Ce qui est beau, comme ce qui est laid, dit-il avec un sourire entendu.

Ils se lèvent bientôt pour se diriger vers le sanatorium. Ils dépassent Frau Weber et Frau Brecht, assises devant leur maison, cette fois les mains croisées, comme si elles se chauffaient aux derniers rayons du soleil. Mieczysław remarque que l'une d'elles a les pieds particulièrement gonflés, enfoncés dans des chaussures de médiocre facture, cousues à la main. L'autre femme est tellement laide que c'en est fascinant. Sa lèvre inférieure retroussée la fait ressembler à une sculpture antique d'on ne sait quelle émanation de l'Hadès. Monsieur August, voyant que son compagnon les observe, ajoute à voix basse :

– Il paraît qu'il y en a une troisième, mais celle-là ne sort pas et, à vrai dire, personne ne l'a vue depuis des années.

Mieczysław lui jette un regard incrédule, ce qui lui vaut un clin d'œil en retour. Tout au long de la promenade, monsieur August gratifie Mieczysław de ses réflexions, dont il prétend qu'elles sont la matière d'entretiens aristotéliques, alors qu'en réalité il est seul à parler et que cela ressemble plutôt à des leçons. Le jeune Polonais ne nie d'ailleurs pas qu'elles soient très intéressantes, mais il n'arrive pas à leur prêter une attention soutenue parce qu'il observe, fasciné, les curistes qu'ils croisent, les dames surtout, magnifiquement habillées et coiffées de chapeaux à se damner.

– Eh oui, jeune homme, pérore monsieur August, chacun de nous atteint un degré précis de ses possibilités, à partir duquel il cesse de progresser. La vieillesse se définit comme une incapacité à opérer des changements. Nous nous arrêtons en chemin. Les uns le font au milieu de leur vie, d'autres dès qu'ils quittent l'école. D'autres encore, mais ils sont rares, se développent jusqu'à un âge avancé, quasi jusqu'à leur mort.

Monsieur August devient pensif, il semble avoir encore quelque chose à ajouter, mais finalement il laisse tomber. Il se tait car ils croisent un groupe de jeunes gens qui parlent polonais. Mieczysław baisse les yeux et fait semblant de ne pas comprendre ce qu'ils disent. Monsieur August le remarque sans doute, et c'est pourquoi il reprend comme si de rien n'était :

– Certains se rendent vaguement compte qu'ils se sont arrêtés, savez-vous. Ils se sentent mal dans cet enfermement. Pour eux, c'est de l'immobilisme ; ils sont attirés par le passé, comme s'ils essayaient d'y trouver quelque chose d'excitant, hé, hé... C'est alors qu'ils commencent à s'intéresser à leur famille, à dresser leurs arbres généalogiques, à passer les après-midi du dimanche à regarder des photographies, comme si leur pauvre existence allait se fondre dans une dimension plus vaste, familiale.

Certes, dans ce que dit monsieur August, il y a du vrai, songe Mieczysław. Son père et son oncle se sont à coup sûr arrêtés dans leur évolution. Ils font et disent tout le temps la même chose, comme enfermés dans un manège dont ils ne percevraient pas même l'étroitesse. Mieczysław Wojnicz pense aussi à d'autres personnes, mais avant tout à lui-même. S'est-il embourbé à mort, ou y a-t-il encore de l'ardeur en lui ?

– Mais voyez-vous, monsieur, les femmes se développent encore d'une autre manière. Leur psychisme fonctionne différemment du psychisme des hommes, et notre modèle d'évolution ne s'applique pas à elles. En chaque femme, on peut toujours observer trois étapes de croissance parallèles. Tandis que, chez l'homme, les âges de l'enfance, de l'adolescence et de la maturité se suivent de manière linéaire, se succédant l'un à l'autre, chez la femme, ils coexistent de façon indépendante : un observateur attentif peut voir en elles une fillette, une femme dans la fleur de l'âge et une vieillarde au même moment.

Les deux hommes font demi-tour, dépassent de nouveau Frau Weber et Frau Brecht.

– Voyez les femmes sous cet angle, ajoute-t-il à mi-voix, presque en chuchotant. Comment pareil état de triple existence est-il possible ? Cela me sidère. Il doit s'agir d'un atavisme non identifié.

Poursuivant leur promenade, ils aperçoivent quatre infirmiers en train de transporter un cercueil du sanatorium à la morgue (car ce long bâtiment de plain-pied, à côté de l'établissement thermal, doit abriter la salle mortuaire, même s'il a plutôt l'air d'une chaufferie ou d'un atelier). Le docteur

Semperweiß gare fréquemment sa voiture moderne devant, c'est l'une des trois automobiles de Görbersdorf. Une belle Mercedes 37/90 HP, d'à peine deux ans, avec un long capot avant brillant et le reste de la carrosserie en bois exotique soigneusement poli, mais aussi de confortables sièges en cuir. Tout y est remarquable, depuis la capote rabattable jusqu'aux jantes sublimes sur des roues à pneus clairs. Cette merveille de l'industrie irradie d'un optimisme tellement surpuissant que tous ceux qui s'approchent pour l'admirer en viennent à considérer la mort comme une composante archaïque de l'ordre ancien, une de ces carences initiales dont l'humanité se libérera dès qu'elle réalisera son désir de modernité et fera à jamais confiance à la technique. Ce qui adviendra alors ne sera certainement pas mauvais, puisque soumis au contrôle d'outils et ustensiles stérilisés et luisants de propreté. Des choses que l'on peut réparer et qui, donc, sont quasi éternelles !

Monsieur August explique à Mieczysław que les cimetières les plus proches sont à Friedland et à Langwaltersdorf, et que c'est là-bas que l'on transporte les corps pour leur assurer des funérailles dignes. Görbersdorf ne voit donc jamais d'enterrement. Un tel spectacle pourrait entamer le moral des soldats qui luttent pour la santé de leurs poumons.

– De sorte que Görbersdorf reste un village paisible et plein de joie de vivre. On y célèbre la vie, précisément, et non la mort. Nous ne prêtons pas attention à la mort, n'est-ce pas ? dit-il et il donne une tape familière sur l'épaule de Mieczysław.

Celui-ci sourit, amusé qu'on puisse jouer ainsi à l'immortalité.

– Madame Opitz sera donc emportée d'ici ?

– Oui, mon cher ami, et ce doit être déjà fait. Elle a disparu d'ici, vu qu'elle n'a pas respecté les règles de notre jeu. Les défunts disparaissent, et nous ne nous intéressons plus à eux. Nous ne voulons rien savoir de la mort.

Cela plaît également à Mieczysław.

– Vous pensez qu'il peut en être ainsi à jamais ? Qu'à Görbersdorf, on est immortel ?

– En un certain sens, oui. Puisqu'il n'y a pas de défunts. Être mort est une honte !

– J'ai vu madame Opitz étendue morte sur la table… déclare Mieczysław, après un moment, sans regarder son compagnon.

– Allons donc, vous ne savez pas vous-même ce que vous avez vu. Vous avez vu quoi ?

– Ses chaussures, ses jupes et son tablier brodé, ses…

– Précisément. Ce sont des choses, et non pas un être humain en soi.

Les deux hommes montent plus haut, au-dessus des étangs, jusqu'au moment où s'ouvre devant eux une magnifique allée bordée de thuyas, au bout de laquelle se trouve un petit bâtiment qui rappelle une modeste chapelle.

– Je me suis trompé ! s'écrie monsieur August en la voyant et il se met à battre sa coulpe avec des gestes théâtraux. Comment ai-je pu vous mentir ainsi ! On ne peut pas me faire confiance !

Mieczysław le regarde sans comprendre.

– Car ceci est un tombeau. Le docteur Brehmer s'est fait enterrer là, il a précisément choisi cet endroit pour garder l'établissement de soins à l'œil même après sa mort. D'ici, l'on peut tout voir magnifiquement.

– D'accord, ne vous inquiétez donc pas tant de votre erreur, puisque ce n'est pas un cimetière, mais juste un tombeau, tente de le calmer Mieczysław.

Si les esprits – pour autant est qu'ils existent – regardent de l'au-delà, et si en outre ils s'intéressent à la vie humaine, alors le docteur Brehmer peut tout contrôler, chaque ruelle du village, le grand bâtiment du sanatorium, le parc, les allées du parc, l'imposant sanatorium de Römpler. Le versant de la montagne sur lequel a été élevé son monumental tombeau veille sur Görbersdorf pour le protéger du monde extérieur. Il constitue également une limite fluctuante entre la forêt sauvage et le village civilisé. La porte de la sépulture est évidemment verrouillée, mais l'idée que derrière se trouve la dépouille mortelle en décomposition n'incite pas à la conversation, aussi les deux hommes font-ils demi-tour et, par l'allée de thuyas, regagnent le cours en terre battue du sanatorium.

Ils parlent de l'enterrement – constamment repoussé pour cause de procédures policières –, et se disent qu'il conviendrait d'y prendre part, peut-être même de louer ensemble un véhicule. Il faudrait aussi assister à l'office, qui doit avoir lieu ici, au temple, juste avant la mise au tombeau. Au moment où ils arrivent à la pension, Mieczysław demande :

– Quel est cet air que l'on fait jouer depuis la tourelle du sanatorium, à midi ? Il me semble le connaître.

Monsieur August n'en sait rien, il conseille d'interroger Frommer, originaire de Breslau.

– Ce doit être un air local.

*

Les funérailles ont lieu le mardi, ce qui pour Mieczysław Wojnicz n'est pas de bon augure. Chez lui, à Lwów, on dit qu'on ne doit pas laisser passer un dimanche avant d'enterrer le défunt. Lorsque cela arrive, le mort entraîne une autre personne avec lui dans la tombe. Or, en l'occurrence, madame Opitz a patienté deux dimanches !

Mieczysław arrive en retard au petit temple parce qu'il était à la fin de la file d'attente pour la douche froide. Quand son tour est venu, il a réussi à convaincre le surveillant trapu qu'il devait garder son linge de corps. Ensuite, il a mis du temps à se réchauffer avec un thé chaud. Quelle cruauté que d'asperger les gens avec de l'eau à peine tiède ! Cela l'a mis de mauvaise humeur.

Le cercueil recouvert d'une couronne de fleurs d'automne se trouve devant un autel d'une grande simplicité. La célébration protestante a déjà commencé. Mieczysław trouve la situation assez étrange, il a l'impression que ces gens calmes et sérieux sont ici réunis dans les bureaux d'une administration quelconque, et qu'ils expédient à présent de la paperasse avec indifférence. D'ailleurs, il n'y a pas grand monde, à peine trois rangées, dont sans doute, pour une bonne partie, des curistes se trouvant là par hasard. Au premier rang, Mieczysław distingue immédiatement la silhouette corpulente de monsieur Opitz, à côté duquel se tient Rajmund, endimanché, et derrière eux les habitants du village en costume local avec des pantalons s'arrêtant aux genoux et des bas clairs. Les pensées du jeune homme glissent des murs rugueux et presque nus jusqu'au sol. Il a mal à la tête. Il va devoir arrêter les douches froides.

Dans le temple, il y a aussi quelques vieilles femmes en noir, bien en chair, vêtues de jupes plissées, coiffées de bonnets blancs attachés sur la nuque par un nœud blanc lui aussi et raide d'amidon. Il n'y a pratiquement pas de gens jeunes, juste deux servantes habillées pauvrement. Des amies de la défunte, peut-être. Un petit groupe de curistes femmes, installées sur le côté de la nef, sans doute venues pour assister au culte, se distinguent par leurs tenues. Leurs immenses chapeaux à la mode mettent un soupçon de vie dans le temple, un peu comme des petites fleurs apparues sur un monument renversé, ou comme une ruée de coccinelles sur une pierre tombale. Ces femmes sont-elles venues à l'enterrement par ennui ? Comme des touristes curieuses de découvrir le mode de vie exotique des autochtones silésiens ?

Mieczysław remarque une grande silhouette mince, le dos droit, les cheveux clairs dont des mèches s'échappent d'un énorme chapeau qui, indéniablement, jure avec l'architecture et l'austérité du temple. En un certain sens, ce chapeau est un scandale dans ce lieu modeste, et c'est peut-être pour cela qu'il focalise totalement l'attention du jeune homme. De là où il est, il ne voit que le bout du nez de sa propriétaire et le beau profil de ses pommettes. Une pèlerine couleur miel sur une robe vert bouteille. Longtemps, Mieczysław n'arrive pas à détacher les yeux de cette vision, incapable de décider ce qui l'attire : la femme élancée ou l'association de couleurs ? Chacune des deux éveille en lui le désir irrépressible de quelque chose d'à la fois connu et néanmoins absolument indéfini. Il lui semble qu'il arrivera un jour à le nommer, mais pour l'heure, le mot n'existe pas encore. Le pasteur vient de terminer le salut liturgique d'accueil, et un hymne s'élève vers le plafond voûté, remarquablement chanté, comme par une chorale professionnelle.

Mieczysław ne se souvient ni quand ni dans quels contextes, mais son père lui répétait régulièrement – en l'occurrence « répétait » signifie que January Wojnicz le faisait parfois sans même ouvrir la bouche – que les femmes sont par nature perfides et inconstantes. Floues. Impossible de savoir à quoi s'en tenir avec elles. Elles vous glissent entre les doigts comme un serpent ou comme de la soie (étrange association, il est vrai). Elles sont difficiles à saisir, elles se dérobent, et, qui plus est, elles se moqueront de votre maladresse. Il y avait un adage que rabâchait l'oncle Emil et dont Mieczysław se souvient parfaitement. La chose concernait Gliceria, ou peut-être une fiancée de l'oncle qui l'avait laissé tomber pour un autre. Oncle Emil, d'ordinaire poli, avec de bonnes manières, retirait sa cuillère du potage pour l'agiter au-dessus de l'assiette :

– *La femme, le diable et le crapaud sont trois enfants d'un même lit.*

Le petit Miecio cherchait à approfondir le sens de ce dicton, mais il n'avait aucune idée de ce que voulait vraiment dire par là son oncle en uniforme, toujours très précis dans sa manière de s'exprimer.

Quel pouvait être le lien entre une femme, un crapaud et un diable ? Cette trinité humide et ténébreuse s'emparait de la femme, dans sa chambre à coucher bourgeoise respectable, avec des murs tapissés, pour la traîner dans les bois, sur les aiguilles de pin, dans les régions détrempées des tourbières, parce que cette trinité était une fratrie, originaire des profondeurs forestières abyssales, où nulle voix humaine ne parvient, où nul regard ne se pose et où le voyageur s'égare… Mais bon, il n'y avait pas de pareilles forêts dans les environs de Lwów, peut-être quelque part en Volhynie ou sur les versants des Carpates. Miecio voyait plus facilement ce que Gliceria pouvait avoir en commun avec un crapaud qu'avec un diable même s'il n'avait jamais vu de diable, et qu'à vrai dire il n'y croyait pas. Des « contes populaires », comme le disait son père. Pour ce qui est du crapaud, il y avait en revanche quelques similitudes : Gliceria était grosse, et difforme, d'autant que ses jupes couvertes de tabliers déformaient encore plus sa silhouette. Si elle s'était accroupie dans la cuisine, si elle avait levé la tête, oui, elle aurait pu ressembler à une crapaude.

Les chants terminés, on lit un extrait de l'Évangile de Matthieu sur les brebis et les boucs auquel, à dire vrai, Mieczysław n'avait jamais prêté grande attention. Le Fils de l'Homme viendra, et, comme le bon berger sépare les brebis et les boucs, Il séparera les justes et les mauvais. Mieczysław a de la peine pour les boucs, des bêtes tellement intelligentes ! Au village de son manoir familial, il y avait un troupeau de chèvres. Les cabris étaient particulièrement drôles, curieux et téméraires. Enfant, il jouait avec eux et leur trouvait même un certain sens de l'humour. Qu'est-ce que le Sauveur pouvait avoir contre eux ? Serait-ce qu'ils ne mettaient pas bas et ne donnaient pas de lait ? Et d'ailleurs, où sont mis les chèvres et leurs petits ? Pourquoi l'Évangile les oublie-t-il ? Quel récit bizarre, songe Mieczysław. Il se demande aussi un moment si madame Opitz était une brebis ou une chèvre. Et lui ? Et Lion-Gris ou monsieur August, que sont-ils ? Des boucs ? Et Thilo ?

Comme il a du mal à se concentrer sur le prêche en allemand du pasteur (qui, en sus, parle dans le dialecte local, quasi incompréhensible pour un Polonais), Mieczysław est le jouet de son imagination, de sorte qu'il voit devant lui, dans le temple, des têtes de boucs et de brebis. Ce qui est singulier, c'est qu'il semble y avoir davantage de boucs, oui, en effet, ils semblent plus expressifs et plus curieux, mais ce qui frappe également Mieczysław, c'est l'attention qu'il lit sur les têtes des brebis, surtout du côté où sont assises les femmes. Des museaux doux, allongés, affables, avec un regard confiant et amène.

Oui, le regard… Il le sent depuis un bon moment sur son cou, sa nuque. Il se retourne, fait comme s'il examinait la décoration austère du temple. Derrière lui se trouve assis un garçon, un adolescent au visage clair, aux joues rouges, avec des lunettes à monture métallique et aux verres particulièrement puissants, au point d'agrandir ses yeux gris. Mieczysław a l'impression que le garçon guettait son regard, avec une intensité inouïe, comme s'il voulait lui signifier ou lui remémorer quelque chose… Alors, prenant conscience du caractère désagréable et ambigu de la situation, il regarde de nouveau devant lui et s'efforce de ne plus y penser.

Mieczysław quitte le temple avant la fin, en douce, pour ne pas manquer le dernier service du repas. Il s'en justifiera plus tard en disant qu'il ne se sentait pas bien. Après tout, ici, chacun est malade. En sortant, il remarque que le prêche interminable du pasteur en a découragé d'autres, quand il voit devant le portail trois hommes aux visages étrangement noircis, comme couverts de suie. À présent, ils tirent sur des cigarettes et la fumée les entoure d'un petit nuage bleu. Ils parlent à mi-voix et attendent manifestement que leurs familles sortent de l'office.

Mieczysław, lui, n'attend pas ses compagnons, mais, en proie à de sombres sentiments, il allonge le pas de ses jambes longues et maigres pour descendre presque en courant jusqu'au sanatorium et y déjeuner. Sa faim vient brusquement de se manifester, telle une cloche qui appellerait à célébrer le culte du corps.

*

Au cimetière de Langwaltersdorf, ils se rendent avec deux attelages. On peut considérer que c'est un prétexte pour s'échapper de la vallée de Görbersdorf. Le temps s'éclaircit aussitôt, le soleil vif d'automne traverse plusieurs fois les nuages, mettant en relief les couleurs féeriques inouïes des versants montagneux. Le cortège longe la rivière sur laquelle les habitants avisés entretiennent des bassins où ils élèvent de pauvres truites.

Ce n'est qu'à cet instant que l'on prend conscience de la situation exceptionnelle du village, relié au monde uniquement par un passage assez étroit, sous un viaduc ferroviaire, où deux véhicules modestes peuvent à peine se croiser, tandis que les camions qui descendent habituellement le charbon et d'autres marchandises en ville n'y parviendraient pas.

Au-delà de ce passage s'étendent Görbersdorf proprement dit et toute sa vallée. Prise entre des montagnes denses quoique peu élevées, cette vallée est paraît-il située au-dessus d'un grand lac souterrain. C'est pourquoi monsieur August dit qu'ils résident dans une bouteille de Leyde où diverses vibrations se mélangent pour générer du courant électrique.

Le cimetière de Langwaltersdorf est ancien. Au moment où il a été créé, on n'a certainement pas envisagé qu'il deviendrait la nécropole des défunts du sanatorium, puisque celui-ci n'existait pas encore. Les places vont bientôt y manquer. Il se trouve près d'un temple de structure élancée, presque au croisement de deux routes pavées, dont l'une mène à Waldenburg et l'autre traverse un large plateau lumineux jusqu'à Glatz, en passant par Nieder Wüstegiersdorf. Le cimetière ne rappelle en rien ceux que Mieczysław a pu connaître chez lui. Le jeune homme n'est guère habitué à pareille modestie, à semblable manque d'ostentation. Dans les régions orientales de la Pologne, il en est tout autrement. Les tombes sont fastueuses, chacune est différente des autres, avec de riches ornements et parfois même des sculptures. Depuis son enfance, Mieczysław est particulièrement bouleversé par les tombeaux avec un ange pleureur. Peut-être est-ce parce que celui de sa mère en a reçu un. Son père l'avait commandé parce qu'il supposait que tel était le désir de son fils, alors que Miecio était encore bien trop petit pour exprimer pareille demande. January avait peut-être vraiment imaginé que l'enfant voulait un tel ange sur la tombe de sa mère, décédée quelques mois après sa naissance, affaiblie qu'elle était par l'effort que lui avait coûté l'accouchement et en proie à une mélancolie difficile à expliquer. Désormais, pour Mieczysław Wojnicz le souvenir maternel est à jamais associé à cet ange en pierre, si gracile, un genou à terre, dans une posture de profond désespoir qui ne sied guère aux êtres célestes.

Les gens d'ici, de Silésie, doivent gérer différemment le souvenir des défunts. Peut-être appliquent-ils leur imagination à autre chose, et, avec leur préférence pour ce qui est concret, choisissent-ils de la remplacer par une photographie du disparu, soigneusement encadrée et posée sur un meuble ou accrochée au mur. Le cimetière est rempli de tombes toutes semblables, intelligemment disposées et modestes, mais parfaitement entretenues. Un tailleur de pierre y grave d'une main assurée les données indispensables pour entretenir le souvenir : prénom, nom, dates de naissance et de mort, parfois juste de mort. Il est difficile de se figurer qui étaient les défunts sous la pierre tombale. Aucun indice pour l'imagination. Mais le futur ingénieur Mieczysław Wojnicz observe le cimetière sous un angle particulier, celui d'une coupe des strates de terre, avec de nombreuses lignes horizontales comme sur les schémas qu'il a dessinés durant ses études. Le tracé supérieur est celui des stèles rectangulaires, puis vient la strate des herbes, des plantes et de leurs racines qui s'enfoncent avidement, puis une couche de terre déjà tassée, mais différente de celle alentour car elle a été artificiellement amalgamée. Plus bas encore se trouve le grand rectangle du cercueil avec son contenu, l'esquisse irrégulière de ce qui reste d'une dépouille humaine, la forme allongée constituée d'ossements.

Mieczysław se promène seul entre les tombes, il lit les noms des morts. Tout au bout de l'allée principale s'achève la prédominance de trois noms : Fischer, Opitz, Tilch. Sous une croix imposante commence le carré du sanatorium, et là tout se diversifie, les sépultures diffèrent significativement les unes des autres. Certaines sépultures portent une croix orthodoxe gravée ; d'autres, sans aucun symbole religieux, juste une petite stèle bien droite, et orientée dans le sens opposé. Les noms sont surtout allemands, mais également français, puis oh… polonais, et pas mal de tchèques et de suédois. La mort est clairement cosmopolite !

La voiture avec le cercueil est déjà là ; les personnes en deuil se sont placées autour de la fosse. Mieczysław aperçoit August August et Longin Lukas et les rejoint en silence. Il a aussi vu Wilhelm Opitz, qui a les yeux baissés, Rajmund, très sérieux, mais aussi Walter Frommer, un peu sur le côté, qui observe attentivement tous les participants. Mieczysław ne connaît pas les autres visages ; certains attirent son attention, ils sont sombres avec des yeux cernés de noir. À coup sûr, ils peuvent sembler effrayants au premier examen ! Frau Weber et Frau Brecht, bien entendu, sont également présentes, coiffées de chapeaux noirs pareils à des marmites. Et c'est tout, personne d'autre. L'enterrement est bref, sans paroles superflues, comme s'il était impossible d'en dire plus de cet événement terriblement macabre et qu'il fallait l'oublier au plus vite. Ce que fait Mieczysław. Sur le chemin du retour à la pension, provocateur et non sans méchanceté, il demande à Longin Lukas et à monsieur August s'ils croient en l'immortalité de l'âme, et, en ce cas, à ce qu'elle devient après la mort. Ainsi précipite-t-il ses compagnons dans un pandémonium d'idées, d'arguments et de contre-arguments, de citations et de références tel que, lorsque la calèche passe à côté du couvent des sœurs franciscaines, le *Marienhaus*, à l'orée du village, il ne sait plus de quoi ils discutent et ne rêve que de se mettre au lit.

Un concours de circonstances a voulu que le moment où les cordes descendaient la dépouille de madame Opitz dans la fosse fût celui de l'équinoxe d'automne, où la durée du jour est égale à celle de la nuit. L'écliptique se configure alors d'une manière si particulière qu'elle fait contrepoids aux tressaillements de la terre. Évidemment, personne ne le remarque, les hommes ont des choses plus importantes à l'esprit. Mais nous, nous le savons.

Dans la vallée de montagne qui s'étend au-dessus des eaux d'un lac souterrain, il n'y a plus le moindre souffle de vent ; et même s'il n'y en a guère habituellement, en cet instant, le monde semble avoir cessé de respirer. Des insectes tardifs se sont perchés sur une tige desséchée. Un étourneau s'est figé en observant un mouvement révolu parmi les touffes de persil dans le jardin. Une toile d'araignée déployée dans les buissons de ronces cesse de vibrer pour se tendre, s'efforçant de percevoir les ondes venues de l'espace. L'eau s'invite dans l'épaisseur des mousses comme si elle devait y rester à jamais, comme si elle devait oublier sa seconde propriété qui est de couler. Pour le lombric, cette tension du monde est le signal qu'il lui faut se chercher un refuge pour l'hiver, il projette déjà de s'enfoncer en terre avec l'espoir, sans doute, d'y retrouver les ruines du paradis dans les profondeurs. Les vaches qui mâchent l'herbe déjà jaunissante s'immobilisent également, leurs mécanismes de vie interne s'arrêtent un instant. L'écureuil regarde le miracle qu'est la noix et comprend que celle-ci est du temps pur, condensé, et que, parée d'une forme si étrange, elle est également son avenir. Et tout, en ce bref instant, se redéfinit, fixe de nouveau ses limites et ses objectifs, les formes brièvement diffuses se recomposent, une nouvelle fois.

C'est un temps très bref d'équilibre entre la lumière et l'obscurité. Il est l'instant presque imperceptible où s'accomplit le schéma, la promesse de l'ordre majeur, mais cela ne dure que l'espace d'un clin d'œil. Dans cet infime fragment de temps, tout revient à la perfection initiale, celle avant que le ciel ait été séparé de la terre.

Mais aussitôt cet équilibre parfait se dissout tel un dessin sur l'eau, le tableau se trouble, le crépuscule tend vers la nuit et la nuit l'emporte. Ce sera désormais la revanche d'une période de six mois d'humiliations qui, soir après soir, va conquérir de nouveaux bastions.

5

Les fissures de la montagne

Quelques jours après les funérailles, deux policiers en civil viennent de Breslau et mènent quelques interrogatoires dans la salle à manger. Ils ne s'attardent guère avec Mieczysław Wojnicz quand ils apprennent qu'il vient d'arriver à la station thermale.

– Connaissiez-vous, monsieur, cette malheureuse femme ? lui demande l'un d'eux.

– Si je la connaissais ? Non, je ne la connaissais pas.

– Mais l'avez-vous vue ?

Mieczysław réfléchit.

– Certes, mais pas dans son entier.

– Qu'entendez-vous par là ? demande l'enquêteur inquiet.

– J'en ai vu des bribes. Voyez-vous, au cours de ce temps limité, elle était sans cesse en mouvement, et je ne voyais donc que ses mains tenant le plateau ou sa chaussure qui retenait la porte ouverte.

Mieczysław bat des paupières comme s'il déroulait devant ses yeux les images où figurait madame Opitz. Les deux inspecteurs échangent des regards empreints d'une moquerie à peine voilée.

– Lui avez-vous jamais parlé ?

– Non, évidemment que non. C'était... la bonne. Je suis arrivé il y a quelques jours de cela. Elle est morte le lendemain de mon installation.

– Connaissez-vous les personnes qui résident à la pension ?

– Non, j'ai affaire à elles pour la première fois. Autrement dit, nous apprenons peu à peu à nous connaître. Nous attendons tous qu'une place se libère au sanatorium.

– Ah oui, j'espère pour vous qu'il s'en libérera bientôt... dit le policier, immédiatement gêné par sa réponse.

Ses lèvres hésitent un instant à dire « Désolé », mais apparemment elles décident que la gaffe n'a pas été remarquée.

*

– Il la maltraitait, murmure Thilo à Mieczysław tandis qu'ils remontent l'escalier. Je ne le leur ai pas dit, bien sûr. Il la faisait dormir des semaines entières à la cave, là où on garde les pommes de terre et la choucroute. Il ne lui remettait pas les lettres que lui envoyait sa famille. Bref, elle était son esclave. Le jour d'avant sa mort, je l'ai vu de mes yeux la taper sur la tête avec une louche en bois parce qu'elle avait brûlé la viande. C'est pour ça que ses repas me restent en travers de la gorge. Je préférerais de loin les prendre au sanatorium.

Mieczysław est persuadé que Thilo von Hahn a de nouveau une poussée de fièvre et qu'il invente. Il est soulagé de regagner sa chambre.

L'après-midi, lorsqu'ils partent tous prendre leurs soins, Opitz se rend à Waldenburg pour faire ses courses. Mieczysław a compris que c'est le seul moment de la journée où il n'y a personne à la pension. À seize heures, Rajmund, ainsi que les autres commis des pensions et des villas attendent le courrier près du couvent de la Vierge, le *Marienhaus*, pour le distribuer ensuite dans tout le village ; les nouvelles arrivent avec quelque retard, mais restent d'actualité jusqu'au soir. Mieczysław aime à rester seul. Il lui semble que ce n'est qu'alors que se desserre un peu le col qui meurtrit sa peau délicate, ce col rigide qui lui a été imposé il y a longtemps et qu'il doit toujours porter en présence d'autres personnes.

Mieczysław est déterminé à découvrir ce qui se passe au grenier. Il est incapable de donner ne serait-ce qu'un nom aux bruits qu'il y entend la nuit. Ça n'est pas un roucoulement, plutôt des « pouf, pouf », un souffle associé à un gargouillis.

Il a entendu dire que dans de nombreuses maisons anciennes vivent des fouines et d'autres petits prédateurs, donc il peut s'en être installé ici pour l'hiver.

Un escalier étroit en bois mène de son étage aux combles, où un petit couloir donne accès à trois pièces. Les portes en sont très simples, sans les ornements qu'ont celles des étages nobles ; juste faites de planches, elles sont garnies d'une poignée et d'un verrou de fer à l'ancienne.

Mieczysław ouvre la première porte, à droite, aussi silencieusement que possible. Il voit une petite pièce étroite avec une fenêtre mansardée sous laquelle se trouve un lit en fer avec un couvre-lit. Celui-ci a été fait de divers bouts de tissu assortis avec soin et goût. Des dominantes rose et violet émane une tonalité joyeuse et féminine. Les murs sont couverts d'une tapisserie lilas à rayures verticales quelque peu abîmée. Sur la table de chevet se trouvent une brosse, un peigne et un pot de crème. Sous un petit miroir carré chatoient des rubans soigneusement suspendus. Il y a encore un guéridon couvert d'un napperon fait au crochet sur lequel sont posés une carafe d'eau et un verre ; à côté se trouve une chaise complètement recouverte par une robe jetée avec négligence. Celle-ci, un peu usée aux coutures, est d'un bleu sombre. Quand Mieczysław ouvre l'unique porte d'une armoire aux dimensions réduites, il y trouve plusieurs cintres avec des robes semblables. Dans le bas, elle contient également des chaussures qui ont été bourrées de papier journal afin qu'elles ne s'affaissent pas. Il y a aussi un panier en osier avec des pelotes de laine, surtout violettes, roses et blanches, au milieu desquelles deux aiguilles à tricoter sont martialement enfoncées.

Mieczysław comprend qu'il se trouve dans la chambre de la défunte, cette femme qu'il n'a aperçue qu'en passant. Il touche le tissu de la robe, puis les volants du fond de robe. Il s'accroupit pour passer le doigt sur le cuir parfaitement ciré des souliers, puis, très silencieusement, il regagne le couloir.

Le silence règne toujours dans la pension, personne n'est encore rentré. Mieczysław hésite un moment devant la porte des deux autres pièces. Il en ouvre une, et fait aussitôt un pas en arrière. C'est une simple soupente avec sa fenêtre mansardée, mais au centre de cet espace sombre, éclairé uniquement par la lumière qui filtre à travers d'épais rideaux empoussiérés, se trouve une chaise avec aux pieds et aux accoudoirs de larges sangles en cuir terminées par des boucles métalliques. Mieczysław n'en saisit pas l'usage immédiatement, il lui faut quelques secondes, mais quand il comprend, son imagination lui fait visualiser la scène.

La chaise sert à attacher une personne.

Évidemment, il envisage que ce pourrait être lui. Son cœur bat plus fort. Il referme vite cette porte, puis sans le moindre bruit, presque sans respirer, il regagne sa chambre.

*

Des chaussures de haute montagne, presque neuves, minutieusement cirées, sont à la porte de la chambre de Mieczysław Wojnicz. Nous, les empouses, nous aimons regarder les chaussures. Celles-ci sont fabriquées en peau de porc soigneusement travaillée. Les semelles sont renforcées par du caoutchouc, les tiges hautes sont garnies d'œillets métalliques presque sans intervalles. Les chausser doit être un peu laborieux. Rajmund les a briquées avec force salive aux aurores. Les bouts sont un peu usés, mais du bon cirage, à base de graisse et de suie, fait que les imperfections sont presque invisibles. Mieczysław reçoit ces chaussures en cadeau de Wilhelm Opitz ! En cadeau ! Il les regarde, incrédule, et ne sait pas comment remercier pour un don aussi inattendu. Il répète : « Enfin, enfin… » Mais Opitz lui déclare avec une sincérité sans réserve :

– Elles étaient celles d'un curiste.

Une pensée fébrile vient à l'esprit de Mieczysław, le « étaient » l'inquiète, mais il n'a pas le temps de réfléchir, les autres l'attendent tous au rez-de-chaussée et les chaussures semblent faites pour lui. Le temps est brumeux, mais Opitz leur promet que lorsqu'ils seront plus haut, il y aura du soleil.

Ils sont six avec Rajmund, lequel mène les chevaux et, ensuite, sera leur porteur pour le sac à dos de nourriture et les plaids sur lesquels ils se reposeront. Assis le long des ridelles de la charrette comme des paysans, ils roulent jusqu'au chemin de randonnée. Les premiers jours d'octobre seraient ici toujours favorables aux excursions en montagne. Une discussion interminable s'ensuit pour savoir où il vaut mieux prendre les prévisions météo pour Görbersdorf. Dans la presse viennoise ou berlinoise ? Ou peut-être celle de Prague ? Chacun de ces messieurs a sa propre théorie. À l'évidence, le temps semble difficile à prévoir ici, en Silésie.

– Je ne sais comment vous exprimer ma gratitude, monsieur Opitz, déclare Mieczysław, vraiment ému par les chaussures, quand ils commencent à grimper. Sans compter que vous avez pensé à moi en un moment tellement pénible pour vous. Je vous en serai éternellement reconnaissant.

En effet, il ne sait pas comment remercier monsieur Opitz, à l'allure particulièrement respectable aujourd'hui. Pâle et sérieux, il les emmène en expédition. Les traits de son visage plutôt quelconques étaient sublimés dans le deuil.

– Vous n'avez pas à me remercier. Ma démarche est des plus naturelles, donner là où il y a un besoin.

Mieczysław Wojnicz lui parle des derniers pronostics du docteur Semperweiß, très encourageants. Il se pourrait même qu'il puisse rentrer chez lui pour les fêtes de fin d'année.

Opitz réagit par un soupir.

Le hameau des charbonniers qu'ils dépassent dans la profondeur de la forêt leur laisse une impression déplaisante. Autour des meules de bûches rougeoyantes s'étale une boue collante, pleine d'écorces d'arbre, de pommes de pin et de branchages, qui donne l'impression que l'on a arraché la peau de la forêt et que la plaie suppure. Les charbonniers aux visages noircis, couverts de suie, les regardent sombrement. Opitz échange une poignée de main avec l'un d'eux et, d'un mouvement de tête, indique ses excursionnistes. Le groupe attend Thilo, qui avance difficilement, s'arrête à tout instant pour reprendre son souffle. Mieczysław reste à ses côtés. Thilo, avec un humour macabre, feint de se moquer de son état de santé et lui explique les vertus de la peinture des paysages. Mieczysław sent quasi physiquement à quel point son compagnon a du mal à respirer.

– Le paysage… est… un grand mystère… car en fait… il se crée… dans les yeux… de celui… qui regarde, prononce-t-il avec peine.

Il ajoute qu'il y a une sorte de projection des états intérieurs de celui qui observe, et qu'il conviendrait de se demander si ce que nous voyons sur la toile n'est pas entièrement différent dans la réalité.

Mieczysław lui raconte combien, dans son enfance, la question le tourmentait de savoir si, par exemple, tout le monde voyait le vert pareillement ou si « vert » était une notion qui s'appliquait à quelque chose que chacun pouvait percevoir à sa façon. S'il en était ainsi, nos représentations internes du monde pouvaient différer dramatiquement entre elles. Dès lors, la langue et les normes sociales seules maintiendraient le monde dans un semblant d'ordre.

– Et pourtant les couleurs correspondent à des longueurs d'onde et donc des mesures objectives, dit-il pour finir.

– Si ce n'est qu'elles peuvent agir de diverses manières sur l'œil humain. Et toi, tu vois le vert comment ? l'interroge Thilo.

Mieczysław ne sait pas répondre à cela. « Vert comme une feuille » lui vient uniquement à l'esprit. Il ne saurait en parler que par analogie, en comparant une chose avec une autre.

Ils reprennent leur montée vers l'endroit où les autres les attendent et, par nécessité, ils se taisent. Le sujet s'évapore.

– Tu as vu… le cimetière… à Langwaltersdorf ? demande encore Thilo à Mieczysław en haletant lourdement. Cela vaut la peine. Une carte particulière du monde des vivants.

Mieczysław ne comprend pas très bien ce qu'il veut dire.

Le lieu de vie des charbonniers peut difficilement être qualifié de hameau. De grandes meules sont dressées à proximité de huttes en bois rudimentaires, construites avec des branchages et de la toile bitumée. Opitz, que Mieczysław trouve excessivement excité, parle aux excursionnistes du travail des charbonniers. Quant à ceux-ci, ils vont et viennent, chacun à sa tâche, sans avoir l'air de se soucier de la visite. Ils tiennent des cigarettes mal roulées dans du papier sale entre leurs doigts noirs. Sur leurs visages couverts de suie, leurs yeux brillent. Leurs vêtements misérables et déchirés font penser à une mode bizarre, exotique, primitive. Mieczysław a l'impression qu'ils se trouvent tous sur une de ces gravures qu'il aimait tant regarder quand il était enfant et qui représentaient des scènes de terres lointaines où s'affrontaient deux civilisations.

Opitz montre les meules en expliquant leur fonctionnement avec érudition. Une fois chargées de bons matériaux, autrement dit de douze stères de rondins de bois – le hêtre est le meilleur, il en pousse beaucoup par ici ; mais aussi le charme, l'aulne, le bouleau –, on recouvre d'un manteau de branches et de terre, puis on allume correctement. Il faut attendre que la température idoine soit atteinte avant de fermer la cheminée au sommet. La combustion se diffuse uniformément, la fumée s'échappe par de petits espaces au bas de la meule. Ces ouvertures ne doivent en aucun cas être obturées, leur surveillance constante, nuit et jour, est une tâche capitale. La meule se consume ainsi pendant des jours. On ouvre les couvercles pour vérifier à l'aide d'un long bâton si le charbon s'est constitué, et un matin, c'est fait.

– Ces fourneaux sont une invention locale, ici on les appelle « cornues », déclare Wilhelm Opitz en levant le doigt, et, par ce geste, il rappelle à l'ordre les excursionnistes qui ne l'écoutent pas attentivement. Vous voyez que maintenant la meule est brûlante. Il s'y produit une combustion qui détruit ce qui, jusque-là, n'était que du bois ordinaire, pour en extraire ces éléments nouveaux que l'on recherche et qui ne manquent pas de noblesse, il faut le dire. Eux savent comment faire et comment s'assurer que le charbon de bois est prêt.

D'un geste de conférencier chevronné, il indique les quelques charbonniers les plus proches. L'expression de leurs visages n'a pas changé, elle est empreinte d'indifférence. Mieczysław est même porté à y voir une sorte de mépris.

– Après vérification que tout est en ordre, on attend encore quelques heures jusqu'à ce qu'apparaisse une fumée, d'abord blanche, puis bleue. À ce moment-là, il faut inonder la meule d'eau, poursuit Opitz.

– Combien d'eau faut-il pour noyer quelque chose d'aussi brûlant ? interroge monsieur August avec sagacité.

Cela, Opitz l'ignore. Aussi, dans son dialecte traînant, il interroge l'homme avec lequel il conversait peu avant sur le bas-côté. Ce dernier lâche un mot.

– Environ cent litres, traduit Opitz.

Après cela, il explique que les couvercles sont recouverts de boue pour conserver la vapeur à l'intérieur de la meule. Le lendemain tout est refroidi, le charbon de bois est prêt. On ouvre les portes pour le sortir à la pelle. Sur une meule entière, la moitié est un produit de qualité, et ce qui n'a pas parfaitement brûlé servira à mettre le feu à la fournée suivante.

– Et qu'est-ce qui pourrait se passer si les meules étaient laissées un moment sans surveillance ? interroge Opitz, pour la forme, tout en s'appuyant sur son bâton de marche couvert d'écussons et d'edelweiss en métal.

Les hommes aux visages sombres le regardent, avec un peu plus d'intérêt, semble-t-il.

– Tout serait brûlé, jusqu'à être réduit en cendre. Au lieu de charbon, il en sortirait de la cendre grise. Ce serait de l'ouvrage perdu, répond monsieur Opitz à sa propre question.

– Est-ce un travail dangereux ? s'enquiert spontanément Mieczysław, aussitôt gêné par sa demande.

– Oh que oui ! répond Opitz, amusé, et il fait signe de reprendre la marche, car l'exposé est terminé. – On peut se faire enfumer, perdre le sens de l'orientation et se retrouver dans la meule…

Les charbonniers ricanent.

Après cette réplique, Mieczysław se sent honteux, il se promet de ne plus jamais rien demander. Opitz laisse passer les marcheurs devant lui et, avec une immense patience, il les regarde peiner dans la montée. Des hommes malades qui voudraient se persuader qu'ils ont encore une longue vie devant eux. Monsieur Opitz observe plus particulièrement Thilo von Hahn. Celui-ci ferme la marche, respire difficilement, les yeux rivés au sol comme s'il pensait à quelque chose hors de ce monde. Le sang ne s'oxygène plus suffisamment dans ses poumons, son cœur bat fort et l'on peut s'étonner que Wilhelm Opitz ait tant insisté pour qu'il se joigne au groupe. Là, le directeur de la pension vient de faire un signe du menton à peine perceptible pour attirer le regard des charbonniers sur Thilo. Ils lui répondent par un hochement de tête discret, presque invisible. Mieczysław, toujours un peu froissé, remarque l'échange, mais ne s'y attarde pas, trop préoccupé par lui-même.

Le docteur Semperweiß a clairement interdit toute conversation lors des efforts physiques, mais ces messieurs, oublieux de la consigne, poursuivent évidemment les discussions entamées la veille ou l'avant-veille, ou celles qu'ils relancent continûment, et ils ne cessent de s'arrêter en prenant appui sur leur bâton de marche. L'un des sujets brûlants demeure la disparition de *La Joconde*. Deux ans plus tôt, quelqu'un est entré au Louvre pour emporter avec lui le tableau comme si c'était une baguette de pain. Au jour anniversaire de ce vol, les journaux commentent à foison l'événement, car il n'y a toujours aucune trace de Mona Lisa. L'affaire divise le groupe en deux camps. Thilo et monsieur August affirment que c'est la perte irrémédiable d'un symbole civilisationnel, d'une de ces œuvres d'art qui sont les axes de notre culture, autour desquels nous nous structurons spirituellement, voire socialement, et que l'humanité a le devoir de protéger ces œuvres par-dessus tout. Monsieur August s'exprime sur cette question avec une exaltation sincère, chacun de ses mots semble commencer par une grande lettre, et ses lèvres, désireuses de le prononcer correctement, gonflent et s'humidifient de salive sous le poids des initiales, de sorte que devant chaque « P » ou « B » elles crachouillent des gouttelettes indéniablement chargées de ces toujours mystérieux bacilles de Koch. Wilhelm Opitz et Longin Lukas, quant à eux, parlent d'hystérie et d'exagération de sa part, affirmant qu'il est des choses plus sérieuses que *La Joconde*, et que s'ils apprécient Léonard en tant qu'artiste ce n'est pas une raison suffisante pour placer les œuvres d'art sur un tel piédestal. En outre, ils affirment que *La Joconde* n'est que le portrait d'une maîtresse, laquelle affiche, en outre, un sourire libidineux qui suscite en nous un plaisir impur. (– Oh ! pas chez moi ! s'offusque monsieur August.) Elle ne mérite pas l'intérêt qu'on lui porte. D'ailleurs, les œuvres d'art devraient éduquer, nous familiariser avec le passé. À cet instant, Longin Lukas change de sujet et s'emporte vraiment, sa voix devient un aboiement lorsqu'il se lance dans une croisade contre l'art moderne, qu'il trouve primitif et privé de toute qualité. Là-dessus, ils font montre de tant d'opiniâtreté que tout le monde doit s'arrêter, appuyé sur son bâton de randonnée, de sorte que leur halte dure plus de temps qu'il ne faudrait. Mais que faire, puisque Thilo doit prendre la défense de l'art moderne en s'efforçant de démontrer à Longin Lukas son incompétence, sa mentalité provinciale et son mauvais goût. Et en plus, ses capacités intellectuelles limitées, ce qu'évidemment il ne dit pas expressément, mais dans sa voix pointe une ironie cinglante et celle-ci rend Longin Lukas encore plus furieux. Au bout du compte, c'est Mona Lisa qui en fait les frais. Elle est laide. L'attrait des femmes vient souvent de ce qu'elles se conduisent comme si elles cachaient un mystère et c'est précisément ce qui attire les hommes. Mais, de fait, ce n'est qu'un simulacre chez elles pour dissimuler un vide intellectuel. Sur ce, les émotions s'apaisent, à croire que, sur ce point au moins, tous ces messieurs sont d'accord. Opitz ordonne donc de reprendre la marche. Quand ils recommencent à grimper, il leur faut se concentrer sur la route caillouteuse, ils avancent donc en silence. Longin Lukas en profite :

– La femme représente une étape passée et inférieure de l'évolution, selon ce qu'écrit monsieur Darwin, et il a son mot à dire sur le sujet. La femme est comme… – Longin Lukas voudrait être précis –, comme une attardée de l'évolution. Tandis que l'homme allait de l'avant, qu'il développait de nouvelles capacités, la femme a fait du surplace, elle a stagné. Telle est la raison pour laquelle les femmes sont souvent socialement infirmes, elles ne savent pas se débrouiller seules et doivent toujours s'appuyer sur un homme. Elles doivent donc lui faire de l'effet. Le séduire et le manipuler. Le sourire de Mona Lisa est le symbole de toute cette stratégie pour s'en sortir évolutivement. Séduire et manipuler.

Un moment plus tard, en dépit du chemin abrupt et de l'interdiction de parler en cours d'effort, la conversation prend une nouvelle direction et gagne de nouveau en intensité. Car, à propos des femmes, chacun à quelque chose à dire.

Maintenant, c'est Frommer qui prend la parole. Il parle, s'arrêtant souvent pour tracer de sa canne des dessins invisibles sur la mousse. Selon lui, il se passe des choses très particulières dans cette région. Il insiste pour dire qu'il l'a découvert dans les archives à Breslau et qu'il n'invente absolument rien. Il raconte que les terres environnantes ont été le théâtre d'un affrontement violent entre deux factions religieuses. La Réforme avait trouvé ici une tête de pont solide, à proximité du pays des Tchèques ; mais de notre côté de la frontière, en Prusse, nombreux furent également ceux qui y adhérèrent : les paysans, les bourgeois, mais surtout la noblesse. Quand les catholiques reprirent le pouvoir, Stillfried, un noble, fut condamné à la confiscation de son fief et de la moitié de ses biens héréditaires pour avoir pris part à ce que l'on appelait la « rébellion tchèque ». Une sanction sévère ! Pour sauver son patrimoine, il revint au catholicisme et, comme cela arrive en pareilles circonstances, il se révéla plus papiste que le pape. Dans sa ferveur religieuse, il se mit à poursuivre toute entorse à la sainte foi catholique, la moindre hérésie et, plus particulièrement encore, le paganisme. Ce fut lui qui déclencha les persécutions des hérétiques dans cette région et, alors qu'il vivait au château de Neurode, son influence se fit sentir jusqu'à Waldenburg, d'un côté, et jusqu'à Glatz, de l'autre.

Ce fut ainsi qu'au début du printemps 1639 ce Stillfried fit condamner à mort pour sorcellerie, après plusieurs jours de tortures, Ewa Bernhard et Anna Tieff. Oui, Frommer a retenu ces noms, et il les livre maintenant avec une grande satisfaction, parce qu'il est historien, certes amateur, mais sérieux. Ewa fut interrogée en avril et principalement questionnée à propos des sabbats de sorcières sur le mont Homole, côté tchèque. Ewa livra le nom de toutes les femmes de sa connaissance, mais aussi de celles dont elle avait juste entendu parler ou qu'elle connaissait de vue dans la région, des deux côtés de la frontière. Barbara Brands de Kostenthal et Dorota Meisner de Braunau, mais aussi les femmes de Nieder Wüstegiersdorf ou de Görbersdorf.

Ewa eut la tête coupée et son corps fut brûlé à Neurode. Quant à Anna, elle ne vécut pas jusqu'au bûcher, elle mourut en prison des blessures causées par les tortures.

Il semblerait que leurs juges aient humé le sang comme le font les chiens de chasse et que, dès lors, chaque femme leur sembla impliquée dans des sortilèges. Et lorsque l'on regardait les montagnes, la forêt, les mousses, les pierres, et, surtout, une fois qu'en haut du mont Homole on avait vu la plus grande fissure par laquelle le diable en personne sortait des entrailles de la terre pour les sabbats, on était gagné par la certitude que pareils endroits attiraient les femmes – moralement handicapées de naissance comme chacun sait – pour qu'elles s'y débarrassent du fruit de leurs entrailles, concoctent des mixtures empoisonnées, jettent des mauvais sorts aux innocents. Désormais, les femmes pouvaient sentir peser sur elles le regard attentif des prêtres, des juges et de leurs aides. Même un voisin pouvait causer leur perte. Mais aussi, peut-être, le frère ou le mari.

À l'été, la peur était telle dans les villages des deux côtés de la frontière que les femmes abandonnaient leurs familles et leurs devoirs pour fuir dans les montagnes. Comme attirées par le son d'une flûte diabolique.

– Les villages se dépeuplaient, les vaches n'étaient plus traites, les enfants pleuraient de faim, les jardins étaient envahis par les mauvaises herbes, les vêtements s'effilochaient et se trouaient, raconte Frommer, énumérant, presque en transe, ces étapes de désintégration du monde. Les poêles restaient froids, les réserves de nourriture pourrissaient, les chiens et les chats retournaient à l'état sauvage et les moutons se couvraient de laine…

« À Braunau, du côté tchèque, Dorota et Barbara furent également torturées : écartelées, puis livrées au soufre et aux flammes du bûcher. Les habitants de la ville étaient épouvantés en entendant les cris qui s'échappaient des cachots de l'hôtel de ville, de sorte que, ne pouvant plus le supporter, la ville de Braunau s'adressa officiellement à Prague dans cette affaire. Elle s'inquiéta de savoir si les tortures devaient être poursuivies et s'il ne fallait pas faire peser les frais de procédure – deux thalers de l'empire – sur les époux des accusées ou leurs frères, car Braunau était une ville modeste, alors que les maris en question avaient de la fortune. Qui devait payer tout cela ? La cour d'appel de Prague répondit que les tortures devaient cesser, les femmes être libérées et, qui plus était, exonérées des dépens du procès. Les femmes retrouvèrent leur liberté, mais le tribunal praguois refusa de les rétablir dans leur dignité. Elles moururent dans l'infamie. Hélas, Neurode ne défendit pas ses sorcières, termina Walter Frommer, avec un semblant de tristesse.

– Très beau récit, déclare monsieur August. En outre, il montre la force du bon sens et des règles du marché.

– On dit qu'un nombre conséquent de ces fuyardes ne sont pas revenues, lance encore Frommer.

Mieczysław marche en silence, il jette des regards inquiets à Thilo, tout en écoutant Frommer avec une attention régulièrement perturbée par les bruits de la forêt : des froissements, un cri lointain d'oiseau, le grincement des hêtres si hauts. Ou encore par un animal aperçu du coin de l'œil, ou par la vue d'une petite touffe de poils sur une branche solitaire. À moins qu'il ne soit tout simplement distrait par l'immense panorama des montagnes, qui apparaît brièvement entre les arbres élevés, puis disparaît quand les marcheurs redescendent un peu et que la forêt devient plus dense.

Ces messieurs se sentent manifestement inspirés par cette histoire qui les incite à parler d'atavisme. Haletant et s'arrêtant à tout moment, ils discutent sans vraiment se quereller, mais en multipliant les arguments qui vont dans le même sens. La femme, par le fait qu'elle est plus proche de la nature et de ses rythmes, présente une persistance d'atavismes disparus chez l'homme, qui est plus civilisé, affirme Longin Lukas avec une grande assurance, ce qu'il souligne encore en séparant les syllabes du mot « atavisme ». Wilhelm Opitz ajoute que s'il ne comprend pas vraiment ce que veut dire « atavisme », il est certain que la femme est souvent un parasite social, mais que, bien dirigée, elle est capable de travailler pour la société, en tant que mère, par exemple.

– Que cela nous plaise ou non, la maternité est seule à justifier l'existence de ce sexe embarrassant, résume Opitz, et tous comprennent qu'ainsi il tente de faire son deuil de madame Opitz, étant donné qu'elle n'avait pas eu d'enfant.

Finalement, Thilo joue les trouble-fêtes, comme toujours. Il évoque une hypothèse intéressante venue de France, selon laquelle *La Joconde* ne serait pas le portait d'une femme, mais celui d'un ami efféminé de Léonard, puisqu'il est bien connu que l'artiste préférait la compagnie des hommes à celle des femmes. La thèse provoque un sourire compatissant chez Longin Lukas, et une satisfaction silencieuse chez monsieur August. Ensuite, Lukas, manifestement fatigué, revient au sujet principal pour formuler une critique acerbe de l'art moderne et terminer en déclarant :

– En art, n'est valable que ce à quoi n'ont pas encore touché ces crétins maniaques des locomotives, des boulons, de tout ce futurisme.

Le terme « futurisme », il le prononce avec le plus grand des mépris.

Le groupe marche maintenant d'un pas égal sur un chemin plat. La forêt de hêtres de chaque côté est merveilleuse, les feuilles rouge sombre forment une voûte couleur vin de Bourgogne au-dessus des têtes. Les taches jaunes et orange des bouleaux et des érables intensifient cette noce de coloris, d'autant plus que les rayons du soleil et le bleu du ciel de début octobre tissent un fond or et turquoise pour ce spectacle.

– J'ai vu tout cela au printemps, déjà, soupire Thilo. L'excursion était la même.

Mieczysław et lui ferment la marche. Quelques dizaines de mètres devant eux se trouvent messieurs Lukas et August. Ce dernier gesticule, les deux hommes doivent discuter de nouveau d'un de ces sujets sur lesquels ils ne sont jamais d'accord.

– J'étais alors plus fort, je projetais de ne rester que jusqu'à l'été…

Ensuite, le chemin redevient abrupt, et il leur est difficile de parler. Mieczysław observe avec ravissement les coussins de mousse vert sombre des deux côtés du sentier et les chapeaux jaunes et lisses des bolets. Il ne peut s'empêcher d'en cueillir pour les mettre dans sa casquette.

Quand finalement ils arrivent au but, il est légèrement déçu. Il s'attendait à quelque chose de spectaculaire, et là, Wilhelm Opitz leur montre avec fierté des trous envahis par les mousses et les myrtilles. Rajmund étend les plaids sur le sol, verse de la limonade dans les gobelets en fer et distribue des petits pains au lait.

– Les gens du coin appellent ces fissures les « lèvres de sorcières », dit Opitz.

Puis il ajoute, en plissant les yeux de manière amusante, qu'il faudrait les appeler « culs de sorcières » parce que, par temps de fortes chaleurs ou de grands froids, il s'en échappe un air sifflant.

Longin Lukas est le seul à rire.

– La science dit autre chose, déclare Walter Frommer qui s'est habillé d'une manière particulièrement élégante pour cette excursion (il a remplacé son col rigide blanc par un foulard noir, ce qui lui vaut l'allure d'un employé des pompes funèbres). La différence de température entre les profondeurs et la surface de la terre provoque des mouvements d'air qui, en sortant des failles, sifflent et chuintent.

Mieczysław s'allonge sur le ventre pour regarder à l'intérieur de la faille, mais il n'entend rien ; l'air y est immobile, automnal, humide, saturé des senteurs de la forêt. Il glisse la main sur la mousse drue, il l'enfonce aussi profondément que possible et sent au bout de ses doigts une fraîcheur humide, pareille à celle de la cave où Józef l'envoyait chercher des pommes de terre ou de la choucroute. C'étaient des missions imaginées par son père, appelées « exercices de Sioux », à la suite desquelles il récompensait l'enfant avec des badges honorifiques. Une fois descendu, Miecio devait surmonter un état de peur et de dégoût si violent que ses doigts tremblaient en allumant la bougie. La cave avait la forme d'un « L », il fallait d'abord aller à gauche puis à droite. Les pommes de terre se trouvaient dans l'angle le plus sombre et le plus humide, derrière des planches. Leur tas baissait chaque jour et, au printemps, se couvrait de germes blancs qui recherchaient désespérément la lumière. À côté, il y avait des tonneaux de choucroute et de cornichons en saumure.

Un jour, il y aperçut un gros crapaud installé au sommet du tas de pommes de terre. Immobile, il l'observait de ses yeux jaunes exorbités ! Miecio avait fui en hurlant, mais son père l'obligea à redescendre en dépit de ses supplications et de ses larmes. Heureusement, le crapaud n'était plus là. Par la suite pourtant, à chaque fois que Miecio allait à la cave, il hantait immanquablement son esprit. Et à l'instant où il vient d'y penser au bord de la faille, il sait qu'il est là-bas. Il sait qu'il y sera toujours. L'idée de le tuer lui était venue, il en ressentait un étrange plaisir qui accélérait son pouls. À l'origine, il avait fantasmé qu'il emporterait avec lui une grosse pierre du monde ensoleillé pour la lancer contre son corps mou de batracien. Mais il redoutait que les conséquences de cet assassinat soient encore plus terribles. Le crapaud écrasé aurait pu corrompre les pommes de terre et il n'aurait plus jamais pu l'oublier. À partir de là, chaque fois qu'il plongeait les mains dans un tonneau de saumure, il avait peur que le crapaud n'y soit, qu'inopinément il ne s'en saisisse parmi les cornichons, parce qu'il aurait la capacité de se métamorphoser en tout ce qui peut être humide et gluant. Oui, Miecio est passé par une grande école de courage, il méritait les récompenses décernées par son père. Grâce à cela, glisser maintenant la main dans la fissure venteuse, examiner la mousse avec les doigts et respirer le souffle odorant des antres de la terre ne lui fait plus rien.

Thilo vient s'allonger à côté de lui, dans la même position, et tous les deux observent l'ouverture sombre qui mène dans les profondeurs.

– Hou ! Hou ! crie Thilo dans le trou, s'attendant sans doute à de l'écho, mais la fissure est trop étroite, trop moussue pour que la voix puisse rebondir aux parois de l'abîme.

Derrière eux, la bouteille avec la liqueur d'Opitz, la merveilleuse *Schwärmerei,* est déjà en circulation pour leur donner du courage dans ce monde pernicieux où des êtres microscopiques, mortels, ont agressé leurs poumons innocents avec la volonté acharnée de les tuer. Au diable, les bacilles de Koch ! Les randonneurs portent un petit toast et dévorent les douceurs du panier de Rajmund.

Mieczysław voit que Thilo s'est endormi. Il est allongé sur le côté, les yeux fermés, il respire régulièrement et son visage habituellement nerveux s'est détendu.

Mieczysław rejoint donc les hommes à moitié étendus sur le dos qui, avec des gobelets remplis de *Schwärmerei* à la main, discutent des récits des sorcières. Lion-Gris affirme que c'est Apulée qui parle le premier des sorcières dans *L'Âne d'or,* mais monsieur August s'obstine à dire que c'était Aristophane dans *Les Grenouilles.*

– *Bátrakhoi,* dit-il en accentuant la dernière syllabe, fier de sa connaissance du grec. Cela veut dire « grenouilles ». Il s'y trouve un dialogue au cours duquel Dionysos et Xanthias, après avoir traversé le lac Acherusia[1], atteignent un désert où ils aperçoivent une chose étrange.

Mieczysław le regarde avec un intérêt soudain. Monsieur August se lève, ôte sa redingote en laine quelque peu usée, remue les lèvres un moment comme s'il se répétait une vieille leçon, puis il se met à réciter. Il le fait à la perfection, il change de ton à chaque intervenant du dialogue :

XANTHIAS : *De par Zeus ! J'entends je ne sais quels bruits.*
DIONYSOS : *Par où, par où est-ce ?*

Monsieur August pose la main sur son oreille pour écouter.

1. *Acherusia* : nom donné à des lacs ou des marais ayant été, comme l'Achéron, connectés aux Enfers. (*N.d.T.*)

XANTHIAS : *Par-derrière.*

Là, monsieur August se déplace avec des bonds amusants pour mieux exprimer le trouble de ses personnages, puis il poursuit :

DIONYSOS : *Marche derrière !*
XANTHIAS : *Non, c'est par-devant.*
DIONYSOS : *Marche devant !*

Brusquement le visage de monsieur August se transforme, sa bouche se tord dans une grimace de peur, ses yeux s'arrondissent et ses joues tremblent.

XANTHIAS : *Hé ! de par Zeus ! Je vois un monstre énorme.*
DIONYSOS : *Comment est-il ?*
XANTHIAS : *Effrayant. Il prend toutes les formes, tantôt bœuf, tantôt mulet, puis femme charmante.*
DIONYSOS : *Où est-elle ? Que j'aille de son côté...*
XANTHIAS : *Mais ce n'est plus une femme ; c'est un chien !*
DIONYSOS : *C'est donc Empouse !*
XANTHIAS : *Tout son visage est en feu !*
DIONYSOS : *A-t-elle une jambe d'airain ?*
XANTHIAS : *Oui, de par Zeus ! et l'autre est une jambe d'âne, sois en certain.*
DIONYSOS : *Où me sauverai-je ?*
XANTHIAS : *Et moi*[1] *?*

Monsieur August fait silence et salue humblement, donnant ainsi à comprendre que le spectacle impromptu est terminé. Ses joues rouges font que cet homme pas vraiment grand, roux, semble beau et de belle prestance à Mieczysław.

– Et ensuite, que se passa-t-il, monsieur August ? demande Opitz, curieux.

– Oh, je ne m'en souviens pas, je n'ai guère de mémoire... minaude monsieur August, tandis que Thilo, qui vient de s'éveiller, applaudit.

1. Aristophane, *Les Grenouilles*, Paris, éditions A. Lemerre, 1867, traduit du grec par Eugène Talbot, préface de Sully Prudhomme, p. 278-279. (*N.d.T.*)

Qui eût cru que monsieur August avait un tel talent d'acteur ! Lion-Gris n'aura pas le dessus dans ce domaine. D'ailleurs, lui aussi rit et applaudit avec, au visage, l'expression d'une certaine grandeur d'âme, comme s'il avait personnellement autorisé le spectacle. Monsieur August, rougissant et heureux, sait qu'il les a séduits, du moins là, pendant la petite excursion en montagne ; là au moins, il triomphe et envoie aux oubliettes toutes les allusions et humiliations qu'il doit supporter à cause de... hum sa petite taille et sa constitution psychique (ce que nous, observatrices des hommes, nous ne qualifions pas d'infirmité), et il explique que ce n'est que la traduction, et qu'il pourrait le leur réciter en grec, dans l'original, même s'il n'a plus lu de grec depuis longtemps et qu'il confond certaines expressions.

– Vous êtes trop modeste, monsieur, le complimente Mieczysław, sur lequel le petit dialogue a fait grande impression.

Il aimerait lui aussi réciter quelque chose un jour, mais seul le chef-d'œuvre de Mickiewicz « Ô ma Lituanie, combien il faut te chérir... » lui vient à l'esprit. À l'école, il y avait du grec, mais, à la moindre erreur, l'instituteur les frappait sur les doigts avec une règle. Depuis, dans l'esprit de Mieczysław, cette langue est associée à une brusque, quoique brève, douleur cuisante, jusque dans les phalanges. Les vers d'Homère ont marqué sa chair. Le jeune Polonais cherche quelque chose dans son cher latin, mais ne lui viennent à l'esprit que les discours pompeux de Cicéron. Il voudrait avoir un professeur comme monsieur August. Il devient pensif, il songe à son éducation, quand une gorgée de *Schwärmerei* à l'amertume suave éveille ses souvenirs.

*

Rue Pańska, à Lwów, leur appartement était confortable et ensoleillé. Les fenêtres du salon et de la salle à manger donnaient sur une rue plutôt bruyante du fait que les pavés transformaient chaque passage de véhicule en grondement ou en roulement de tambours. Néanmoins, leurs cerveaux s'étaient accoutumés à ce bruit, au point que, après quelques années, son père considéra qu'ils vivaient dans un logement silencieux. Miecio fut inscrit au collège de langue allemande qui se trouvait dans le quartier des Wały Gubernatorskie. Deux fois par jour, il faisait à pied le trajet entre chez lui et l'école. Il longeait le monastère des Bernardins, puis regardait les vitrines des rues Cłowa ou Czarnecki. Ensuite, il passait à côté de la caserne des pompiers, ressentant pour cette institution un respect bien plus grand que pour le couvent. À plusieurs reprises, il fut le témoin d'un rassemblement d'alerte, pour un exercice ou un incendie véritable, et à chaque fois la coordination efficace de ces hommes agiles en uniforme éveilla son admiration. Les ordres brefs, les cris, les gestes lui rappelaient des danses qu'il avait vues au village, avec des claquements de pieds et d'étranges figures qu'effectuaient les corps humains. Là, les pompiers dansaient pour une autre raison, un possible incendie, contre une destruction ou même contre la mort. Leurs gestes exercés étaient parfaitement mesurés, remarquablement efficaces. Ce que les uns commençaient, d'autres le terminaient. Ils se passaient les tuyaux, les seaux, allaient au rapport, sautaient, hop, hop, hop ! Et leur véhicule était prêt au départ, prêt à livrer bataille aux éléments délétères, tandis qu'eux, les hommes, pareils à des figurines de plomb, s'immobilisaient sur les sièges. L'un d'eux mettait alors en action la sirène qui attirait le monde entier dans l'orbite de leur service. Le petit Miecio en avait la chair de poule. En deux minutes, parée pour la lutte, entourée de ses tuyaux, munie de ses pioches, de ses haches et de ses pinces-monseigneur, la voiture incrustée des casques en laiton étincelants des pompiers franchissait le portail ouvert sur la ville.

Ensuite, Miecio passait par le parc ombragé aux arbres séculaires de l'ancienne escarpe et arrivait à l'école qui dominait la ville de Lwów, tout comme l'église orthodoxe aux trois coupoles qui lui faisait face, l'église de l'Assomption. À l'intérieur de celle-ci – parfois il y entrait – un ange peint lui procurait un bonheur particulier. Il alla jusqu'à l'appeler l'Ange-aux-Quatre-Doigts, sans tenir compte du prénom Gavril inscrit sur le cartouche latéral. Le peintre avait présenté son bras tendu dans un geste de bénédiction de telle manière que le pouce semblait manquer tandis que l'annulaire était plus court. Regarder pareille imperfection dans la perfection provoquait chez le petit Miecio un étrange soulagement. Par cette petite défaillance, l'ange lui devenait plus proche, pour ne pas dire humain. Saisi en plein mouvement, bien ancré en terre dans sa tenue verte à reflets – oui, oui, avec des éclats de lumière –, Gavril avait une seule aile, mais pas en plumes comme chez les oies, plutôt comme surfilée de centaines de perles minuscules, et en outre doublée de rouge. L'ange, qui tenait un roseau, semblait préoccupé, tracassé. En parlant des anges, on utilisait toujours le masculin, mais pourtant, et cela semblait évident, Quatre-Doigts n'avait rien à voir avec ces catégorisations brutales, il occupait une place particulière, la sienne propre, et représentait un sexe angélique, un genre divin.

Mścisław Baum, un grand et beau Juif à l'allure de Viking, enseignait l'allemand à Miecio, et si, pendant les leçons, tous les deux s'efforçaient de prononcer soigneusement la langue de Goethe, une inclination les faisait dériver en permanence vers le dialecte de Galicie, cette variante chantante, mélodieuse du parler germanique, surfilé de polonais et de yiddish, dont les mots semblaient légèrement distendus comme peuvent l'être de vieilles pantoufles dans lesquelles l'on se sent à l'aise, dans une sécurité confortable.

La classe de Mieczysław pouvait être aisément divisée en quatre groupes : les Polonais, les Juifs, les Ukrainiens et un petit mélange fait de quelques Autrichiens, d'un Roumain, de deux Hongrois et de trois Allemands de Transylvanie. Miecio se tenait instinctivement à l'écart, comme s'il n'appartenait à aucun de ces groupes et que son origine ne suffisait pas à déterminer sa place dans les puzzles qui se formaient en permanence, modifiant les vecteurs de force, les allégeances et les dominations. Les enfants lui semblaient trop bruyants et il craignait d'être impliqué dans un conflit. Il ne souffrait pas la violence, toutes ces compétitions, ces échauffourées, ces bourrades. Il était ami – le terme est peut-être un peu fort – avec un certain Anatol, surnommé Tolko, dont le père, un Juif assimilé, était un dentiste connu. Ce garçon avait de réels talents artistiques et une certaine délicatesse de conduite que Miecio appréciait beaucoup. Il parlait à voix basse et de manière « appétissante ». Oui, c'est auprès de Tolko que Miecio prit conscience de ce qu'était cette notion. Parfois, il permettait à Tolko de fouiller dans son plumier en bois, et quand ce dernier rangeait avec soin les crayons, touchait du bout de ses longs doigts leur pointe en graphite, Miecio ressentait un frisson de plaisir le parcourir de la tête au bas du dos. Que dire de plus, ils formaient une paire de marginaux. Aujourd'hui, Mieczysław pourrait dire qu'Anatol était une préfiguration de Thilo, au point qu'il avait parfois l'impression que c'était la même personne, mais en un autre temps et un autre corps. Une sorte d'ange. Malheureusement, il ignorait ce qu'avait fait Anatol après le collège, car ils s'étaient aussitôt perdus de vue.

Mieczysław s'était mis à étudier plus particulièrement les mathématiques et la chimie, car telle était la volonté paternelle, et il était persuadé que son père le connaissait mieux qu'il ne se connaissait lui-même. Mais ce qui le fascinait vraiment, c'était le latin, et s'il avait pu, il y aurait consacré tout son temps. Parmi les livres que lui prêtait monsieur Amborski, son professeur de latin, un homme frêle et un peu ridicule, le préféré de Miecio fut *Les Métamorphoses* d'Apulée, un vieil exemplaire de la collection *Bibliotheca Scriptorum Graecorum et Romanorum Teubneriana.* Or, comme il apparut que c'était une lecture trop difficile pour qui n'en était qu'à l'apprentissage du latin, le bon monsieur Amborski dénicha la traduction allemande d'August von Rode et l'offrit à son élève. Cette version, Miecio Wojnicz allait la connaître presque par cœur, aimant à la lire en l'ouvrant à n'importe quelle page. C'était le seul livre qu'il aimait à ce point, et jamais plus tard aucun texte ne lui fit une aussi forte impression. En quelque sorte, l'histoire picaresque du malheureux changé en âne lui correspondait assez bien. Il se sentait proche de Lucius, même si bien sûr il n'avait pas son courage, son sens de l'humour ou sa curiosité du monde. Lucius était certes un héros, mais au fil des pages il affichait un sourire en coin, plein d'ironie, qui récusait son héroïsme, conscient qu'il était de son ridicule. Miecio voulait être comme lui : rusé, impertinent, sûr de son fait. Il aurait même accepté d'être naïf, puisque la naïveté se révélait un atout : elle vous entraînait toujours vers des endroits inattendus, dans les ruelles cachées de la vie, où l'on pouvait vivre des transformations inopinées, voire violents. Changer pour devenir méconnaissable et malgré tout demeurer soi intérieurement, rester l'authentique Miecio ! Car il y avait indéniablement une intériorité et une extériorité. Ce qui était « intérieur » se revêtait de ce qui était « extérieur », et dès lors était ainsi perçu par le monde. Comment se faisait-il que l'« intériorité » pouvait se sentir tellement inconfortable dans l'« extériorité » ? réfléchissait Miecio. Les mésaventures de

Lucius lui semblaient être des tortures épouvantables, puisque, en permanence, pesait sur lui la menace de ne pas revenir à son état premier, de mourir en tant qu'âne, de sorte que sa véritable nature, son existence intérieure, ne serait jamais reconnue ! Un drame que Miecio vivait intensément, mais, bien sûr, il ne s'en ouvrit jamais à personne. Lucius, quant à lui, ne paraissait pas s'inquiéter de sa situation autant que son jeune lecteur – dans l'univers duquel il gardait son ironique sourire de fripouille, en tant qu'âne et humain à la fois, fermement persuadé qu'il trouverait un jour son rosier en fleur et que la métamorphose s'accomplirait alors par l'intermédiaire de la plus puissante des déesses. Lorsque Mieczysław commença ses études, Lucius se trouva relégué aux périphéries de son esprit par les modèles mathématiques anguleux, les dessins techniques, les « x » et les « y », les logarithmes et les tableaux. Mieczysław n'en a pas moins emporté au sanatorium cette vieille traduction des *Métamorphoses*, qui se trouve maintenant près de son lit, même s'il n'a pas encore eu le temps de lire.

Son père l'avait dirigé vers des études techniques parce qu'il était convaincu que cela ferait de lui un homme, un ingénieur. Avant tout, pourtant, il était persuadé que tout citoyen de l'énorme Empire austro-hongrois devait en être un élément utile, car c'était aussi la meilleure façon de servir la Pologne. « Tu es Polonais, tu n'as pas le droit de l'oublier, mais tu es également un sujet de Sa Majesté Impériale et tu fais partie de son grand projet qui unit les peuples. » Son père ne croyait pas que la Pologne retrouverait un jour son indépendance. Pourquoi est-ce que cela arriverait ? Seul ce qui est grand est puissant. Seul ce qui est diversifié peut traverser des temps difficiles. Si la Pologne renaissait, elle serait un pays faible, et les cicatrices des partages se feraient sentir de longues années durant.

Il y avait eu un projet d'inscrire Miecio à l'École des cadets, grande école militaire de Varsovie, l'oncle Emil y rêva quelque temps. Il disait que cela aiderait. Un soir pourtant, tandis que les deux frères Wolicz en discutaient, leurs regards se croisèrent et, gênés, ils cessèrent définitivement d'en parler.

*

Le soleil projette des ombres qui s'allongent dangereusement, aussi monsieur Opitz décide-t-il que l'heure est venue de rentrer, mais avant cela, avant qu'ils ne se mettent en marche, il veut faire une photographie du groupe.

Le moment devient soudain cérémonieux. Wilhelm Opitz plante le trépied de son appareil photographique, porté jusque-là par Rajmund, et maintenant, se bousculant dans leur hâte, tous cherchent à prendre place pour la photo. Mieczysław Wojnicz se lève d'un coup, ce qui lui vaut un vertige. Il vacille et serait tombé, sans le bras puissant de Longin Lukas qui l'aide à retrouver son équilibre.

Tandis qu'ils posent debout sans un mot, Mieczysław a l'impression qu'il règne un silence absolu, que ses oreilles se sont bouchées à cause de l'altitude et que la tête lui tourne. Il voit Opitz s'affairer autour de l'appareil avant d'accourir vers les excursionnistes pour les placer sur une ligne. D'abord monsieur August avec Login Lukas, puis Walter Frommer, rigide, concentré, silencieux, puis Thilo von Hahn, avec une expression de satisfaction mais le visage couvert de sueur, et Rajmund, appuyé contre un arbre avec son sourire tordu, enfin Mieczysław à côté de lui. Opitz leur crie quelque chose, puis s'en retourne rapidement à l'appareil pour se couvrir la tête de la toile noire. Soudain, tout se fige et Mieczysław a l'impression que ce n'est pas monsieur Opitz qui les a photographiés mais le demi-cercle des montagnes à l'horizon telle la bordure d'un objectif monstrueux. Un bref grincement déplaisant se fait entendre et un éclair vif les aveugle tous. Une fraction de seconde, Mieczysław observe ce phénomène inouï où la lumière du magnésium rebondit sur les épicéas et les sapins pour revenir vers eux, transformant brièvement leurs corps en cendre. En ce court instant, il lui semble apercevoir non seulement leur peau blanche sous leurs vestes et leurs chandails, mais également le dessin de leurs squelettes. Et aussi, c'est comme s'ils se trouvaient sur une scène, qu'il s'agissait de l'ouverture d'un opéra dont les spectateurs seraient les arbres, les fourrés, les myrtilliers, les pierres moussues, mais aussi une présence fluide, indéfinie, qui, pareille à des volutes d'air plus chaud, se faufilerait entre leurs troncs imposants, leurs grosses ou petites branches.

6

Les patients

Durant la descente par le sentier caillouteux, Mieczysław Wojnicz s'efforce de rester près de monsieur August, juste un pas derrière lui, pour discuter... Il ne sait pas de quoi – jusqu'à ce qu'August August lui fasse l'honneur de ralentir suffisamment pour marcher épaule contre épaule, et laisser Lion-Gris aller de l'avant. La discussion sur les débuts de la civilisation, assez décousue à cause de la difficulté du terrain, s'interrompt quand monsieur August, qui a pourtant à ses côtés un auditeur ravi, doit hélas se concentrer pour regarder où il met les pieds, tant il est facile de trébucher et de rouler dans la pente. De cet entretien saccadé, Mieczysław comprend que monsieur August se considère comme un écrivain.

– Mon père était un fonctionnaire autrichien, il était né à Iaşi, confie monsieur August, tandis que ma mère, originaire de Bucovine, n'en était pas moins autrichienne. Mais quel sens cela pouvait-il avoir, étant donné que ses parents à elle avaient des propriétés en Hongrie et se sentaient hongrois ? Quant à moi... Difficile à dire. Pour ce qui est de la langue, je pense en allemand et en roumain. Et en français, évidemment ! Comme tout Européen.

Monsieur August considère que la mode des États-nations est une tendance passagère qui finira mal. Trier artificiellement les gens selon des catégories aussi pitoyables que l'endroit où ils sont nés ne rend nullement justice à la question complexe de l'*identité*[1].

– Je n'ai jamais adhéré au concept de « nation », dit-il. Notre empereur François-Joseph, le vôtre et le mien, affirme que n'existent que les « peuples ». La nation est une invention. Le paradoxe consiste en ce que les États-nations ont besoin d'autres États-nations comme les champignons ont besoin de la pluie. Un seul État-nation n'a aucun sens, sa raison d'être est la confrontation et la différenciation. Tôt ou tard, cela mène à la guerre.

Là-dessus, il dit quelque chose en français, mais Mieczysław n'y comprend rien. Monsieur August truffe ses paroles de mots français, ou mieux encore de citations. « La citation est un genre littéraire à part entière, a-t-il l'habitude de dire, et moi je pratique ce genre en écrivain. »

Ah ça, oui ! il sait parler par citations, mais il faut être au même niveau pour pouvoir les comprendre. Même chose pour les aphorismes. Quand il pénètre dans une pièce où se trouvent déjà d'autres personnes, il est toujours nimbé d'une aura de généralités, tout devient brusquement relatif, en suspension, à peine esquissé, rien n'est certain, parce que monsieur August sait présenter les choses de telle manière que l'auditeur adoptera une position opposée à celle qui était la sienne au départ. Monsieur August est persuadé que c'est cela, la sagesse.

Il ne se montre jamais sans un foulard, il en a plusieurs dans une gamme de couleurs qui s'accordent à chaque saison, chaque météo et chaque tenue. Tabac est sa teinte préférée. On peut voir, le plus souvent, August August en veston de cette couleur, avec lequel il porte un foulard d'un vert sombre qui rappelle celui des bouteilles de *Schwärmerei.* À quoi s'ajoutent un pantalon marron, des chaussures en cuir et une montre à gousset en or retenue par une chaînette à un gilet couleur chocolat.

Quand il se promène sur le cours, il donne l'impression de se frayer un passage, avec les pieds comme retenus, qui semblent avoir à surmonter une résistance inopinée de l'air. Ainsi se meuvent les personnes qui, pour être nées avec un manque d'assurance, à force d'un travail soutenu, ne se sont

---

1. En français dans le texte. (*N.d.T.*)

pas moins forgé la certitude d'être exceptionnelles et d'une immense valeur.

– Cher Mieczysław, dit-il en prononçant le prénom doucement et avec la difficulté d'un enfant, vous m'accorderez que l'être humain n'existe que par le langage. Tout ce qui est hors de la parole est animal et indifférencié. C'est la langue qui fait de nous ce que nous sommes. Voilà pourquoi je peine sur chaque phrase, où chaque mot doit trouver sa juste place. Mon violon d'Ingres, c'est d'étudier les unités phraséologiques avec une approche critique, car chacune d'elles est pareille à une crampe musculaire, à une courbature qu'il faut dénouer pour que notre organisme mental s'assouplisse et fonctionne correctement.

Et de fait, monsieur August lui montre un livre de poche à la couverture en toile bleu marine : *Dictionnaire phraséologique de la langue allemande.*

Mieczysław apprend également qu'August August est coincé à Görbersdorf depuis le Noël précédent. Il n'était venu que pour les vacances d'hiver afin de se nettoyer les poumons avant de retourner travailler à Vienne. Or, le docteur Semperweiß, lors d'un examen de routine, a découvert un point inquiétant dans son poumon gauche. Dès lors, monsieur August a demandé un congé par courrier pour prolonger son séjour.

– Vous avez donc fait la connaissance de tout le monde ? interroge Mieczysław avec l'idée de le faire parler des curistes, voire de rapporter quelques potins. (Une seule personne l'intéresse vraiment en réalité, mais pour rien au monde il ne l'avouerait.)

– De nombreux curistes sont des communistes, et pas seulement les Russes, répond volontiers monsieur August. Une vieille tradition qui date de l'époque du docteur Brehmer, il avait une faiblesse pour les révolutionnaires de tout poil. Il se rendait à Londres aux conférences de Karl Marx… Je ne sais pas si ce nom vous dit quelque chose, cher Mieczysław ? Intéressant, non ? Brehmer lui-même s'est créé un vaste empire, je ne dirai pas que cela a été sans soucis financiers et sans dettes, mais au bout du compte il en a tiré des revenus. Or, notez le paradoxe, il fraternisait avec ces révolutionnaires qui veulent que tout soit propriété collective. Ha !

Mieczysław ne sait que dire, il n'a aucun avis sur la propriété collective, et il n'a pas entendu grand-chose sur Marx.

Il apprend encore que Hermann Brehmer, le fondateur du sanatorium, avait un statut de quasi-divinité dans la région – à ce qu'il comprend – parce qu'il était né dans un village près de Breslau, et que c'est dans cette ville qu'il avait commencé des études de sciences naturelles. Lorsque, à l'exemple de la plupart des étudiants de cette ville, il était allé à Berlin, il avait succombé là-bas à l'« esprit révolutionnaire » et rejoint la « démocratie » avec une telle passion que sa conduite, publiquement outrancière, lui avait valu d'être interdit d'examens à Breslau. En conséquence, il était resté à Berlin où il avait poursuivi ses études et rêvé de partir en Angleterre comme Marx, rêve qu'il était parvenu à réaliser. Quoique seulement pour peu de temps. Il y avait fait personnellement connaissance de Marx, dont il avait suivi les petites conférences réservées à un cercle fermé. Or c'est alors – et là, monsieur August joint ses mains comme pour la prière, ce qu'il fait toujours quand il veut que l'on prête une attention particulière à ce qu'il va dire – que le gouvernement britannique l'engage en tant que botaniste aux colonies de l'empire. Sa place sur le bateau est réservée, mais, poussé par sa curiosité irrépressible, la veille du départ, Brehmer se rend à la conférence d'un physiologiste. Et celui-ci le fascine au point qu'il en abandonne Marx et les colonies pour devenir médecin. N'est-ce pas une vie remarquable ?

Mieczysław exprime son admiration. Les portraits de cet homme barbu sont partout ici, et, à l'évidence, le docteur Brehmer bénéficie d'un respect peu commun.

– Voyez-vous, poursuit encore monsieur August, il ne lui a pas été facile de revenir aux études après son flirt avec les communistes. Mais sa belle-sœur, qui était bien introduite, a obtenu pour lui la protection de Humboldt – de nouveau il joint les mains. Humboldt ! Pour que le jeune Hermann Brehmer puisse retourner à l'université, et c'est pour cela que le grand savant a droit à un pavillon à son nom dans le parc de Görbersdorf. Vous comprenez, maintenant ?

Oui, oui, Mieczysław écoute avec une telle attention le récit de monsieur August que, de temps à autre, il glisse dangereusement sur les pierres du chemin.

– Vous me regardez avec vos grands yeux bleus et votre regard semble me dire que je me préoccupe excessivement des questions politiques et économiques.

Monsieur August s'arrête pour observer un long moment Mieczysław et finit par conclure :

– Fondamentalement, elles ne méritent pas plus d'intérêt que le dîner de ce soir.

Il leur faut s'arrêter un moment parce que Frommer est resté loin derrière, et monsieur August doit, lui aussi, reprendre son souffle.

– Voyez-vous, jeune homme, soigner gratuitement les communistes est ici une tradition qui s'est conservée, alors même que les opinions du docteur Semperweiß et de la direction actuelle du sanatorium n'ont plus rien à voir avec le marxisme. Du reste, plusieurs de ces Russes débraillés doivent leur maladie pulmonaire à un séjour en Sibérie.

Là-dessus, monsieur August baisse la voix et se tourne pour dire à l'oreille de Mieczysław :

– L'ami de notre Thilo, un communiste justement, a également des relations ici, et le sanatorium soigne notre gars pour rien. Il ne paie que la pension. Pas lui, d'ailleurs, c'est son ami de Berlin qui le finance. Un philosophe – et en prononçant ce mot, August August joint les mains comme pour adresser une prière au mot « philosophe ».

Mieczysław remarque que la voix de monsieur August s'est brièvement modifiée pour devenir plus rocailleuse. Le silence qui suit se termine par un raclement de gorge dont le jeune homme ne comprend pas la raison.

À peine monsieur August achève-t-il son expiration rauque et brutale qu'il est pris d'une quinte de toux et crache dans son mouchoir. L'instant d'après, il ajoute que le jeune Thilo n'en a plus pour longtemps et que la conscience qu'il a de sa mort proche l'a grandement « mis sur les nerfs ». Mieczysław entend cette expression à la mode pour la deuxième fois dans la bouche d'August.

Choqué par la nouvelle, Mieczysław s'arrête sur place, à l'instant même où Opitz, le rouge aux joues, les rejoint.

– Comme vous le voyez, je ne néglige pas mes obligations en tant que directeur de la Pension pour Messieurs, dit-il en haletant d'effort. Quoi qu'il arrive, je m'efforce d'être à la hauteur de mes devoirs, je ne me laisse pas aller à mes émotions. Un homme doit être au-dessus de tous ces sentiments, ces désespoirs visqueux, ces larmes. Toutes choses que les femmes adorent…

Mieczysław lui jette un regard rapide qu'il détourne aussitôt. Il vient de se souvenir de la chaise au grenier.

– Je compatis vraiment, dit-il.

– Ne compatissez pas, monsieur Wojnicz. Je me suis mis dans l'embarras tout seul. Pourquoi ai-je eu besoin de me marier ! lui répond Wilhelm Opitz avec une tape amicale sur l'épaule.

Ils repartent. Opitz lui confie qu'il a eu quatre épouses. L'une l'a quitté sans un mot pour retourner chez sa mère. L'autre est morte avec l'enfant qu'elle mettait au monde. La troisième est tombée malade. Il dit cela sur un ton désinvolte, puis se tait. Mieczysław ne demande pas ce qui est arrivé ensuite à la troisième, il juge que ce serait importun. La quatrième, c'est maintenant, ici. Opitz dit ne les avoir jamais comprises, ni n'avoir même cherché à les comprendre. Il ne s'est senti bien avec aucune. Elles commençaient toujours par lutter pour prendre le pouvoir, mais lui n'est pas homme à se laisser commander. Elles sont faibles et geignardes, ou alors elles cherchent à avoir le dessus dans le couple et à vous manipuler. Une chose est sûre, chacune d'elles l'a saigné, lui a pris une bonne part de sa vie, il a payé de son énergie vitale à chaque fois. Opitz dit cela avec une amertume surprenante. Toutes se sont conduites en parasites, usant de leurs finasseries pour l'attendrir et endormir sa vigilance.

– Je ne me remarierai plus jamais, dit-il plus fort en se tapant la poitrine. On peut avoir la même chose avec une servante, l'une de ces pauvresses, de ces paysannes des villages avoisinants qui cherchent du travail. Ou bien… et Opitz s'interrompt pour regarder Mieczysław Wojnicz sans ciller.

Le jeune Polonais a l'impression qu'il se retient de lui faire un clin d'œil, alors qu'il en a très envie. Oh oui, Mieczysław Wojnicz est certain que Wilhelm Opitz lui cache quelque chose. Il ignore totalement comment réagir et donc il se tait.

– L'ennui, c'est que ces filles savent à peine cuisiner, ajoute Opitz au moment où ils atteignent la piste principale, plus facile pour marcher.

En toute occasion, Opitz répète qu'en réalité il est suisse. Sa mère était suisse. Il ne parle jamais de son père, comme s'il évitait cette seconde partie de son ascendance et qu'il allait de soi que c'était sa mère qui lui avait transmis son identité nationale. Suisse, ça vous pose un homme, d'autant plus que le frère de sa mère avait servi dans la garde suisse du Vatican. Wilhelm Opitz a même sur son piano une photographie encadrée, pas nette du tout, où, plus que son oncle, se démarquent un habit bizarre et un couvre-chef original.

Difficile de réagir à cette prétention à l'helvétisme – d'autant que Mieczysław n'a aucune opinion sur les Suisses –, alors qu'une fierté évidente résonne dans la voix de Wilhelm Opitz à ce rappel permanent qui, selon lui, le situe à un niveau supérieur de la société, meilleur d'un point de vue racial – un terme qui intervient avec une audace de plus en plus forte dans leurs conversations. Cette suissitude agace le pauvre monsieur August qui, lui, est internationaliste, ne sait pas précisément qui il est et ne s'en soucie guère.

Maintenant, c'est Longin Lukas qui happe Mieczysław. Il saisit le jeune homme par le coude et le retient un moment avec une poigne de fer, pour finalement lui communiquer sur un ton martial, dans lequel ensuite on peut déceler comme à l'habitude des reproches qui ne s'adressent à personne :

– Bon sens et rationalisme. Tout ce qui est mauvais est dû aux inventions et aux idéologies. Inutile d'ajouter quoi que ce soit au monde, le monde est tel que nous le voyons. Il est ce qu'il est. Certaines lois peuvent être décrites. En nombre fini. Il en est d'autres que nous ne connaissons pas encore. Dieu existe et Il a créé le monde. Par nature, l'être humain est roublard, il faut donc le contrôler et l'instruire en permanence. Les riches sont riches parce qu'ils sont doués et qu'ils ont des relations. Il en a toujours été ainsi et il en sera toujours ainsi. La liberté, la démocratie peuvent exister, mais sans exagération. Les dix commandements sont un socle pour tous les Européens, qu'ils soient allemands, italiens ou roumains. L'ordre s'impose.

À l'évidence, il aime écouter sa propre voix. Il lève la tête et ses paroles déferlent, non pas vers ses interlocuteurs, mais au-dessus de leurs têtes, vers le monde, en une vague puissante ; et ce qu'il dit se trouve solennellement confirmé par des personnes qui font autorité, ses propos sont indiscutables, considérés à l'unanimité comme véridiques. Il a tendance à illustrer ses propos avec des anecdotes qui débutent habituellement par : « Un jour, j'étais à… » suivi du nom d'un endroit connu et prestigieux, ou encore associé à des amis haut placés. Il parle de ses relations en ne donnant souvent que leurs prénoms, aussi n'est-ce que par le contexte que ses auditeurs, admiratifs et étonnés, peuvent deviner qu'il est question de telle ou telle personnalité, bien née, célèbre, connue par ailleurs. À cela, il faut ajouter qu'il articule comme s'il s'impatientait particulièrement de toujours devoir expliquer à des simples d'esprit ce qui est une évidence. Son impatience lui fait hausser le ton, comme en cet instant tandis qu'il expose à Mieczysław les principes du coût d'un séjour en sanatorium.

– Voyez-vous, cher ami, au sanatorium, c'est équitable. Il y a deux catégories : les malades de première classe et de seconde classe. La cure des premiers, avec le logement, va de deux cent quarante à trois cents marks par mois, selon la chambre, bien sûr. Les seconds paient entre cent trente et cent soixante marks. La création d'une troisième catégorie est à l'étude pour les tout à fait pauvres, mais je ne sais pas où on les logerait. À la morgue, sans doute ! dit-il en éclatant de rire à sa plaisanterie.

Son regard clair et froid, ses traits durs suscitent le respect. Par son dos droit et son ventre plat, il rappelle à Mieczysław le professeur de gymnastique du collège de Lwów. En même temps, il est difficile de se défaire de l'impression que Longin Lukas méprise les autres. Et sans mépris, qui lui tient lieu de squelette intérieur, sans doute s'effondrerait-il comme un bonhomme de neige au soleil. Mieczysław le sent néanmoins fragile, fait d'un matériau de piètre qualité ayant une belle allure extérieure, mais aucune solidité.

Évidemment, monsieur August, toujours bien informé, et qui se prétend d'une discrétion exemplaire, a raconté nombre de choses sur Longin Lukas à Mieczysław, plus tôt. Thilo von Hahn lui en a appris également. Walter Frommer, tout aussi discret, en a rajouté quelques-unes.

Longin Lukas est originaire de Królewiec. Son père était un Polonais russifié – originellement, il se serait appelé

Łukasiewicz, tout simplement –, sa mère une Russe dont la mère était allemande. À la maison, la famille parlait russe et allemand. En faisant du commerce avec la Sibérie au sein d'une société polonaise, son père avait constitué un patrimoine aussi vite qu'il l'avait ensuite perdu, et, pour cette raison, Longin considère que les Polonais sont faibles et inconstants. Les Lukas sont tombés dans la pauvreté, et après la mort du père, ce raté, la mère est retournée à Toula, en Russie, où elle a épousé un fonctionnaire suffisamment aisé et généreux pour envoyer son beau-fils étudier à Królewiec. Longin Lukas dit de lui-même qu'il est « philosophe », mais Walter Frommer a dit à Mieczysław qu'en réalité il enseigne l'histoire au collège de garçons. Il s'est marié jeune et a été veuf jeune. Jamais il ne parle de sa fille, qui finance son séjour à Görbersdorf. Il mène une existence ordonnée et saine, si l'on excepte l'alcool et les parties de cartes hebdomadaires dont les enjeux sont tellement minimes qu'il est impossible de parler d'addiction au jeu. Comme Mieczysław l'a appris, il est logé ici en rez-de-chaussée, dans une annexe vitrée avec une entrée indépendante. Cela lui vaut une situation un petit peu meilleure, certainement différente de celle des autres pensionnaires. Une entrée indépendante lui assure une liberté que ses compagnons ne peuvent que lui envier. À vrai dire, c'est un passage par une cour loin d'être belle, qui n'offre aucune vue particulière – un pan de montagne boisée –, mais Lion-Gris se rengorge de son privilège et, chaque soir, après le dîner, il soupire en lançant à la tête de tous : « Hé oui, il est temps de rentrer *chez soi.* »

« Pour définir un homme, le mieux n'est-il pas de connaître ses vices ? » aurait dit January Wojnicz, le père de Mieczysław. Tandis qu'il regarde Lion-Gris parler avec aisance, le jeune homme a l'impression d'entendre la voix paternelle.

Oui, Longin Lukas pourrait être un exemple vivant de ce précepte : il aime trop l'alcool et les femmes. À cause de ces dernières, il a été expulsé du sanatorium, car il en faisait venir dans sa chambre – Rajmund l'a rapporté à Mieczysław –, il a donc dû se contenter de la Pension pour Messieurs, bien qu'il y jouisse d'un statut de privilégié grâce à l'entrée indépendante de sa chambre spéciale. L'alcool, il en consomme sous forme de bière, et, selon ce qu'a compris Mieczysław, il aurait une autorisation médicale pour cela. Ou plutôt, il est persuadé d'en avoir une. Rajmund le ravitaille avec des bouteilles sombres, fermées par un bouchon en porcelaine. La bière provient d'une brasserie de Waldenburg, elle a un taux d'alcool élevé et elle est corsée. Et puis, il y a la *Schwärmerei.* Le docteur Brehmer part du principe que certaines quantités d'alcool font partie du traitement. La faiblesse se soigne au champagne, l'insomnie au cognac avec du lait avant de se mettre au lit. Rien de surprenant à ce que Longin Lukas observe cette partie du règlement des patients avec le plus grand sérieux. Il boit chaque jour, à partir de midi. Le matin, il est possible de le voir sobre, quoique nerveux. En début d'après-midi, on observe qu'il se détend, l'expression de son visage témoigne de son bonheur de vivre. Le soir, au dîner, il est légèrement gris, loquace et prompt à une discussion dans laquelle il adopte une posture dominante. Quel que soit le sujet.

Les quantités d'alcool absorbées ne cessent d'amoindrir la fermeté de sa silhouette, qu'il doit certainement considérer comme athlétique, elles en brouillent les contours. On pourrait dire que Lion-Gris s'estompe de plus en plus sur la toile du monde. Sous ses yeux, sur son visage certainement beau jadis, s'installent des poches et un léger gonflement. Il se rase soigneusement, mais, certains jours, quand il n'arrive pas à accomplir cette obligation, une repousse grise le vieillit aussitôt de dix ans. Malgré tout, il reste un bel homme.

Il a pour habitude d'interrompre ses interlocuteurs. En cela, il n'y a pas seulement de l'impatience à leur égard, cette forme d'énergie basique qui aiguillonne son existence. Comme rien ne correspond à ce qu'il imagine ou espère, il s'agace. Selon lui, ce qu'il pense appartient à des registres de l'esprit plus élevés et ô combien meilleurs que ceux de ses contradicteurs. D'ailleurs, depuis sa jeunesse, il est persuadé qu'il est exceptionnel, mais que le monde n'arrive pas à l'admettre.

Tout en lui s'exclame : « Mais moi, je sais déjà, je sais depuis longtemps ce que tu veux dire. » Au cours des années, il s'est persuadé d'avoir vécu plus de choses que n'importe qui. Cela lui procure une immense satisfaction, mais il l'enferme en lui, car il se complaît dans la certitude qu'entrer en interaction avec autrui est une perte de temps, que l'autre ne comprend rien de toute manière à ce qu'il dit, et que l'autre ne lui apprendra rien d'intéressant. Il persiste donc, avec suffisance, dans sa conviction qu'il est un individu fondamentalement tragique.

Avant l'enterrement, il a interpellé Mieczysław d'une manière surprenante :

– Vos compatriotes sont réputées pour leur beauté. Ce doit être une question de mélange des races, les croisements étant plus susceptibles de produire les êtres les plus beaux mais aussi les plus laids.

Mieczysław, embarrassé, n'avait su que penser de cette opinion. Était-ce un compliment ou un reproche ? Une autre fois, Lion-Gris lui a demandé :

– D'où vous vient cette excellente connaissance de l'allemand ? Il est pourtant avéré qu'en Galicie ne vivent que des paysans analphabètes.

Mieczysław l'aime bien, malgré tout. Son côté protecteur lui semble presque paternel. Lion-Gris doit s'en sentir flatté, sans doute est-ce la raison pour laquelle il cherche à se rapprocher du jeune homme pour l'instruire des singularités du monde, et cela toujours à sa manière particulière, avec un mélange de mépris et de grief.

*

Ils arrivent au terme de leur expédition. En bas, sur la route, l'attelage les attend. Tous s'arrêtent pour balayer du regard une fois encore ce paysage merveilleux avant de s'enfoncer dans la vallée. L'horizon étant très haut, ils voient les versants des montagnes parsemés d'aplats de lumière dorée, avec le jaune et le rouge des hêtres qui flamboient sur le fond vert profond des sapins, et, ici ou là, des taches blanches qui, à la surprise de Mieczysław, se trouvent être des troupeaux de moutons. Autour d'eux tournoient les points véloces des chiens et les virgules noires des bergers.

Nous, les empouses, nous les observons d'en bas, comme toujours, par en dessous ; nous les voyons comme de gigantesques colonnes au sommet desquelles se trouve un petit appendice qui parle : la tête. Leurs pieds écrasent de façon mécanique le sous-bois, brisent les petites plantes, déchirent les mousses, piétinent les corps minuscules des insectes qui n'ont pas eu le temps de fuir le cataclysme annoncé par les vibrations. Sous la canopée, le mycélium tremble encore un moment après leur passage, cette vaste texture maternelle diffuse l'information de la présence d'intrus et de la direction où les portent leurs pas.

7

Malheur à moi ! Malheur à moi !

Le grand bâtiment du sanatorium est visible comme le nez au milieu de la figure de presque partout à Görbersdorf. Ses murs en briques rouges brillent joliment sous le soleil d'automne, ses tourelles effilées, qui se voudraient gothiques, évoquent d'emblée, pour Mieczysław, des aiguilles de gramophone qui extrairaient du disque céleste ses sonorités cachées. Dans le lointain, l'orage tonne. L'édifice gigantesque paraît un peu absurde dans cette profonde vallée, entre les maisons plutôt humbles des habitants et les rares villas cossues de la station thermale, dispersées sur les versants et comme construites par anticipation, afin de s'intégrer à la localité qui existera ici dans le futur. La structure élancée et la couleur intense du sanatorium pourraient laisser croire qu'il s'agit d'un décor factice, dressé dans un but inconnu juste avant la venue de Mieczysław, peut-être pour une représentation prévue prochainement.

Mieczysław marche dans la rue principale, encore vide à cette heure matinale. En dépit du fait que le temps s'est un peu gâté, il avance d'un pas rapide et sourit car des hommes qui chargent des sacs sur une charrette viennent de lui adresser un grand sourire. La localité est tellement proprette et belle qu'elle lui rappelle un dessin sur une boîte de *pierniki*, ces délicieux pains d'épice que son oncle lui a offerts une fois. Des maisonnettes aux jolies formes harmonieuses, avec à leurs fenêtres des rideaux en dentelle, de belles poignées aux portes, des fleurs, des petits emblèmes – le tout soigné et entretenu, et qui plus est, à taille humaine. Autrement dit, la meilleure des illustrations du mot « *gemütlich* » si difficile à traduire en polonais. Plusieurs maisons ont été construites pour accueillir des curistes, elles se prévalent donc de balcons décoratifs, d'encorbellements et de terrasses, parfois dans un style suisse, avec de jolis auvents en bois sculpté ou des vérandas. Mieczysław est fasciné par les bâtiments des thermes dispersés dans le parc. Le plus ancien, appelé *Weißes Haus*, compte vingt pièces. Cette *Maison Blanche* est le premier immeuble du centre naturopathique fondé par la belle-sœur du docteur Brehmer. Au milieu du XIXe siècle, elle y avait tenté, sans succès, des traitements par les eaux. Le jeune docteur Brehmer avait pris sa suite, et il avait réussi à guérir plusieurs patients. Walter Frommer complète ce que sait Mieczysław sur Görbersdorf de quelques faits et lui confirme les révélations de monsieur August selon lesquelles Brehmer avait cherché à obtenir une concession de l'État pour développer les thermes. Mais il se l'était vu refuser, à cause de son passé communiste. Plus près de la rue se trouve l'*Ancien Sanatorium*, l'*Altes Kurhaus*, ouvert en 1863, avec quarante chambres. Ensuite, le *Nouveau Sanatorium*, le *Neues Kurhaus*, qui accueille des patients du monde entier dans soixante-dix chambres, avec, au sous-sol de l'aile nord, une salle d'oxygénothérapie et des bains pour les soins durant la saison froide. Ces deux bâtiments sont habilement reliés par un passage vitré dans lequel se trouvent un jardin d'hiver et une salle de lecture. Mieczysław a noté que l'on y trouve surtout des revues en langue allemande, parmi lesquelles celle qui l'intéresse le plus est le *Kladderadatsch*, un hebdomadaire satirique illustré, avec de nombreux dessins amusants et des histoires drôles dont la lecture le met de bonne humeur pour la journée, même s'il ne parvient pas toujours à les comprendre toutes. Il n'ouvre guère les quotidiens, ni le *Kölnische Zeitung* ni le *Frankfurter Zeitung*, lus par des messieurs d'âge moyen qui ensuite commentent les articles les plus importants en prenant leur café. Mieczysław est trop jeune pour s'intéresser vraiment à la politique. Ce qui se passe en lui lui semble bien plus intense que les événements politiques, seraient-ils des plus dramatiques. Pour les Polonais, il y a le *Czas*[1], c'est-à-dire *Le Temps*, dont chaque exemplaire est lu jusqu'à l'usure, sans compter que l'un des patients a l'horrible habitude de souligner au crayon des phrases entières, de sorte que le journal finit par ne plus être lisible. Pour ce qui est des livres en polonais, Mieczysław trouve plusieurs romans historiques de Józef Ignacy Kraszewski, mais aussi *La Païenne*[2], de Narcyza Żmichowska, un ouvrage dont le jeune Polonais s'est emparé aussitôt, mais qu'il a remis sur l'étagère quelques jours plus tard. Il n'arrivait pas à lire de roman. Il ne parvenait pas à se concentrer sur quelque chose d'aussi irréel. Les personnes qui offrent un livre à la bibliothèque du sanatorium inscrivent leurs prénom et nom sur la page de garde. *La Païenne* a appartenu à une Franciszka Ulanicka, tandis que les Kraszewski ont été laissés par un Antoni Bolcewicz.

Celui qui est chargé du prêt des livres est un jeune homme, presque encore un adolescent, prénommé Tomášek. C'est lui qui observait Mieczysław avec une si grande attention pendant la messe d'enterrement. Ses lunettes à gros verres pourraient faire croire qu'il est un rat de bibliothèque, et c'est certainement la raison pour laquelle il a été préposé à la salle de lecture. Originaire de Bohême, il serait un cousin de Sydonia Patek, l'infirmière. Allez savoir pourquoi, à chaque fois que Mieczysław vient chercher des livres, ce bibliothécaire balourd le fixe avec insistance, et il lui est même arrivé de faire tomber l'étagère des journaux tant il était obnubilé par le Polonais et inattentif à ce qu'il faisait. Mieczysław trouve cela très désagréable et c'est pourquoi il cherche à l'éviter. Il attend le moment où Tomášek est occupé ailleurs pour échanger ses livres et ses journaux en notant lui-même les titres sur une feuille.

Un jour, Tomášek s'approche de lui alors qu'il regarde les portraits d'une vingtaine d'écrivains dont sont décorés les murs de la bibliothèque du sanatorium. La plupart ont des barbes, tous ont une allure très digne. Tomášek vient près de

1. Journal politique polonais publié à Cracovie de 1848 à 1934. (*N.d.T.*)
2. Narcyza Żmichowska (1819-1876), romancière et poète polonaise, figure du féminisme. Dans *La Païenne* (*Poganka*), elle affiche, outre son patriotisme, son homosexualité. (*N.d.T.*)

lui, s'arrête sur le côté, un peu en retrait. Une chose étrange arrive alors qui porte Mieczysław à s'éloigner encore davantage de ce bibliothécaire inquiétant. Le garçon se met à chuchoter avec son accent tchèque, en aspirant et étirant les voyelles qui plus est, de sorte que Mieczysław n'est pas certain de bien le comprendre.

– Ces messieurs âgés guignent toujours les jeunes, dit-il.

Mieczysław ne sait pas très bien s'il parle des respectables auteurs dont les portraits sont accrochés aux murs, des curistes du sanatorium ou s'il pense à tous les hommes vieillissants en général.

– Ils nous embobinent, nous disent de faire des choses qui ne sont pas bien… nous provoquent… nous fourrent dans des situations embarrassantes… Après ça, il est difficile de s'en tirer sans perdre la face. Tu comprends à coup sûr ce que je veux dire, camarade… Ils nous disent de nous sacrifier… Ils attendent carrément un sacrifice… Ils nous forcent à leur jurer… Ils sont vieux, ils ont donc eu beaucoup de temps pour tout mettre en place dans leur tête, et nous, nous sommes plus faibles, il nous est plus difficile de discuter, nous n'avons pas autant d'arguments qu'eux… En plus, ils ne manquent pas d'argent… Nous nous disons : « Un jour je serai comme eux, avec du pouvoir et de l'argent. Je me dédommagerai pour tout… »

Mieczysław se tourne vers lui, les sourcils levés. Tomášek a le visage tout rouge d'émotion, des gouttes de sueur perlent sur son nez encore juvénile.

– Ne dis pas que je ne t'aurai pas prévenu, ajoute-t-il avant de disparaître entre les étagères.

À la Villa Rosa, la préférée de Mieczysław lors de ses promenades, il y a des chambres pour les personnes moins malades. Ce serait là que logerait la dame au large chapeau. Au-dessus de cette pension se trouve le pavillon en l'honneur de Humboldt, orné de son buste. En été, du temps de Brehmer, des concerts avaient lieu dans un kiosque à musique tout à côté. Mieczysław apprécie le fait que, outre les endroits d'une beauté fastueuse pour les curistes les plus fortunés, Görbersdorf ait également des thermes populaires – appelés en allemand *Volksheilstätten-Abteilung* – pour les patients moins nantis. Les locaux sont situés à distance du domaine principal, dispersés dans le village, dans des maisons de particuliers. Et s'il n'avait pas été dans l'attente d'une place au sanatorium, lui aussi aurait pu faire partie de ces plus humbles.

Tout cela lui rappelle un peu Truskawiec, où il était allé une fois avec son père prendre les eaux, si ce n'est que c'était plus grand et construit en dur. Sur la courte allée qui mène à l'établissement de soins, Mieczysław observe les curistes. Chapeaux clairs, ombrelles pour se protéger du soleil, costumes à mi-chemin entre habit de cérémonie et tenue du quotidien. Telle est peut-être la mode des thermes. En outre, tous ces gens se déplacent avec une lenteur « sanatoriale », plus nonchalante que la plus lente des marches chez lui, à Lwów. S'ils avançaient plus vite, en deux temps trois mouvements, ils traverseraient le village d'un bout à l'autre et devraient refaire le même circuit plusieurs fois, mais là, ils s'arrêtent après quelques pas pour parler, tout en observant les autres curistes de manière qu'aucun détail vestimentaire, aucun nouveau visage ne leur échappe. La moindre petite création de couturier, le moindre geste, toutes les coiffures doivent être remarqués et pleinement commentés.

Les Russes restent résolument entre eux. Ils se distinguent par leurs tenues endimanchées à l'excès. Certains sont là en famille, et lorsque leur séjour se prolonge, ils vont habiter dans des villas sur le versant du Buchberg, densément couvert de forêts, où ils mènent une vie de personnes en bonne santé. On voit également des Scandinaves, très grands, pâles, et aux visages fermés. Mieczysław entend plusieurs fois du polonais, mais il ne s'empresse pas d'aller faire connaissance. Les Polonais se déplacent en groupe, et sont tantôt anormalement silencieux, tantôt excessivement bruyants.

Dans la foule haute en couleur et détendue, où personne ne devinerait la présence de la maladie, Mieczysław cherche malgré lui la haute silhouette de la femme au large chapeau vue au temple. Il se dit que, sans doute, elle va plus souvent dans l'autre direction, du côté de l'église orthodoxe qu'il a projeté de visiter avec monsieur August. Il reconnaît déjà le pas de la jeune femme, un peu heurté, nullement distingué. Ainsi se déplacent les personnes occupées, pensives, concentrées sur leurs propres objectifs. Et elle garde toujours une main dans la poche de sa veste.

À chaque fois que Mieczysław l'aperçoit, il a le souffle coupé et le rouge lui monte aux joues, ce qu'il essaie de dissimuler en faisant semblant d'avoir froid pour justifier qu'il se couvre la bouche de son écharpe. Mais déjà, il sent le regard attentif de Longin Lukas ou celui, discrètement ironique, d'August August. Il sait que son trouble va faire l'objet de commentaires et d'allusions lors des conversations du soir. Il est certain que lorsqu'il disparaîtra dans sa chambre, ses compagnons s'attarderont encore longuement à gloser sur les causes de son émoi. Peu importe le sujet initial de leurs débats, ils finissent par parler… des femmes. Le thème soulevé une fois par la mort absurde de madame Opitz revient régulièrement, et sa dépouille mortelle inquiète les esprits. Mieczysław n'est pas sans avoir remarqué que chaque discussion, qu'il soit question de la démocratie, de la cinquième dimension, du rôle de la religion, du socialisme, de l'Europe ou enfin de l'art moderne, finit toujours par les conduire à parler des femmes.

*

Les heures passées en chaise longue ont semblé mortellement ennuyeuses à Mieczysław Wojnicz jusqu'à ce qu'il apprenne à en profiter comme d'un temps uniquement à soi et propice à la réflexion. Il a compris qu'un individu qui participe intensément à la vie n'a pas le temps de réfléchir ou d'observer attentivement les choses, ne serait-ce qu'en imagination. C'est pourquoi il s'allonge près de Thilo von Hahn, sachant que ce dernier va s'endormir aussitôt et même ronfler légèrement. Un grand travail intervient alors dans la tête de Mieczysław. Il transforme les impressions en expériences, donne du sens à ce qui l'entoure. Jamais il ne parvient à lire la moindre page, alors que cela pourrait sembler facile. En revanche, il est gagné par une étrange sérénité dans laquelle les pensées traversent son esprit en toute liberté, émergeant d'on ne sait où pour s'en aller on ne sait où, remplacées par d'autres. Il ne rêve certainement pas, mais il n'est pas non plus éveillé en pleine conscience. Il semblerait qu'entre l'un et l'autre état existent certaines strates sous-estimées de ces pensées, impossibles à diriger – il est vrai –, mais qui peuvent être mises en branle, à condition qu'ensuite on les laisse aller leur chemin. Si

Mieczysław avait été coutumier des pratiques de l'autoréflexion et de l'introspection que le docteur Semperweiß lui a conseillées lors d'un rendez-vous, il aurait certainement pu observer comment naissent les pensées et quelle est leur nature. Ce sont comme des rubans d'impressions portés à travers le temps telles les filandres de l'été indien que déplace le vent ; des cordons d'infimes réactions qui forment des séquences aléatoires désireuses de sens. Leur nature est volatile, instable. Elles naissent et disparaissent, mais laissent derrière elles l'impression que quelque chose est vraiment arrivé. Et que nous y avons pris part, que nous sommes en terrain stable, sûr. Que cette chose existe !

Quand Mieczysław Wojnicz est dans un état pareil lui reviennent en écho des paroles singulières, des phrases hors contexte. Il se rend en pensées à Lwów ou au manoir de Glinna où il a passé son enfance, et la position horizontale en milieu de journée, peu naturelle, lui fait découvrir des détails oubliés de sa courte existence. Ainsi se rappelle-t-il que lorsque l'oncle Emil devait venir à Lwów cela donnait lieu à des préparatifs spéciaux. Józef courait faire des achats et revenait toujours avec un canard dans son panier. Le commis du marché l'aidait à monter les légumes et les pommes, il fallait absolument des pommes.

À cette époque, le frère cadet de January Wojnicz, Emil, un grand et beau jeune homme aux cheveux clairs, à la silhouette et aux manières irréprochables, était déjà officier de cavalerie dans l'armée autrichienne. Il portait une moustache blond cendré qui ajoutait du sérieux et de la virilité à son jeune visage aux traits délicats. Une veste gris-bleu cintrait magnifiquement son torse mince et relevait la blancheur raffinée de sa peau. Le summum de l'élégance – du moins pour Miecio – était son pantalon rouge retenu dans des bottes toujours parfaitement cirées. Emil arrivait, claquait des talons et allumait aussitôt un cigare, accompagné en cela par le père de Miecio. L'enfant recevait une boîte de gâteaux achetés à la pâtisserie, ainsi qu'une petite chose militaire : des douilles, un canif ou une gamelle en fer. Ensuite, Miecio devait répondre aux questions de son oncle, ce qu'il faisait avec conviction, très sûr de lui car il avait tout appris à fond :

– Une division de cavalerie se compose de deux brigades, chacune de deux régiments.

Ou bien :

– Un régiment de cavalerie compte six escadrons.

Il lui fallait encore ajouter que chaque division chapeautait un escadron spécial d'artillerie à cheval et quatre sous-sections de fusils-mitrailleurs. Les douilles venaient de ces fusils, Miecio ne savait pas trop quoi en faire. Il les gardait dans sa poche pour avoir le plaisir de sentir leur poids.

La veille de l'arrivée de l'oncle Emil, sitôt les courses faites, Józef descendait à la cave pour couper la tête du canard, après quoi l'oiseau pendait tout l'après-midi, attaché au rebord métallique du fourneau en faïence, le cou vers le bas pour que le sang goutte lentement dans une cuvette.

Miecio savait, pour avoir connu souffrance et tristesse les fois précédentes, qu'il ne devait sous aucun prétexte se lier d'amitié avec le canard rapporté du marché, ni le plaindre ; aussi faisait-il la sourde oreille au cancan parfois plaintif, parfois révolté, avant que l'animal n'aille à la mort. L'enfant allait jusqu'à se boucher les oreilles pour ne pas être témoin de son séjour plus que bref à la maison.

Mais la dépouille à plumes sanguinolente, attachée dans la cuisine, remplissait Miecio de désespoir et lui faisait verser des larmes d'une impuissante tristesse qu'il devait dissimuler à son père, à son oncle et même à Józef. Ils auraient dit qu'il chialait comme une bonne femme. L'horreur de la vue du sang rouge sombre, presque marron, se coagulant autour du cou de la bête, jetait l'enfant dans une ambivalence douloureuse : il était effrayé, mais ressentait simultanément une fascination étrange, indescriptible, proche d'un plaisir encore plus intense que lorsqu'il s'arrachait la croûte d'une cicatrice au genou ou qu'il agaçait une dent de lait branlante. Miecio avait la poitrine douloureuse d'un chagrin qu'il ne pouvait ni convertir en larmes ni soulager d'une quelconque manière, mais qui s'intériorisait jusqu'à bloquer sa respiration. Il y avait une mystérieuse alliance entre Miecio et le canard sans tête mort duquel gouttait du sang. Le garçonnet ressentait dans son corps une défaillance, une faiblesse à l'origine de laquelle se trouvait la totale incapacité à se défendre. Son épouvante était renforcée par la beauté des plumes encollées de sang, merveilleusement chatoyantes dans la lumière de la cuisine. Elles étaient bleu sombre, or, violines, vertes, bleu azur ou saphir. D'ailleurs, il n'y avait pas de noms précis pour ces plumes, mais elles rappelaient certainement les ailes de l'Ange-aux-Quatre-Doigts. La mort du canard devenait donc un sacrilège, un attentat contre le monde.

Mais le pire était à venir. Au sang récupéré, Józef ajoutait du vinaigre, des aromates comme du piment de la Jamaïque, des feuilles de laurier, de la marjolaine, du poivre, mais également des pruneaux et des abricots secs pour mitonner un consommé, la *czernina*. Miecio savait qu'une véritable torture l'attendait. L'assiette de soupe serait placée devant lui comme un nouveau test de virilité qu'il allait passer devant son oncle, l'officier. En attendant, January et Emil ne laissaient pas pressentir le caractère exceptionnel et très particulier de la situation. Décontractés, ils parlaient, le plus souvent des affaires à venir ou de politique, mais pas encore de savoir si Emil allait ou non se marier, question qui ne viendrait qu'au moment des liqueurs. Miecio, quant à lui, une serviette sous le menton, était assis devant son assiette de soupe, à la substance couleur chocolat, avec quantité d'yeux de graisse, intérieurement crispé, incapable d'avaler ne serait-ce que la salive qui s'accumulait dans sa bouche et que sa gorge refusait.

Ensuite, son père lui jetait un regard au vol qui faisait que Miecio, condamné au martyre, saisissait sa cuillère, puis la plongeait dans la sombre gadoue. Emil roulait alors des yeux, soupirait en disant qu'il n'avait jamais rien mangé d'aussi bon. À ces paroles, un air de satisfaction éclairait le visage habituellement sombre de Józef, qui, avide de plus de compliments, ne se retirait pas à la cuisine. Miecio savait que les yeux de ses père et oncle allaient se tourner vers lui. Aussi se conditionnait-il intérieurement, il cherchait à se convaincre qu'il devait le faire, qu'il ne pouvait pas décevoir les deux personnes qu'il aimait le plus au monde et qui ne voulaient que son bien, et que pour être un homme, un vrai, il devait se faire violence, parce que c'était un potage qu'ils lui servaient *par amour*. Ses yeux se remplissaient de larmes tandis que, tremblante et laissant tomber des gouttes de soupe, la cuillère montait vers ses lèvres qui ne pouvaient rien faire d'autre que s'entrouvrir et accepter l'offrande sacrificielle. Il espérait toujours qu'il se souvenait mal du goût de ce brouet noir depuis la dernière fois, et que là, soudain, il serait surpris de le trouver bon. Dans sa bouche, pourtant, enflait quelque chose d'horrible, qui ne ressemblait à rien, à peine voilé par le parfum du laurier et de la marjolaine, juste un verni au pinceau, mais fondamentalement écœurant et repoussant. C'était un goût qui hurlait, chargé de violence, de vapeur fétide, qui, sucré et nauséeux, gonflait entre sa langue et ses joues. Sa gorge se serrait, et Miecio sentait de nouveau qu'il allait vomir, mais il parvenait à se dominer, à faire comme si de rien n'était, de sorte que, après un moment d'hésitation, le spasme battait en retraite dans les profondeurs de son corps, disparaissait dans ses entrailles, et la cuillerée de sang animal cuit descendait jusqu'à l'estomac. Les deux hommes faisaient comme s'ils ne regardaient pas l'enfant, mais lui savait parfaitement qu'ils le testaient du coin de l'œil avec une froideur attentive. Là, Miecio prenait encore une cuillère, et encore la suivante, son père se calmait, commençait à plaisanter. Des larmes remplissaient les yeux du garçon, mais il ne s'en préoccupait pas non plus, de sorte qu'elles disparaissaient quelque part au fond de son corps.

– Voilà un potage polonais traditionnel ! Il faut être couillon pour ne pas y goûter. Cette vigueur que ça vous donne ! se réjouissait son père.

Oncle Emil souriait, les pointes de sa moustache blonde avaient pris une teinte rouge sombre.

« C'est simple, se disait alors Miecio Wojnicz en ravalant ses larmes qui se mêlaient au sang de l'animal dans son corps frêle et enfantin. Être un homme, c'est apprendre à devenir hermétique à ce qui vous dérange. Voilà tout le secret ! »

Peu après son arrivée à Görbersdorf, au retour d'une promenade, Mieczysław était entré à la poste pour y acheter quelques cartes postales, ainsi que des timbres. Quand il s'est demandé à qui écrire, il n'a trouvé que son père et son oncle.

Pour son père, il a choisi la vue du nouveau sanatorium du docteur Brehmer. Le bâtiment était photographié en contre-plongée, ce qui amplifiait son caractère monumental. Mieczysław était certain que cela impressionnerait son père et que l'aspect solide de la construction se traduirait dans son esprit par une confiance accrue dans l'efficacité de la thérapie.

Il serait heureux d'avoir réussi à placer son fils dans un endroit aussi digne de respect. Les murs en briques rouges et les jolies arcades faisaient penser à un château médiéval, tout comme les tourelles et le toit pentu. Oui, January penserait que son fils avait eu accès à un de ces paradis prussiens où tous les garçons finissent par devenir des hommes. À son oncle, il a décidé d'envoyer une image de la vallée dans laquelle se trouvait ce qui n'est ni une petite ville ni un village. Vues de loin, les habitations avaient l'air d'une cicatrice affectant l'architecture parfaite de la nature, d'une plaie en train de guérir et de cicatriser. Sur la première carte postale, les constructions humaines étaient carrément triomphantes ; sur la seconde, confrontées à la puissance des montagnes, elles avaient l'air à peine cocasses.

Sur les deux, il n'y avait pas beaucoup de place pour la correspondance. Mieczysław a donc seulement salué, dit qu'il allait bien et trouvait la nourriture admirable, au point qu'il notait même des recettes de cette cuisine silésienne. Que sa famille lui manquait et qu'ils se reverraient certainement bientôt.

*

Si Mieczysław s'intéresse à l'affaire de l'église orthodoxe, c'est uniquement parce qu'un jour il a vu en sortir la jeune femme au large chapeau qui lui a fait si forte impression. Il paraît qu'elle y passe souvent.

Il l'a vue une nouvelle fois pendant qu'il se promenait avec messieurs August et Lukas.

Elle arrivait vers lui, lentement, de son pas dansant, une main dans la poche, l'autre s'appuyant sur son ombrelle à volants. Tout en Mieczysław a aussitôt été en ébullition. La vue de la jeune femme lui a fait un plaisir immense, difficile à décrire, très au-delà de cet « appétit » qu'il connaît à Görbersdorf en permanence quand il regarde les meubles, les tapis, les voilages aux fenêtres, les chaises tapissées de cuir souple, appréciant la régularité des motifs, l'amour du détail et le soin avec lequel les objets ont été disposés dans l'espace. L'allure de la femme au large chapeau surpassait tout cela, du fait que chaque chose qu'elle portait, et certainement ce qu'elle était en elle-même, condensait ce qui avait toujours attiré et fasciné Mieczysław – la plénitude, le sens, l'harmonie auxquels, jusque-là, il n'avait eu accès qu'à travers des choses séparées, par fragments, jamais comme un tout.

Ses deux compagnons ont salué cette femme impressionnante en ôtant leur chapeau, alors que lui a bafouillé on ne sait quoi. N'ayant pas de couvre-chef, il ne savait que faire de ses mains. Il l'a regardée. Le temps a ralenti car, en cette fraction de seconde, il a noté tant de détails, son âme a été envahie de tant d'éléments admirables, que lorsque la jeune femme l'a dépassé, il a eu un malaise. Il s'est arrêté, s'est contraint à tousser pour dissimuler sa confusion, son admiration et son désir désespéré.

*

L'église orthodoxe, à laquelle il se rend quelques jours plus tard en compagnie des curistes de sa pension, est incroyablement petite, de la taille d'une chapelle, mais peut-être est-ce la raison pour laquelle elle paraît tellement accueillante à Mieczysław – elle répond à son appétit de bien-être – en dépit des boiseries laissées nues, sans la moindre décoration. Il est pourtant accoutumé à des églises orthodoxes bien différentes, très colorées, parfois jusqu'à l'excès, couvertes d'icônes et de petits tapis, joyeuses. Celles de chez lui, en Galicie, sont campagnardes, paysannes. Longin Lukas dirait certainement « enfantines » parce qu'elles sont mâtinées d'une esthétique de foire. Petites broderies, kilims, fleurs en crépon teint, guirlandes en papier, voilà ce dont Mieczysław se souvient de l'église orthodoxe de Glinna. Celle de Görbersdorf lui paraît élégante et exotique. L'architecte silésien engagé pour la construire s'est efforcé de l'adapter à l'architecture des Sudètes et c'est ce qui donne à l'endroit cette allure bizarre – et si un jour la confusion religieuse européenne devait donner naissance à une église orthodoxe prussienne, ce bâtiment pourrait servir de protomodèle architectural.

Mieczysław apprend que l'église orthodoxe de Görbersdorf a été bâtie par un riche patient russe pour ses compatriotes, afin qu'ils aient où prier pendant leur cure. Désormais, ils peuvent le faire dans ce bâtiment récemment terminé qui, en dépit de ses jolis murs en briques, a néanmoins l'air vieux. Ce n'est qu'une fois à l'intérieur que l'on se rend compte combien l'espace est restreint, peut-être trop pour les vagues croissantes d'orthodoxes malades. Après tout, le temple de Görbersdorf n'est pas grand non plus, comme à vouloir contredire l'adage selon lequel « l'effroi suscite la foi ».

Afin d'aménager le mieux possible l'intérieur de l'église pour sa fonction sacramentelle, le riche avocat avait engagé un peintre venu d'on ne sait quelle partie du vaste monde, mais celui-ci s'est aussitôt amouraché d'une curiste avec laquelle, pour échapper au mari jaloux, il s'était enfui, abandonnant les parois à leur nudité. Très vite après la mort de sa femme, le mécène n'a plus eu le cœur d'investir à Görbersdorf. Il a retiré ses fonds, signifiant ainsi à Dieu qu'il était trop tard, que l'affaire n'était plus d'actualité.

Quoi qu'il en soit, ce modeste édifice a régulièrement droit à un scandale, grand ou petit. Quand ce n'est pas à cause d'un mécène d'une richesse indécente, ou d'une bizarrerie qui ne peut y trouver sa place, ou d'un peintre qui s'enfuit, c'est à présent une icône dont tout le monde parle, offerte par une personne souhaitant garder l'anonymat, et qui aurait une telle valeur artistique que l'on se demande s'il ne conviendrait pas de fermer l'église avec de grands cadenas ou de la faire carrément garder. On dit aussi que cette étrange icône ne serait pas un don, mais que quelqu'un l'a placée à Görbersdorf en dépôt. Depuis, il était devenu impensable de ne pas se rendre à l'église orthodoxe le dimanche pour rediscuter une fois encore du cas de sainte Émérencie.

Monsieur August, insensible à l'architecture du lieu de culte en soi, se dirige immédiatement d'un pas assuré vers le mur de gauche, près de l'iconostase, où, très au-dessus des têtes de ceux qui viennent la voir, est accrochée la célèbre icône représentant sainte Émérencie. D'un geste désinvolte, il l'indique aux autres en pointant sa canne vers elle.

Ce que représente l'icône, le mieux est de le voir avec les yeux pleins d'innocence de Mieczysław.

Une femme avec un nourrisson est assise sur les genoux d'une autre femme, un peu plus grande, plus corpulente, en robe couleur brique, et elle lève une main comme pour saluer. Mais cette autre femme est également installée dans le giron d'une femme plus grande encore. Celle-là a un visage sombre, ridé, et un regard perçant. Elle ouvre légèrement les bras de sorte que sa cape presque noire entoure les deux figures plus petites et l'enfant. La doublure de la cape est d'un bleu sombre avec des étoiles, une lune et un soleil. La cape s'étale largement sur un fond or, celui de la lumière éternelle, *lux perpetua.* Les visages de Marie et de l'Enfant, peints en rose, sont d'une fraîcheur vive, ils regardent hardiment le spectateur. L'Enfant semble presque lui faire un clin d'œil. Le visage d'Anne, au teint plus olivâtre, reflète une tension, comme si elle pressentait un danger ou avait peur de trop en dire. Émérencie, quant à elle, semble souffrante, le peintre l'a dotée de ridules à l'aide d'un pinceau fin, ce qui lui donne un aspect presque végétal.

Mieczysław se dit que les yeux de la vieille femme ridée jettent un regard déplaisant.

– Brrr, dit monsieur August, vous voyez cela ? Lisez ce qui est écrit ici, enfin, ceux qui connaissent le russe. Non pas « Sainte Émérencie », car c'est une appellation de l'Ouest européen, mais « Panagia », la Toute-Sainte. L'arrière-grand-mère du Sauveur, la mère de sainte Anne, la grand-mère de Marie. La lignée maternelle. Généralement, les peintures qui présentent ainsi la généalogie du Christ sont désignées en tant que « Sainte Anne quaternaire ».

– Je n'ai jamais rencontré cette sainte, s'étonne Longin Lukas, légèrement vexé, non par sa propre ignorance, mais par le fait que le monde ne lui a pas révélé pareil personnage.

Thilo von Hahn, qui s'est assis sur la seule chaise, certainement pas destinée aux fidèles, prend la parole pour s'adresser surtout à Mieczysław :

– Moi, je connais. Dans la peinture flamande, sainte Émérencie est accroupie et de son corps pousse un arbre avec la figure de sainte Anne qui tient dans ses bras sa fille Marie. Et du cœur de Marie pousse une branche avec une fleur unique, l'Enfant Jésus.

Mieczysław hoche la tête. Il se souvient tout à coup que Gliceria l'emmenait à l'église orthodoxe du village, où il n'a jamais réussi à assister à l'office jusqu'à la fin. Ses jambes ne lui obéissaient plus et un trop-plein d'émotions provoquait chez lui une somnolence impossible à combattre. Gliceria l'emportait endormi, ce qui lui valait ensuite d'être grondée par January Wojnicz.

– Et vous, vous en pensez quoi de ce tableau étrange ? entend-il soudain lui demander la voix d'August August.

– Moi ? demande-t-il, arraché à ses pensées. Non, non, je n'y songeais pas. Il est très… dit Mieczysław en cherchant un mot qui ne le ferait pas déchoir aux yeux de monsieur August. Il est très expressif.

Commencent alors les explications, citations et leçons. Les mains de monsieur August, jointes comme pour la prière, sont en réalité un instrument de marteleur, un super bec avec lequel, tel un pivert, il perce dans la tête de ses auditeurs des canaux droits d'acquisition du savoir, des pistes de compréhension, des itinéraires simples d'érudition. Debout, très droit, il se balance légèrement d'avant en arrière et retient l'attention de l'assemblée à laquelle se sont joints un couple, habillé avec distinction, et une religieuse catholique. Thilo tente à plusieurs reprises d'intervenir dans le laïus de monsieur August, mais, vite conscient de son incapacité à prendre les rênes, il ne place qu'un mot ou deux, ce par quoi il stimule August August à déployer une éloquence encore plus grande.

Combien de choses Mieczysław n'apprend-il pas avant de pouvoir jouer des coudes dans le petit groupe pour se rapprocher de l'icône ou oser quitter du regard monsieur August pérorant ! Que c'est un thème rare en peinture, presque inexistant. Que, dans le monde orthodoxe, c'est la seule icône connue de ce genre. Et là-dessus monsieur August et Thilo von Hahn sont d'accord ! Qu'au Moyen Âge, le motif était populaire en Occident également, mais qu'il s'est raréfié avec le temps ou a peut-être même été retiré des lieux de culte. Qu'il renverrait à une légende selon laquelle, soixante-dix ans avant la naissance de Jésus, sur le mont Horeb, le prophète Archos aurait vu une jeune femme d'une beauté exceptionnelle, puis il aurait fait un rêve dans lequel du corps de celle-ci poussait un arbre avec des fruits magnifiques, mais dont l'un était plus beau que tous. Il aurait alors dit à la jeunette qu'elle aurait un descendant merveilleux. Mieczysław apprend aussi que monsieur August daterait l'icône d'environ deux cents ans – Thilo von Hahn penche plutôt pour cent cinquante –, et cela en raison de la teinte caractéristique du fond or, mais également de la manière dont sont peintes les mains – ou peut-être les oreilles ? – là, Mieczysław n'a pas vraiment compris. Etc., etc., etc.

À vrai dire, l'icône fait sur Mieczysław une impression plutôt accablante. Elle est sombre, chargée, les corps des trois femmes semblent emmêlés comme s'ils passaient l'un dans l'autre, et de cette confusion n'émergent que trois têtes auréolées. Il y manque la dignité classique avec laquelle sont écrites les icônes. Dans celle-ci, il y a quelque chose de dramatique, d'excessif, de pitoyable. Sombreur et or. Lignes droites et fioritures. Le fond or est gravé d'un enchevêtrement de feuilles et de tiges sinueuses. Sur ce métal précieux se trouve placé le groupe de personnages : au centre, en vêtement d'un rouge sombre, l'Enfant frêle et maladif. Il tient une belle grosse pomme trop rose qui semble avoir été cuite. Marie, presque encore une fillette, paraît pâle, éreintée comme si la maternité avait été trop dure, au-dessus de ses forces. Elle est assise sur les genoux d'une femme beaucoup plus grande qu'elle, digne, au visage sérieux et plein de maturité, toute de grenat et argent. Mais elle aussi a l'air affligé. Trois personnes assises sur les genoux les unes des autres... Il y a de l'indécence en cela, se dit Mieczysław, une exagération qui frise la plaisanterie. Oui, il imagine qu'il pourrait finalement se trouver quelqu'un que le quadruple visage de ce groupe de corps entortillés ferait rire, qui éclaterait de rire au lieu de garder le sérieux de circonstance lorsqu'on se trouve dans la maison de Dieu. Ont ainsi raison ceux qui jugent que cette icône n'est pas à sa place dans l'église orthodoxe, tant par sa dimension « quaternaire » bizarre qu'à cause de cette Émérencie d'allure si laide, si effrayante, avec quelque chose d'une sorcière, qui jure avec tout le reste et dont la présence semble relever du hasard ou de la malignité de celui qui l'a peinte. Personne ne doit avoir envie de la regarder. Les yeux se portent plutôt vers l'Enfant et sa toute jeune Mère, avec inquiétude ou peut-être déjà avec le désir naissant de leur apporter aide et assistance.

Mieczysław Wojnicz pousse un soupir. Tout cela lui semble inesthétique, carrément hideux, choquant, mais également provocant. Rien d'étonnant que le tableau suscite autant d'émotions et d'attention chez les curistes.

Lorsqu'ils sortent de l'église orthodoxe, ils sont un peu frigorifiés. C'est un de ces dimanches d'automne déjà bien frais. Une odeur intense émane de la terre, elle gonfle les narines pour aller faire ensuite une petite inspection dans les poumons : Que trouve-t-on par ici ? Est-ce qu'on tiendra jusqu'à l'hiver ?

Le vent n'agite que la cime des arbres, et il n'est perceptible qu'au-delà des montagnes, des forêts, l'hiver est déjà prêt à se mettre en route. Mieczysław se rappelle les skis sortis devant la pension, que Rajmund se prépare à traiter avec une cire à base de graisse animale.

Dans la mesure où, le dimanche, il n'y a pas de soins, le groupe emprunte une bifurcation de l'allée des promenades, et, au lieu de se rendre au goûter, ils entrent dans le café *Zum Dreimädelhaus*, un endroit accueillant, aux murs couverts de boiseries en chêne, décorés de vues des montagnes, de cerfs et de scènes de chasse. Cela sent le café et le vin chaud.

– Quelque chose d'un peu plus fort, peut-être ?

Un aimable serveur aux yeux bleus a poussé des tables les unes contre les autres, et maintenant ils peuvent continuer à pérorer. Si seulement ils s'écoutaient les uns les autres ! Un trop long séjour dans le café est sévèrement interdit par les médecins, cela à cause de l'air confiné et de la densité de la fumée. Ils ressentent donc tous un sentiment de culpabilité qui leur gâche le goût de la bière locale, tout à fait correcte.

Thilo s'installe auprès de Mieczysław et commande une verveine au miel. Le jeune homme, lui, est indécis. Finalement, comme ces messieurs, il commande une bière, alors qu'il n'en raffole pas.

– Tu es allé au cimetière ? lui demande à mi-voix Thilo.

Peu attentif, Mieczysław acquiesce d'un signe de tête en lisant le menu, avec une attention particulière à la rubrique « Desserts ».

Thilo l'observe dans l'expectative.

– Tu as vu ?

Mieczysław ne comprend pas. Il n'a aucune idée de ce que veut Thilo.

– J'aurais vu quoi ?

Thilo lève les yeux au plafond avec une impatience très nette.

– Tu n'as rien vu, constate-t-il seulement.

Tous s'occupent des petits pains à la choucroute qui se trouvent sur les tables.

– Tu n'as pas l'impression, l'interroge Thilo en se penchant vers lui au point d'avoir presque le visage dans son col, qu'ici tout s'emmêle ? Que nous ne nous souvenons pas de ce que nous avons dit la veille, ni sur quel sujet nous avons terminé ? Ou de quel côté nous étions, qui était notre adversaire et qui était notre allié dans la conversation ?

Mieczysław y réfléchit un instant. Oui, Thilo a raison. Jusque-là, il pensait que c'était le changement de lieu, l'excès d'émotions et les journées surchargées d'obligations. Que tout cela faisait que le temps lui manquait pour une réflexion sereine.

– Dans mon cas, c'est peut-être une question d'acclimatation… répond-il avec espoir.

– Non, nous sommes ici depuis des mois, rétorque Thilo. Ici, on sombre dans un état étrange.

Mieczysław ne réagit pas. Lorsque le serveur, se faufilant avec adresse entre les tables, approche d'eux avec, sur son plateau, les bocks de bière et la petite théière de verveine, Thilo chuchote :

– Regarde, tout ça sera oublié un jour. Tout. Vois, tout ça disparaîtra.

Un groupe joyeux entre dans le café. Le bruit augmente, étouffe les conversations individuelles. Les paroles de monsieur August ne sont pas épargnées. Il faut lever la voix pour être entendu. Ils décident donc de partir.

Au retour vers la pension, tous sentent la faim dans ses premiers assauts de fin de journée. Le crépuscule tombe, le temps du dîner approche ; du bâtiment principal des thermes leur parvient un fumet alléchant de rôti. Mieczysław, un peu étourdi par son verre de bière, ferme la marche et n'entend que des bribes de la conversation entre ces messieurs.

– … la bière est meilleure à Bergland…

– … que nous a concocté Opitz pour le dîner ?

– … est-ce qu'il a fini par engager une cuisinière ? Ou allons-nous toujours devoir manger ses plats de bûcheron ?

– … quand une place se libérera au sanatorium, vous verrez que les repas y sont également meilleurs…

– … impossible d'économiser ici, rien de rien…

– … à la *Neues Haus*, pour une chambre avec pension complète, le prix serait le même qu'au sanatorium…

Quand Mieczysław se rapproche, la discussion gagne en clarté pour revenir à l'icône.

– … je ne peux m'empêcher de penser que la femme, qui a été dotée par la nature de l'immense pouvoir d'enfanter, a été complètement privée de la faculté de contrôler cette puissance. Il faut toujours que quelque chose de plus grand la soutienne, une loi naturelle, un ordre social, un ordre moral. Émérencie, c'est cela ! martèle monsieur August en piquant l'air de ses mains jointes.

– … parce que le corps de la femme n'appartient pas qu'à elle, mais à l'humanité, ajoute Longin Lukas, un peu chagrin de ne pas avoir bu une autre tournée. Vu qu'elle enfante, elle est la propriété de tous, sa capacité à mettre au monde ne peut pas être considérée comme sa capacité *pri-vée*, dit-il en insistant sur les syllabes, après quoi il salue aimablement un couple qu'ils croisent. Tout en s'appartenant à elle-même, poursuit-il, la femme nous appartient simultanément à tous.

– Oui, vous avez raison, dit soudain Walter Frommer en se penchant en avant comme s'il cherchait des bolets sur le trottoir. Elle est sujet et objet à la fois, et, à l'évidence, cela concerne également son corps. Néanmoins, ce qui m'intéresse, ce sont certaines caractéristiques cognitives et spirituelles de la femme.

– À quoi pensez-vous ? demande aimablement monsieur August.

– D'un point de vue philosophique, nous ne pouvons pas traiter la femme en sujet intégral, en être fini comme l'est l'homme en soi. Il en découle que la femme ne peut se développer, conserver son identité qu'auprès de l'homme. C'est lui qui assure le cadre de son identité.

– Mais alors, elle sera traitée en objet ! s'inquiète Thilo.

Devant eux, une bourrasque de vent fait soudain tournoyer un tas de feuilles en une petite trombe, une trompette, une flûte.

– C'est vrai, il faut l'admettre, comme objet. Personne n'aura pourtant la sottise de ne pas reconnaître à la femme une certaine qualité de sujet. Quand on regarde le visage d'une femme, il vous faut admettre son caractère spécifique et individuel, sa qualité de sujet. N'est-ce pas ? D'un autre côté son corps, c'est-à-dire elle en soi, appartient à tout le monde, elle est le vase d'où viennent les êtres humains, et donc le corps de la femme, son ventre, sa matrice appartiennent à l'humanité.

– Que signifie « à l'humanité » ? interroge Longin Lukas, grognon. Cela veut dire à qui ? Cela me rappelle les socialistes quand ils parlent de la « propriété de l'État ». L'État, c'est-à-dire qui ? Les fonctionnaires ?

La petite bourrasque se révèle annonciatrice d'un vent qui – malgré tout ! – a réussi à pénétrer dans la région non ventée de Görbersdorf pour s'abattre sur eux avec une certaine force. Mieczysław relève son col et se couvre la bouche avec son écharpe. Monsieur Auguste, pourtant socialiste, déclare alors, tout en retenant son chapeau couleur chocolat :

– Voyez-vous, jeune homme, la femme doit évidemment avoir des droits, mais elle ne doit jamais oublier qu'elle appartient à une société qui a mis en place l'État, une institution chargée de veiller à ses intérêts et donc, en toute logique, l'État peut, hum, hum… décider pour la femme. C'est vrai. L'État pourrait lui assigner des rôles sociaux, des devoirs, mais également, et peut-être avant tout, protéger ses droits en tant qu'individu humain.

– Le droit de vote également ? interroge Lion-Gris provocateur.

– Eh bien, je crois que le temps viendra pour cela. Je pense tout simplement à son droit de vivre en paix, sans avoir faim, en ayant accès aux soins, et en jouissant de la liberté dans un cadre social et conforme aux bonnes mœurs.

Le vent, froid et vif, emporte des feuilles et des brindilles. Ils atteignent déjà la Pension pour Messieurs.

– Vous avez dit que l'homme structure en quelque sorte l'identité individuelle de la femme. L'État, de son côté, structurerait ses rôles sociaux… déclare monsieur August en se tournant vers Walter Frommer.

– L'Église, quant à elle, se charge de sa vie spirituelle, complète Frommer, pincé. Moi, je suis absolument du côté des femmes. J'ignore si vous avez entendu que l'un des premiers conciles au Moyen Âge s'est penché sur la question de l'âme féminine. À ce moment-là, au début de l'époque médiévale, il n'était pas évident que la femme ait une âme. Oui, oui…

– Eh bien, quand parfois j'observe ma gouvernante… commence à dire Longin Lukas, ironique, mais il ne termine pas sa phrase.

– En tout cas, après plusieurs jours de débats, un vote secret a été organisé…

– Et ? lâche Mieczysław, impatient de connaître la fin de l'histoire.

– Cela s'est joué à une voix de différence. Vous imaginez, messieurs, à une voix près !

– Mais dans quel sens ? s'écrie nerveusement Mieczysław.

– Qu'elles ont une âme, évidemment. Vous n'en doutiez pas, tout de même ?

Un moment plus tard, il ajoute :

– Je me suis souvent demandé qui était cet évêque qui a fait pencher la balance.

*

Pour trois marks, ils louent une calèche afin de se rendre au cimetière de Langwaltersdorf. Avant cela, Mieczysław a dû étouffer sa mauvaise conscience à sauter la séance de *Strahlendusche*, cette « douche radiante » pour laquelle il paie un supplément. Si son père venait à l'apprendre… ! Néanmoins, il a besoin de souffler, de sortir de la vallée dont l'air immobile et stagnant commence à le lasser. En outre, quel plaisir de passer du temps avec quelqu'un de jeune, de son âge ! Ils se sont mis à faire les fous en allant à l'arrêt des attelages, mais ensuite, une fois assis dans cette voiture découverte, Thilo devient plus silencieux, sans doute parce qu'il se couvre toujours la bouche de son écharpe. Il redoute le froid.

– Tu ressens la même chose ? demande-t-il d'une voix étouffée. Il n'y a pas de plus grand plaisir que de se rendre au cimetière, n'est-ce pas ?

Mieczysław est impressionné par le ton sarcastique de Thilo, et il est fasciné par ses incessants changements d'humeur. Aujourd'hui, Thilo lui semble en excellente forme, peut-être parce que le temps est sec et chaud. Les feuilles dégagent une odeur envoûtante, le parfum des aiguilles de sapin, de la sève, leur parvient de partout. Cela rappelle toujours à Mieczysław les moments les plus heureux des Noël de sa vie.

Et c'est justement de cela qu'ils parlent à présent, mais Thilo ne partage pas son enthousiasme pour les fêtes de Noël. Chez lui, c'était l'époque des grandes réunions de famille, sa mère ne se sentait pas bien, son beau-père était alors présent en permanence, toutes choses qui étaient difficiles à supporter. Son beau-père s'enivrait le soir et en voulait alors au monde entier. Parfois, il faisait venir Thilo devant lui en pyjama pour lui poser des questions d'histoire, ou bien il l'obligeait à rester au garde-à-vous, ce qui s'appelait « faire de lui un homme ». Sa mère n'avait jamais su le protéger. Elle ne devenait mère que lorsque son mari s'absentait, ce qui était assez fréquent. Dans ces moments, une relation s'instaurait entre elle et Thilo. Ils ne se gênaient pas l'un l'autre, ne passaient en commun que les soirées, après que chacun s'était occupé de ses affaires en cours de journée. Sa mère le traitait en camarade, en ancien ami d'enfance qui se serait retrouvé chez elle par on ne sait quel miracle. Elle avait abandonné sa carrière de comédienne quand elle avait fait la connaissance du père de Thilo. À la mort de ce dernier, alors que Thilo était petit, un ami avait convaincu la jeune veuve d'essayer la morphine. Désormais, elle en prenait régulièrement. Thilo raconte cela sans exprimer aucun grief.

– Je te comprends, lui dit Mieczysław, et il pose sa main gantée sur celle de Thilo également gantée.

– Tu es un drôle de personnage, tellement innocent, tellement inconscient… lui dit Thilo en le regardant avec curiosité. J'ignore qui tu es. D'où viens-tu ?

– De Lwów. Là-bas, on nous fait grandir dans des serres, répond Mieczysław par plaisanterie.

Thilo se met à rire longuement et de bon cœur.

La calèche traverse le village pour s'arrêter enfin devant le portail du temple derrière lequel se trouve le cimetière. De là, on peut voir s'étendre un plateau ondulé, magnifique, tout de rousseur. Dans le bas, quelque part, se trouve Waldenburg.

Des gouttes d'eau perlent sur les toiles d'araignée déployées entre les tombes en pierre. L'air a la couleur du vin de Tokay que les deux jeunes gens ont bu la veille, et le même goût… vivifiant. Thilo ouvre la marche, lentement, en s'appuyant sur une canne démodée. Ils dépassent la tombe récente de madame Opitz, puis quittent l'allée principale en allant sur l'herbe toujours vive et souple comme si elle ne s'attendait pas à la venue de l'hiver. Thilo s'arrête régulièrement pour reprendre son souffle avec difficulté, adressant à chaque fois un regard d'excuse à Mieczysław.

Les deux jeunes gens s'arrêtent devant un modeste carré, déjà sur la pente, dans l'angle le plus reculé du cimetière. C'est la partie la plus ancienne. Les tombeaux y sont disposés comme partout ailleurs, en rangées régulières, mais manifestement l'ordre a vite échappé à tout contrôle, et maintenant il s'y trouve un certain nombre de culs-de-sac et de sentiers qui se mordent la queue. Quant aux stèles, elles sont de styles absolument disparates. Les unes sont plus imposantes, les autres moins, il y en a d'élancées et de trapues, certaines ont des croix, d'autres laissent supposer que leurs propriétaires, originaires de régions lointaines, n'étaient pas gens à se soumettre aux usages locaux. Thilo le mène d'un pas sûr vers le portail arrière, là où, au-delà du mur, s'étendent des herbages roussis.

Mieczysław lui jette un regard interrogatif.

– Observe ces tombes de plus près. Apprends enfin à regarder, l'encourage Thilo.

Entendu. Mieczysław avance entre les sépultures et la première chose qu'il remarque, ce sont évidemment les noms, qui ne sont pas très différents de ceux du carré principal du cimetière : Fischer, Opitz, Kluge, Tilch ; des hommes uniquement, plutôt jeunes, il calcule mentalement leur âge à partir de leurs dates de naissance et de mort. Il n'arrive jamais à quarante ans. Il jette un regard interrogateur à Thilo, puis examine de nouveau les pierres tombales. Prénom, nom, dates de naissance et de mort. Le plus souvent, seulement de mort. Et autre chose encore. Sous le nom et les dates, l'usage est d'exprimer des paroles de tristesse, de regrets, une évocation… Là, non. Sur toutes les plaques, juste quelques petites lettres formant une inscription presque invisible : « *Weh mir, o weh*[1] *!* » Le jeune Polonais ignore ce que cela signifie. Il estime avoir le droit de ne pas connaître ces termes allemands, il est plutôt rare que l'on enseigne les inscriptions funéraires au lycée. Il

1. Extrait de *Lenore,* une ballade de Gottfried August Bürger (1747-1794) : *O weh, o weh mir Armen.* Ce que Gérard de Nerval, en 1830, traduisit par : *Malheur ! malheur à moi !* (*N.d.T.*)

associe cela vaguement à un poème, mais il ignore ce que cela peut être. Une ballade ? Avec Thilo, ils atteignent le bout du mur où s'élève une stèle plus imposante, avec une inscription assez récente qui saute aux yeux : « Rudolf Opitz, 1889-1908. »

– Le frère, dit Thilo. Dix-neuf ans.

Thilo se retourne pour repartir vers la sortie. Mieczysław jette un dernier coup d'œil aux pierres tombales.

Rudolf Opitz
21 Sept. 1889 – 11 Nov. 1908
Weh mir, o weh !

Ce n'est que maintenant que Mieczysław voit le libellé complet de ce qu'il regardait sans le comprendre. 11 Nov. 1908. Les trois lettres « Nov. » étaient sur toutes les tombes du carré. Toutes ces personnes étaient décédées en novembre.

– Thilo ! appelle-t-il, car il voudrait encore s'en assurer, mais Thilo est déjà remonté dans la calèche et s'est couvert les genoux d'un plaid.

Mieczysław court derrière son ami. Il sent un vide dans son cerveau qui demande à être rempli, faute de quoi il ne sera pas en paix.

*

Ils sont en retard, l'infirmier Schwarz, qui distribue les couvertures pour les chaises longues, leur adresse un regard de reproche. Ils s'installent au bord de la terrasse du haut. De là, ils ont une vue fascinante sur les versants vert orangé des montagnes. Même s'il ne fait pas froid, ils s'entourent de couvertures, aidés par Schwarz. Thilo, fatigué, sommeille immédiatement. Mieczysław, quant à lui, se met à réfléchir comme il aime le faire, systématiquement et, on peut le dire, avec appétit. C'est une manière de penser qui n'est ni posée ni structurée, mais qui rappelle un jeu, agréable et doux. Mieczysław imagine ainsi que tout Görbersdorf est un conte. Un conte qui se déroule à l'intérieur de l'image décorative d'une boîte de *pierniki*. Dès lors, il lui est possible de penser à ce qu'il veut sans craindre aucune conséquence désagréable ou inacceptable. Le jeu rappelle un peu la composition d'un herbier. D'abord faire sécher chaque expérience, la coller dans l'album, puis l'observer en tant qu'exemplaire intéressant. Il doit se passer quelque chose en novembre, par ici, probablement les épreuves de quelque sport dangereux. Mieczysław a vu des skieurs glisser à folle allure sur les feuilles de toutes les couleurs qui jonchent les versants abrupts. Mais aussi des types sauter d'arbre en arbre avec des lianes, un peu ce que faisait monsieur Virevolte, le jouet qu'il avait, enfant, lorsqu'il voyageait en train avec son père pour consulter un médecin. Ou encore des nageurs musclés, à demi nus, se jeter tête la première dans l'étang. Mieczysław doit interroger monsieur Opitz ou, plutôt, le docteur Semperweiß qui sera le mieux informé. Oui, il le questionnera. N'est-ce pas très important pour Thilo ? Il fera ça pour lui. Mieczysław s'imagine qu'ils sont en train de faire du patin à glace sur l'étang gelé. L'écharpe de Thilo vole au vent, et lui, il a un bonnet à pompon. Soudain, la glace se rompt sous Thilo, le jeune homme tombe dans l'eau. À la surface ne reste que son écharpe. Mieczysław ressent une immense fatigue et ouvre les yeux. Il voit que Thilo dort paisiblement. Rassuré, son regard se promène sur les barrières métalliques, vers la partie de la terrasse où se reposent les femmes. Mieczysław espère y voir fortuitement l'immense chapeau décoré de fleurs artificielles et de tulle. Mais elle ne doit sans doute pas le coiffer en cet endroit où les patients purifient leurs pauvres poumons à l'air merveilleux des montagnes, dont la composition mystérieuse tue ces êtres minuscules que sont les bacilles de Koch. Les malades n'ont rien fait à ces bacilles, ils ne comprennent pas leur animosité belliqueuse.

8

Une symphonie de toux

Bien que nous en soyons toujours spectatrices, nous n'en dirons pas plus sur toutes ces petites obligations de curiste, sur ces trottinements matinaux jusqu'aux soins d'hydrothérapie tellement détestés par Mieczysław Wojnicz, sur ces serviettes de bain, ces vestiaires, ces stéthoscopes auscultant la poitrine, bref, tout ce qui sature les journées de notre héros. Nous ne relaterons pas l'énième promenade sur le cours, vers l'église orthodoxe, ou plus loin, vers le sanctuaire de Humboldt comme monsieur August appelle ce pavillon en hauteur. Mieczysław connaît déjà par cœur le nombre de jardinières de pélargonium devant le café Albynsky, auquel le nom de *Zum Dreimädelhaus* aurait été donné en l'honneur des trois filles du propriétaire, mais aussi le nombre des crachoirs remplis de sciure le long de l'itinéraire vers le sanatorium. Nous n'allons pas citer le texte laconique des cartes postales que le jeune homme envoie tous les deux jours à son père et à son oncle. Pas davantage que nous ne relèverons les noms de tous les curistes qu'il salue en chemin. Nous ne rapporterons plus le temps qu'il fait, ce qui demeure du ressort de l'observatoire, où l'on note avec soin la température, le degré d'humidité de l'air et la force du vent (toujours inférieur à la moyenne régionale). Nous n'entreprendrons pas non plus de rapporter l'ensemble des sujets de conversation que mènent ces messieurs durant leurs promenades, ni de résumer les débats du soir quand les commensaux de la pension boivent de la *Schwärmerei*. Il nous suffit de dire que Mieczysław se sent bien en ces lieux, que sa toux n'est plus aussi intense et que sa fièvre a cessé de l'épuiser autant qu'à Lwów. Ajoutons qu'il dort bien, à condition d'avoir mis du coton dans ses oreilles pour ne pas entendre les quintes derrière les murs ou l'étrange roucoulement au grenier. Et pourtant, en dépit de cette vie ordonnée, régulière, le jeune Polonais est rongé par l'inquiétude, son âme est la proie d'un malaise qu'il ne parvient pas à nommer et dont il n'est jamais véritablement libre. Ainsi, dernièrement, il s'est soudain réveillé en pleine nuit et est resté allongé, les yeux ouverts, à fixer l'obscurité. Il s'est réveillé parce qu'il s'est souvenu en rêve que la défunte madame Opitz avait un grain de beauté près des lèvres, juste à la commissure, une petite mouche marron, de la taille d'une tête d'épingle. Cette découverte l'a troublé au point de le plonger dans un accablement inattendu, là, couché dans son lit.

Des fenêtres de la pension, on aperçoit le versant montagneux densément couvert d'arbres, comme si Görbersdorf, après d'intenses négociations avec la nature, avait reçu l'autorisation de s'implanter ici, à condition toutefois de ne pas trop s'éloigner du torrent. De prime abord, pour Mieczysław, la paroi sombre de la forêt n'était qu'une tache noire, un espace indifférencié et mystérieux, qui, en soi, ne l'intéressait guère. Il s'est mis à la percevoir différemment à partir du moment où des voix et des bruissements lui sont parvenus de là-bas. Quand il laissait sa fenêtre ouverte, le bruit en devenait insupportable. Une nuit, début octobre, il entend s'échapper de la forêt une voix monstrueuse. Il reste assis dans son lit sans oser bouger, puis, le cœur battant, il enfile ses pantoufles pour gagner le couloir, tremblant de peur.

– C'est un cerf. Ne craignez rien, retournez vous coucher ! lui crie d'en bas Wilhelm Opitz qui anticipe sa question.

Mieczysław se sent gêné. Bon, un simple cerf. Une bramée.

Et pourtant, au cours des nuits suivantes, lorsque, avec une ponctualité digne d'admiration, l'animal donne un nouveau concert, il lui est difficile d'admettre que c'est la voix d'un animal banal et que tout cela fait partie de la nature. Que c'est *naturel.* Il a l'impression que ces sonorités théâtrales, emphatiques, sont celles d'un bûcheron galicien battu par un rival lors d'une rixe, et qui est en train d'être égorgé, de perdre la vie dans les tourments. Une fois que Mieczysław parvient à se convaincre qu'il s'agit là d'un simple animal, dépourvu d'intelligence, seulement mû par son instinct, alors l'émotion le gagne. Il est bouleversé. Le son en est souverain. La voix du cerf suscite en lui le rêve d'une force inouïe, dans laquelle se cachaient à la fois la puissance et le désespoir, et l'affliction d'appartenir à un empire qui surpasse le pouvoir humain, dans cet appel engendré par le destin sexuel, un appel qui vous fera risquer le tout pour le tout et vous entraînera vers des espaces dangereux où il est aisé de perdre la vie. Ces bramements sont empreints de folie, d'une promptitude à quitter les chemins tracés, à transgresser chaque principe, à franchir toutes les limites de la sécurité, voire à sacrifier sa propre vie.

Le cerf bramant s'élance au-delà de la nuit, au-delà des songes, au-delà de ses aires, de ses coulées, pour se signaler tel un fantôme dans l'espace des thermes, de leurs courettes sombres, humides et étroites, pour se manifester telle une chimère envoûtée par son propre désir, un monstre masculin. Et ce pauvre animal est victime des puissances sexuelles intérieures qui feront primer sur toute chose, au sacrifice même de sa propre vie, le besoin infini de sortir de soi pour se reproduire. Mieczysław écoute ces effroyables bruits avec une sorte de honte étouffée, car ils dévoilent ce qui devrait être dissimulé, ils lèvent la chape de silence sur ce qui devrait être tu, ils exposent quelque chose comme un désordre caché derrière une tenture, ou des vêtements souillés sortis de la panière à linge par Gliceria et triés avant d'être portés à la blanchisserie. Ces cols défraîchis par la transpiration, ces culottes sales au tissu blanc maculé de taches, toute cette abjection physiologique contre laquelle January Wojnicz a toujours tellement mis son fils en garde.

Les brames du cerf à la recherche d'une compagne font rire ces messieurs de la pension. Ils se livrent à des plaisanteries à double sens que Mieczysław ne comprend pas complètement, à vrai dire, mais il n'en rougit pas moins car il soupçonne toujours qu'elles ont trait à des recoins de la vie occultés avec soin et truffés de non-dits.

*

Il a appris à aimer les dîners qui durent jusque tard dans la nuit et se terminent nécessairement par une discussion. Les sujets se répètent, disparaissent et reviennent. L'être humain a-t-il une âme ? Se conduit-il toujours avec égoïsme ? Monarchie ou démocratie ? Le socialisme est-il une chance pour l'humanité ? Peut-on savoir à la lecture d'un texte s'il a été écrit par une femme ou par un homme ? Est-ce que les femmes sont suffisamment responsables pour avoir le droit de vote ?

Depuis l'arrivée de Mieczysław, on ne cesse de parler d'une catastrophe aérienne inimaginable qui a eu lieu quelques jours plus tôt, en Silésie.

Ces messieurs y ont trouvé l'occasion de se quereller à table pour savoir si le progrès technique est utile à l'humanité et si les victimes qu'il entraîne sont le prix nécessaire à payer (August August), ou si, malheureusement, c'est l'hubris humaine qui est ici à l'œuvre et qui, en s'alliant au chaos, mènera un jour l'humanité à sa fin (Longin Lukas).

– Les gens vont toujours devoir payer pour leur curiosité et leur désir d'améliorer le monde, c'est inscrit dans notre destinée, affirme Walter Frommer, mais le progrès doit s'accompagner d'un développement de l'esprit humain.

Sur ce, il montre le journal où l'on peut apprendre qu'un certain Roland Garros a traversé la mer Méditerranée en avion. Ou encore qu'un homme est parvenu à sauter en parachute d'un avion en vol et à atterrir en toute sécurité. De telles informations sont source d'inquiétude, d'une sorte de démangeaison intérieure chez Mieczysław – que tant de choses arrivent dans le monde alors que lui, souffrant, se trouve coincé dans ce village ! Néanmoins, il considère sa réclusion à la Pension pour Messieurs, en compagnie de ces individus, et plus globalement son séjour à Görbersdorf comme un exercice de patience qui lui servira lorsqu'il reviendra à la vie normale. Les discussions menées en sirotant de la *Schwärmerei* par messieurs Lukas et August – plus rarement par Walter Frommer, qui passe par des états de stupeur et de silence absolus – peuvent se révéler très instructives pour lui. Après tout, son père et son oncle ne s'aventuraient jamais aussi loin intellectuellement. Tout au plus commentaient-ils la politique courante, ce que l'on écrivait à ce propos dans les journaux, en particulier ce qui avait trait aux spéculations sur le moment où serait couronné l'héritier au trône d'Autriche, et si ce serait à la suite de l'abdication ou de la mort du vieil empereur François-Joseph. En outre, ils étaient toujours intéressés par ce que faisait la Russie, cette imprévisible voisine, à laquelle ils n'accordaient aucune confiance, et qu'ils suspectaient de motivations secrètes dans chacune de ses démarches politiques.

Mieczysław aime à écouter monsieur August – auquel il pense toujours en le nommant « Herr August » – qui, parfois, quand il est très excité, outre sa manie de joindre les mains en pointe pour cribler l'air de petits coups, fait un geste qui évoque une manière théâtrale de s'arracher les cheveux. Un sourire ironique, plein de pitié, apparaît alors sur le visage de Longin Lukas.

Mieczysław a pourtant remarqué que, fréquemment, même les discussions les plus enflammées se terminent de façon plutôt inattendue, sans la moindre conclusion. Ces messieurs se taisent soudain, comme épuisés par le simple fait d'avoir parlé. Tout au plus, l'un d'eux s'efforce encore de dire quelque chose comme : « Hé oui, voilà de quoi cela a l'air… », ou bien : « Certes, il en est ainsi… », et c'est supposé clore le débat en lieu et place d'une synthèse. Ensuite, le regard de chacun des jouteurs plonge dans son intériorité, comme si tous se souvenaient de choses importantes, de soucis jusque-là refoulés dans une ombre profonde. Le plus souvent, Longin Lukas se lève, joint ses mains dans son dos et va regarder par la fenêtre. Monsieur August tambourine des doigts contre la table, semblant accompagner sur un piano invisible le « param, pam, pam, param, pam, pam » que fredonnent en silence ses lèvres. Walter Frommer s'immobilise comme quelqu'un pris la main dans le sac. Opitz disparaît dans la cuisine. Les premiers temps, Mieczysław a tenté de faire reprendre son cours à la conversation en posant une question, mais les autres ne réagissaient pas. C'était un drôle d'armistice et le jeune homme se sentait alors particulièrement mal à l'aise, comme s'il se produisait une interruption dans le cours normal de la vie. Cela ressemblait au commutateur que l'on tourne pour éteindre la lumière électrique, une commodité que Mieczysław admire particulièrement ici. Un clic et il fait noir !

Plus tard, il se retourne longtemps dans son lit, incapable de s'endormir. Le roucoulement au grenier lui ramène toujours en mémoire ce dont il ne veut pas se souvenir. Il se lève, observe à travers les voilages le cours menant aux thermes, généralement vide la nuit, éclairé par de modernes lampadaires au gaz qui diffusent une lumière verdâtre. Il se passe le visage sous l'eau, essaie de lire.

Parfois, ce sont des quintes de toux qui lui parviennent à travers les cloisons et le dérangent dans son sommeil. Ce bruit, d'abord insupportable, irritant, est peu à peu devenu un élément indissociable de la pension, son architecture sonore en quelque sorte. Mieczysław a vite appris à distinguer de quelle gorge provenait chacun de ces sons désagréables.

La toux d'August August, par exemple, n'est pas du tout en rapport avec sa stature malingre. Elle est puissante et profonde. Elle résonne comme si tout son corps était un tuba, comme si elle émergeait de la plus grande des profondeurs. Caverneuse, elle a des tonalités de baryton et semble se démultiplier en écho. En ingénieur, Mieczysław se demande comment il est possible que les poumons de faible taille de cet homme puissent former une telle caisse de résonance, un peu comme si cette silhouette chétive mais harmonieuse était une guitare sur laquelle la maladie plaquait ses accords.

Walter Frommer, qui loge en face, a une toux sèche et saccadée. Les sonorités s'en dispersent en cascade dans la maison, à la manière des perles d'un collier arraché du cou et tombé au sol. Elles emplissent d'abord le couloir, puis se dispersent dans la cage d'escalier, dévalent jusqu'au salon et se hissent vers les combles. Elles parviennent dans la chambre de Mieczysław par de brèves séries tellement suggestives que, malgré lui, il attend la quinte suivante. C'est une toux sèche, d'une sécheresse intensifiée par les cigarettes fumées, une toux privée de sécrétions et de toute humidité, à l'exemple de l'ensemble du corps de ce théosophe. Mieczysław a parfois l'impression que, lorsqu'il bouge, Walter Frommer bruisse, que sous son « *szlusrok* », sa redingote noire de bonne coupe mais démodée, il a de l'étoupe en lieu et place de chair.

Le pauvre Thilo von Hahn tousse très différemment. À travers le mur de sa chambre, on entend une toux saccadée dont les sonorités sont celles d'une matière pourrissante à la fermentation séculaire, comme si des miasmes humides étaient en train de bouillir dans les cornues corporelles du jeune homme, comme si se manifestait une matière archaïque ayant la consistance de la boue dont, des millions de siècles plus tôt, la vie était née. Thilo expectore d'énormes quantités de glaires et cela est si difficile que Mieczysław, bon gré mal gré, l'encourage depuis sa chambre. Parfois, Thilo s'efforce en vain de se débarrasser de la pituite qui encombre ses poumons malades, et ça n'est qu'au moment où tout espoir semble perdu qu'il y réussit soudain. Dans ces cas-là, aux oreilles de Mieczysław parvient un bruit qui pourrait être celui d'une chose que l'on arrache, qui craque, qui est expulsée, et ce bruit est aussitôt suivi d'un soupir de soulagement. Dans le récipient métallique que Rajmund récupère à la porte de Thilo pour mêler de la sciure à son contenu et brûler le tout conformément aux préconisations du sanatorium, Mieczysław aperçoit plusieurs fois du coton avec des traces de sang. L'association du blanc et du rouge est toujours choquante, elle agresse le regard.

On peut même entendre Longin Lukas depuis son annexe, car il ajoute à sa toux une tonalité qui semble révéler un travail pénible qu'il accomplirait, un effort douloureux. Sa toux est assez haute, presque dans le registre du fausset, et on y perçoit comme un reproche indéfini, de sorte qu'on se sentait involontairement coupable en l'entendant.

Quoique moins souvent et avec moins d'intensité, Opitz tousse lui aussi, de même que Rajmund, ce qui est sans doute dû au fait que les poêles sont déjà allumés et qu'au-dessus de la vallée s'élève une fumée humide et diluée, saturant les vêtements et vous faisant espérer ne serait-ce qu'un souffle de vent.

Cette symphonie de toux épuise Mieczysław, il se tourne et retourne dans son lit dont les draps semblent toujours légèrement humides, à cause de la froidure qui, de plus en plus, pénètre par mille interstices dans la maison en bois.

Mieczysław a vite compris que la seule personne pouvant l'accueillir à une heure tardive est Thilo, qui dort plutôt le jour que la nuit. Aussi enfile-t-il pantalon et chandails sur son pyjama pour le rejoindre dans sa chambre et s'installer sur son divan vert élimé, d'où il peut regarder les paysages étendus au sol, posés contre le mur, ou encore le tableau sur le chevalet.

Les deux jeunes gens essaient de faire une partie d'échecs, mais s'en lassent vite. D'ailleurs, Mieczysław n'aime pas ce jeu. Son père l'a trop souvent forcé à y jouer. January Wojnicz espérait probablement que les échecs mettraient de l'ordre dans l'esprit indiscipliné, embrumé et insaisissable de son fils. Ne joue-t-on pas aux échecs à la cour ? L'empereur lui-même les tient en grande estime. C'est la distraction des hommes bien nés, car il faut y déployer son intelligence et sa capacité à prévoir les coups. Savoir se déplacer sur l'échiquier selon les règles pouvait amener Miecio à assimiler certains automatismes par lesquels le monde deviendrait moins dangereux pour lui, voire amical, pensait January. Chaque jour, ils s'installaient donc à table après le déjeuner, au moment où le corps digère et se sent gagné par la somnolence. Ils plaçaient les pions et le père permettait au fils de jouer le premier. Quand le petit Miecio faisait une erreur, il venait de son côté, derrière lui, pour attirer son attention sur la suite potentielle de causes à effets de son mouvement. Mais lorsque Miecio s'entêtait ou se montrait « timoré », comme disait son père, ce dernier se laissait emporter par sa colère, il sortait fumer un cigare et l'enfant devait rester penché sur l'échiquier aussi longtemps qu'il ne trouverait pas une défense ou une attaque sensée.

Le petit Mieczysław Wojnicz comprenait les principes du jeu et savait prévoir nombre de coups, mais à vrai dire cela ne l'intéressait guère. Se déplacer selon les règles pour chercher à vaincre l'adversaire lui semblait n'être que l'un des usages possibles des pions. Il préférait rêvasser, voir l'échiquier comme un espace où se jouait le destin des malheureux pions et des figures qu'il percevait comme des personnages tissant des intrigues compliquées, tantôt hostiles, tantôt complices, et ayant entre eux les relations des plus diverses. Pour Miecio, les réduire à agir dans les cases du plateau, les sacrifier à des joutes encadrées de règles strictes n'était que gaspillage. Aussi, dès que son père se désintéressait du jeu pour vaquer à des occupations plus sérieuses, Miecio disposait les figures dans la steppe du tapis et sur la montagne du fauteuil, où elles réglaient leurs affaires, partaient en voyage, s'installaient des cuisines, des maisons ou des palais. Le cendrier de son père finissait par devenir une barque, les capuchons des stylos plume des rames, et sous la chaise apparaissait l'intérieur d'une cathédrale où avait précisément lieu le mariage de deux reines, l'une blanche, l'autre noire.

Dans ce peuple du damier, il s'identifiait toujours au cavalier, il portait des messages, réconciliait les pions fâchés, veillait à l'organisation de l'approvisionnement des expéditions ou mettait en garde contre les périls (l'entrée de Józef, le nettoyage du tapis, l'heure de se mettre à table). Ensuite, houspillé par son père, envoyé dans sa chambre sans dîner, il s'éloignait avec la digne démarche du cavalier, deux pas en avant et un sur le côté.

*

– Mon père voulait que je sois militaire, dit Mieczysław en regardant le travail de son ami.

– Tu plaisantes ? Les uniformes m'ont toujours fait rire, répond Thilo en suivant les mouvements de son pinceau tandis qu'il peint des cubes et des boules, son thème d'« abstraction » préféré. Et ces épaulettes, ces décorations, tout ce système d'insignes pour rappeler les actes héroïques accomplis par celui qui les porte et combien il est important ! Ces grades, ces hiérarchies, sans parler de l'incommodité de l'uniforme en lui-même, négation du vêtement par sa rigidité et son inconfort ! Et plus la guerre est sale, plus l'uniforme est fastueux ! Toutes ces fioritures qu'on retrouve jusque sur les boutons ! Les emblèmes des États sur les boutons, tu imagines ? Si on déplaçait à peine le point de vue de l'absurde vers la raison – et là Thilo remue la tête de façon amusante –, l'uniforme serait un déguisement tout à fait étonnant. Qu'ont donc fait ces hommes en uniforme ? Ils ont tué. De quoi se vantent-ils ? De leur violence.

– Tu es pacifiste ?

– Je le suis. Est-ce qu'une personne saine d'esprit peut vouloir tuer ?

– Moi, j'ai toujours aimé les uniformes.

– Ah oui, surtout les uniformes de parade de votre armée autrichienne. Chez nous, ils sont plus modestes. Il est vrai que l'uniforme donne à l'homme de l'allure. Sans celui-ci, il est ridicule. En linge de corps par exemple ou juste en chaussettes.

Mieczysław sourit discrètement en regardant les jambes de son pyjama dépasser de son pantalon. Il se souvient qu'un jour il avait quitté son lit à moitié endormi, ayant eu envie de pisser, et qu'aux toilettes il était tombé sur son oncle. Emil portait un filet à moustache qui divisait sa face en deux en en écrasant les traits, de sorte que son beau visage était grotesque, et aussi drôle que celui d'une marionnette. Le pantalon baissé sur les chevilles laissait voir des jambes poilues et un cornichon marron ballant au milieu, ce qui sembla à Miecio indigne d'un militaire. Porter un fruit fripé dans son pantalon !

– Est-ce que les femmes ne devraient pas se déguiser elles aussi, avec une sorte d'uniforme, et avoir des galons en fonction du nombre d'enfants qu'elles ont mis au monde, de repas qu'elles ont préparés, de malades qu'elles ont soignés ? Cela au moins, ce serait beau et juste. Mais puisque tu aimes tant les uniformes, tu n'as pas eu envie de rejoindre l'armée ? lui demande encore Thilo.

– Mon père le voulait, mais tu sais que nous n'avons ni notre propre armée, ni notre propre État. J'aurais dû me battre pour l'empereur qui occupe notre territoire.

Thilo hocha la tête.

– Mon père pensait m'envoyer tout de même à l'École des cadets, à Varsovie, comme il y avait fait admettre son jeune frère Emil, et s'il arrivait qu'un jour la Pologne retrouve son indépendance nous changerions juste d'uniforme pour devenir l'armée entraînée du pays renaissant. Il s'est trouvé que j'étais trop souffreteux et trop faible.

– Ton père a dû être déçu, non ?

– Et comment ! Dans sa tête, un autre projet s'est alors formé. Puisque faire intégrer une armée à son fils était impossible, fût-ce une armée fantoche, eh bien qu'il rejoigne une autre forme de service ! Il a choisi mes études à ma place. À partir de là, j'ai dû m'instruire « pour la Patrie », pour en relever le niveau civilisationnel, l'actuel étant dépassé et primaire. Mon père a l'habitude de dire que tant que l'on ne remettra pas de l'ordre, que l'on ne modernisera pas les villes, que l'on n'introduira pas la civilisation dans les villages, que l'on n'éradiquera pas obscurantisme et illettrisme, il sera impossible de former une société saine.

– Il a raison.

– Je suis donc allé étudier à Dresde, dans la filière qu'il a choisie.

– Cela t'a plu ? lui demande Thilo en l'observant attentivement et, à ce qu'il semble à Mieczysław, avec compassion.

– Je me sentais perdu. Une ville comme Dresde ne favorise pas les études techniques. Il serait préférable d'y étudier les arts comme tu l'as fait, mais pour les citoyens des pays sans État, comme les Polonais, il aurait été indécent de s'occuper à des futilités.

Thilo ferme les yeux avant de dire :

– J'ai de la peine pour toi, Wojnicz. Tu es si délicat et si bon. J'ai peur que tu ne te fasses avoir. Pourtant, il y a en toi une force immense à laquelle tu ne sais pas encore avoir recours.

Mieczysław a le feu aux joues après un compliment pareil.

– Mais je m'y connais en adduction d'eau et je sais même construire des *water-closet*.

Mieczysław est tombé malade la dernière année de ses études, ensuite il a passé douze mois chez lui à la campagne où, à n'en pas douter, il n'y avait ni *water-closet* ni rien de similaire. Juste une cabane en bois derrière la maison. En hiver, quand il avait de la fièvre, il ne sortait pas mais utilisait un seau qu'un serviteur vidait ensuite. Au cours de cette année d'inactivité durant laquelle il est resté allongé, il s'est intéressé à l'apiculture, ayant trouvé dans la petite bibliothèque de son père un livre sur le sujet. L'été, avec l'aide de son père, il a réussi à créer un modeste rucher, et comme cet enthousiasme apicole a grandement amélioré son état de santé, January Wojnicz a décidé que les *water-closet* pouvaient aller au diable et qu'il fallait désormais s'occuper de l'apiculture patriotique.

– Ne me pose pas de questions sur les abeilles ou tu risques de m'entendre t'en parler à n'en plus finir... avertit-il loyalement Thilo.

Si les Polonais s'occupaient d'apiculture, ils pourraient devenir une grande puissance commerciale. Le miel est un élément très précieux non seulement pour une consommation immédiate, mais aussi pour produire d'autres denrées, des cosmétiques, des médicaments. Les ruches fournissent également de la cire naturelle. Les bénéfices de l'apiculture sont un point sur lequel, pour la première fois de leur vie, son père et lui sont tombés d'accord. Diffuser l'apiculture. L'apithérapie. Produire de l'hydromel. Ou encore un baume tiré de la cire pour soigner les rhumatismes. Et January Wojnicz ajoutait que le mieux, pour les Polonais, serait qu'au lieu de devenir apiculteurs, ils deviennent eux-mêmes des abeilles. Les abeilles, quelle société formidable, quelle existence harmonieuse et coresponsable ! Elles ont un instinct qui manque aux Polonais, voilà pourquoi ils se sont laissé dépecer par les trois aigles noires. Depuis, ils connaissent l'assujettissement et sont pareils aux mouches figées dans l'ambre. Un peuple inerte la gueule ouverte. Ah, s'ils avaient une reine et que, pour les siècles des siècles, celle-ci instaurait un règlement où l'efficience et le labeur seraient les plus hautes vertus !

Il y avait une chose encore que Mieczysław, évidemment, n'osa jamais exprimer devant son père, toujours sérieux quand il était question de la Pologne et des Polonais, au point que son visage devenait sévère, et qu'un pli soucieux et grave barrait son front. Pourtant, le jeune homme est convaincu que tout le monde a besoin de douceur, de plaisirs délicieux, de cette chose « appétissante » qui coule dans la bouche pour diffuser la saveur des herbes, des fleurs et du soleil. Sa timidité le lui aurait-elle permis, il aurait dit à son père : si les Polonais mangeaient plus de miel, notre pays dans son entier serait transformé.

Habituellement, quand sa visite nocturne à Thilo se termine, au lieu de regagner sa chambre, Mieczysław grimpe l'escalier pieds nus, pour jeter un regard même furtif à la chambre de madame Opitz. Il se rend aussi au grenier dans la journée, dès qu'il est certain que monsieur Opitz et Rajmund sont partis pour Waldenburg, ou lorsqu'ils sont sortis vaquer à leurs affaires et que les autres clients dorment encore (il entend Walter Frommer ronfler et August August tousser en dormant). Dans la chambre de madame Opitz, il ne fait rien de spécial. Il s'assied sur le lit, le matelas s'enfonce sous son poids. En dépit de l'inconfort, Mieczysław se sent peu à peu gagné par une inertie frisant la stupeur. Il jette sur ses épaules la nappe à franges, puis reste assis à regarder autour de lui.

Sur la table de chevet est soigneusement pliée une chemise de nuit en lin lavé, ornée d'une dentelle cordonnet. En un endroit, la couture est déchirée, les fils s'effilochent. Mieczysław se penche sur la robe de nuit pour observer de près la blessure de la dentelle. Brusquement lui revient un détail de sa première journée quand il est entré au salon et qu'il a vu ce qu'il a vu. Les éléments de cet après-midi précis s'estompent lentement dans sa mémoire, mais là se rappelle à lui une image concrète, pareille à une photographie faisant partie d'un ensemble plus grand, perdue puis retrouvée fortuitement. La joue, le tracé d'une mâchoire, une peau de pêche couverte d'un duvet délicat, mais aussi les lèvres avec leurs commissures, leur tracé en filigrane, légèrement incurvé et rappelant une virgule, comme si cette bouche morte se préparait à sourire.

Mieczysław est surpris par ce souvenir. Il ne s'attendait pas à se rappeler cela. Il ignorait même l'avoir vu.

*

Depuis la mi-octobre, de magnifiques journées ensoleillées se succèdent. Plusieurs nuits froides ont fait virer les arbres au jaune et au rouge, de sorte que, soudain, la deuxième semaine du mois, Mieczysław Wojnicz s'est réveillé dans un décor complètement transformé. Toutes les variantes de jaune, d'orange et de rouge, surfilées ici ou là de vert encore présent mais sur le point de se retirer, l'entourent à présent. Le délire de couleurs, mis en valeur par la froideur bleue du ciel, est envoûtant au point que Mieczysław a envie d'emprunter à Thilo ses peintures pour documenter cette transformation époustouflante. Des feuilles solitaires tombent sur le pavé des rues, comme si une force voulait atténuer la dureté du revêtement par un tapis chamarré. Comme le monde s'est adouci, comme il est devenu tendre ! Les machaons, en grand nombre, reviennent soudain à eux sous l'effet du soleil. À la recherche d'un abri avant le froid qui s'annonce, ces papillons aussi gros que des moineaux se cognent aux vitres pour mourir ensuite, impuissants, sur le rebord des fenêtres. Aux premiers nettoyages de printemps, leurs ailes effritées, grisonnantes, seront balayées comme des déchets.

Après six semaines de cure, chaque patient se rend chez le docteur Semperweiß pour une visite complète.

Les poumons de Mieczysław longuement auscultés – un examen mortellement ennuyeux –, le médecin semble tout à fait satisfait.

– Pourriez-vous vous dévêtir complètement, monsieur, s'il vous plaît ?

Le jeune homme est debout, en caleçon de fine batiste qui lui arrive aux genoux. Son père lui en a acheté une douzaine, avec en outre du linge de corps en coton, quatre nouvelles chemises, ainsi qu'une veste tout à fait élégante d'un marron tirant sur le roux, sans doute pas complètement à la mode, comme s'en rend compte désormais son fils. Les sous-vêtements également semblent hors du temps, lorsque Mieczysław les compare à ceux des curistes de toute l'Europe durant les traitements d'hydrothérapie inventés par le docteur Kneipp.

– Je me vois dans la nécessité de refuser, répond Mieczysław avec une absolue détermination qui marque les traits de son visage.

Le docteur Semperweiß, en train de ranger les ustensiles qui ont servi à examiner la gorge du patient, se retourne surpris :

– Vous avez dit quoi ?

– Que je dois refuser.

– Pourquoi donc ? Vous êtes chez un médecin !

– Pour des raisons d'ordre religieux, bégaie un peu Mieczysław.

– Mais vous êtes catholique, et les catholiques se dévêtent chez leur médecin.

– C'est compliqué…

– Des sauvages, ces gens de l'Est… conclut le docteur Semperweiß au bout d'un moment. C'est au-delà de mes forces ! Comment voulez-vous vous soigner d'une manière moderne si vous refusez de laisser voir votre cul !

Mieczysław écoute sereinement, comme s'il avait l'habitude. On peut même avoir l'impression qu'il partage l'exaspération du médecin.

– Je devrais vous virer d'ici. Allez-vous faire soigner chez les sorcières ou les magiciennes !

Avec dignité, le patient garde le silence.

– Et aux bains, vous vous débrouillez comment, pudique jeune homme ? Il faut bien vous y déshabiller ?

– Je reste en culotte et maillot.

– Que voilà un bon catholique ! Bon, je ne vais pas livrer bataille aux préjugés, donc pas d'examen. Je l'inscrirai dans votre dossier. « Eh non, il n'a pas voulu se déshabiller », conclut le docteur, et déjà ses pensées sont ailleurs.

Il change de sujet.

– Cinq repas corrects par jour, souvenez-vous. Beaucoup de lait et de beurre. Tout doit être chaud. Promenades et chaise longue. Dans la salle de repos se nouent les meilleures relations et qui sait quoi encore... Y a-t-il autre chose, monsieur au prénom difficile à prononcer ?

Mieczysław se rhabille en hâte.

– Non. Non.

– Comment vous nourrit cet Opitz, puisque sa cuisinière est morte ? l'interroge brusquement le médecin soucieux et semblant gagné par la culpabilité. Vous pouvez venir chez nous en pension complète. Nous avons un cuisinier venu d'Italie.

– Je prends mes petits déjeuners et déjeuners au sanatorium et j'apprécie le talent de ce cuisinier. Je n'ai pas à me plaindre des dîners de la pension. Il y a toujours des fromages frais. Notre propriétaire se rend à Friedland acheter du fromage de chèvre. Pour l'instant, tout va bien, et monsieur Opitz cherche une cuisinière.

Semperweiß croise les bras sur sa poitrine et soupire.

– Une cuisinière... Savez-vous que ce sont nos mères, les responsables de nos échecs ? Ce sont elles qui modèlent notre attitude envers le monde et envers notre propre corps. Telles sont les découvertes les plus récentes d'une science appelée psychanalyse.

Mieczysław est déjà à la porte, sur le point de sortir, mais Semperweiß, d'un geste, lui dit de revenir s'asseoir.

– Ce que j'ai à vous dire vous intéressera peut-être, poursuit-il. Ce sont les mères qui transmettent à l'enfant une émotivité excessive, laquelle favorise ensuite nombre de maladies, engendre une fragilité de l'esprit et surtout un efféminement intérieur. Changeante et toujours instable, la femme ne sait pas développer chez l'enfant la conscience que le monde est un défi pour l'être humain, que ses lois sont dures et que l'ordre des choses exige de chacun une posture solide, une forte implantation sur ses jambes, mais aussi la capacité de ne pas céder à des divagations.

– Vous parlez comme aurait pu le faire mon père, s'il s'était... hésite Mieczysław.

Semperweiß tend l'oreille.

– S'il s'était quoi ? interroge-t-il intéressé.

– S'il s'était mis à parler de ma mère.

– Il n'en parle pas ? Vous êtes certainement en contact étroit avec votre mère, et c'est de là que vient, comment dire, votre délicatesse...

En quelques phrases, Mieczysław relate son histoire familiale.

– Eh bien, c'est triste qu'elle soit morte, dit le médecin, ce qui ne signifie nullement qu'elle ne soit pas coupable. Elle vous a abandonné lorsque vous en aviez le plus besoin ! Mais je vous dirai, mon cher monsieur Wojnicz, que j'ai moi-même été élevé pratiquement sans la présence de femmes. C'est-à-dire, des autres femmes, car je suis très proche de ma mère. Elle fêtera bientôt son quatre-vingtième anniversaire. Mais c'est une femme absolument spéciale. Oui, oui, il m'arrive de penser... là, le docteur Semperweiß hésite, puis décide de changer de sujet. – L'homme peut apprendre à se connaître justement grâce à la psychanalyse, cette science nouvelle. La psychologie de l'inconscient est aujourd'hui la seule voie pour trouver les vraies réponses aux vraies interrogations. Est-ce que vous analysez vos rêves ?

Mieczysław cligne des yeux, surpris.

– Je ne rêve pas beaucoup. Et ici, plus du tout, parce que les pigeons roucoulent toute la nuit dans les combles.

– Si vous rêviez d'eau, de grenouilles, d'humidité et, par exemple, de cavernes, cela pourrait signifier que vous avez le complexe de votre mère absente...

Mieczysław se rappelle le crapaud sur le tas de pommes de terre. Un frisson imperceptible le traverse.

– Il faudrait alors renforcer votre virilité, vous opposer à cette énergie ramollissante. Vous en avez besoin, Wojnicz ! Vous devez tuer votre mère en vous, celle qui vous a abandonné...

– Elle est morte, je n'ai pas à la tuer, le corrige Mieczysław.

– Même si tel est le cas, elle vous a abandonné, et c'est ce qui vous prive de vos forces. Pour compenser son absence, vous vous identifiez dangereusement à elle, d'où votre côté efféminé, votre mollesse.

Mieczysław se recroqueville mentalement.

– Eh bien, eh bien, mon garçon, dit Semperweiß qui a dû remarquer le changement, ne pleurnichez pas, il ne faut pas capituler. Vous devez vous ressaisir. Même les hommes au caractère le plus trempé, s'ils sont livrés à la ruse des femmes, fondent comme de la gelée. Y compris, des femmes qui agissent de l'au-delà, de leur tombe.

Pendant un court laps de temps, Mieczysław a l'impression d'entendre parler son père. Sur fond de tapisserie à motifs, de fenêtres et d'asparagus, il lui semble voir January Wojnicz debout, tenant un cigare dont la fumée dessine dans l'air de somptueuses volutes, des filaments sinueux qui ne répètent jamais le même dessin. Miecio devrait s'approcher de lui maintenant, lui baiser la main comme il le faisait d'habitude. Et dire encore : « Oui, père. » January Wojnicz serait alors repu de sa soumission. Ce geste de servilité le calmait, au moins un bref moment. Miecio pouvait quitter la pièce pour s'occuper de ce qui l'intéressait lui : les figures des échecs, l'herbier, son cher latin. Son père restait hors de sa chambre fermée, inconscient que son contrôle et son influence n'y pénétraient pas et n'avaient rien à voir avec la tige de fougère aux crosses à spirales régulières, séchée entre deux buvards.

– À vrai dire, on pourrait s'en passer. Des femmes. À l'évidence. Pour peu que nous parvenions à être forts, termine le docteur Semperweiß en donnant une tape amicale dans le dos de Mieczysław, et cela fait grimacer le jeune homme de douleur.

Une fois à la porte, Mieczysław interroge le docteur tout bas sur Thilo von Hahn. Tout en regardant par la fenêtre, Semperweiß dit seulement :

– Ne vous attachez pas à lui, mon garçon. Il n'en a plus pour longtemps.

*

Mieczysław Wojnicz observe depuis un moment la mouche léthargique qui tournicote sur la table, examinant avec attention les plantes sèches. Il est évident qu'elle fonctionne sur sa réserve d'énergie, sans doute uniquement parce que Rajmund fait bien chauffer les poêles, aujourd'hui, et qu'une douce chaleur rappelle à tout ce qui vit les jours d'été ensoleillés. Sur les rebords des fenêtres, les compagnes de la mouche gisent mortes, semblables à des miettes noires. Avec dégoût, Mieczysław cherche à les attraper par les pattes pour les jeter, mais ses doigts sont trop malhabiles, aussi doit-il se servir d'une carte postale qu'il vient d'écrire à son père.

Cette nuit, le roucoulement dans les combles le pousse au désespoir. Il se dirige vers la pharmacie d'Opitz dans l'escalier pour y prendre une fiole de valériane. Sans compter le nombre approprié de gouttes, il verse la moitié du contenu dans un verre, ajoute de l'eau et boit d'un trait.

Ensuite, toujours attentives, nous le voyons de nouveau assis sur le lit de feu madame Opitz. Il pose les mains sur ses genoux. Il regarde devant lui. Dans ses yeux bleus se reflète la tache de la fenêtre barrée d'une croix. Il respire paisiblement et des vagues de fragrances se croisent sous son nez : plantes contre les mites, parfum bon marché, poussière, amidon, mais aussi une odeur difficile à définir avec précision, celle d'une personne vivante, qui persiste y compris après la mort.

Il reste ainsi assis un bon quart d'heure, peut-être plus, et désormais il est certain que le roucoulement cesse lorsqu'il vient ici.

9

Les *Tuntschi*

En bottes, chapeau et pèlerine, Wilhelm Opitz et Rajmund se trouvent dans la cour derrière la pension. Ils ont à la main des paniers légers en osier. Mieczysław Wojnicz tombe sur eux sans le vouloir alors qu'il sort pour une promenade en solitaire. Il a pris au salon l'une de ces cannes généreusement couvertes d'écussons des refuges locaux et terminée par une pointe en métal. Il pensait passer par la courette pour ne rencontrer personne, aussi cherche-t-il à dissimuler sa surprise et sa déception.

– On dirait que vous partez à la cueillette aux champignons, messieurs, dit-il avec – ce dont il est conscient – un rire qui n'est peut-être pas des plus naturels.

Le directeur et son commis se jettent un regard qui semble instaurer entre eux une connivence discrète, comme s'ils avaient eu au même instant une idée géniale.

– Mais nous allons aux champignons ! répondent-ils ensemble.

Puis, comme si cette phrase lancée avec une spontanéité sincère devait avoir une suite concrète dans le monde réel, Wilhelm Opitz ajoute :

– Pourquoi ne pas venir avec nous ?

Mieczysław ne trouve aucune raison pour refuser. Il n'a pas envisagé d'itinéraire précis pour sa promenade. Il part du principe que « tout peut arriver » et c'est précisément ce qui se passe. Aussi acquiesce-t-il d'un signe de tête.

Avant de pénétrer dans les bois, tous trois se réconfortent avec quelques gorgées de *Schwärmerei* dont Opitz a sorti promptement une bouteille de sa poche intérieure, et après quelques pas seulement, les voici en proie à l'excitation, car il se trouve qu'à la lisière même de la forêt ils sont au beau milieu d'un cercle de girolles à la merveilleuse couleur or. Une fois les yeux de Mieczysław accoutumés aux subtiles différences entre les feuilles et les champignons, il est pris d'une telle frénésie qu'il s'agenouille pour extraire les girolles l'une après l'autre du tendre tapis de mousse. Il est bouleversé par cette opulence, il en a vraiment les larmes aux yeux. À la dérobée, il voit que ses deux compagnons progressent à genoux. Tout porte à croire que leurs paniers seront vite remplis à ras bord. Impossible de cueillir toutes les girolles ! Opitz finit par s'asseoir, il boit encore un coup au goulot et tend la bouteille à ses compagnons.

– Le dîner sera fameux, dit-il. Rien à ajouter, rien à enlever. Nous n'aurons besoin que d'un peu de crème fraîche.

Opitz et Rajmund commencent alors à parler en dialecte, Mieczysław Wojnicz ne cherche pas même à comprendre. Il tend la main pour cueillir les plus beaux spécimens de champignons. Bientôt, plus les trois hommes montent dans la forêt, plus celle-ci devient dense. Sur l'humus apparaissent de merveilleux bolets velouteux, et une fois que les cueilleurs ont pénétré entre les hêtres, des cèpes. Les remarquables spécimens de ces champignons ne suscitent qu'une admiration modérée chez Opitz et Rajmund. C'est Mieczysław que l'émotion fait bondir à chaque instant. Il pousse de grands cris et finit par se mettre à l'écart un instant pour ôter son maillot de corps, qui lui servira de contenant supplémentaire. De la pointe de sa canne, il soulève les feuilles et, ce faisant, prend conscience que, pour lui, c'est comme s'il cherchait ici les morilles de son enfance quand, avec son père, ils se promenaient toute une journée dans les taillis en quête de ces fruits si magnifiques et si mystérieux de l'humus forestier, dont le goût ne ressemble à aucun autre au monde. Ensuite, Miecio voulait toujours les préparer avec Gliceria, enlever la terre, les débarrasser des feuilles sèches et des aiguilles de pin, puis regarder sous leurs chapeaux fripés, mais son père s'y opposait. Ils laissaient le panier à la cuisine et January Wojnicz l'obligeait à recopier des passages entiers d'un roman historique de Sienkiewicz, pour exercer son écriture. Gliceria était la préposée aux champignons.

Mieczysław, resté en arrière, aperçoit les silhouettes courbées des deux hommes en train de collecter quelque chose dans une pâture, et non plus dans le bois. Ils se taisent, exaltés.

– C'est quoi, cette merveille ? demande-t-il en s'approchant.

Ils ne répondent pas. Ils attrapent soigneusement entre deux doigts des champignons minuscules sur des pieds très fins, frêles, d'une apparence très ordinaire, sans rien de particulier. Mieczysław s'accroupit pour observer de plus près ces pauvres créatures à chapeau grisâtre.

– Pour la liqueur, dit Opitz sans le regarder, la *Schwärmerei*.

« Alors, c'est à ça que ça ressemble », se dit Mieczysław, qui se baisse pour faire comme les deux hommes.

– On appelle ça comment ?

– Ils ont plusieurs noms, rétorque Opitz. *Spitzkegeliger Kahlkopf*, en allemand, pour nous ce sont des psilocybes fer de lance.

Wilhelm Opitz sourit et, pour la première fois, Mieczysław peut voir ses grandes dents, écartées les unes des autres. Le jeune homme se joint volontiers à la cueillette des psilocybes, et très vite la place manque dans les paniers remplis de ces êtres délicats à long pied fin, bijouterie fongique à filigrane, très précieuse dans la mesure où elle est utilisée pour la production d'une boisson aussi remarquable. Le futur ingénieur s'assied sur la mousse tendre, sans se soucier de son pantalon qu'il risque de salir ou de mouiller, et, de nouveau, il observe de près ces créatures sans panache. Comparés aux cèpes bien en chair, imposants, ou encore aux bolets si noblement brillantés, les psilocybes semblent plutôt misérables, et même un peu poltrons. Fragiles et grêles, ils paraissent trembler au seul son du pas de l'homme ; un geste brusque suffit à ruiner leur chapeau délicat, ou plutôt leur bonnet, de ceux dont on coiffe la tête des nouveau-nés ; le plus récent psilocybe a déjà l'air abîmé, il noircit par le bas, comme si la vieillesse était une spécifique caractéristique de l'espèce. Pourtant, lorsqu'on le saisit entre deux doigts, on sent dans son pied une élasticité surprenante, une résistance de la substance qui, sous la forme du champignon entier, offre une apparence de délicatesse et de vulnérabilité. Oui, il y a en lui la force du faible, si commune dans la nature, puissance camouflée et trompeuse pour les sens. Sans lui, le monde ne serait constitué que de spécimens forts, savoureux, beaux et parfaits. De cèpes uniquement.

Opitz, de ses doigts peu gracieux saisit le champignon sous le chapeau, puis le tire soigneusement de terre avant de le poser dans le panier comme on le fait avec quelque chose de très précieux. Mieczysław tente de l'imiter. Il s'informe de la quantité de *Schwärmerei* que l'on pourra obtenir avec cette récolte de champignons, ainsi que de la procédure de fabrication de la liqueur, mais Wilhelm Opitz est tellement absorbé par ce qu'il fait qu'il répond des choses vagues et l'étudiant n'apprend rien de concret.

Une fois que tout est cueilli dans cette belle prairie, ils regagnent la forêt puis prennent la direction de la pension. Du moins à ce qu'il semble au jeune homme, car il a perdu ses repères. Ils descendent à la lisière d'un bois de jeunes pins, laissant à leur droite une splendide forêt de hêtres au tapis de mousse d'un vert clair.

– Regardez là-bas ! dit tout à coup Rajmund d'une voix bizarre, comme enrouée, et il se met à ricaner. Elle est allongée là-bas. Une grande !

Mieczysław Wojnicz ne comprend pas immédiatement ce qu'il a devant lui et ce n'est qu'après un temps qu'il distingue une forme connue, étrangement inquiétante, sur une petite élévation du couvert forestier. Tandis qu'ils s'en approchent, Rajmund ne cesse de ricaner. Mieczysław peut alors s'assurer qu'il s'agit bien d'une silhouette humaine. Un frisson déplaisant le traverse, l'inquiétude le gagne, de celle que l'on ressent quand un proche court un danger.

Mais ce n'est qu'un mannequin fait de mousse, de branchettes, d'aiguilles de pin desséchées, et de bois pourri recouvert d'une fine dentelle de mycélium. La tête, modelée avec soin, a pour visage un polypore dans lequel ont été enfoncés des pignons de pin en guise d'yeux, et, dans sa consistance molle, l'ouverture d'une bouche a été creusée. Tout autour s'étalent de fines ramilles souples imitant de longs cheveux. Le personnage a les bras et les jambes écartés, et entre ces dernières – ce qui attire immédiatement le regard de quiconque – un trou sombre et étroit, un tunnel vers les profondeurs de ce corps organique sylvestre. Il y a aussi des seins de pierre aux tétons peints avec un jus indéterminé et de larges hanches. Le ventre est fait de mousse tendre.

Mieczysław se sent tout entier la proie d'un trouble intérieur, une intense impression d'irréalité le prend à la gorge au point qu'il est obligé de déglutir à plusieurs reprises, alors même qu'il ne sait pas encore ce qu'il regarde. Rajmund pousse son rire gras, et avec Opitz il échange un regard entendu. Fasciné, le jeune étudiant regarde cette étrangeté forestière, cette transgression de la banalité de l'ordre des choses. Quelqu'un a passé beaucoup de temps à élaborer cette forme ni vraiment humaine ni vraiment végétale. Celui qui l'a conçue a dû réfléchir longuement et en réunir par avance les composantes. Les pierres pour la poitrine ont dû être transportées jusqu'ici, ce sont des galets, de ceux que l'on trouve dans le torrent, quelque part en contrebas.

– C'est les charbonniers. C'est leur ouvrage, déclare Wilhelm Opitz. Ils ont voulu s'envoyer en l'air. Allons-nous-en.

Il se saisit des paniers et reprend la descente, les deux autres le suivent. Rajmund traînaille encore un peu, regarde autour de lui comme s'il voulait se souvenir de l'endroit, mais il finit par les dépasser et, un quart d'heure plus tard, ils sont au village.

Opitz répond de mauvaise grâce aux questions de Mieczysław, mais avant d'arriver à la Pension pour Messieurs, ce dernier parvient à lui soutirer toute l'étrange histoire.

Ces charbonniers qu'il a vus dans la clairière l'autre jour, ces hommes aux visages noircis et aux regards sombres qui, parfois, rarement, descendent au village pour s'enivrer, ont depuis des lustres une habitude dont on évite plutôt de parler, mais que tout le monde connaît. Ils viennent de loin pour travailler ici toute une saison. Privés de femmes pendant une longue période – et d'ailleurs, nombreux sont ceux qui ne sont pas mariés –, après un temps pénible de longue abstinence, ils se fabriquent une *Puppe*, une poupée couchée, pour pouvoir se soulager.

Tuntschi, c'est ainsi qu'ils les appellent, et Wilhelm Opitz pour atténuer l'impression qu'a pu faire son histoire, ajoute que cela se fait partout où il y a des hommes, car les hommes ont besoin de se soulager sans attendre, sinon ils deviennent malades et dangereux. Le désir masculin doit être satisfait immédiatement, faute de quoi le monde sombrerait dans le chaos. Cela se passe ainsi dans tous les pays. Le désir des hommes est tellement intense qu'il peut les détruire, aussi doivent-ils avoir quelque chose pour le satisfaire. Tout le monde doit le comprendre et c'est normal, en quelque sorte. Dans les Alpes, on fait également des *Tuntschi* similaires, car les bergers y disparaissent dans les hauts pâturages pour la saison entière, et donc ils ont le droit de se trouver un moyen d'assouvissement. Dans les steppes lointaines, où les hommes font paître les troupeaux, c'est la même chose. Et chez les chercheurs d'or, aussi.

– Partout où les hommes sont privés de femmes, s'esclaffe Rajmund qui les a rejoints.

Les *Tuntschi* font donc partie de la vie. Que Mieczysław n'en ait rien su jusque-là indique juste qu'il est encore un jeunot imberbe et qu'il est grand temps pour lui de devenir un homme ! En disant cela, Opitz lui attrape l'épaule pour le secouer d'un geste rude avant de le coller contre sa dure poitrine virile. Du maillot de Mieczysław tombent plusieurs girolles.

Le jeune homme pense à tout cela tandis qu'il se change pour le dîner – il retire de ses chaussettes des fragments d'aiguilles de pin et du dos de sa veste une toile d'araignée collée au tissu en laine, il se brosse les cheveux où se sont pris des graines, des petits bouts de branches et Dieu sait quoi encore, tout ce dont la forêt nous gratifie. N'a-t-il jamais ressenti le désir dont a parlé monsieur Opitz ? A-t-il déjà fait l'expérience de quelque chose d'aussi puissant ?

Au moment où il entre dans la salle à manger, tous les commensaux se tournent vers lui avec curiosité et un sourire à peine dissimulé, bien qu'amical.

Pour le dîner leur sont servis du sandre frit et un monticule de pommes de terre avec une sauce dense de girolles à la crème saupoudrée de persil. Il ne se trouve personne pour ne pas en redemander. Mieczysław consigne scrupuleusement ce menu dans son journal.

*

Chacun a dit que, dès qu'une place se libérera au sanatorium, il y déménagera, ce qui donne l'impression que tous ne vivent que temporairement à la Pension pour Messieurs. Mieczysław est assez subtil pour comprendre que cela relève d'un jeu, commode pour chacun, auquel, d'ailleurs, lui aussi a commencé à participer sans s'en apercevoir. Personne ne croit qu'une place se libérera là-bas. Lui non plus ne peut pas le croire. Peut-être souhaite-t-il même que cette place mythique ne se libère jamais – car alors il devrait honorer sa promesse et emménager dans le bâtiment principal du sanatorium, ce qui serait une catastrophe pour ses finances. À la Pension pour Messieurs, le tarif est en moyenne de cent cinquante marks, tandis qu'au sanatorium il faut payer le double. Évidemment, là-bas ce serait bien plus confortable, parce que tout est sur place, que les chambres sont plus agréables et la cuisine certainement meilleure. Parfois, ses fumets parviennent jusqu'au parc.

Les pensionnaires du sanatorium, quand on les voit sur le cours, semblent de taille plus haute, plus propres sur eux, avec des chemises plus blanches. Ils font penser à de la volaille bien nourrie, y compris lorsqu'ils sont aussi malades que les autres. Les femmes portent des jabots vénitiens, c'est-à-dire sur la poitrine un bouillonnement de batiste ou de soie qui donne l'impression d'avoir jailli à l'instant de la robe cintrée. Les têtes des hommes sortent de cols raides, elles sont comme apportées sur un plateau pour le thé de l'après-midi. Quant à leurs redingotes, elles rappellent le plumage des pigeons mâles. Les curistes s'habillent soigneusement pour leur promenade, non pas en simples résidents, mais comme s'ils prenaient part à une fête nationale. De loin, leurs voix dans l'allée s'apparentent au roucoulement des pigeons. Tous se promènent lentement et marquent les trottoirs des trous de leurs cannes ou de leurs pointes d'ombrelle.

Le seul fait de posséder une chambre au sanatorium ajoute au prestige et donne une supériorité pour tout ce qui peut arriver sur le cours – c'est l'assurance de pouvoir passer le premier, d'occuper une place sur un banc, d'avoir raison dans les discussions ou la prééminence dans les histoires drôles racontées. Dans la triste réalité de leur maladie, la promenade quotidienne fait partie du triomphe que seule permet la richesse : celui d'être malade dans de meilleures conditions et sur un mode plus civilisé.

Les curistes des pensions et des chambres louées chez l'habitant se promènent d'un pas différent, plus rapide, disons même plus pragmatique car il les mène à un but, ce qui est toujours le trait des personnes moins bien nées. Quant à ceux qui logent aux thermes populaires appelés *Volksheilstätten-Abteilung*, les malades les plus humbles, ils errent sur le terrain du sanatorium et remplacent les soins médicaux, sensiblement onéreux, par la plus simple et peut-être plus efficace thérapie à l'air frais.

Mieczysław entend trop souvent parler polonais sur le cours. De même lorsqu'il fait de la chaise longue. À l'autre bout de la véranda, ses oreilles captent des mots qui semblent mieux tournés, plus amicaux, ils sont clairs d'emblée, non pas en tant que simples sons, mais dotés de significations évidentes et, par le fait même, ils s'engouffrent immédiatement dans son cerveau d'où il lui est difficile de les chasser. Dans cette région paisible, qui doit améliorer sa santé et certainement pas le perturber, ces paroles sont comme des racines traîtresses sur chemin plat, qui forment des protubérances sur lesquelles il est aisé de trébucher.

Mieczysław s'efforce d'éviter toute rencontre avec ses compatriotes. Il trouve préférable d'exercer son allemand plutôt que gâcher son énergie à des jacasseries entre soi. Par ailleurs, les Polonais l'irritent. Leur grégarité l'insupporte, car ils se regroupent tout le temps, ils s'agglutinent en un essaim communautaire qui arpente le cours dans un sens et dans l'autre, concentrés sur eux-mêmes, apparemment pleins d'assurance, mais en réalité bourrés de complexes et d'un sentiment penaud d'inadaptation. Ils se veulent le nombril mouvant du monde. Ils ne sont occupés que par eux-mêmes, aveugles pour tout ce qui les entoure. Parfois, lorsqu'ils le dépassent, toujours en groupe, il entend des expressions qui l'embarrassent en dépit de leur innocence : « nonobstant », « je vous baise les mains » ou « sans vouloir vous offusquer ». Elles le ramènent à Lwów, alors qu'il s'en est enfui tellement loin et qu'il est presque libre. Ce qui l'agace, enfin, c'est que les Polonais font tout pour soigneusement dissimuler leur manque d'assurance, au point qu'ils sont prêts à le convertir en bravade plutôt que le laisser deviner.

Le plus souvent, il voit trois hommes jeunes marcher ensemble, vêtus sans grand soin mais correctement. Leur accent signale qu'ils peuvent être originaires de Varsovie. Le plus âgé, légèrement corpulent, chauve avec des lunettes, a l'air d'un enseignant, et c'est ce que pense Mieczysław. Le deuxième, un peu plus vieux que Mieczysław, maigre et toussotant, pourrait être n'importe quoi : étudiant, fonctionnaire ou parent pauvre d'une riche famille nobiliaire... Enfin, le troisième est un homme barbu pas très grand qui s'appuie sur une canne et agite toujours violemment l'autre main. Deux dames les rejoignent parfois, toutes deux en vestes très laides d'une couleur indéterminée, et alors la compagnie devient bruyante voire agressive. L'une des femmes a un rire en cascade par lequel elle attire l'attention de tous les promeneurs. Il arrive qu'un couple plus âgé les accompagne, bien habillé, plein d'une dignité dont le signe visible est un monocle en or que porte chacun des époux de façon symétrique, l'un sur l'œil gauche, l'autre sur le droit, comme si ces lorgnons, plutôt que des alliances, étaient l'emblème de leur lien matrimonial éternel.

Un jour, dans la salle à manger, ils viennent trouver Mieczysław alors qu'il termine son repas en prenant les dernières cuillerées d'un flan à la vanille dans une coupelle. Ils se tiennent au-dessus de lui, contents d'eux, avec une expression de triomphe sur le visage, comme s'ils venaient de capturer un animal rare.

– Nous sommes heureux de vous rencontrer enfin, puisque nous sommes compatriotes, déclare celui à la posture joviale, qui se présente l'instant d'après comme étant l'ingénieur Mroczek.

Mieczysław, confus, la bouche pleine de flan ne peut pas parler – il ne l'a pas avalé avant et il n'arrive plus à le faire, tant il se sent acculé, traqué.

– Et nous qui pensions que vous étiez un Prussounet, ajoute le deuxième avec reproche.

Mieczysław repose sa serviette pour se lever, un peu comme s'il avait à subir un examen. Ces messieurs l'invitent à prendre le café à une autre table, sous un grand palmier. Le jeune homme ne sait pas comment refuser, aussi les suit-il sous un tir croisé de questions : où, quand, comment, etc., etc.

Ils l'interrogent. Sur tout, mais il répond succinctement, il élude, ce qui les exaspère. Ils veulent savoir d'où il est, ce qu'il fait, quel âge il a, s'il est marié, ce qu'il étudie et qui est son professeur, ou ce qui l'a conduit à passer un an à Dresde, et pourquoi il est si pâle, à quel stade en est sa maladie et quel est le revenu annuel de son père. Et quels sont ses projets pour l'avenir. Et si le docteur Semperweiß se montre toujours insultant avec lui aussi. Et finalement, qui sont les autres clients de sa pension et ce qu'il pense des prix au village. Combien coûte sa chambre et s'il connaît une pension moins chère. Qui est Sydonia Patek, si elle est mariée ou si elle est plutôt une « demoiselle de Lesbos ». Quand ils terminent de poser des questions, le café est bu et ils commencent à se vanter. L'ingénieur Mroczek, par exemple, est le meilleur spécialiste dans le domaine des moissonneuses modernes ; quant à l'une des dames, elle peint sur soie. Ils ont des voix nasales, ils allongent les voyelles tout en regardant par-dessus les têtes des personnes assises, comme si leur véritable patrie se trouvait dans les hauteurs et qu'ils en tiraient toute leur force.

Rien d'étonnant donc à ce que, par la suite, dès qu'il les voit approcher, leur chemin susceptible de croiser le sien, Mieczysław prenne la tangente par le petit pont le plus proche, pour ensuite longer le torrent en direction de la forêt, ou bien, dans l'autre direction, vers le haut du village, à moins qu'il ne se risque à entrer dans le salon de thé ou le bureau de poste pour les éviter à tout prix. Ils sont la plus sérieuse des menaces lors de ses promenades.

Que craint donc notre Mieczysław pour les fuir ainsi ? Qu'ils ruinent l'image qu'il a élaborée avec soin d'un homme bien dans sa peau, qui se sent en phase avec lui-même et sûr de son fait ? Qu'ils le ramènent à Lwów devant tous ses persécuteurs, ceux de l'école, de la rue, des cabinets médicaux et de son propre foyer ? Tous ces médecins qui tiquent en l'examinant d'un air soucieux ? Qu'ils l'entraînent dans les cuisines surchauffées, basses de plafond où l'on fait cuire en permanence de la soupe au sang ? Dans les caves où des crapauds se tiennent sur des tas de pommes de terre en train de germer dans l'obscurité, tandis que par le soupirail on aperçoit les bottes d'officiers de son oncle dont les talons claquent ? Une deux, une deux, au pas cadencé, et la main qui se serre sur l'épaule du petit Miecio !

Il préfère appartenir à ce monde qui ne le connaît pas encore vraiment et à l'égard duquel il a le temps de se définir. Il préfère courir le risque que ce monde aussi le déçoive et qu'il lui faille s'enfuir de nouveau, partir ailleurs, vers un endroit plus reculé encore, pour ne pas sombrer dans cet état familier, désespérant, où il n'est qu'un problème pour lui et pour les autres. Il est en train de prendre conscience que la maladie l'a atteint à un moment particulièrement propice de sa jeune et brève existence, lui offrant une chance de se reformuler, et qu'à vrai dire il devrait être heureux de se retrouver là, dans cette petite station thermale silésienne, bâtie au-dessus des eaux d'un lac souterrain.

*

De tous les traitements qui lui ont été prescrits, Mieczysław a immédiatement détesté au plus haut point le *Regenbad*, une douche d'une température entre six et huit degrés, à laquelle était soumis son corps à moitié nu pendant plusieurs dizaines de secondes pour stimuler ainsi ses défenses immunitaires. Dès le départ, le jeune patient a cherché à y échapper en se plaignant au médecin d'une montée de fièvre ou de « faiblesse », mais il l'a fait également parce que le préposé à ce service est monsieur Schwarz, un homme d'un certain âge, d'allure militaire qui arrose les coupables avec un plaisir sadique quand l'eau glacée les fait frissonner. Mieczysław retient d'une main son short de bain et protège de l'autre ses mamelons fragiles, alors que monsieur Schwarz fouette son pauvre corps tremblant avec le jet jaillissant d'un tuyau terminé par un pommeau de douche. Monsieur Schwarz cherche toujours à l'humilier en lui criant dessus comme s'il était un cadet de l'école militaire. « Eh bien, garçon, arrêtez donc de gigoter ! Un peu de caractère, voyons ! Soyez un homme, pas une bonne femme ! » Ou encore : « Garde à vous, soldat ! » En plus de cela, Mieczysław doit se soumettre deux fois par jour au traitement appelé *Strahlendusche* qui consiste à se faire arroser l'arrière de la tête à l'eau froide. Ces soins sont supposés stimuler l'activité de la peau, renforcer et endurcir le corps, mais surtout rendre l'organisme résistant aux conditions climatiques.

Parfois Mieczysław est sur le point de pleurer et il voue une haine sincère à monsieur Schwarz, qui vit à Langwaltersdorf. Outre ce dernier, un *Bademeister* travaille également aux thermes, on l'appelle simplement Oskar. Il a la boule à zéro, il est grand, gros, généralement silencieux et aimable.

Quand, frigorifié, Mieczysław échappe enfin à l'emprise du bourreau Schwarz, Oskar le frotte très fort avec une serviette de toilette rêche, puis malaxe son pauvre corps comme de la pâte en massant son dos avec une huile chauffante.

Au début de son séjour, Mieczysław s'est plaint de légères diarrhées et d'aigreurs gastriques. C'était sans doute la conséquence du changement de régime alimentaire, de l'adaptation à l'eau locale et au climat. Le docteur Semperweiß lui a conseillé de prendre de la pepsine pour soulager son estomac, et le soir de la poudre de Dover, que l'on apprécie particulièrement au sanatorium car elle se compose d'une dose d'opium, d'une autre de poudre émétique et de huit doses de lactose, ce qui lui vaut de provoquer une sudation et de faire dormir.

Au sanatorium, l'endroit préféré de Mieczysław est le jardin d'hiver, dans lequel on entre par la salle à manger où dominent six énormes tables auxquelles viennent manger tous les patients en plusieurs services. Les déjeuners sont plutôt stressants pour Mieczysław, il se demande s'il ne devrait pas y renoncer pour passer complètement à la cuisine de Wilhelm Opitz et de Rajmund.

Le jeune homme est servi à la dernière rotation quand la salle à manger commence déjà à se vider et que, plus important encore, il n'y a plus ces Polonais puisqu'ils mangent parmi les premiers. Habituellement, il s'assied avec un vieux couple de Suédois et deux femmes russes encore plus âgées qui parlent difficilement une autre langue que la leur, aussi s'épargne-t-il l'effort d'une conversation. Le repas est toujours excellent. Aujourd'hui, par exemple, il y a de la truite poêlée aux amandes – la spécialité locale –, avec des salsifis au four, des pommes de terre sautées avec des lardons et beaucoup d'oignon. En plus de cela, un œuf sur le plat, très jaune, à la ciboulette. Plusieurs parfums de sorbets au dessert. Mieczysław apprécie particulièrement celui aux mûres. Il a vite appris que, à la fin d'un repas aussi copieux, un café pris dans le jardin d'hiver, sur un guéridon de métal ajouré avec vue sur le parc, lui fait du bien. Il s'y installe de manière que personne ne puisse l'accoster et feuillette des journaux allemands dans lesquels il lit avec un réel intérêt les réclames et les articles sur la mode.

De grands philodendrons aux feuilles échancrées poussent dans ce jardin, mais aussi des palmiers dont les doigts écartés s'efforcent d'ouvrir les grandes fenêtres pour se glisser au-dehors. À l'endroit le plus ensoleillé se trouvent des cactus dont l'un a plus de deux mètres, et, plus loin, il y a des plantes dont Mieczysław ne connaît pas les noms. L'humidité est ici toujours plus grande qu'ailleurs, l'on sent la merveilleuse odeur de la terre remuée et, semble-t-il, de l'ozone. Le fauteuil en osier dans lequel le jeune homme s'assied confortablement grince doucement à chaque mouvement. Ce bruit quasi imperceptible lui rappelle de bons moments, il y a longtemps de cela, quand, avec son père et son oncle, ils étaient allés à Zaleszczyki, sur le Dniestr, où ils restaient assis au bord de l'eau peu profonde et fraîche sur des sièges en osier, et son oncle leur apportait des glaces dans des cornets en gaufrette. Leur goût a déterminé pour toute sa vie ses préférences en matière de sorbets, et il a toujours comparé tous les autres à ceux-là.

Dans ce fauteuil en osier du jardin d'hiver, les souvenirs l'assaillent. Il ignorait en avoir tant. Il est jeune et, jamais auparavant, il n'a autant réfléchi à lui-même. Il découvre qu'il se souvient de petits incidents, dénués d'importance, par exemple qu'un jour il a reçu de son oncle de la menue monnaie avec laquelle il est descendu à l'épicerie s'acheter des bonbons au caramel. Quand il est arrivé au comptoir, il s'est aperçu que l'argent n'était pas dans la petite poche où il venait de le mettre. Sa surprise était immense, il a vérifié tous les recoins de ses vêtements, tâtonnant à la recherche de la forme des pièces, mais les sous avaient disparu. Monsieur Mincer, qui lui tendait déjà le paquet de friandises, le regardait avec une impatience accrue, puis, irrité, il a servi la personne suivante.

Le petit Miecio est sorti de la boutique et a fondu en sanglots sous le porche de l'immeuble. Après cela, il a vérifié, centimètre par centimètre, le chemin qui l'avait mené du premier étage de son appartement jusqu'au magasin à l'angle. Il n'a rien trouvé. Aujourd'hui encore, il ne comprend pas ce qui s'est passé. À la maison, il a dit avoir mangé tous les bonbons, ce qui a fait rire son oncle et grimacer son père. Il préférait être soupçonné de gloutonnerie plutôt que passer pour un incapable.

Il se rappelle aussi ses bains d'enfants. Il y avait toujours une certaine nervosité dans ces moments-là. Avec réticence, après avoir fait traîner en longueur la récitation des petites prières, son père le remettait entre les mains de Gliceria. Il le conduisait à la cuisine, le royaume de la bonne, où une bassine en zinc pleine d'eau chaude fumante, posée à même le sol, l'attendait déjà. L'odeur du savon et des serviettes propres était celle de la fête, c'était le parfum du samedi. Mieczysław ne se rappelle pas que son père ait jamais assisté au bain. Gliceria prenait l'enfant dans ses mains potelées, les manches retroussées jusqu'aux coudes, le rouge aux joues de chaleur, souriante, et à partir de ce moment-là Miecio prenait part au rituel. Déshabillé, il était plongé dans l'eau, lavé avec un gant de toilette imprégné d'un savon parfumé que Gliceria conservait spécialement pour sa peau délicate et que personne d'autre n'utilisait.

Ne cessant de gazouiller en polonais ou en ukrainien, Gliceria lui parlait comme personne ne le faisait jamais. Il était sa « petite perle », sa « bulle de savon », sa « petite anémone », son « trésor » et son « angelot »... Cette abondance de petits noms stupéfiait l'enfant, qui n'arrivait pas à gérer toutes les images qu'ils faisaient se déployer devant ses yeux : bijoux, églises, forêts, jardins, tout un univers, et d'autres encore qu'il ne connaissait pas par expérience personnelle, mais dont il imaginait les formes. Les diverses parties de son corps devenaient « menottes », « petits petons », « frimoussette », « jambinettes »... À entendre cela, il se sentait content de lui, fier même de son existence. C'était un sentiment qu'il n'avait jamais quand il était avec son père. Il regardait son ventre rebondi qui était « le petit bedon au petit trou ». Gliceria y faisait des petits poutous en roucoulant et de la sueur coulait de son front dans cette cuisine convertie en sauna.

Ensuite, elle installait Miecio sur la table où une serviette était étendue et elle essuyait le petit garçon en le chatouillant sous ses petits bras ou en faisant semblant de vouloir dévorer ses petits orteils. Miecio essayait de ne pas rire trop fort, car il craignait d'alarmer son père qui se serait certainement précipité dans la cuisine en y faisant pénétrer l'air froid du couloir, et ce jeu délicieux aurait été figé dans la glace. Il riait donc tout doucement.

Le pyjama propre en flanelle était rigide et désagréable, mais Miecio savait que le lendemain matin, après une nuit, il serait redevenu le même, souple et doux. Le passage du temps aplanissait les angles et les aspérités, rendait le monde plus amical. Une fois qu'il était assis en pyjama, Gliceria prenait un peigne pour coiffer ses cheveux blonds coupés au bol, et elle ne pouvait s'empêcher d'essayer de les tresser.

– Ils sont si denses et si épais, disait-elle.

C'était merveilleux, car au répertoire de tout ce qu'il possédait de précieux venait en plus s'ajouter sa chevelure. Évidemment, Gliceria dénouait vite les tresses, mais elle arrangeait des boucles sur son front, que son père se hâtait de défaire lorsqu'il venait lui dire bonsoir, et Miecio restait étendu entre les draps frais amidonnés, dans la pièce froide, une bouillotte sur les pieds, à savourer encore par la pensée ce moment hebdomadaire de câlineries dans le bain.

Une fois, sur le chemin de la pension, Mieczysław entre à la pâtisserie *Laugers Konditorei und Kaffe* pour y acheter une boîte de macarons à la pistache. Leur couleur vert céladon virant au vert olive lui semble chic, elle annonce une saveur difficile à définir qui l'intrigue. Ensuite, dans son journal, il notera : « Pâte très légère, dessus craquant. Pas aussi sucrés que nos macarons de chez Zalewski. Par ailleurs, la garniture n'a aucun goût ; quant à la couleur, elle a sans doute été ajoutée artificiellement avec un extrait d'épinards. »

Tout près de la pension, il entend quelqu'un s'écrier en polonais : « Excellente plaisanterie ! Vous, vous en avez de l'imagination ! » Mieczysław presse immédiatement le pas pour disparaître au plus vite dans la maison.

*

Comment se fait-il que le même jour, dans l'après-midi, il se retrouve à l'orée de la forêt ? Il bruine, ce qui rebute d'éventuels promeneurs, et c'est une bonne chose car personne n'a vu qu'il a quitté la pension pour bifurquer au lieu de se promener gentiment sous un parapluie sur le sempiternel itinéraire.

Il grimpe, déterminé et persévérant, même s'il a parfois un peu de mal à reprendre son souffle. Une bonne chose qu'il ait mis ses vieilles chaussures. De temps en temps, il s'arrête pour regarder autour de lui avec attention afin qu'aucun détail du sous-bois ne lui échappe. Il cherche des signes, des branches formant une croix, des pommes de pin disposées selon un certain ordre, des racines à l'aspect inhabituel, quelque chose qui indiquerait qu'il en est proche. L'air humide gonflé de senteurs est aussi riche que de la nourriture. Mieczysław a la tête qui lui tourne, parfois il doit faire une halte et se blottir contre un arbre. Il se sent fébrile, sa température doit être montée, il se promet de rentrer dans un instant, le docteur Semperweiß serait très fâché d'apprendre cette folie. Lui-même sait parfaitement qu'il outrepasse les règles du bon sens, ce Saint-Graal de Longin Lukas qui, lui, n'irait certainement pas s'enfoncer dans les fourrés et grimper la montagne. Ou peut-être que si ? Peut-être qu'il se rend justement là-haut lorsque personne ne le voit ? Et peut-être que monsieur August lui aussi arrive là-haut à bout de souffle, dégoulinant de sueur et s'essuyant le front de son écharpe ? Et Opitz ? Ne se rend-il pas là-bas en faisant semblant de partir à la cueillette de ses petits psilocybes qui, au fond, ne sont qu'un prétexte ? Quant à Rajmund, Mieczysław en est certain, il y passe certainement du temps.

La forêt de hêtres commence, les fourrés s'arrêtent, aussi Mieczysław se met-il à ralentir. Il trouve un énorme bolet et hésite à le prendre, car il n'a ni sac à dos ni filet, mais il n'arrive pas à passer outre un présent aussi grand, il le tiendra donc dans sa main.

Il n'y a pas de bois plus magnifique ni plus envoûtant qu'une hêtraie. À cette époque de l'année, les feuilles sont déjà d'un rouge sombre, et elles forment au-dessus de la tête de Mieczysław une voûte pourpre, qui le protège de la grisaille du ciel d'automne. Les troncs argentés impeccables des arbres soutiennent cette immense voussure en créant des nefs et des transepts. Les vitraux des frondaisons, dont chaque feuille est un bout de verre qui joue avec la lumière selon ses propres règles, laissent pénétrer un chatoiement multicolore. Mieczysław emprunte la nef principale en direction d'un autel au loin, encore invisible, mais que tout annonce. Car c'est une église avec de nombreux labyrinthes, des chapelles, des cryptes sous les pierres, des tabernacles dissimulés dans les creux des arbres, des autels surprenants, qui se forment pour un temps sur les troncs moussus des hêtres tombés. Cette église ne s'impose pas avec évidence, au contraire des lieux de culte humains, mais ici, également, a lieu une transsubstantiation permanente de l'eau en vie, de la lumière en matière. Ici tout bruisse, se gonfle, s'accumule, se couvre de rosée, se démultiplie, bourgeonne et s'entrechoque. La mousse verdâtre et les lichens gris donnent l'impression que la forêt a été capitonnée de toutes sortes de tapis – velours, feutrine de laine, flanelle, peaux de moutons. « Pourquoi n'ai-je fréquenté cet endroit plus tôt ? » se demande Mieczysław.

Il atteint une zone où, après la coupe, ont été plantés en bon ordre quantité d'épicéas importés de Bavière dans l'espoir qu'ils s'adapteraient en Silésie, mais ils restent un élément étranger. Les épicéas rappellent à Mieczysław l'armée prussienne. Et les hêtres ? Il associe les hêtres à une armée bariolée exotique, qui ne va pas au combat, mais se vante avec fierté de sa tenue, de son casque à panache et à crête dorée, puis se fige pour s'admirer des années durant dans l'extase. Une armée d'opérette, pas de combat !

Il a failli marcher sur elle.

Elle est dans une clairière, avec quelques bouleaux, un petit chêne, beaucoup de cailloux, et de la mousse qui a déjà scellé les lèvres des rochers et les a rendus sourds. C'est une *Puppe* différente, ce n'est pas celle qu'il a vue avec Opitz et Rajmund. Elle est un peu plus petite. Elle est étendue sur la mousse et, de fait, elle est constituée de mousse, son corps se dessine avec une généreuse précision ; ses seins sont deux pierres, et, cette fois, le visage est un morceau d'écorce de bouleau sur lequel une main a dessiné deux yeux au charbon. L'humidité les a déjà délavés, aussi rappellent-ils deux taches sombres. Ce corps tout entier culmine en un endroit, en dessous des « hanches », là où les jambes se séparent, là où bâille un trou pareil au refuge d'une souris ou à l'entrée d'une taupinière, un passage fréquemment utilisé, modelé et lustré.

Mieczysław recule avec prudence en regardant où il met les pieds, inquiet à l'idée qu'il pourrait marcher sur quelque chose de *vivant*. Avec un mélange d'effroi et de fascination, il contemple cette marionnette faite avec ce qui était à portée de main dans le bois : des pierres, de la mousse, des branchages, des écorces, des champignons, des feuilles, de la terre argileuse. Il n'entend que son souffle rapide, car il a l'impression que la forêt s'est tue pour scruter cette rencontre entre l'homme et quelque chose d'inhumain, mais qui imite témérairement l'humain. Oui, tout l'observe. Il en est à sentir un ultra-regard transpercer sa veste de feutre, son chandail tricoté à la main, sa chemise en lin, son maillot de corps en coton. C'est particulièrement désagréable, comparable aux moments où le docteur Semperweiß l'ausculte. Il fait un pas en arrière, prêt à rentrer sur-le-champ au village. Pourtant, il n'a pas encore assez regardé cette quasi-création de la nature. Bien sûr, il s'agit de la petite affaire de ces charbonniers aux visages maculés de suie. Malgré lui, il les imagine copuler avec la *Puppe*, il imagine la violence de leur désir masculin, impatient et puissant. Il n'a vu qu'une seule fois une chose similaire, au village, dans une grange : les fesses d'un gars remuer en rythme au-dessus de leur bonne – celle qui trayait les vaches – que le villageois sans nom dissimulait sous lui par tout son corps. C'était un augure flou de violence et de sang. Du centre de son ventre, Mieczysław sent se diffuser une vague brûlante de peur qui, bientôt, le gagne tout entier, jusqu'au bout des oreilles. Puis, il lui semble que la forme végétale a gémi et que ses hanches ont bougé comme si une force les soulevait du sol. Il écarquille les yeux, mais l'illusion a cessé.

Le sentiment extrêmement désagréable d'être observé parvient à son apogée. Mieczysław transpire. Et il est terrifié de voir le crépuscule tomber si vite. Lentement, en s'efforçant de ne faire aucun bruit, il s'éloigne à reculons, puis allongeant la foulée de ses grandes jambes, il descend au village presque en courant et se jure qu'il ne retournera plus jamais là-haut.

10

L'apothéose de la géométrie

Tous les rideaux de la chambre de Thilo von Hahn sont largement ouverts pour laisser pénétrer le plus de lumière possible, et ce n'est que maintenant que l'on peut remarquer sur son visage les taches rouges causées par la fièvre. Ses cheveux clairs, humides de transpiration, forment de petites boucles et il a l'air d'un jeune garçon auquel un jeu débridé a donné chaud. Sur un chevalet de vilaine facture, sans doute construit par Rajmund ou acquis chez un artisan local, repose un châssis tendu de mousseline aux bords effilochés, et sur la table s'empilent des lithographies séparées les unes des autres par des buvards. Un grand carton à dessin est appuyé contre le mur, Thilo y conserve ses trésors.

– Tu es allé chez le docteur Semperweiß ? demande Thilo avec une lueur d'espoir dans le regard.

– Oui.

– Il t'a parlé de moi ?

– Oui, il m'a dit que c'était dur pour toi en ce moment. Mais que c'était normal.

– Normal ?

– Que c'était comme l'amplitude, une fois vers le haut, une fois vers le bas.

Manifestement, l'explication calme Thilo.

– Il n'a pas insisté pour te transférer au sanatorium ? demande-t-il avec suspicion. On dit que des places se sont libérées.

Mieczysław est en train de disposer des petits gâteaux à la pistache sur une assiette, il les sort de l'emballage cartonné avec ses longs doigts.

– Je pense que nous sommes mieux ici et qu'une promenade quotidienne jusqu'aux thermes nous fait du bien, répondit-il. Et puis, tu sais, je fais attention à l'argent…

– Assieds-toi là, lui ordonne Thilo en poussant la chaise vers lui. Moi, il ne me reçoit plus depuis la semaine dernière. Sans doute parce que je vais mal.

– Qu'est-ce que tu racontes ! le réprimande Mieczysław tout en se disant qu'il n'y met pas assez de conviction.

– N'as-tu jamais vu brûler des tourbières ? Je me sens comme ça. Comme si l'humidité de mon corps avait pris feu en moi. J'étouffe dans cette fumée.

Ils regardent les reproductions et les gravures. Thilo parle de son ami György, qui lui manque. Il dit : « Il me manque terriblement. » Pratiquement privé de relations avec sa famille, il doit se débrouiller et recourir à l'aide d'autres personnes. György a fait en sorte que Thilo puisse avoir ses beaux livres et ses reproductions auprès de lui, vu qu'il prépare une thèse de doctorat sur la signification du paysage dans l'art. Avec un intérêt particulier pour le peintre flamand Herri met de Bles. Le travail est exigeant et difficile, parce que les tableaux de Bles sont dispersés dans de petites collections et que l'authenticité de la signature de ce peintre reste incertaine dans beaucoup de cas.

– Nous remarquons rarement comment un paysage est vraiment peint. Nos yeux font leur mise au point sur l'horizon, puis nous regardons l'image. Nous voyons alors les lignes des collines et des sommets, les forêts, les toits des maisons, le tracé des routes, et comme nous connaissons toutes ces choses, et que nous savons leurs noms, nous les percevons dans ces catégories, chacune séparément. Nous disons : « Oh, la route serpente dans la vallée. » Ou bien : « La forêt pousse sur le versant. Oh, les sommets dénudés de montagnes ! » Voilà ce que nous voyons.

Thilo pose sur Mieczysław un regard enflammé.

– Mais je te dirai qu'il y a une autre manière de regarder, une manière globale, totale, entière, absolue. Moi je l'appelle *vision traversière.*

Il répète l'appellation deux fois comme s'il voulait que Mieczysław la retienne à jamais.

– Elle traverse les détails, mène aux fondements – comme dirait monsieur August – d'une image donnée, à l'idée essentielle, en laissant de côté les éléments accessoires qui distraient éternellement l'esprit et la vision de l'homme. Quand on regarde ainsi – et là, il plisse les yeux, il semble même à Mieczysław qu'il louche légèrement – et qu'en plus on se déporte ici, ou ici – il se frappe la tête – on voit tout à fait autre chose.

Sur les joues du malade apparaît de nouveau cette rougeur qui fait qu'il a l'air d'un enfant. Son émotion se communique à Mieczysław, mais celui-ci continue à ne pas comprendre.

– Tu connais ça ? T'y es-tu jamais amusé ? poursuit Thilo, et, d'un tiroir, il sort un dessin géométrique, très précis, avec des cubes reliés entre eux en une sorte de grappe.

– Regarde, dit-il en lui mettant la feuille entre les mains. Trouve d'abord la bonne distance, puis regarde jusqu'à ce que tu aperçoives un mouvement tridimensionnel.

Mieczysław ne comprend pas très bien ce qu'il doit faire. Il imite Thilo en plissant les yeux, en cherchant à bigler un peu comme lui, et son regard se dédouble, étrangement embrumé, mais après un moment, à sa grande surprise, les cubes bougent ! Ce qu'il est difficile de garder cette position des yeux ! Un peu comme si la vision se composait de bandes et que, précisément, lui s'était engagé sur l'une d'elles, très étroite, et que, en la suivant, il voyait les cubes autrement. Cela s'accompagne d'une attention accrue, d'une nouvelle concentration, afin de ne pas perdre ce mode de vision, et cela Mieczysław ne le maîtrise pas encore. Il suffit qu'il bouge légèrement la tête pour que le charme disparaisse brusquement et le laisse de nouveau voir un simple dessin, une série de carrés plats et de losanges. Aussi, par pure curiosité, cherche-t-il de nouveau l'entrée de la sente ; elle lui échappe, mais il finit par la coincer et revoit les blocs en mouvement. Ce changement de perception lui procure un grand plaisir, non pas des yeux mais de l'esprit. Quelque chose de comparable à la découverte d'une nouvelle boisson ou d'un nouveau mets, comme si cette capacité inouïe, jusque-là cachée, rendue paresseuse par l'inactivité, était en lui depuis sa naissance. Il joue ainsi près d'un quart d'heure.

– As-tu d'autres dessins ?

Thilo acquiesce.

– Mais ce n'est pas un jeu. Le sujet est d'une importance capitale.

Thilo pousse le chevalet face aux fenêtres.

– Pourquoi devrais-je te le refuser ? Ne perdons pas de temps, regarde !

Il place devant Mieczysław une peinture à l'huile pas très grande, avec un paysage montagneux. Il serait difficile d'identifier la partie du monde qu'il représente. Les montagnes ont des formes plutôt fantastiques, exagérées, elles ont l'air d'avoir été faites avec de l'air. Des constructions improbables s'y échelonnent. Au centre moutonne la verdure d'un boqueteau d'oliviers, mais le regard est immédiatement attiré par un groupe de personnages pittoresques et dramatiques.

– Mais voilà Abraham ! Et là, c'est Isaac. N'importe quel idiot les reconnaîtra ! s'exclame Mieczysław.

– Peu importent les hommes. Plisse les yeux.

Mieczysław a un sourire incertain. Il regarde une fois encore, et encore, il s'attend à un mouvement comme avec les cubes qui se sont brusquement mis à danser, mais rien ne se passe.

– Regarde. Arrête de parler ! le houspille Thilo.

La peinture représente le sacrifice d'Abraham et tout ce qu'un individu lambda élevé dans la religion chrétienne peut connaître de cet épisode dans un lointain passé mythique. Voici Dieu qui met son fidèle serviteur à l'épreuve en exigeant de lui qu'il sacrifie son fils bien aimé. À cette fin, Abraham se rend avec Isaac dans cet endroit du désert où sont offerts les sacrifices, et il s'apprête à y ôter la vie de son enfant avec un couteau. Dieu est tellement satisfait de l'obéissance de l'homme qu'au dernier moment, par l'intermédiaire d'un ange, Il retient la main tenant le couteau. Le tableau que vient de dévoiler Thilo saisit l'instant le plus dramatique, le couteau, guidé par la main du père et par la simple force de gravitation, se dirige déjà vers le cou du garçon. Isaac, totalement inconscient de sa situation, attend humblement ce qui va arriver. En suspension dans l'air, l'ange cherche à arrêter la main paternelle de toute sa puissance angélique. La position du corps indique que ce n'est pas aisé, parce que le bras d'Abraham a déjà pris de l'élan, le couteau est sur le point de frapper avec force la délicate nuque enfantine. Voir l'expression de l'ange aurait permis d'apprendre bien des choses, mais elle est dissimulée par ses cheveux dorés, qui projettent une ombre inattendue sur le visage céleste ; on pourrait même croire que c'est la face d'un barbu, alors que l'on sait que les anges n'ont pas de sexe, et encore moins de barbe ! Dans le dos du père se trouve un trou béant de verdure, et cette tache sombre attire le regard de Mieczysław, il y a là quelque chose qui lance des éclairs, qui chatoie. De là, des yeux observent.

Il se rapproche du tableau, son regard est fatigué, mais concentré au point de faire monter des larmes d'effort. Sa vue se brouille légèrement et le paysage se transforme en taches de vert et d'ocre, de marron et de gris dilué. Le tableau revient à ce dont, en réalité, il se compose : des touches et des traits de couleurs, des coups de pinceau, de petites particules qui se regroupent en formes vagues et imprécises. Et lorsque l'attention de l'observateur se trouve endormie pour de bon, alors une nouvelle vision émerge du tableau, les anciens contours façonnent un élément complètement nouveau, qui apparemment n'était pas là alors qu'il devait y être puisque Mieczysław le voit maintenant. Il pousse un cri d'effroi et tourne les yeux vers Thilo. Son ami le regarde avec satisfaction.

– Tu as vu quoi ? demande-t-il.

– Quelque chose comme... je ne sais pas. Un visage... un corps ? Une chose vivante ?

– Chacun voit quelque chose de différent. C'est une projection. Herri met de Bles, c'est justement cela, dit-il.

– C'était quoi ? interroge Mieczysław effrayé.

– Ça n'a pas disparu. C'est toujours là. Une illusion, ne crains rien.

– Mais le tableau... Laquelle des deux images est vraie ?

– Les deux sont vraies. Celle-ci et celle qui est à l'intérieur quand tu modifies ta manière de voir, quand tu plisses les yeux.

– D'où te vient ce tableau ? C'est une copie ? interroge Mieczysław en approchant le visage de la toile pour observer chaque détail de cette peinture si particulière.

Il aurait volontiers pris une loupe pour étudier le troisième et le quatrième plan, car on y voit des choses bizarres, une silhouette qui s'élève dans une aura dorée, une forme humaine dissimulée par des touffes de végétation, deux yeux incandescents dans les profondeurs des fourrés. Traînées de couleurs, taches trompeuses aux profondeurs inattendues, légers coups de pinceau qui sont pourtant un labyrinthe... Bouleversé, Mieczysław pose les yeux sur Thilo avec un regard interrogatif. Thilo ne lui répond pas, évidemment. Le trouble de son ami l'amuse. Il se laisse aller sur les coussins et s'étend sur le dos.

– Ce n'est pas une copie, avoue-t-il au bout d'un moment en regardant le plafond. J'ai volé ce tableau.

Puis, par bribes de phrases, avec réticence, il apprend à Mieczysław que le tableau était la propriété de la famille von Hahn, que c'est la seule chose que Thilo a emportée de chez lui, sans avoir d'ailleurs nullement l'intention de retourner auprès des siens.

– Je considère que c'est l'héritage qui m'était dû.

Mieczysław a l'impression qu'en disant cela son ami a serré les dents plus fort et que ses yeux se sont faits plus durs que le verre.

– Chaque jour, poursuit le jeune artiste, je vérifie si cette main armée d'un couteau s'est déjà abattue. Il est possible d'imaginer que l'on regarde la scène une seconde plus tard, alors que le couteau s'enfonce dans la nuque du petit garçon, que le sang jaillit, éclabousse la surface rugueuse de la pierre sacrificielle. Et que le sang humain se mêle au sang animal. Ce serait une sorte de soulagement, ne trouves-tu pas ?

– D'ailleurs, telle est la vérité, conclut Thilo. Abraham a tué son fils aîné, car c'était ce que Dieu attendait de lui. Dans la Bible, c'est clair. Il est écrit qu'Abraham rentre seul du mont Moria. Avec seulement un serviteur. Isaac n'est pas même évoqué. Il a tué Isaac. Quant à celui qui intervient ensuite dans la Bible, c'est quelqu'un d'autre, un usurpateur. Dieu officie sur le mont des Assassins. Il y prend des otages et accepte volontiers les sacrifices humains. Il nous semble qu'un sacrifice est quelque chose de terrible et de barbare, mais ce n'est que la façon de penser d'aujourd'hui. Autrefois, les gens avaient besoin de sacrifices pour avoir le sentiment d'exercer un ascendant sur Dieu. D'ailleurs, ils ont toujours besoin de sacrifices, aussi cherchent-ils en permanence une occasion et des justifications pour en accomplir. Après tout, offrir un sacrifice n'est pas autre chose qu'exprimer sa force et son pouvoir sur le monde. Tu partages alors le monde avec Dieu, tu lui donnes un morceau du monde à grignoter, et par là même tu remets en question la grandeur et la puissance divine. Qu'est-ce que Dieu a à faire des sacrifices, puisqu'Il peut s'emparer de tout ce qu'Il veut ? Pourquoi devrait-il recevoir quelque chose alors qu'il possède tout ?

Aussitôt après, la situation devient encore plus étrange, car Thilo affirme qu'un paysage est en mesure de tuer un homme. Qu'il a en lui une énorme puissance parce qu'il est la concentration de diverses énergies, parce qu'il est une apothéose de la géométrie. C'est également ce qui se passe ici, à Görbersdorf où, une fois l'an, le paysage s'octroie son sacrifice et tue un être humain. Que tant de gens se retrouvent ici est une énorme erreur, parce qu'ils deviennent ainsi des victimes potentielles du lieu lui-même. Ici, le paysage les observe en permanence.

– Regarde par la fenêtre comme si tout ça avait un visage. Tu comprends ?

Mieczysław a conscience que la fièvre de son ami est montée et il se demande s'il ne devrait pas appeler un médecin du sanatorium. Oui, Thilo délire. Mais à ce moment précis, Wilhelm Opitz entre dans la chambre – et ce sans avoir frappé –, le visage sérieux, il pose la main sur le front de Thilo.

– Descendez chercher Rajmund, s'il vous plaît, dit-il à Wojnicz. Qu'il apporte de la glace.

*

Cette nuit-là, Mieczysław fait un rêve étrange. Il est chez le docteur Semperweiß auquel il remet des résultats d'examens. Ceux-ci ont été inscrits sur une feuille arrachée du registre des clients de la Pension pour Messieurs. Le médecin y jette un coup d'œil, puis dit : « Avec des résultats pareils, voilà trois jours que vous êtes mort, mon cher monsieur. »

Mieczysław se sent mal à l'aise. Il ignore comment réagir au ton catégorique du médecin. « Pour des patients comme vous, j'ai un passage spécial, poursuit Semperweiß de façon conciliante. Par ici, je vous prie. » Il lui indique une petite porte étroite à l'angle de son cabinet, près du sol. « Hâtez-vous, je vous prie. Il n'y a pas à réfléchir », ajoute-t-il avant d'y pousser Mieczysław. Celui-ci se retrouve dans l'obscurité la plus totale et il n'entend rien d'autre que le roucoulement des pigeons. Il se réveille paniqué.

Allongé, les yeux ouverts, il écoute. Au-dessus du plafond, de nouveau il entend l'étrange bruit, pas nécessairement désagréable dans la mesure où l'on aime ce à quoi l'on s'est déjà accoutumé. Il prend conscience que c'est le milieu de la nuit. Oui, il vient de regarder la montre de son père, posée sur la table de chevet. Il est une heure onze. Ce ne peuvent pas être des oiseaux. Il sent une vague de chaleur le gagner, elle se transforme l'instant d'après en gouttes de sueur. Il reste immobile, redoutant même d'humidifier ses lèvres gercées par le sommeil. Il se demande quel genre de pièce se trouve au-dessus de la sienne, il n'y est pas encore allé. À côté, au-dessus de Thilo, il y a la chambre de madame Opitz. Mais ensuite ?

À présent, du couloir, lui parvient un bruissement comme si l'on traînait quelque chose de lourd sur le plancher. Mieczysław entend des pas et, par la fente sous la porte, pénètre une faible bande de lumière couleur rouille. Elle clignote, s'éteint et s'allume tour à tour comme si elle était en mouvement. Raide de peur, il se force à s'asseoir sur son lit pour retrouver de ses pieds nus ses pantoufles. Un froid soudain traverse tout son corps. Il a l'impression que le vent transperce son pyjama de coton. La sueur sèche en une fraction de seconde, laissant derrière elle une désagréable impression glacée. Impossible de faire autrement, il doit savoir ce qui se passe. La tension est insupportable. Il cherche à ne faire aucun bruit, pas le moindre. Il s'approche de la porte en répétant silencieusement des paroles de prière : « *Je vous salue Marie, pleine de grâce…* », puis il l'entrouvre doucement. Rajmund a bien huilé les gonds, aucun grincement. Après s'être signé, Mieczysław passe la tête dans le couloir et tourne l'interrupteur en ébonite. Aussitôt, dans le plafonnier de verre en forme de champignon, l'ampoule électrique s'éclaire.

Il aperçoit, qui marche à pas de loup, une silhouette bizarre, voûtée, pieds nus et portant une longue chemise de nuit. Ce n'est qu'au bout d'un moment qu'il reconnaît August August. Celui-ci n'a pas l'air d'être lui-même dans cette tenue démodée et débraillée. Qui plus est, son visage, dénué de son habituel sourire affable, paraît fermé et inaccessible. Mieczysław a déjà remarqué que, lorsque monsieur August est certain que personne ne le regarde, il abandonne son discret sourire habituel, son infime expression de bienveillance et de douceur, pour laisser apparaître une ride verticale, profonde, entre ses sourcils, et une ombre entoure ses yeux. En une fraction de seconde, August devient alors plus vieux et moins amical. Un tel changement avait surpris le jeune homme.

August se tourne vers lui avec violence.

– Qui est là, par tous les diables ? demande-t-il d'une voix enrouée par l'effroi.

– C'est moi, professeur, Mieczysław Wojnicz. J'ai entendu du bruit. Vous aussi vous m'avez fait peur.

Mieczysław pousse un soupir de soulagement. Le visage d'August change en une fraction de seconde pour tenter de reprendre l'expression qu'il affiche durant la journée – agréable, légèrement ironique –, mais il n'y parvient pas vraiment. Ses joues tremblotent de façon ridicule, tandis que ses lèvres cherchent à articuler une parole sensée, adaptée à la situation. Cela ne donne que des « humpf, humpf ». Mieczysław a soudain de la peine pour le professeur. Il cherche à meubler la conservation dans cette situation embarrassante.

– J'ai entendu du vacarme, après quoi, je n'arrivais plus à dormir. J'ai donc décidé de voir ce qui se passait. Est-ce que vous aussi vous entendez ce roucoulement là-haut ? Cela me dérange beaucoup. Est-ce que Herr Opitz élève des pigeons ? Ne s'envolent-ils pas pour l'hiver ?

Grâce au laps de temps que lui a généreusement accordé Mieczysław, August a pu se ressaisir. Il se redresse et répond de son ton normal :

– Les pigeons ne partent pas en hiver – puis, il ajoute avec dignité : J'allais boire de l'eau.

Un silence gênant retombe brièvement.

– Puisque nous sommes debout, nous pourrions descendre boire un verre de *Schwärmerei* ? reprend monsieur August, et sans attendre de réponse il ajoute : Descendez, je retourne à ma chambre enfiler ma veste d'intérieur, pour ne pas traîner ainsi en chemise. Les verres sont sur le piano.

Tout à fait réveillé, Mieczysław est content, somme toute, de cette proposition. Son cœur s'est calmé et réclame maintenant un petit plaisir en récompense. En descendant l'escalier, Mieczysław s'arrête devant le tableau qui y est accroché sur le mur et qu'il avait déjà remarqué. C'est une nature morte de bonne facture, représentant un lièvre pendu la tête en bas, et de sa gorge tailladée du sang goutte dans une coupe. En dessous, sur une table, il y a une miche de pain, un couteau et un bout de fromage. Des prunes éparpillées, brillant d'un mauve sombre, semblent avoir gonflé.

Quand Mieczysław reprend sa descente, il aperçoit une lumière terne, faible, virant au marron, puis l'instant d'après une bougie dans le salon, ainsi que Frommer habillé, non plus en redingote, mais en veston à l'ancienne, boutonné jusqu'au cou. Le conseiller secret de la police de Breslau a dû arriver juste avant Mieczysław. Certain de n'être vu de personne, il a sorti de sa poche un verre, et, tout en veillant à ne faire aucun bruit, il y verse la liqueur foncée, presque noire, de la bouteille vert sombre. Il savoure la première gorgée en remuant les lèvres, mais se verse la deuxième directement dans la gorge. Cul sec. Mieczysław toussote pour le prévenir de sa présence, puis, comme si de rien n'était, se dirige vers la cuisine. Leurs regards se rencontrent brièvement. Mieczysław ne voit pas nettement le visage du théosophe dans la pénombre de la salle à manger, éclairée uniquement par la bougie, mais il a l'impression que l'homme n'est en rien troublé d'avoir été surpris en train de boire de la *Schwärmerei.*

– Je lis, déclare Walter Frommer en montrant le livre ouvert sur la table. Voyez-vous, je m'intéresse à la géométrie, *esprit géométrique*[1], monsieur l'ingénieur.

– Je ne suis pas encore ingénieur. Je n'ai pas terminé mes études à cause de ma maladie, lui rappelle Mieczysław, mais Frommer n'y prête aucune attention.

– Du reste, je ne m'intéresse pas à la géométrie pour les raisons qui portent vers elle les esprits scientifiques. Je la traite plutôt comme un projet cognitif, autrement dit de réflexion sur le monde pour reconstruire celui-ci à partir de toutes les perspectives depuis lesquelles il peut être vu. Imaginez-vous cela ?

1. En français dans le texte. (*N.d.T.*)

– Une approche plutôt mystique, réagit timidement Mieczysław, craignant de froisser cet homme sévère en posant les choses ainsi.

Mais Frommer semble flatté par cette analogie.

– Nos sens nous imposent une certaine manière de voir le monde. Mais ils ont leurs limites. Que se passe-t-il si le monde autour de nous est complètement différent par rapport à ce dont nos sens imparfaits cherchent à nous convaincre ? Vous y avez réfléchi ?

– Oui. Je viens précisément d'en discuter avec Thilo.

Sans se gêner le moins du monde, Mieczysław jette un coup d'œil au piano, où il voit plusieurs verres à gros pied sagement alignés. Il se verse un peu de la fameuse liqueur dans l'un d'eux.

– En tout cas, je sais qu'il paraît impossible, dans la réalité, de concilier les points de vue, ajoute-t-il – puis, en souriant comme s'il venait de penser à quelque chose, il demande : Connaissez-vous, professeur, l'air de cette comptine pour enfants que joue le trompettiste d'ici ? Pas très juste, d'ailleurs.

Depuis son arrivée, cet air hante Mieczysław. Les enfants le chantent lorsqu'il se rend au sanatorium. Rajmund le fredonne. L'horloge du docteur Semperweiß le carillonne.

– Je ne suis pas professeur, monsieur Wojnicz. Tout comme vous, vous n'êtes pas ingénieur. Je m'intéresse à la science par goût.

Frommer rejoint le piano, l'ouvre et pianote. Puis, sans prévenir, il joue adroitement la mélodie du trompettiste et chante :

Habt ihr noch nicht lang geschlafen ?
Die Uhr hat eins geschlagen... tü, tü, tü.
Habt ihr noch nicht lang genug geschlafen ?
Die Uhr hat zwei geschlagen... tü, tü, tü[1].

Il semble parti pour chanter à l'infini de sa surprenante voix de ténor, étendue, agréable, pourrions-nous dire, mais il s'arrête à la quatrième reprise :

1. (Allemand.) *N'avez-vous pas dormi assez longtemps ? / L'horloge a sonné une heure. / N'avez-vous toujours pas assez dormi ? / L'horloge a sonné deux heures.* (*N.d.T.*)

Ist der Jakob noch am Schlafen ? Jakob, steh auf[1] *!*

Content de lui, il referme le cylindre du piano et déclare :
– C'est une ancienne comptine silésienne. Je la connaissais enfant...

Il se met à raconter les règles compliquées du jeu qui lui est associé tout en se versant encore un verre de *Schwärmerei.*

La bouteille vert foncé de cette fameuse liqueur reste toujours sur le vaisselier. Elle a un aspect modeste : probablement soufflée à la bouche dans une verrerie artisanale, elle a une forme irrégulière, avec un col étroit, légèrement incliné, comme s'il invitait les lèvres des hommes à s'approcher de son goulot. Ni étiquette ni rien qui indiquerait son contenu. À côté, sur un plateau argenté, se trouvent une carafe d'eau et un verre. Hélas, il n'y avait aucun verre à liqueur, ce qui ne peut que suggérer que la *Schwärmerei* n'est pas supposée être bue. Cette absence signale clairement que des règles différentes s'imposent ici et qu'il convient d'attendre le moment prévu pour y être initié.

En venant prendre son repas, à plusieurs reprises, Mieczysław a posé les yeux sur la bouteille verte posée de façon plutôt provocante sur le vaisselier ; et d'ailleurs, c'est la première chose que l'on remarque dans cette pièce lourdement chargée de boiseries et de trophées de chasse. Après le repas, ce n'est que lorsque Rajmund arrive avec un nombre adéquat de magnifiques petits verres à liqueur que la bouteille peut circuler tout autour de la table. Elle semble alors inépuisable, elle les remplit avec une sorte de générosité obstinée, amenant un sourire sur les visages des buveurs. Le goût singulier de la *Schwärmerei* évoque dans l'esprit de Mieczysław les couches profondes du sol, avec des notes de racines, de mousses, de champignon et de réglisse à la fois. Il doit certainement y avoir aussi de l'anis et de l'absinthe. La première impression des papilles n'est pas bonne, à cause d'un semblant de puanteur, mais cela ne dure qu'une fraction de seconde. Ensuite, le palais est gagné par de la chaleur et l'impression d'une richesse inouïe de saveurs, notamment celle des baies des bois et d'une

1. (Allemand.) *Jacques dors-tu toujours ? Jacques réveille-toi !* (*N.d.T.*)

composante vraiment exotique. Mieczysław a eu un instant l'impression que c'était là le goût des fourmis. Oui, c'est bien celui des fourmis. Il le sait car, enfant, il en a mangé une. Le souvenir lui en est resté pour toujours, mais ses connaissances œnologiques s'arrêtent là, aussi s'en tient-il à cette découverte surprenante.

À son tour, il se verse encore un verre plein et décide d'interroger le conseiller secret de la police de Breslau sur ce qui lui trotte dans la tête.

– Vous êtes ici depuis plus longtemps que moi. Avez-vous entendu parler de cette mort horrible dans la forêt, l'an dernier ? Un corps déchiré en morceaux aurait été retrouvé.

Le visage oblong de Frommer se crispe nettement.

– Donc vous le savez déjà.

– Est-ce vrai ? s'inquiète Mieczysław.

À vrai dire, il a abordé le sujet pour détendre l'atmosphère par des commérages. Il pensait que c'était un délire fébrile du pauvre Thilo.

– Je ne sais pas si je peux en parler avec vous. Je ne suis pas certain que vous accepterez ce que je vais vous dire.

– J'ai été élevé dans un esprit rationnel, selon lequel une explication existe pour toute chose, serait-elle des plus extraordinaires.

Frommer jette un regard circulaire puis prend la parole dans un excellent polonais :

– Il est des choses que nous ne connaissons pas encore. Difficile d'en dire quoi que ce soit, d'autant plus qu'elles n'ont rien de rationnel. Mais puisque ces choses existent, elles doivent dans la logique du monde *leur place avoir.*

Comme le font souvent les Allemands, Frommer a inversé l'ordre de mots. À présent, il se tait.

Mieczysław ne cesse de le regarder, les sourcils levés d'étonnement, absolument surpris.

– Vous parlez polonais ? demande-t-il incrédule.

– Le nom de jeune fille de ma mère est Wawrzynek, répond Frommer qui prononce ce nom difficile avec une grâce surprenante.

À l'évidence, il s'est exercé sa vie durant.

– Je trouve merveilleux de pouvoir parler ma langue ici !

– N'abusons pas de ce mode de communication secret. Voilà pourquoi, je vais vous dire la vérité : malheureusement, votre question est pertinente. Oui, c'est vrai. Ici des gens disparaissent en permanence. Frappés par une mort horrible. Ce temps approche.

– Quel temps ?

– La première pleine lune de novembre. Aux environs de la Saint-Martin. Parfois, dès la Toussaint.

Mieczysław l'observe, remue les lèvres, mais ne lâche aucun son.

– Vous plaisantez, finit-il par dire.

Frommer lui raconte la même chose que Thilo, mais de façon plus structurée, plus systématique.

– À la fin de l'automne, aux environs de la fête catholique de la Saint-Martin, une personne perd la vie en forêt. Une personne, c'est-à-dire un homme. Un berger ou un charbonnier, le plus souvent. Jeune ou dans la force de l'âge. On retrouve sa dépouille sanglante, et c'est là le pire dans cette histoire : il faut collecter pour les enterrer les fragments sanglants de ce corps humain dispersés dans la forêt. Il en est ainsi depuis longtemps, et il est étonnant que cette population ne se soit pas considérablement raréfiée, mais ces dernières années, les victimes ne sont pas uniquement des personnes, des hommes, veux-je dire, vivant ici, des locaux. Ce meurtre cruel frappe également les visiteurs…

– Les curistes ? interroge Mieczysław avec inquiétude.

– Oui, précisément.

Le conseiller semble réfléchir, il caresse son menton soigneusement rasé.

– Des curistes généralement. Un homme par an, ce n'est guère excessif pour une telle fréquentation. Ne meurt-on pas ici plus souvent qu'ailleurs ? Statistiquement parlant…

Frommer parle de la mort comme s'il s'agissait d'un phénomène complètement neutre et évident, un peu comme la construction d'une ligne de chemin de fer pour laquelle il convient d'établir la fréquence de l'approvisionnement en rails et traverses. Il présente des statistiques régionales, les compare à celles d'autres endroits, dessine des croquis de son doigt osseux sur la table où, d'ailleurs, l'humidité de la pulpe laisse persister un moment une trace précise.

– Voyez-vous, monsieur, il y a nombre d'explications. Ce peuvent être des animaux sauvages, il y aurait par ici des loups qui viendraient du sud, de Bohême. Un ours saxon se sera peut-être égaré dans le coin ? Des chiens retournés à l'état sauvage ? En outre, l'époque est particulière. Dans les régions montagneuses, la Saint-Martin est fêtée comme la fin de la saison agricole. Les gens retirent alors leur bétail des pâturages et l'enferment dans les étables pour l'hiver. Ils gavent les oies avant Noël, se préparent à la tuaille du cochon. La saison sanglante débute, cher ami.

« Que voulez-vous me faire comprendre ? » voudrait intervenir Mieczysław, mais une silhouette paraît dans l'escalier.

– Prendrez-vous un verre de *Schwärmerei* ? demande Walter Frommer, pour la forme, à monsieur August qui se dirige vers eux dans un magnifique peignoir court à la française couleur de vin. Nous parlions géométrie.

– Je me joindrai volontiers à vous, même si je suis un littéraire de chair et de sang.

– Mais avez-vous entendu parler de la quatrième dimension ? l'interroge très vite Frommer en lui versant généreusement de la liqueur, et sans attendre la réponse, il poursuit : Nous vivons dans trois dimensions. La longueur, la largeur et la profondeur.

À l'évidence, le théosophe de Breslau se prépare à prononcer un laïus longuet.

– Il est aisé de nous imaginer des êtres appelés, disons « Platitudiens », qui vivraient dans une contrée du nom de Flatlandie, un peu comme sur une feuille de papier à deux dimensions, sans profondeur. Vous suivez ? Laissez courir votre imagination. Ils ne sauraient rien de nous, les êtres tridimensionnels. Nous ne deviendrions perceptibles pour eux que lorsque nous ferions effraction dans leur univers bidimensionnel, celui de la feuille de papier ; alors ils nous verraient comme en coupe. Vous comprenez ce que je veux dire ? Ils ne verraient pas toute notre personne, mais uniquement ce qui, en quelque sorte, traverserait la surface de cette contrée plate. Prenons plutôt une figure géométrique tridimensionnelle, un cube qui se dirigerait vers la Flatlandie par l'un de ses coins. Au moment où il entrerait en contact avec la surface bidimensionnelle – le mieux est que vous pensiez à une feuille de papier –, le « Platitudien » n'en verrait d'abord qu'un point qui aussitôt se changerait en un parallélogramme, lequel grossirait, puis se mettrait à diminuer jusqu'à redevenir un point et disparaître. Cher ami, si vous plongiez tête la première en Flatlandie, pour le dire brièvement, les « Platitudiens » verraient pendant une fraction de seconde un point, puis un ovale grossissant jusqu'à avoir le diamètre de votre tête. Elle laisserait aussitôt place à une forme plus grande, de l'envergure de votre torse avec les bras serrés tout contre, pour finalement passer à deux cercles diminuant peu à peu, qui seraient l'aspect de vos jambes, et ces cercles disparaîtraient à leur tour au moment où votre corps quitterait la Flatlandie. Aucun des « Platitudiens » ne serait à même de deviner à quoi vous ressemblez vraiment.

Et Frommer a alors un petit rire satisfait.

– Venez.

Ce disant, il saisit l'avant-bras de Mieczysław d'une poigne de fer, désagréable, pour l'entraîner vers le vaisselier où se trouve la *Schwärmerei*. Il lui en remplit un verre, avant d'allumer une cigarette.

– Ce que je veux dire, c'est que nous sommes peut-être, analogiquement, les habitants handicapés du monde à trois dimensions ; habitants qui n'ont aucune idée de ce à quoi peut ressembler un monde quadridimensionnel. Vous comprenez ? Nous n'avons ni les instruments ni les sens pour connaître un univers avec une dimension supplémentaire. Et pourquoi pas une cinquième, une sixième ou une vingt-sixième. Notre esprit ne peut le concevoir.

Le discours est des plus étranges car son sujet sorti de nulle part, et personne ne s'y intéresse particulièrement. Mieczysław cherche à interrompre le théosophe, mais celui-ci, étonnamment excité, ne se laisse pas reprendre la parole. August August sirote son verre les paupières baissées, installé dans le fauteuil, comme si la conférence de Walter Frommer ne le concernait en aucune façon.

– Vous connaissez le ruban de Möbius, n'est-ce pas ? C'est de la topologie… vous en avez entendu parler ? Le célèbre ruban est une bande plate dont les extrémités ont été collées ensemble après avoir été retournées à cent quatre-vingts degrés. Les « Platitudiens » installés à sa surface vivent de fait dans un monde bidimensionnel, alors qu'ils ne s'en rendent pas compte et considèrent que leur monde est infini. On peut ainsi se demander si les gens tels que nous, ici, ne sont pas également enfermés dans les trois dimensions, complètement inconscients de la réalité qui se déroule en quatre dimensions.

– Évidemment, vous tenez compte du temps, également… – tente d'intervenir en vain August August.

Walter Frommer passe outre.

– Imaginez-vous maintenant un cylindre, du papier cigarette roulé en tube. Vous en collez les deux extrémités, mais auparavant vous les retournez en une quatrième dimension. Se crée une figure particulière mi-trompette, mi-champignon par sa forme. Arrivez-vous à vous représenter cela ?

Mieczysław n'en est pas certain.

– Un tore, lance soudain monsieur August, qui semble avoir retrouvé un trésor égaré depuis longtemps dans sa mémoire abyssale.

Walter Frommer est ravi.

– Il semblerait que les littéraires s'y connaissent, le félicite-t-il avant de s'adresser de nouveau à Mieczysław : Notre monde n'est peut-être que l'ombre projetée par des phénomènes quadridimensionnels sur les écrans de nos sens.

Ensuite, il leur expose une théorie lue chez des Anglais, selon laquelle il se pourrait que la dimension supplémentaire soit le monde des pensées. Dans celui-ci, elles auraient une forme concrète, matérielle, mais elles n'arriveraient à nous qu'en tant que phénomènes. Un esprit collectif, grégaire, les ferait descendre jusqu'à nous, ici, et créerait ainsi des « cognito-profils », formes à la charnière des mondes spirituel et matériel, constituées de nos peurs et de nos espoirs.

– Un peu dans le genre des dieux ? demande monsieur August avec un air innocent, alors que Longin Lukas apparaît dans l'escalier avec un manteau jeté sur un pyjama qui est loin d'être propre.

– Dieu existe objectivement, déclare ce dernier, en se dirigeant directement vers le piano pour prendre un verre.

Thilo descend à sa suite, en pyjama lui aussi, une couverture sur les épaules. Il a un air assez pitoyable.

– Je n'arrive pas à dormir, dit-il. J'ai entendu vos voix et j'ai décidé de me joindre à vous.

Il reçoit un verre de liqueur, tous les autres remplissent également les leurs. Une fois que Thilo a été informé du sujet de leur conversation, lui aussi a envie d'intervenir. Ces messieurs se donnent des leçons mutuellement, ils livrent leur avis comme s'ils voulaient tirer toute la couverture à eux. Encore une chance que Mieczysław, n'ayant absolument rien à dire, est dispensé de prendre la parole. Et c'est d'ailleurs la raison pour laquelle les autres se tournent vers lui, comme si c'était à lui qu'il revenait de juger leur volubilité et de leurs connaissances.

– L'art actuel l'envisage également, commence Thilo, l'objet représenté n'est qu'une projection de notre esprit, de ce que nous *savons* de cet objet. En revanche, nous n'avons aucun accès à ce à quoi il ressemble *vraiment*, ni à ce qu'il est... Autrement dit, l'art – y compris l'art figuratif traditionnel – crée davantage les objets qu'il ne livre la vérité de ce qu'ils sont réellement. Par là même, il obture notre esprit au lieu de l'ouvrir.

– Très juste, jeune homme, s'anime monsieur August. Autrement dit, nos projections convenues paralysent notre connaissance.

– Mais l'art moderne, progressiste, né au XXe siècle, a des ambitions bien plus grandes. Il veut aller au-delà de ces limites, révolutionner la manière de regarder. Il veut voir les choses d'une nouvelle manière, simultanément de plusieurs points de vue, y compris ceux qui paraissent impossibles. Le cubisme, le futurisme. L'influence de ces écoles ne parvient pas jusqu'à des trous perdus comme Görbersdorf !

Lorsqu'il parle avec une conviction pareille, Thilo est magnifique, en dépit de ses pommettes que la fièvre teinte d'un rouge sombre. Ensuite, il cite des personnages qu'il qualifie de grands artistes destinés à changer l'histoire de la peinture pour toujours : Delaunay, Kandinsky, Léger, Feininger. Ce sont ses peintres adorés. Malheureusement, ces noms ne disent rien à personne.

Longin Lukas est le seul à commenter son discours enflammé, et cela plutôt ironiquement :

– Ce que jadis l'on appelait progrès, se nomme aujourd'hui décadence, dit-il.

Après cela, il expose son approche selon laquelle nous devons nous appuyer sur ce qui durera des milliers d'années :

la foi. Sans la foi, nous sommes comme des bêtes (à chaque fois qu'il prononce le mot « bête », Lukas agite nerveusement la tête et ses joues tremblent, de sorte qu'il ressemble à un rongeur en colère). Seul le christianisme nous empêche de nous sauter à la gorge. Ceux qui ne croient pas devraient eux aussi faire un effort intellectuel et au moins faire semblant de croire. Ne pas semer de ferments athées ou déistes. L'être humain est fondamentalement mauvais et non policé. Constitué d'instincts, il est amoral par nature. Le christianisme a fait de nous des personnes, mais lorsque ses normes disparaîtront, nous n'aurons plus rien. Le pur nihilisme régnera. En disant cela, il pousse des petits grognements satisfaits, comme si cette vision apocalyptique le réjouissait.

– C'est déjà en train d'arriver. La fin est proche ! prophétise-t-il.

Sur ce, monsieur August prend la parole, les mains jointes comme pour la prière :

– En un sens, je suis d'accord avec vous. Nous serons sauvés par notre foi dans la continuité de la culture, dans le mythe comme socle d'une entente. Ce mythe, c'est aussi le christianisme, mais pas seulement, bien sûr ! Le cercle civilisationnel de l'Occident est plus grand que cela, mon cher monsieur, il dépasse l'égoïsme de l'homme pour affirmer que celui-ci est bon par essence, mais que le monde le corrompt. Si chaque homme avait la chance d'avoir une vie digne, la police ou l'armée n'auraient pas de raison d'être. La religion doit être traitée à l'exemple de la mythologie, comme un ensemble de récits instructifs qui aident à vivre.

Incidemment, il apparaît que monsieur August avait sur lui un verre pour se servir de *Schwärmerei* ! Plongé dans ses pensées, il le sort de sa poche, un verre ordinaire, et sans en avoir conscience, il le remplit de liqueur. Monsieur Lukas profite de ce bref instant pour revenir aux arguments qu'il a utilisés à maintes reprises.

Dans le monde idéal de Lukas, tout a sa place, et il est plus particulièrement sensible à la place dévolue aux femmes. Selon lui, ce sont elles qui, en raison de leur biologie débridée, leur proximité inquiétante avec la nature, sont l'élément qui déstabilise l'ordre social. Oui, elles devraient être totalement confinées dans la sphère privée, de manière qu'elles ne soient plus une menace pour l'ordre du monde.

Quand il marche dans la rue, Longin Lukas est dérangé par les chapeaux des femmes, il renâcle alors, irrité par cette esthétique ostentatoire qu'il compare à l'exhibition des organes sexuels chez les chimpanzés ou d'autres singes. Au café, il est dérangé par leur jacasserie aiguë. Ces endroits devraient leur être interdits. En disant tout cela, Longin Lukas évoque avec beaucoup d'estime la pensée d'Otto Weininger.

Là-dessus, August August intervient pour rappeler que, quelques années plus tôt, à Vienne, on a ouvert le *Kärntner Bar*, un établissement où les femmes n'avaient pas le droit d'entrer, et que cela avait soulevé des protestations. August ne prend pas position sur ce point, mais il vante la beauté des décorations intérieures où tout serait « très viril ». Il baisse la voix pour s'adresser à Mieczysław, comme si celui-ci pouvait être le seul à apprécier :

– Voyez-vous marbre, onyx, acajou et cuir véritable. Le sol, blanc et noir, minimaliste, très masculin, renvoie la lumière chaude – nullement romantique, Dieu nous préserve ! – des tables en bakélite éclairées par en dessous...

Thilo, Lukas et Frommer discutent déjà de politique. Mieczysław n'en entend qu'une phrase, elle est criée par la voix aiguë et grinçante du conseiller secret :

– Oh, rien de grave n'arrivera plus, la crise des Balkans est terminée, la Turquie a demandé l'armistice !

La liqueur est d'un goût exquis, elle coule sur la langue avec volupté. Qu'y ajoute donc encore Wilhelm Opitz ? Mieczysław se promet de le lui demander demain, mais là, il est gagné par une intense somnolence avec une délicieuse vision de son lit, des draps frais et du grand coussin qui l'attendent. En outre, il y a aussi ses obligations de santé du lendemain. Dans un état second, il se lève avec l'impression que chacun de ses mouvements est séquencé en petits fragments, qu'il se compose d'images distinctes. Tous ces messieurs se trouvent sous la lumière de l'ampoule électrique, mais les recoins de la salle à manger sont investis par une obscurité dense et remuante. Comme sur le tableau de Herri met de Bles, du coin de l'œil, Mieczysław y aperçoit des étincelles, ou peut-être des yeux, ou encore le déroulement sans fin du sacrifice d'Abraham. Il secoue la tête, une mèche de cheveux, habituellement coiffée en arrière, lui tombe sur les yeux, et, allez savoir pourquoi, il claque des talons devant monsieur August en déclarant peu distinctement :

– Permettez-moi de me retirer, monsieur.

August August, surpris et dépité, observe la main qui le salue d'un regard voilé, puis il invite le jeune homme à le raccompagner jusqu'à sa chambre. Ils ne vont pas très loin. Ils s'asseyent sur le palier, à mi-étage, où il y a deux chaises près d'une table ronde sur laquelle se trouvent toujours une carafe et deux verres. Ils commencent par avaler une gorgée d'eau quelque peu croupie, se taisent, puis monsieur August raconte l'histoire de sa vie à Mieczysław, une narration entrecoupée de soupirs, de toussotements et de phrases inachevées. Ils sont assis si près l'un de l'autre que le jeune homme percevait l'haleine, aigre comme du lait caillé longtemps oublié, de l'écrivain viennois. Par ailleurs, Mieczysław se révèle un confident plutôt réfractaire, lui aussi devenant confus, fatigué par ces conversations interminables en allemand, d'autant plus que la boisson le contraint à une plus grande attention à chaque mot, un exercice qui lui fait soudain découvrir de nouveaux sens, des significations inattendues, et dès lors, il n'est plus attentif au propos principal. August parle de la ville de Brașov, où il a grandi et qui se trouve quelque part aux confins roumains de l'Europe, aussi Mieczysław ne saisit pas très bien pourquoi chez les August on parlait espagnol. Le socialiste s'émeut quand il explique que son père, apparemment un commerçant, était abonné aux journaux viennois. En buvant le café dont il se délectait, il lisait la *Neue Freie Presse.* Au même instant, Mieczysław est lui aussi gagné par l'émotion parce que son père lisait le même journal à Lwów, et donc, dans une bouffée de familiarité propre à l'ivresse, Mieczysław et August se prennent virilement dans les bras, mais le jeune étudiant se sent vite mal à l'aise, car il a la désagréable impression que monsieur August ne veut plus le lâcher. Il semble vouloir l'emprisonner dans son souffle aigre, dans son admiration pour Vienne empestant le renfermé.

Quand Mieczysław parvient enfin à se libérer de cette étreinte, August lui explique que sa famille a déménagé de

Brașov à Vienne, et que lui, le petit August (difficile d'imaginer monsieur August enfant !) a été inscrit au *Theresianum*, où il a été définitivement gagné par une passion pour l'Antiquité. Dans ce collège, le meilleur de tous, il a découvert la noblesse des mondes antiques qui existent encore quelque part, ici et maintenant, mais dans une autre dimension, meilleure que la nôtre, et qui exercent leur influence sur nous en permanence, même si nous n'en sommes pas conscients.

Les deux hommes se taisent un instant en songeant l'un et l'autre à l'existence de ces mondes, y compris ici, dans cette pension humide de Silésie.

– Vous savez, dans *Le Banquet* de Platon, Pausanias affirme qu'il y a deux Aphrodite, l'une sans mère, fille d'Ouranos, que nous appelons céleste, l'autre, lubrique, fille de Zeus et de Dioné. N'est femelle que cette lubrique. L'Aphrodite céleste ne procède que du sexe masculin, à l'exclusion du féminin. Par essence, elle est la plus mâle des mâles. Qui plus est, elle inspire l'amour le plus parfait. Ceux qu'elle touche tournent leur tendresse vers les hommes, naturellement plus forts et plus intelligents.

August se tait – sur les lèvres, il a un sourire qui attend une réponse –, mais il finit par ajouter en toute hâte :

– Ce n'est pas de moi, c'est de Platon.

Comme Mieczysław ne réagit pas à cette révélation, il déclare :

– La civilisation grecque est l'univers de l'homme libéré de la nature, de ses plus bas instincts, c'est... c'est..., il cherche ses mots, puis des larmes coulent de ses yeux.

Grands dieux ! Monsieur August pleure comme un enfant !

Mieczysław ne sait absolument plus quelle attitude adopter devant un homme d'un âge certain qui sanglote en silence dans sa robe de chambre couleur de vin ; alors il se lève, prend congé avec dignité, sans claquer des talons cette fois, puis il se dirige vers sa chambre.

*

Sur ce, nous allons toutes faire une exception et abandonner Mieczysław Wojnicz qui regagne sa chambre. Qu'il y aille. Qu'il ne prête pas attention à l'effervescence de bruits étranges dans le grenier, où il n'y a pourtant rien qui pourrait expliquer leur origine. Comme si des êtres de poussière s'y livraient à des disputations hivernales, à de mystérieuses polémiques, une voix cherchant à en convaincre une autre qui commence par adhérer à ses propos puis s'y oppose, mais voici qu'une troisième avance de nouveaux arguments, exprimés par le « rou-hou, rou-hou, rou-hou », et l'échange d'opinions recommence depuis le début. Toutes les voix sont dominées par celle au timbre le plus puissant, celle qui porte le plus. Elle dirige, elle interrompt les péroraisons trop pompeuses d'un seul « rou-hou » et tout se tait un moment avant de reprendre.

En revanche, nous suivons monsieur August à l'étage, jusqu'à sa chambre, avec deux fenêtres donnant au sud. L'écrivain viennois vit là depuis presque un an. Paresseux, il n'y écrit pas sa nouvelle histoire du monde, un livre qui ne soulèvera pas l'admiration de ce monde-ci – et cela se comprend, puisque ce livre n'existe pas.

Il n'y a rien à espérer d'original dans sa chambre, toutes se ressemblent à la pension, elles sont aménagées selon les normes du bien-être bourgeois, plein de petits motifs et de détails.

Il y a là un lit, recouvert durant la journée d'une courtepointe vert sombre à dessins, une armoire sur les portes de laquelle sont suspendus les foulards dont il a déjà été question, une table ronde avec une nappe au crochet légèrement sale, deux chaises, et, sous la fenêtre, un petit bureau jonché de papiers, avec des livres aussi, dont des volumes de Rilke et de Werfel. Les murs vert céladon ont été couverts au pochoir de motifs floraux dorés, et, comme la chambre est d'ordinaire ensoleillée, cela crée une ambiance vraiment douillette. Par les fenêtres, l'occupant des lieux peut voir un paysage infini de lignes douces, ondoyantes, et de taches délicates aux divers reflets de vert. Monsieur August est myope – ce que nous n'avons pas encore dit –, aussi n'est-ce que lorsqu'il chausse ses lunettes à monture de fer doré qu'il peut apprécier les montagnes qui s'élèvent vers le ciel avec, à leur pied, les dernières maisons du village.

Mais puisqu'il fait noir, monsieur August tire soigneusement les rideaux avant de s'asseoir à son bureau. Il regarde les feuilles de papier avec une certaine impuissance, dénoue son écharpe, retire ses lunettes pour en essuyer les verres. Il plisse les yeux pour observer une souris qui s'est arrêtée au milieu de la pièce, étonnée par le retour de son immense colocataire. Tous deux se regardent droit dans les yeux, puis la souris disparaît, et August August n'est plus conscient des autres regards qui le scrutent. Il se déshabille lentement en poussant des soupirs. Puis, juste en caleçon et maillot de corps, il se lave le visage et les mains dans une bassine d'eau sans se servir du savon.

Il se masturbe de la main gauche, lentement et en douceur, son pénis durcit et alors les mouvements de sa main deviennent plus violents. Enfin, après un instant, sa main droite ouvre habilement une épingle de sécurité, qu'elle semblait tenir fortuitement jusque-là, pour en piquer violemment ses fesses, les blessant au point que, sur la peau claire parsemée de boutons, apparaissent de petites gouttes de sang. Ce n'est qu'alors que vient la jouissance, un spasme violent, irréfrénable, qui projette son corps sur les coussins.

*

Mieczysław est toujours très surpris du fait que, après avoir bu une certaine quantité de cet alcool étrangement bon, tout le monde commence par être très volubile, mais ensuite... Plus ils en boivent, plus leurs phrases deviennent courtes, et celles qui sont inachevées se multiplient comme si une force en arrachait la fin, de sorte que les paroles deviennent incompréhensibles. Le buveur est en proie à une stupeur, comme s'il avait gagné les salles les plus vastes de son esprit, depuis lesquelles il jouirait d'un spectacle inouï. Et que, du même coup, les mots devenaient inutiles. Mieczysław lui-même a souvent l'impression que, dans de tels moments, tous les commensaux se comprennent parfaitement, qu'un regard entendu suffit pour que tout devienne évident. Il arrive aussi que ces messieurs se taisent pour ne faire que se regarder, comme si la discussion, jusque-là animée, s'était déplacée dans une sorte d'intériorité qui leur serait collective. Cela n'arrive pourtant qu'après consommation d'une quantité importante de *Schwärmerei*, disons à la troisième bouteille ; ce qui, à vrai dire, n'est pas si rare. Ils se regardent alors, poussent des soupirs entendus. Monsieur August joint les mains dans un geste de prière, les pointant vers le haut, comme s'il voulait leur rappeler à tous quelque chose. Les autres se concentrent un moment sur ce signe des mains jointes, avec la conviction absolue, non formulée, qu'existe dans l'espace une chose importante, qu'il ne faut jamais oublier, un point de référence indiqué par l'écrivain de Vienne, et que, dans le cours du temps, ce point se transforme en un axe infini, vertical à en être douloureux, autour duquel tourne le manège où ils sont tous assis, chacun sur son siège qui s'élève en tournoyant vers les cieux. Malheureusement, il arrive que l'un des hôtes rompe les chaînes de sa balancelle. Il s'envole alors seul jusqu'à disparaître dans les lueurs argentées de la terre.

Mieczysław a également l'impression que la *Schwärmerei* génère des effets visuels. Quand il se couche après avoir biberonné (et il se jure régulièrement de ne plus boire autant de cette liqueur diabolique !), il a des zigzags lumineux sous les paupières, ou encore, il voit des figures faites de petits miroirs assemblés, où apparaît sous différents angles ce qui se trouve alentour, et qui se reflètent mutuellement, plongeant ainsi ses perceptions visuelles dans un envoûtement insupportable. Un autre monde prend son corps d'assaut, veut pénétrer dans son cerveau en lui envoyant d'abord des lumières et des illusions.

Il en est ainsi maintenant. De retour dans sa chambre, le jeune homme se sent complètement déboussolé. Il a du mal à stabiliser son regard sur un point, celui-ci lui échappe comme monsieur Virevolte, le jouet de ses voyages en train. Et quand le pauvre Mieczysław pose la tête sur son oreiller, il sent que le monde fait de grands cercles autour de lui. Il n'est pas bien. Il confond les langues. Il s'assied sur son lit, allume l'une des bougies posées sur sa table de chevet pour le cas où l'électricité viendrait à manquer.

– Est-ce que je vais mourir ? demande-t-il à la chandelle.

Elle ne lui répond pas d'emblée. Sa flamme vacille, apparemment inquiétée par la question.

– Ne sont immortelles que les choses soit minuscules, soit immenses, répond-elle avec prudence. Les atomes sont immortels, les galaxies sont immortelles. Tout le mystère est là. La portée de la mort se trouve particulièrement définie, autant que celle d'une onde radio.

À ces paroles, Mieczysław est gagné par une immense tristesse. À travers la flamme de la bougie, son père le fixe d'un regard sévère, empreint de déception.

– Père, vous préféreriez me voir mourir, dit-il.

Et il a envie qu'en cet instant précis son père, January Wojnicz, ingénieur à Lwów, homme pragmatique et particulièrement viril, puisse le prendre dans ses bras, même maladroitement, à la militaire, et qu'il tapote le dos étroit de Miecio d'un geste supposé redonner courage aux soldats qui se sont effondrés sur le champ de bataille. Ou même être serré par January comme par monsieur August, avec raideur, avec une détermination dramatique. Il désire le contact paternel, sa présence physique, et même de sentir de près l'odeur de son père, qui lui parvenait toujours de quelque distance, qu'il humait en le croisant ou en pénétrant dans sa chambre : un parfum d'eau de toilette anglaise, comme du vieux cuir frotté au citron, devenu lisse et glissant à force d'avoir été utilisé, touché par nombre de mains. Mon pauvre père, songe Mieczysław. Il est pareil à un objet, un outil usagé.

11

Rubans blancs, nuit noire

Lion-Gris de Królewiec et August August se livrent chaque jour au même rituel. Ils se chamaillent pour savoir qui doit passer le seuil le premier, qui laisse passer qui.

– Allons, professeur, passez le premier, je vous suis, il n'en sera pas autrement.

– Vous permettez, aujourd'hui, c'est moi qui vais attendre, par respect pour votre savoir et votre érudition.

– Je ne peux pas permettre qu'une personne à qui les sciences humaines sont si redevables passe après moi. Entrez le premier, cher monsieur.

– C'est exclu, je vous suis.

Et ainsi de suite.

Ils finissent néanmoins par aller se mettre à table et poursuivent leur querelle comme les acteurs d'un spectacle à deux personnages, obnubilés par leur désir de briller et de rabaisser l'autre, même si, en apparence, ils pratiquent une courtoisie de la plus haute volée. Parfois, Walter Frommer joue les modérateurs, il leur suggère des sujets qui pourraient passer pour complètement innocents, mais deviennent très sérieux, essentiels, en cours de conversation, et leur résolution ne supporte alors aucun retard. En même temps, ils sautent volontiers d'un sujet à l'autre, puisque ceux-ci sont à peine un prétexte pour déployer leur éloquence et leur érudition ; ils abandonnent le débat sans regret, acceptent qu'il n'ait pas eu de conclusion, alors même que chacun d'eux a l'impression d'être parvenu à vaincre son interlocuteur, d'autant qu'ils ne sont pas très attentifs à ce que dit l'autre.

– La démocratie, mon cher ami, se porte mieux dans les systèmes polythéistes, déclare monsieur August.

– Et pourquoi donc ? Je ne vois pas le rapport.

– Parce que le polythéisme prépare notre esprit à voir le monde avec ses différences, les diverses énergies qui coexistent en lui. Le monothéisme correspond davantage au féodalisme du fait de sa structure hiérarchique. Celle qui relie les vassaux au suzerain.

Longin Lukas hoche la tête avec respect.

– L'idée est intéressante, dit-il, mais elle ne peut être prouvée.

– Sauf si nous nous référons à la Grèce antique, à ce qui s'y est passé, répond le spécialiste de l'Antiquité, August, qui veut attirer son adversaire sur son terrain, là où il est invincible, mais Lion-Gris n'est pas idiot.

– Moi, mon cher monsieur, j'estime que la démocratie est un système qui n'est qu'apparence, il se fonde toujours sur une certaine théâtralité, et, par essence, il cherche à faire émerger un dirigeant fort qui n'aura de cesse que d'avoir établi un pouvoir unique. Par chance, il naîtra toujours des individus d'exception, des êtres talentueux qui ne trouveront pas leur place en démocratie. Tout au plus, ils utiliseront ses mécanismes pour s'emparer des pouvoirs, s'y tailler la part du lion, et se soumettre la collectivité démocratique. Ainsi vont les choses, telle est la loi du développement des sociétés. La démocratie est donc un système transitoire, instable par nature. Notre monde est un monde hiérarchisé, ainsi a-t-il été instauré par Dieu. Rien ne confirme plus clairement cette hiérarchisation que le récit de la Genèse.

– Si nous vivions dans une société polythéiste, vous penseriez autrement, cher ami. La démocratie est un système horizontal qui part du principe que de nombreuses personnes peuvent potentiellement avoir une influence égale sur le monde, rétorque le socialiste August August.

Le catholique Longin Lukas claque brièvement sa langue dans sa bouche, regarde en l'air comme s'il pouvait y trouver une réponse exhaustive qui ferait mordre la poussière à August.

– Nous devons considérer le polythéisme comme un système primaire, inférieur du point de vue civilisationnel. Nous sommes redevables au monothéisme d'être devenus des gens civilisés, des individus pensants, d'une nature singulière, unique en son genre. Le caractère personnel de Dieu est le garant de notre personnalité. Notre ressemblance avec Dieu consiste en cela précisément, non pas en des caractéristiques extérieures, mais en ce que chaque être humain est une personne unique…

– Il est néanmoins possible d'imaginer un monde plat, horizontal, sans toutes ces hiérarchies qui finalement conduisent à l'injustice…

– Socialiste ! s'écrie Longin Lukas, pour lequel August August vient précisément transgresser les limites de la décence. Pourquoi pas le matriarcat pendant que vous y êtes ? Un système non plus dirigé par le pur esprit du rationalisme, mais où prévaudraient les pulsions sexuelles et les émotions !

– Si vous me permettez d'intervenir, dit alors Opitz qui, à cet instant, apporte le rôti, une salade de pommes de terre et des harengs à l'huile, les meilleurs de Silésie à l'en croire. Il me semble qu'il n'y a jamais eu, dans l'histoire de l'humanité, de civilisation fondée sur le matriarcat, n'est-ce pas ?

Tous le regardent avec intérêt, mais leur attention est vite détournée par les harengs, moelleux, rosâtres, roulés comme de petites roses, avec en leur centre des câpres et de l'ail mariné.

– Les femmes, ajoute Wilhelm Opitz, ne sont pas capables de créer une organisation étatique, ni même tribale, car, par nature, elles se soumettent au plus fort…

Et là, la discussion se dilue dans le merveilleux fumet du poisson, et ensuite arrive encore sur la table un délice silésien, l'un des rares plats que Rajmund sache préparer : des *kluski*, sortes de gnocchis, avec des morceaux de porc dans une sauce bizarre aux pruneaux et aux champignons (le cuisinier y a-t-il ajouté ses psilocybes bien-aimés ?). Ce plat leur est servi au moins une fois par semaine, et il est appelé en dialecte local « *szlejszys himrajch* » : ce que cela peut bien vouloir dire, Mieczysław n'en a pas la moindre idée. Il mange les *kluski* et la viande. La sauce lui semble complètement indigeste, et il le note avec soin dans son journal.

Longin Lukas reprend le fil de la conversation interrompue à cause des harengs :

– J'ai lu dans les journaux de la région des articles de critique littéraire écrits par une femme. Ainsi donc, ici aussi, les suffragettes veulent avoir quelque chose à dire. Cela devient vraiment grotesque !

August August se saisit du sujet au vol :

– Pour ce qui est du génie littéraire, mes amis, quand une œuvre ne plaît pas aux femmes, c'est une indication des plus sûres qu'elle est remarquable.

Il reste un moment silencieux, regardant un à un les visages de ses compagnons, content d'avoir formulé rondement une thèse habile, ce dont il est aussi surpris que tous.

Personne ne réagit. Ils sont occupés à manger.

– Dommage de ne pouvoir le vérifier, nous n'avons aucune femme sous la main, grommelle Walter Frommer en repoussant son assiette, déçu que Rajmund serve déjà un jus de fruits cuits en dessert alors que pour lui ce n'est pas du tout un dessert.

August a lui aussi terminé son repas. Après un moment, il va s'asseoir dans un fauteuil pour attendre le verre rituel de *Schwärmerei*, il tire sur son cigare ce qui le fait tousser, aussi le repose-t-il à regret au bord du lourd cendrier en cristal taillé. Il soupire, tapote des doigts sur la table et déclare :

– Quand vous en aurez l'occasion, faites l'expérience. Citez le nom d'un écrivain important pour vous à une femme et demandez-lui ce qu'elle en pense. Plus vous estimerez cet auteur, moins les femmes le feront, et cela parce que, en littérature, elles recherchent un prétexte pour attiser leurs affects, elles sont très loin de savoir recourir à des concepts. Les femmes ont un faible pour la littérature qui tourne dangereusement autour des questions relationnelles, et surtout celles entre hommes et femmes.

Sur ce, son visage affiche un quart de sourire, ou même un huitième de sourire avec une seule commissure des lèvres qui se soulève, ce qui peut faire penser à un tic, et August August termine en disant :

– Des relations qui se concentrent sur les échanges affectifs et corporels. Lorsqu'elles se piquent d'écrire, elles décrivent toujours en détail les robes et les motifs des tapisseries. Elles sont attirées par les classes inférieures et elles s'apitoient sur les animaux. Elles cèdent souvent à une attirance pour l'invraisemblable : les esprits, les rêves, les tourments nocturnes, mais aussi les concours de circonstances ou autres incidents, au moyen desquels elles s'efforcent de pallier leur manque de talent pour élaborer une trame construite.

– Donnez-nous un exemple, le prie Walter Frommer, vous généralisez beaucoup.

– Il est difficile de donner des exemples puisque peu de femmes écrivent. Et quand elles le font, nous ne les lisons pas.

– En effet, lui accorde le théosophe.

– Les hommes s'intéressent à la langue en soi, en tant qu'instrument de communication, en tant qu'acquisition la plus parfaite dans l'évolution d'*Homo sapiens.* Ciseler la phrase, analyser la profondeur sémantique, jouer avec les significations. Pourquoi les plus grands poètes ont-ils toujours été des hommes ? interroge de façon rhétorique monsieur August, avant de vider son verre en fermant les yeux de volupté.

– Vous avez raison, lui accorde Longin Lukas. Dans l'histoire, il n'y a pas de littérature féminine, pas plus que de femmes dans les sciences. Restent des cas particuliers de ces êtres femelles qui, par suite d'héritages mystérieux encore non élucidés, ont reçu de leur grand-père ou de leur père une certaine portion d'âme mâle, le don d'Apollon.

– Dionysos n'est pas une femme. Lui aussi appartient au patrimoine masculin, rappelle monsieur August.

– Mais, dans son essence, il est la personnification mâle de ce qui est féminin : la frénésie de l'oubli, les pulsions, le charnel et l'ivresse, les attirances naturelles tellement puissantes dans ce corps féminin en apparence si faible, martèle Lion-Gris, faisant dériver la conversation vers la mythologie grecque.

Et cela se poursuit ainsi.

Déclamation d'August August, nouvelle tirade de Longin Lukas sur le déclin de la civilisation, allusions indéchiffrables de Walter Frommer, jusqu'à ce que l'action de la *Schwärmerei* ralentisse les langues et que tous soient pris d'une sensation de lourdeur. Il leur devient difficile de se mouvoir, à cause de leur faiblesse ou de leur manque de volonté. Comme si le monde était en contreplaqué et qu'il se délitait à présent sous leurs yeux, tous les contours s'estompent légèrement, laissant apparaître des passages labiles entre les objets. Un processus similaire frappe les concepts, de sorte que la discussion se fait de moins en moins concrète, les interlocuteurs ayant soudain perdu de l'assurance. Chaque mot, jusque-là digne de confiance, connaît une arborescence de contextes différents, traîne derrière lui des ribambelles d'allusions, scintille d'associations lointaines. À la fin, une horrible lassitude s'empare de ces messieurs, ils s'éclipsent l'un après l'autre pour gagner leur chambre, monter l'escalier en haletant péniblement.

*

Par une de ces journées d'automne très chargées, où l'ensoleillement perd régulièrement des minutes tel le sac troué d'un meunier désinvolte d'où s'écoule le grain, Longin Lukas rencontre Mieczysław devant la pension et l'invite dans ce qu'il appelle son *refugium* de l'annexe. Il fait asseoir son invité sur le lit et lui offre un bock de bière locale. Tandis que Lion-Gris boit en homme particulièrement assoiffé, Mieczysław, qui n'aime pas trop la bière, ne fait qu'y tremper les lèvres en balayant du regard la pièce vitrée. En fait, c'est plutôt une véranda avec une alcôve attenante pour le locataire. Il s'y trouve un lit, un peu en désordre, avec une quantité de couvertures superposées, lesquelles sont sans doute nécessaires parce qu'il fait plus froid ici que dans la partie principale de la pension, à cause de la verrière. Des cravates sont suspendues par-dessus la porte de l'armoire en chêne. De l'eau sale stagne dans le lavabo. Le tapis usé, parsemé de taches, laisse une impression déplorable. Un fauteuil massif se trouve sous la fenêtre, tout à côté du passage vers la véranda, et contre lui un petit meuble intéressant, une bibliothèque tournante chargée de livres. Dans la véranda elle-même, il y a une grande table pour écrire, couverte de journaux, de papiers et de crayons cassés. Le désordre règne partout, celui d'un individu débordé qui s'arrête toujours au milieu du gué et ne termine jamais ce qu'il a commencé.

Longin Lukas monologue avec un immense plaisir, d'abord sur le christianisme, puis sur un État fort qui imposerait des règles sévères et qui se fonderait sur l'unité religieuse et culturelle. Après cela, imperceptiblement, il se met à parler du docteur Semperweiß et de « cette station thermale » qui permet aux communistes d'être soignés gratuitement, tandis que les personnes respectables sont obligées de payer une note salée. Quand sa langue se libère et que son visage vire au rouge, il en vient à « ce pauvre August », comme il dit. En dépit de l'alcool, il s'efforce de ne montrer aucune émotion et, du moins le pense-t-il, de rester objectif.

– August August est tout simplement un Juif, ce qu'il dissimule. Voilà pourquoi il prétend ne pas se soucier de la *race.*

Lion-Gris aime ce mot qui explique maintes choses et qui, de façon simple et habile, permet de synthétiser des questions de culture, de politique, d'économie, un mot qui convient à tout, sans compter qu'il est de plus en plus à la mode.

– August a également en lui quelque chose de féminin, de faible, une sorte de promptitude à se soumettre, poursuit-il. Y compris quand il ergote, il le fait en être *racialement* inférieur, en femelle ou en nègre.

Longin Lukas affirme ensuite que les individus de ce type – ce qui, chez lui, signifie clairement « les êtres inférieurs » – revendiquent les mêmes droits que les citoyens lambda, parce que, ignorant les questions biologiques, cela leur semble légitime. Lion-Gris soupçonne également le docteur Semperweiß d'être juif, étant donné qu'il véhicule diverses théories psychologiques juives dont celle appelée psychanalyse. À propos de cette dernière, il a aussi un avis :

– Tu vois, mon cher garçon, ramener l'identité d'une personne à des pulsions primaires n'est qu'une décadence de la philosophie et des sciences. D'ailleurs, tout cet enseignement freudien ne peut s'appliquer qu'aux Juifs.

Encouragé à critiquer à son tour cette discipline moderne, Mieczysław n'est hélas pas en mesure de le faire car il n'y connaît rien. Il a également peu à dire sur les pulsions, vu qu'en vérité la sexualité ne l'a guère intéressé jusque-là. Il n'est pas sans savoir que cet intérêt devrait lui venir, tout le monde en parle, on lui adresse des petits signes, mais lui – allez savoir pourquoi – se considère encore trop immature pour cela. Parfois, il se sent un peu exclu de cette communauté du sexe, où l'on partage allusions et plaisanteries. Un peu comme si les autres avaient un talent qui lui faisait défaut.

Une fois que Longin Lukas a fini de critiquer la psychanalyse sur le ton prétentieux qui lui est habituel, il en adopte un plus familier, se rapproche de Mieczysław, va jusqu'à le toucher de son épaule, pour ensuite lâcher ces paroles dans le petit espace qui les sépare :

– Mon garçon, si comme moi, tu voulais, tu sais bien... Si seulement tu voulais, dis-le. Je suis en mesure de t'arranger ce que tu voudras. À bas prix, et pour toi, elles pourraient même le faire gratis, dit-il en riant aux éclats. Les filles sont de Waldenburg, propres sur elles, soignées, une chair ferme, en un mot des natures saines.

Surpris, Mieczysław ne comprend ce dont il s'agit qu'après un temps. Il cligne des yeux sans trop savoir que répondre à cette proposition. Longin hoche la tête pour l'encourager. Et tout à coup, Mieczysław a de la peine pour lui, avec ses bajoues relâchées, ses cheveux gominés, pour ce bonhomme apparemment puissant mais guère plus fort qu'un mannequin de chiffon. Il se sent désolé pour son *refugium*, cette cambuse crasseuse, et pour la vie de Lion-Gris en général. Il a la gorge serrée, car il sait que Lukas va bientôt mourir. Il l'interroge donc sur le prix et fait mine d'être intéressé. Il répond que, certes, il y pensera, qu'il va réfléchir, et le remercie pour cette information généreuse, ce tuyau d'homme à homme ; après avoir dit cela – un peu maladroitement peut-être –, il rend à Longin son coup d'épaule familier, qu'il renforce d'un regard de connivence, et il s'en va.

*

L'une des distractions très attendues parmi les hôtes de la station est une excursion dans une auberge proche, en bordure d'un étang, où, uniquement à cette époque de l'année, on sert un plat spécial qu'on ne trouve sans doute nulle part ailleurs qu'à Görbersdorf. Les groupes de curistes y réservent des tables, et l'endroit n'étant pas grand, il faut se montrer patient. Dans la méthode Brehmer, une importance majeure est accordée au fait que, pour recouvrer la santé harmonieusement, il est nécessaire de mener une existence agréable et bonne.

Au soir de l'avant-dernier samedi d'octobre, ces messieurs de la pension, à l'exception de Thilo von Hahn qui, pour tout dire, ne quitte plus son lit, sont de sortie. Ils marchent vers l'étang, qui n'est guère éloigné, avides d'impressions nouvelles, grisés par l'air presque glacial qui transforme leurs souffles en grands nuages de vapeur signalisant leur présence de manière emphatique. Wilhelm Opitz, en tête, éclaire le chemin avec une lampe à acétylène qui répand une vilaine lumière grise. Rajmund ferme la marche, une simple lampe à pétrole à la main. Au ciel rôde une lune déjà sérieusement entamée, glaciale, inamicale, sans doute à cause des nuages qui filent vite, dissimulent et dévoilent tour à tour sa face. Avant de sortir, tous nos curistes ont bu un verre de *Schwärmerei* pour s'ouvrir l'appétit, et maintenant Mieczysław, qui, malgré ce qu'il s'était promis, n'a pas refusé d'en boire, reconnaît à présent ses effets – l'esprit agréablement embrumé, l'attention ordinaire en chute libre –, un état plaisant, puisqu'il le libère des angoisses habituelles, pour en créer de tellement fantastiques qu'on ne s'y arrête même pas.

Le jeune homme ignore comment cela est venu et qui a commencé, mais la conversation de ces messieurs concerne sa personne. Il semble que ce soit Longin Lukas qui ait abordé le sujet. Tous se moquent de lui parce que, sur le cours, il s'intéresse aux femmes, et tout particulièrement à la dame au large chapeau. Mieczysław rougit. Une chance qu'il fasse nuit et que personne ne le voie ! Il se sent embarrassé par leurs paroles, qui plus est, ses compagnons lui attribuent ce qu'il ne ressent guère mais aimerait ressentir. Oui, ils discutent d'une carence, d'un espace vide en lui que sa vie aura à remplir. Il n'est donc pas exclu que cette conversation entrecoupée de gloussements lui plaise.

– Les femmes sont toujours en conflit avec la droiture, déclare Longin Lukas. Si seulement notre jeune gars avait tenté sa chance, tout serait déjà terminé. Il se dirait sans doute qu'elles ont des principes, un certain sentiment de culpabilité… Il serait très déçu, probablement. Mais peut-être l'a-t-il fait ? Il n'y a rien en elles, aucune profondeur.

Il se met à rire joyeusement, comme s'il venait de découvrir une vérité.

– Oui, oui, confirme Opitz, les femmes n'ont aucune profondeur. Prenez garde à vous, monsieur Wojnicz. Cette gourgandine vous aura sans doute déjà fait vous engager. Ne vous laissez pas avoir, car c'est une Slave. Toutes restent toujours des païennes.

Sur ce, monsieur August intervient et, à son habitude, il le fait par une sorte de poème. Il marche en dernier, juste devant Rajmund dont la lampe lui éclaire le dos, ce qui lui donne un aspect mystérieux. Sa chevelure crêpelée aux cheveux follets forme une sorte d'auréole autour de sa tête.

Ô pourquoi Dieu, Créateur sage,
Qui peupla les plus hauts cieux d'esprits mâles,
Créa-t-Il à la fin cette nouveauté sur la terre,
Ce beau défaut de la nature ?
Pourquoi n'a-t-Il pas tout d'un coup rempli le monde d'hommes,
Comme Il a rempli le ciel d'anges, sans femmes ?
Pourquoi n'a-t-Il pas trouvé d'autre voie pour perpétuer l'espèce humaine ?
Ce malheur ni tous ceux qui suivront ne seraient pas arrivés.

Juste à cet instant, ces messieurs croisent deux silhouettes féminines en capuches qui leur cèdent le passage. Sans doute des bonnes ou des cuisinières de l'une des pensions. Quand ils se trouvent un peu à distance, monsieur August prend à nouveau la parole :

– Il se peut que nous soyons ici dans une Thessalie septentrionale où toutes les femmes sont des sorcières.

– À coup sûr ces deux crapaudes assises devant leur maison, comment s'appellent-elles déjà, Frau Brecht et Frau… ? j'ai oublié, déclare Longin Lukas en marmonnant, mais assez fort pour que Mieczysław réagisse spontanément, désireux de se mêler enfin à ce chœur masculin :

– Sydonia Patek est une sorcière, aucun doute là-dessus. Elle me fait peur.

– Ah non ! pardon, ne l'impliquez pas, ce n'est pas du tout une femme. En outre, elle est de notre côté. D'ailleurs, quand elle me fait une piqûre, je lui expose mes fesses sans la moindre gêne. Je vous le dis, ce n'est pas une femme, plaisante Longin Lukas.

– Les docteurs devraient punir ceux qui enfreignent le règlement en leur infligeant un petit tête-à-tête avec Sydonia Patek, lance monsieur August avec un mauvais sourire.

Lion-Gris fait la grimace.

– Je crois que je préférerais le faire avec une chèvre qu'avec ce croquemitaine.

– Elle a autant de charme qu'un épouvantail, ajoute Opitz.

Frommer, silencieux jusque-là et qui marche devant, lance soudain :

– Moi, elle me rappelle un lièvre mort laissé dans le froid glacial pour en attendrir la chair.

Le personnage de l'infirmière est vraiment effrayant pour Mieczysław. Non pas à cause de son genre, ou plutôt son absence de beauté, mais à cause de l'impassibilité de son visage, comme mort, où n'apparaît jamais la moindre émotion, et aussi de son caractère taiseux. Elle répond par monosyllabes et ne fixe jamais son interlocuteur. Son regard est dirigé vers le bas à gauche, et ses lunettes à monture d'écaille ont une teinte d'eau sale. Son uniforme blanc, son tablier boutonné dans le dos, avec une ceinture à laquelle pend un trousseau de clés, la privent de toute originalité. Elle est l'employée d'un centre médical, un agent du sanatorium. Mieczysław l'a vue un jour faire une piqûre, elle était penchée au-dessus d'un malheureux patient allongé sur le ventre et réduit à n'être qu'une fesse. Dans son esprit, le jeune homme l'a associée à une harpie prédatrice qui approche d'un bout de viande juteux pour y plonger son bec et le mettre en pièces.

– Je ne supporte la fréquentation spirituelle des femmes qu'à petites doses. Y compris quand la demoiselle n'est pas aussi revêche qu'une suffragette ou dénuée de goût comme une prétendue artiste, assène Longin Lukas pour conclure sur le sujet.

La lune estropiée se cache complètement derrière la gadoue sombre des nuages d'automne.

– Cette vieille histoire que je vous ai racontée sur les femmes qui se sont sauvées dans les montagnes… Il paraît que certaines ont laissé leurs enfants et leur mari, mais se sont occupées d'eux à distance, d'une manière magique. Elles déposaient également de la nourriture ou des médecines devant la porte de leur foyer, dit le conseiller secret de la police de Breslau. Elles vivent toujours dans la forêt, mais sont devenues complètement sauvages, elles agressent les charbonniers et les hommes rencontrés fortuitement.

Longin Lukas éclate d'un rire sonore, mais aussitôt une quinte de toux remplace son rire. Ils s'arrêtent tous un moment.

– Le mal est ancien, mais ce n'est que récemment qu'on lui a donné un nom. Les femmes sans mâle souffrent d'hystérie, explique-t-il en s'essuyant la bouche d'un mouchoir qui, dans l'obscurité, semble gris. Le docteur Semperweiß étudie la chose. Une pulsion sexuelle jamais satisfaite rend les femmes folles.

– Comment cela, « elles vivent toujours » ? s'étonne Mieczysław revenant avec pertinence à la déclaration antérieure de Frommer.

– C'est précisément ce que croient les paysans. Qu'elles sont parvenues à survivre dans ces forêts d'une manière ou d'une autre. Dans les fentes que nous avons vues sur la montagne.

Longin Lukas intervient alors pour faire un bref discours contre les superstitions. Un soupçon de supériorité pointe dans sa voix et il s'adresse presque exclusivement à Mieczysław. Dès qu'ils repartent, il leur dit tout de l'hystérie, de ce qu'Hippocrate entendait par là. Il parle de l'utérus qui se déplace dans le corps de la femme à la recherche d'humidité, et Mieczysław a conscience qu'en l'écoutant il rougit terriblement.

– Mais quand il y a coït, la matrice de la femme s'humidifie et n'a plus besoin d'errer dans son corps, explique patiemment Lion-Gris. Voilà pourquoi, l'accouplement est pour la femme une médecine indispensable. Y compris quand elle refuse toute relation, il faut la soigner en l'y contraignant pour lui éviter son terrible mal.

– Dans ces rumeurs, il doit y avoir une part de vérité. Il se peut qu'un jour quelqu'un ait fui dans la forêt, une folle par exemple, et qu'ainsi soit née cette fable, suggère Mieczysław pour revenir au sujet précédent, qui l'intéresse.

Mais le temps presse, car Wilhelm Opitz stoppe et se tourne vers eux. Son visage éclairé par la lampe à acétylène a un air spectral. Ses sourcils broussailleux jettent de grandes ombres sur sa face.

– Messieurs, nous sommes arrivés, les informe-t-il.

Dans le noir, il est difficile d'apercevoir l'étang, ou petit lac, célèbre dans la région. Ce n'est que quand la lune se montre un instant entre les nuages, déversant sa lueur comme du mercure, que ces messieurs aperçoivent la tache ondoyante dissimulée dans la forêt. Sur la rive, une petite auberge à l'air sympathique se dresse, une jetée en bois la relie directement à l'eau. Aux fenêtres, la lumière est tellement merveilleuse que Mieczysław songe aussitôt aux images des contes de fées ou à certaines étiquettes de boîtes de confiseries : une chaumière d'historiette qui promet la paix et un retour au pays heureux de l'enfance.

Deux silhouettes viennent justement d'attacher leur barque au ponton et commencent à transporter des paniers à fond plat, sans doute remplis de poissons, jusqu'à l'estaminet. L'endroit dégage un parfum prodigieux de plats chauds ou boucanés, mêlé à la senteur de la fumée de hêtre.

Dès qu'ils pénètrent à l'intérieur, nos promeneurs nocturnes sont gagnés d'une vigueur nouvelle. Ils se bousculent jusqu'à la table et s'y asseyent de façon chaotique, au mépris des règles élémentaires de politesse. Ils jettent leurs manteaux ou leurs vestes sur le dos des chaises. La laine, imprégnée d'humidité, de pétrole et de particules d'acétylène, libère une odeur jusque-là camouflée dans la trame des tissus, mais soudain ravivée par la chaleur. Elle s'élève dans l'air chaud de l'auberge tyrolienne, enrichie par l'agréable senteur des bûches qui brûlent dans la cheminée et celle plus âpre, quoique délicate, des murs de pierre.

Ces messieurs fatigués parlent à demi-mot, manifestement pressés de manger. Les places manquent aux autres tables, la *spécialité de la maison*[1] doit être célèbre loin à la ronde. Wilhelm Opitz a bien fait de les amener ici. Surexcités et affamés, ils commencent par se commander chacun une pinte de bière locale, ce qui les calme au moins un peu.

Toujours attentives, nous sentons s'élever de leurs chandails, puis se mêler, les effluences de leurs corps. Chacun d'eux a une odeur différente. Walter Frommer dégage des relents légèrement musqués de poussière, de papier sec bruissant, de vieux maroquin desséché, de portefeuille usé. Longin Lukas exhale un remugle violent, c'est celui de la peur et de la préparation au combat, l'auréole invisible d'un guerrier inassouvi qui, pour avoir perdu sa force physique, prend part à la guerre de loin, hurlant les ordres et commentant les mouvements des

1. En français dans le texte. (*N.d.T.*)

stratèges. L'odeur d'August est complètement différente. Elle propage les miasmes organiques d'une matière corrompue, sur le point d'être entamée par des processus méphitiques, la décomposition des particules corporelles. On y perçoit aussi la pestilence acido-lactée de provisions alimentaires oubliées dans un cellier. Une puanteur qui sera bientôt incontrôlable, mais que parviennent encore à étouffer une eau de Cologne et une crème à raser de qualité. Opitz, quant à lui, baigne dans un nuage d'acétylène, odeur qui fait grincer les dents tandis que la bouche s'emplit de salive. Rien ne peut en sortir. Pour sa part, et sans qu'il le sache, Mieczysław diffuse un parfum qui relègue tous les autres au second plan et domine. Même si le jeune Polonais se sent perdu, peu sûr de lui, ses phéromones sont comme chargées d'électricité, puissantes, pareilles à l'odeur du pelage d'un renard ou d'un chevreuil fuyant les chasseurs.

*

Le lendemain, sur sa chaise longue, Mieczysław a de désagréables reflux gastriques. D'abord on leur a servi de la bière, puis on a chanté les mérites d'un alcool local semblable à la *Schwärmerei* et quand enfin arriva le célèbre plat principal, ils avaient tous tellement faim qu'ils l'avalèrent au plus vite, avant d'en redemander. Cela rappelait des pâtes, c'étaient de longs rubans, plutôt fins, blanchâtres, fermes au point de paraître insuffisamment cuits. La sauce ressemblait à de la béchamel, mais plus relevée, avec des épices. Le tout croustillait dans la bouche et, somme toute, paraissait très savoureux.

Mieczysław fit l'erreur de demander des précisions pour les noter dans son carnet sous l'intitulé « rubans blancs ». Finalement, tandis que ses compères discutaient de la crise des Balkans, et que chacun d'eux faisait ses prédictions, l'aubergiste, un certain Kudlik, emmena le jeune homme à la cuisine où les paniers évoqués plus tôt étaient vides, tandis que les restes de la préparation de ces « pâtes » débordaient des seaux. Des cartilages blanchâtres de belle forme.

Tout atermoiement pour révéler l'origine de ce plat délicieux serait dénué de sens, même si Mieczysław a longtemps hésité sur la manière de formuler les choses pour que son père et son oncle Emil le croient. Fallait-il recourir à la biologie de la reproduction des invertébrés, ou considérer la chose comme absolument conventionnelle d'un point de vue culinaire (est-ce que la *czernina* avait meilleur goût ?). Ainsi donc, une fois l'an, en cette saison précisément, le cycle reproductif d'un certain parasite des poissons d'eau douce parvenait au stade où ses représentants pléthoriques faisaient éclater le ventre de leur hôte pour s'en extraire. L'étang se couvrait alors d'îlots de rubans vivants, conséquence d'une sorte de rituel établi de gemmiparité, de fertilisation mutuelle, d'aspersion de sperme. C'était à ce moment-là que, avec de grandes épuisettes, les pêcheurs locaux sortaient ces « rubans blancs », comme ils les appelaient par euphémisme, et que le célèbre mets était préparé.

Le matin qui suit, Mieczysław a de la peine à rester paisiblement étendu sur sa chaise longue. Il a des nausées. Il imagine à quoi ressemblent ces êtres en ce moment dans son estomac. La digestion dans son ensemble, tout ce processus qui consiste à se bourrer le corps d'une matière étrangère, lui semble tellement absurde qu'il doute sérieusement de pouvoir continuer à remplir son carnet de recettes culinaires. Il décide de faire une brève promenade dans les ruelles et les allées qu'il a appris à connaître au cours de son dernier mois de séjour. Aussi en est-il vite lassé. D'un pas vif, il emprunte le cours en direction de la forêt, dépasse le sanatorium pour se retrouver derrière l'église orthodoxe. Il essaie de ne penser à rien, il compte juste ses pas jusqu'à ce que son essoufflement lui fasse perdre le fil. Il atteint la forêt, y pénètre par un chemin qui monte. La vue de la mousse, au sol et sur les branches, des petits champignons probablement non comestibles dont il ignore le nom, tout cela vient guérir son humeur maussade et éloigner ses nausées. La fragrance des aiguilles de pin lui fait du bien aussi. Il sent désormais dans sa poitrine un poids, une charge positive d'amour et de sève de la vie. Oh oui, la vie ne doit pas être légère, il faut la sentir, elle est un bon lest de l'existence. Mieczysław marche ainsi longtemps, jusqu'au moment où il jette un coup d'œil à la montre reçue de son père, dont la propriété est de toujours lui signaler qu'il est en retard quelque part, et cette fois, c'est au déjeuner !

Tandis qu'il rentre en hâte, il aperçoit une scène qui le frappe. Du coin de l'œil, dans une cour, il voit un homme se pencher sur un meuble, posé à même le sol, comme s'il le réparait. Mieczysław ne s'arrête qu'après avoir dépassé l'endroit de plusieurs pas, pour ne pas effrayer l'individu, puis il retourne avec prudence sur ses pas et voit une chaise identique à celle du grenier de la pension, un meuble solide avec des sangles aux accoudoirs et aux pieds. L'homme cloue quelque chose avec un marteau. Probablement a-t-il sorti ce siège après une longue inutilisation, pour l'entretenir. À un moment donné, son regard croise celui de Mieczysław, qui salue discrètement en portant la main à un couvre-chef qu'il n'a pas. L'individu ne répond pas et reprend son travail.

Sur le petit pont devant la pension, Mieczysław tombe sur Frommer, raide comme toujours, la veste boutonnée jusqu'au menton, et qui semble pensif. Il fume et fait tomber sa cendre dans l'eau du torrent.

S'il était possible de décrire les gens par leurs addictions, dans le cas du conseiller secret de Breslau, il faudrait parler des cigarettes. Elles lui ont valu d'être jaunâtre et desséché. Il fume intensément, tient son mégot entre l'annulaire et le majeur après en avoir écrasé le long embout, et cela le contraint à aspirer la fumée plus fort, avec plus de vigueur. À ce moment-là, ses joues se creusent et son visage plein de noblesse, cerné de cheveux gris soigneusement coupés, se couvre d'ombres prédatrices. Un individu à l'allure aussi agréable et discrète ne devrait pas fumer. D'une manière générale, sa personne suggère une étrange tension entre l'impétuosité et la réserve, comme s'il devait se retenir en permanence, parce que s'il se laissait aller, de son corps desséché, enfermé dans un nuage de fumée, se libérerait quelque chose de terrible, de sa bouche s'échapperait un de ces djinns dont les paroles contrediraient tout ce que lui, Walter Frommer, a dit et fait dans sa vie.

Après avoir échangé les politesses d'usage, Mieczysław et lui déplorent le temps instable, exprimant leur espoir d'une amélioration prochaine, avec une préférence donnée au pronostic de la météorologie berlinoise. Le repas de la veille est passé sous silence. Mieczysław s'est arrêté à regret, car il était déjà très en retard, et maintenant les voilà qui observent tous deux le flot du torrent. Soudain, Walter Frommer déclare :

– Vous savez, je sens nettement l'influence de ce lac souterrain. N'avez-vous pas l'impression que cette eau souterraine dilue nos pensées ? Il m'est difficile d'en trouver ne serait-ce qu'une, maintenant, pour décrire ce qui s'est passé.

– Vous croyez ? demande Mieczysław, dubitatif.

– Je sais également d'où vient cette tendance à tout planifier et ordonner, qu'on a ici. Sans elle tout partirait à vau-l'eau. Le brouillard nous emporterait dans sa violence, nos paroles n'auraient guère plus de sens que dans les rêves. Le ciment entre les briques de nos maisons s'effriterait et les coutures de nos habits se rompraient.

Mieczysław lui jette un regard surpris.

– Certes, l'endroit est bizarre. Chargé de mystère... dit-il avant de s'interrompre, alors qu'il était prêt à raconter le roucoulement, le grenier, les chaises, le chapeau, la chambre de madame Opitz, ou au moins à y faire allusion.

Frommer lui jette un regard perçant, il semble attendre que Mieczysław lui fasse un signe, un clin d'œil significatif.

– Vous voulez me dire quelque chose, monsieur Frommer ?

– Vous devez me jurer une discrétion totale, absolue, répond ce dernier sur un ton indifférent, dans son polonais rigide mais parfait, un peu comme s'il parlait du temps qu'il fait.

Le jeune homme acquiesce bien évidemment et propose qu'ils s'asseyent sur le banc près de la pension.

– Non, cela attirerait l'attention des autres. Venez ! Je vais vous accompagner jusqu'au sanatorium pour le déjeuner.

Tous deux retournent sur le cours.

– Nous en avons parlé, mais je ne vous ai pas dit toute la vérité, commence Frommer avant de s'interrompre un moment, puis il avoue : Je suis policier, monsieur Wojnicz. Je suis venu à Görbersdorf l'automne dernier à la suite de l'horrible crime qui a eu lieu en novembre. Dans la mesure où je suis de santé fragile, mes supérieurs m'ont autorisé à me soigner tout en menant l'enquête. Ils n'en attendent pas grand-chose, étant donné que l'affaire est connue des autorités depuis des années et qu'il semble impossible de la résoudre.

Mieczysław ne comprend pas :

– Comment cela « impossible de la résoudre » ?

– L'histoire se répète depuis de nombreuses années, à notre connaissance, mais il est probable qu'elle dure depuis beaucoup plus longtemps et que, autrefois, on la gardait secrète, d'autant que les victimes étaient des charbonniers, des bergers, des gens d'ici sans importance. Or, depuis plusieurs années, les disparus sont des curistes. En conséquence, l'affaire a eu des répercussions à Breslau.

– Pourquoi m'en parlez-vous, monsieur Frommer ? Puis-je vous aider de quelque manière dans votre enquête ?

– Je vais être franc, j'ai peur pour vous.

– Pour moi ? Vous avez peur pour moi ? Qu'ai-je donc à voir avec tout cela, grand Dieu ! Pensez-vous que je croie à toutes ces absurdités sur la vengeance des *Tuntschi* de la forêt ? D'abord, si c'était vrai, tous les journaux en parleraient. Ensuite, si cela dure depuis tant d'années, le meurtrier doit être vieux comme Mathusalem...

– Ou immortel, lance Frommer, mais il reprend aussitôt d'un ton sérieux : Vous venez de loin, vous n'avez pas de relations par ici. Quoi que vous fassiez, vous serez toujours un peu un étranger. Je vous ai observé, vous êtes de ce même type. Personne ne s'intéressera trop à ce qui pourra vous arriver...

Mieczysław s'arrête et se retourne tout entier vers Frommer.

– Vous plaisantez, n'est-ce pas ?

Le policier ne daigne pas s'arrêter, il dépasse le jeune homme pour s'approcher de la vitrine du salon de thé où des gâteaux sont disposés sur de beaux plateaux.

– Je mène une enquête, j'observe avec attention, dit-il. J'ai un certain nombre d'informations et cela se structure peu à peu en un tout. Au moment approprié, je vous raconterai ce que j'ai découvert. Pour l'instant, soyez très vigilant.

– Qu'avez-vous trouvé ? Je ne vous lâcherai pas. Vous avez éveillé ma curiosité et maintenant vous voulez vous esquiver.

– Je peux uniquement vous dire que je n'exclus pas des causes surnaturelles.

Frommer fait demi-tour et laisse Mieczysław en proie à une consternation maximale.

12

Monsieur Virevolte

Il serait inexact d'affirmer que, à Görbersdorf, les patients du docteur Semperweiß passent leur temps en excursions et en dîners. Pour la bonne marche du récit, nous sommes obligées de laisser de côté les jours monotones, uniquement consacrés à la cure, aux examens, à la chaise longue et à l'ennui, qui est aussi omniprésent, ici, que l'humidité. Les journées débordent largement sur le crépuscule, elles le dépassent allègrement pour prolonger leur existence dans la soirée. Au sanatorium, les lumières restent parfois allumées jusqu'à minuit, en dépit de l'extinction des feux obligatoire. La nuit, des ombres se faufilent entre les bâtiments, et Longin Lukas disparaît pour revenir sérieusement alcoolisé, le corps embrasé par une femme, des plumes d'oie duveteuses blotties contre son manteau d'un marron sombre.

On peut comprendre l'intérêt des habitants de Görbersdorf pour les oies, dans la mesure où, dans toute la région, il y a des étangs, des torrents, des petits lacs, comme si, pour rappeler en permanence son existence, l'eau souterraine s'invitait à la surface. Il se peut que cette profusion aquatique ne soit pas dépourvue d'une subtile menace. Qu'arriverait-il si cette eau décidait de se déverser sur toute l'étendue de cette vallée de Leyde ?

Les oies, omniprésentes ici, en profitent. Elles se rendent sagement aux plans d'eau deux fois par jour, depuis les casemates qu'elles partagent avec les poules. Le jars, avec sa gorge généreuse, attentif, les plumes hirsutes, marche toujours en tête, suivi par son harem d'oies blanches qui cancanent à tout va comme si elles commentaient tout ce qu'elles rencontrent en route. Parfois, le jars s'amuse à faire peur aux curistes, il tend le cou en menaçant de les pincer. Les dames des thermes s'enfuient en poussant de hauts cris, et c'est toujours un semblant de distraction dans une journée thermale où règne l'ennui. Des plumes d'oie traînent partout, les grandes avec lesquelles cette histoire pourrait être écrite, mais également les plus petites, le duvet qui se détache des oiseaux quand ils se baignent ou quand ils se livrent à leurs éternels soins d'hygiène. Le vent soulève ces plumes de duvet pour les porter au-delà du cours, au-delà des petits ponts enjambant le torrent, et certaines voguent très haut par-dessus les toits des maisons d'où elles observent le monde humain. Elles aiment aussi s'accrocher aux vêtements des gens, et le geste de les ôter d'une chiquenaude de l'épaule de son prochain est un geste normal, ici, par lequel s'exprime une tendresse réciproque. Cela traduit un sentiment de solidarité entre gens malades et, après tout, condamnés à mourir.

Las ! La saison qui vient est également pour les oies un temps tragique. Elles aussi courent à la mort, comme chaque année à l'automne. Engraissées par la nourriture copieuse de l'été, fortes et sûres d'elles, elles atteignent la phase terminale de leur existence.

Wilhelm Opitz aiguise ses couteaux, Frau Weber et Frau Brecht n'écossent plus les haricots ou les fèves, mais cousent des taies de coussins à remplir de duvet.

Les belles et fières oies vont se transformer prochainement en pots de graisse, en conserves de viande, en ragoûts et en pâtés. Quand elles sortent fières et dignes devant les curistes endimanchés, elles ignorent à quel point elles sont vulnérables et à quel point leur sort est scellé. La supériorité humaine sur les oiseaux condamnés à mort vient de ce que les hommes connaissent leurs intentions meurtrières à leur égard. Voilà pourquoi, les gens rient sous cape quand ils voient le cortège d'oies traverser le village, avec la solennité et l'assurance que seuls peuvent avoir des êtres immortels.

*

Il devient de plus en plus difficile pour Mieczysław de se voiler la face : aller dans la chambre de l'épouse d'Opitz est devenu pour lui une addiction. Il ne monte que quand il est certain que monsieur Opitz n'est pas dans la maison et que l'omniprésent Rajmund, silencieux comme une ombre, ne traîne pas dans la cour, qu'il est parti avec son panier à œufs ou s'en est allé chercher le courrier. Mieczysław grimpe alors au dernier étage, en chaussettes et sur la pointe des pieds. Un acte des plus innocents. Juste qu'il ne peut s'empêcher d'y retourner sans cesse. « Pour m'assurer que tout est en ordre », se dit-il à lui-même. Vérifier que tout est à sa place, que rien n'a changé, bien qu'il soit difficile d'imaginer ce qui pourrait être dérangé dans la chambre d'une femme disparue. Il commence par s'arrêter à la porte pour se délecter du moindre détail de cette pièce humble et douillette. Tous ces pastels, ces teintes délavées, cette tapisserie bleu pâle, ce tapis de lin aux franges légèrement salies. Ensuite, Mieczysław entre et referme doucement la porte derrière lui. Pour cet instant précis, il serait prêt à sacrifier n'importe quels soins aux thermes, la plus intéressante des conversations, et jusqu'au café avec des gâteaux du *Zum Dreimädelhaus*. Une fois qu'il est là, la maison fait silence comme si elle ne trouvait plus ses mots ; les roucoulements dans les combles s'interrompent eux aussi, de sorte qu'il entend battre son cœur. Il s'assied sur la chaise au dossier usé, regarde et découvre toujours un nouveau détail : dans une fente sous la fenêtre, une épingle à cheveux enveloppée d'un nuage de poussière ; ou encore, accroché au couvre-lit, un long cheveu blond, sain et beau, qui pend presque jusqu'à terre. Mieczysław ressent un plaisir immense à regarder les petites imperfections qu'il connaît déjà – le pompon qui tient à peine à la pantoufle, la peinture écaillée par endroits sur le lit en fer –, comme si la chambre de madame Opitz avait été en lui depuis toujours.

Après une vingtaine de minutes, il se lève pour sortir aussi silencieusement qu'il est entré, il caresse au passage le couvre-lit, le châle suspendu au crochet de la porte. À mesure qu'il descend l'escalier, il reprend sa forme, il redevient Mieczysław Wojnicz, vingt-quatre ans, étudiant à l'École polytechnique de Lwów.

Il lui arrive aussi de voir le docteur Semperweiß qui, à la pause de midi, montre souvent sa Mercedes aux curistes. Il soulève le capot, parle avec émotion des chevaux mécaniques, de la puissance, du kilométrage ou de la consommation. Les patients, généralement des hommes, se penchent sur le moteur sophistiqué, sur les pistons, les tuyaux et les câbles, et se raclent la gorge avec admiration, songeant à l'avenir inouï de l'engin. Par ailleurs, le médecin part volontiers avec sa carabine à la chasse aux oiseaux, au-delà du sanctuaire de Humboldt. Un jour où Mieczysław tombe sur lui, là-bas, et il remarque que Semperweiß ne fait que viser. Il tourne sur le talon pour suivre avec son fusil les oiseaux en train de s'envoler. Et jamais la moindre détonation.

– Votre Winchester n'est pas chargée ? demande le jeune homme en riant.

– Ah, c'est vous ! s'exclame le médecin et d'un geste il l'invite à l'accompagner. Bien sûr qu'elle l'est ! Je vais à la chasse, non ? Mais voyez-vous, l'intérêt est d'avoir le choix. Tirer ou ne pas tirer. Je ne veux pas tuer d'oiseaux, je n'ai pas faim.

Semperweiß éclate de rire à cette plaisanterie. Mieczysław y voit une variante de son « intervalle du faisan ».

C'est l'une des vraiment belles journées de l'automne. Partout, cela sent l'opulence et la volupté. Ils savent qu'en bas les attendent une salle chauffée, une tasse du café de l'après-midi et des douceurs.

– Dites-moi, docteur, que signifient ces tombes au cimetière ? Celles où figure la même date de décès, en novembre, interroge Mieczysław en fixant Semperweiß droit dans les yeux.

– Que pourrais-je vous dire ? La croyance humaine frôle parfois l'absurde. En effet, il y a des incidents par ici et, vous avez raison, humm, en automne, début novembre, au moment où, de façon rituelle, je prends mes congés pour rendre visite à ma mère près de Hirschberg, où nous avons une petite propriété.

Plus tard dans la conversation, Mieczysław comprend que ce « nous » désigne sa vieille mère et lui. Le médecin n'a pas de fratrie, il est un fils unique chéri. À la mort de son père, il y a longtemps, sa mère a reporté toute son attention sur son enfant talentueux. Semperweiß a soutenu un doctorat en pneumologie, il considère sa pratique à Görbersdorf comme de la recherche censée lui permettre de retourner enseigner à l'université, un jour. Mieczysław apprend également que son contrat au sanatorium est particulièrement lucratif ; en outre, comme le médecin est un bourreau de travail, il peut également consulter à l'hôpital de Waldenburg. Au domaine des environs de Hirschberg, début novembre est un temps de cérémonies familiales, avec l'anniversaire de sa mère et celui de la mort de son père. Chaque année, madame Semperweiß invite ses sœurs avec leurs familles. C'est donc la plus importante des réunions de la parentèle. Cette année, le docteur Semperweiß y arrivera avec sa merveilleuse Mercedes et il fera certainement grande impression.

– Savez-vous que Mercédès est un prénom de femme ? Je devrais parler de ce véhicule uniquement au féminin...

Alors qu'ils rentrent au village, Mieczysław ose encore demander ce qu'il en est de Thilo. Le médecin ne répond pas, il fait un signe de négation avec la tête.

– Cela va si mal ? s'inquiète Mieczysław.

– Il est en train de mourir. Nous avons écrit à sa famille.

Mieczysław prend une profonde inspiration.

– Peut-être est-il encore possible de faire quelque chose, docteur ?

– Peut-être. Peut-être. S'il existait une chose à avaler ou à injecter, et qui traverserait le corps humain comme la foudre, et qui, en chemin, tuerait tous les bacilles de Koch, ces colonies mortifères qui ont élu résidence en l'homme pour le dévorer de l'intérieur, sans même en avoir conscience probablement, je l'administrerais aussitôt à Thilo von Hahn ! Mais une telle chose n'existe pas – après une pause, Semperweiß poursuit : Prenez en considération, sensible jeune homme, que la fièvre tuberculeuse est génératrice d'inquiétude et d'excitation. Votre ami n'a guère de vie devant lui, il est venu ici trop tard pour se soigner. Il a trop attendu, persuadé que sa jeunesse serait victorieuse du mal. En outre, son ami et protecteur, un philosophe très réputé, voyageait en permanence et ne voulait pas se séparer de lui.

Ce disant, le médecin a un sourire bizarre, éloquent, et un instant il semble attendre une réaction de Mieczysław. Elle ne vient pas.

– On vit trop vite aujourd'hui, reprend-il. Trop de choses sont tentantes. Trop d'idées philosophiques ont enflammé l'imagination de ce garçon, sa sensibilité s'est exacerbée. Je vous le dis en confidence pour que vous n'attendiez pas trop de Thilo. Il va très mal. Le climat d'ici vient en aide quand le corps et l'esprit sont forts. Nombreuses sont les personnes condamnées à rester prisonnières de la vallée. La peur de la mort provoque perturbe l'esprit, les gens cèdent à des espérances fallacieuses, des illusions, des délires. C'est Thilo qui vous a conduit au cimetière ?

Mieczysław acquiesce.

Ils reprennent leur conversation sur les superstitions le jour suivant, quand Mieczysław vient en consultation. Il espère apprendre qu'il est guéri. Il reste assis à demi dévêtu, le médecin commence par écouter ses poumons très longuement, très soigneusement, en lui tapotant le dos ici et là. Ce faisant, Semperweiß pousse des soupirs, ce qui inquiète particulièrement Mieczysław, puis le médecin inscrit des symboles sur une feuille. Ce doit être la cartographie des poumons du patient. Mieczysław aimerait savoir ce que Semperweiß a entendu, mais ce dernier pose son stéthoscope ultramoderne et rutilant pour prendre des notes. Ensuite, il se renverse sur sa chaise, et choisit de parler de Wilhelm Opitz !

– N'oubliez pas que Herr Opitz est un individu qui n'est civilisé qu'en surface. Subtil comme vous l'êtes, vous l'aurez remarqué. Sous son vernis, c'est un rustre. Il est possible que ce soit lui qui répande ces fables. Les faits sont simples. La population d'ici n'a aucune éducation, j'irai jusqu'à avancer que ces gens sont des êtres primaires. Quand la saison se termine, les charbonniers et les bergers descendent des montagnes, boivent à mort, se bagarrent et il y a toujours des victimes. Un tel tombe du pont sur les pierres, tel autre gèle parce qu'il y a déjà de grands froids par ici, d'autres encore se sautent à la gorge pour une demoiselle. Ce n'est pas votre monde, jeune homme. Vous êtes ici pour vous soigner et non pas pour écouter des sornettes. S'ils veulent croire à des esprits sylvestres, à des monstres qui déchiquettent les jeunes gens innocents, c'est leur droit. C'est ainsi qu'ils comprennent le monde. Les hommes de la région ont de tout temps beaucoup exploité la forêt et les montagnes. La région est pauvre. Soit ils font paître des troupeaux dans les hautes prairies, soit ils travaillent toute la saison dans les bois. Ils souffrent de l'absence des femmes, tout en ayant peur des femmes parce qu'ils ne savent pas s'y prendre avec elles. Il n'y a rien de surprenant à ce qu'ils aient la tête remplie d'histoires pareilles.

Semperweiß se lève et s'approche de Mieczysław.

– Ouvrez la bouche, maintenant, s'il vous plaît...

Il prend une spatule en métal, puis observe longuement la gorge de son patient.

– Chacun de nous est un malade mental potentiel, jeune homme. Le normal est une illusion. Nous sommes tous assis à califourchon entre notre univers intérieur et le monde extérieur, nous oscillons dangereusement. La position est très inconfortable, rares sont ceux qui parviennent à garder leur équilibre.

Semperweiß s'assied pour inscrire ce qu'il a vu dans la gorge. Mieczysław l'interroge sur les femmes qui auraient fui dans les forêts, il y a des siècles, et il ajoute :

– À partir de ces faits, il serait possible d'élaborer une histoire complète : leurs descendantes, prises de folie, assassineraient les persécuteurs de leurs ancêtres...

– Je vois que vous vous êtes déjà laissé endoctriner par Frommer. Certes, ce n'est pas un homme indigne de confiance, mais il a une vision conspirationniste du monde. Une variante particulière de folie douce. Il est pourtant vrai que la folie des femmes est encore autre chose. Elle est de nature complètement différente de celle des hommes. La chose a été observée et démontrée dans de nombreux hôpitaux. Les hommes deviennent fous à la suite de divers maux physiques, tel un coup de sang au cerveau, une corruption du sang par une alimentation inappropriée, ou encore, hé oui, malheureusement, à cause de la syphilis. Chez les femmes, il en est tout autrement. Le psychisme féminin est plus faible, il recouvre d'une couche plus ténue ce qui, en elles, est instinctif et animal. La maladie psychique perfore cette protection, et dès lors permet aux instincts primaires d'émerger pour prendre le pouvoir sur leur psychisme fragile et délicat.

Il se lave les mains après l'examen. Mieczysław se reboutonne lentement en réfléchissant.

– Votre hôte, Opitz, reprend le médecin, était parti à la conquête du monde, à Rome, chez son oncle, et c'est là que les symptômes de sa maladie sont apparus. Il est donc vite rentré, s'est marié et a commencé à vivre au gré du mal. Il se trouve que le climat local a bloqué la maladie, elle n'évolue plus. Croyez-vous que nous sommes reclus ici de notre propre gré, dans cette vallée aussi humide que tragique où le docteur Brehmer nous a construit une prison coûteuse et moderne ? Pour tant d'autres également…

– Mais cela ne me concerne pas, n'est-ce pas ? Je serai parti pour les fêtes de fin d'année ?

– Mon cher garçon tellement pudique, si vous vous laissiez examiner entièrement, je vérifierais vos ganglions lymphatiques avec une grande attention…

– Je vous ai dit que c'était une question confessionnelle, l'interrompt Mieczysław. En outre, j'ai été examiné de multiples fois et cela ne m'a pas évité la maladie pour autant.

– Vous êtes un philistin, voilà tout ! Comme Opitz. Tous les catholiques sont pareils. Juste un petit vernis d'urbanité !

– Pourquoi m'offensez-vous toujours, docteur ? Qu'est-ce qui me vaut cela ?

Le docteur Semperweiß s'immobilise, sidéré par la hardiesse de son jeune patient.

– Est-ce que pour vous nous ne sommes que des corps malades ? De votre point de vue, que je sois catholique ou polonais ne se voit en aucune façon. Dans mes poumons, rien n'indique ma nationalité ou ma confession, pas plus que dans mes bronches ou ailleurs dans ma chair. Est-ce que dans les poumons malades de monsieur Frommer vous voyez qu'il est protestant ? Et que sa mère est polonaise ?

– Parce qu'elle l'est ? s'écrie le médecin. Pour l'amour de Dieu, jeune Polonais impétueux, n'auriez-vous pas le sens de l'humour ? Je vous taquine, voilà tout. Finissez de vous habiller. Je ne fais que stimuler votre circulation sanguine.

– Mais vous savez que vos paroles m'atteignent. Elles me blessent vraiment.

– Elles ne devraient pas.

– Je manque peut-être d'assurance. Vous êtes le médecin et moi le malade. Je vous parle dans une langue qui n'est pas la mienne. Je me sens étranger et solitaire ici, déclare Mieczysław et sa voix tremble. Mes poumons sont réels, ma nationalité ne l'est plus. Elle relève d'un domaine dont monsieur August aurait plus à dire. Celui de la mythologie, peut-être.

– Ce qui ne signifie en rien que la nationalité n'intervienne pas. Dès que l'on passe une frontière, on le voit au premier coup d'œil. Par l'architecture, l'ordre, les attitudes. Je n'ai pas raison ?

Mieczysław est passé derrière le paravent.

– Voyez-vous, je suis médecin et je fais confiance à la science. Pour le dire succinctement, elle fait de simples constatations capables de décrire l'immense complexité du monde. C'est ainsi ou bien ainsi. Si c'est A, cela donne B et non pas C.

– Mais vous n'en donnez pas moins, vous aussi, dans la superstition, réplique Mieczysław qui se montre, boutonné jusqu'au cou, prêt à s'en aller.

Une fois qu'il est parti, le docteur Semperweiß reste longtemps pensif à frotter sa barbe de deux jours. Dans le silence de son cabinet, il entend l'agréable bruissement de ses petits poils vigoureux. Puis il tend la main pour saisir la clochette en laiton. L'instant d'après, Sydonia Patek entre, affichant un air plus que sérieux sur son visage au teint jaunâtre.

*

Mieczysław, encore un peu fâché, arrive à son salon de thé préféré et commande un chocolat chaud. Il se glisse dans un angle, où il a sa place, puis il savoure son délice à la petite cuillère. Il en commande un second. La saveur de ce chocolat lui rappelle son enfance, au temps où Gliceria travaillait encore chez eux. C'est elle qui lui préparait un gobelet de cacao pour le goûter, suivi de ce qui était encore meilleur : un *kogel mogel*. Gliceria pilonnait les cristaux de sucre avec les jaunes d'œufs jusqu'à obtenir une crème blanche au goût exquis. Après le départ de la servante, le chocolat chaud et le *kogel mogel* disparurent. Vint le temps des médecins.

Mieczysław en a connu beaucoup dans sa brève existence, vraiment beaucoup.

À chacune de ces journées médicales, son père le réveillait aux aurores, en lui indiquant, montre en main, qu'ils étaient déjà en retard. Une fois levé, Miecio dormait debout, et il fallait le bousculer car le train n'attendrait pas. Son père fermait maladroitement sa petite veste et mettait de l'ordre dans ses cheveux. À une heure aussi matinale, l'estomac dort encore, généralement, et refuse de s'ouvrir pour avaler une gorgée de café d'orge. Et que dire d'une tartine !

– Bon, d'accord, nous mangerons plus tard. Maintenant dépêche-toi !

Pendant la nuit, les chaussures semblaient avoir oublié la forme des pieds, il fallait s'escrimer pour les enfiler. Miecio n'arrivait à reprendre conscience que lorsque son père et lui étaient sortis, et que la calèche avec son cocher, lui aussi endormi, les emmenait à la gare.

Mieczysław se souvient toujours de la poigne rêche et brûlante de son père alors qu'il s'efforçait péniblement de le suivre lorsqu'ils arrivaient sur le quai. L'odeur de lubrifiant, de combustible, de métal et de vapeur s'emparait d'eux et imprégnait encore longtemps le paletot du garçonnet : désagréable, artificielle, étrangère et saturée de la violence promise.

À peine le train avait-il franchi les limites de la ville que le petit Miecio se réveillait brusquement, il avait faim. Son père sortait les tartines préparées la veille au soir par Józef. Manger dans le train était un plaisir particulier que rien ne troublait. Le pain de seigle au levain, nappé de beurre, fondait dans la bouche comme un mets des plus raffinés. Miecio regardait les vastes champs qui s'étendaient immédiatement après la sortie de Lwów. Ils n'avaient que peu d'arbres, comme si, dans cette contrée, les arbres étaient méprisés parce qu'ils gâchaient la platitude vertigineuse des horizons. Le soleil se levait derrière eux pour faire la course avec le train en route vers l'ouest. Les villages étaient immobiles, pareils à des animaux accroupis et effrayés. Seuls les clochers des églises catholiques ou orthodoxes avaient la témérité de se dresser vers le ciel.

Son père commençait par lire le journal qu'il avait acheté au vol à la gare. Ensuite, parfaitement organisé à son habitude, il ouvrait la très précieuse bouteille thermos allemande dont il versait le thé brûlant dans le gobelet en métal, puis partageait la boisson avec son fils. Le thé avait un goût de fer, tout comme le voyage dans son entier. Ensuite, Miecio ayant vu que son père somnolait, il ne jetait plus que de temps à autre un coup d'œil sur sa moustache, afin de stabiliser son regard qui avait gambadé sur les paysages en train de défiler.

Le garçonnet s'était inventé un jeu spécial pour le train. Il s'agissait de déplacer à l'aide du regard, en divers endroits, un minuscule personnage noir qu'il avait appelé monsieur Virevolte, *Pan Pląs* dans son langage. Celui-ci ne pouvait atterrir que sur les éléments qui se dressaient nettement, tels les arbres, les clochers, les clôtures élevées ou les cheminées. Jamais, au grand jamais, Virevolte ne devait tomber à terre. Le jeu était particulièrement difficile dans ce paysage plat, l'enfant devait réellement se concentrer. Il pensait toujours que s'il réussissait à faire parvenir *Pląs* jusqu'à Cracovie sans toucher terre, il ne lui arriverait rien de pénible une fois à destination, et qu'il ne devrait pas souffrir comme toujours de honte et de culpabilité. Jamais, pourtant, il n'y parvenait. Peut-être que si le train avait traversé des régions plus boisées, des zones industrielles où des centaines de cheminées se dressent vers le ciel, ou des grandes villes, Miecio aurait été en sécurité. Mais entre Lwów et Cracovie, aucune chance !

À Cracovie, son père et lui montaient dans une calèche pour se rendre chez encore un nouveau médecin. Une fois, père et fils ont dû prendre une correspondance pour consulter un professeur célèbre de la ville d'Alwernia, plus à l'ouest. En vain.

Chaque nouvelle consultation ressemblait aux précédentes. D'abord, son père discutait avec le médecin, ensuite l'on faisait venir Miecio, qui devait se déshabiller complètement derrière le paravent. Jamais il n'est venu à l'esprit de l'enfant de refuser. Les deux hommes savaient ce qu'ils faisaient, ils avaient des mines soucieuses, et tout cela n'était-il pas pour son bien ?

Miecio se dévêtait à contrecœur, les adultes le pressaient, sauf quand ils étaient pris par leur conversation. Il retirait tout ce qu'il avait enfilé à l'aube, à la maison, mais en ordre inverse : veste, chemise, maillot de corps, pantalon, collants, chaussures. Il y avait en cela de la perversion. L'être humain se dissimule sous ses vêtements, ils sont une cachette sécurisante, et là, on obligeait Miecio à les quitter pour se soumettre une nouvelle fois à l'auscultation. Aussi loin que sa mémoire remonte, on l'avait examiné, le visage soucieux, on s'était étonné à la vue de son corps. Le plus souvent, c'étaient de vieux messieurs, des médecins et des spécialistes moustachus aux mâchoires rasées. Ils sentaient l'eau de Cologne, le lit défait et le cuir de vieux portefeuille. Ils approchaient du corps de l'enfant leurs têtes savantes et laides, s'aidaient de lunettes ou d'un monocle pour mieux voir. Parfois, ils le touchaient. Le père était d'accord, et quant à l'enfant, on ne lui demandait pas son avis.

À chaque fois, Miecio espérait qu'ils n'en viendraient pas à le palper. Il voulait croire que, cette fois, cela n'arriverait pas. Il restait en linge de corps devant les deux hommes et sentait le froid monter du parquet, des fentes entre les lames, d'il ne savait où.

– Le culottin aussi. Enlève ton culottin.

C'est ainsi que l'on appelait les culottes à Cracovie.

– Enlève ton culottin !

Miecio sentait que c'était très important pour son père, alors il détournait les yeux du médecin pendant que celui-ci l'examinait, et il cherchait l'endroit le plus éloigné possible où poser le regard. Parfois, il choisissait la frondaison d'un arbre aperçu par la fenêtre, parfois juste une araignée dans un coin du plafond, à l'autre bout de la pièce.

Il était comme il était. Il n'y pouvait rien. Miecio avait l'impression d'être normal. Il avait essayé de le dire à son père, mais il ne trouva pas les mots appropriés. Il s'évadait donc en songeant aux secrets de la pâte au levain ou au pigeon qui avait pondu un œuf tristounet dans le renforcement d'une fenêtre condamnée.

Son père appelait ces visites « consultations ». Il espérait qu'un médicament existait. Quand peu à peu, il a compris qu'il n'y en avait pas, l'idée de faire opérer son fils naquit dans son esprit, le temps du scalpel qui permet de remettre aux normes ce qu'il faut.

Quand Mieczysław devint adolescent, les examens changèrent de caractère, se firent de plus en plus nerveux, voire brutaux, comme si son cas induisait de l'impatience et même – évidemment justifiée médicalement – de la violence.

À Vienne, le docteur Kubitschek, après s'être enduit les doigts de vaseline, tenta de les enfoncer dans l'ouverture, là en bas. Le résultat en fut une douleur épouvantable, déchirante au point que, en dépit des efforts de l'assistant musclé qui retenait Mieczysław, le médecin prit un coup sur la figure et ses lunettes cerclées de fer tombèrent à terre, les verres brisés.

Voilà ce qu'il en était. Il n'y avait rien à faire.

13

Les esprits

Durant ces jours assez sinistres et pluvieux de la fin octobre, Thilo garde le lit, l'édredon remonté jusqu'au menton, alternativement en proie à de la transpiration ou à des frissons. Quand il rend visite à son ami, Mieczysław cherche à ne pas regarder le crachoir posé à proximité, plein de coton teinté de sang. Cela lui rappelle avec acuité la pochette que son père arborait dans les occasions les plus solennelles – enterrement, mariage, fête nationale ou anniversaire de la Constitution polonaise du 3 mai 1791 –, bout de tissu aux couleurs d'une nation démembrée, ce contraste du rouge et du blanc qui ne promettait rien de bon.

Un infirmier de grande taille, engagé par le mystérieux ami de Thilo, passe de temps à autre vider le déplorable ustensile ou donner un médicament. Il adresse un regard chargé de reproches au « soi-disant ami Wojnicz » incapable de le décharger de ces tâches. Hélas, le contact avec Thilo s'amenuise. Il arrive au malade de délirer, et alors reviennent ces mots redoutables : « le paysage tue », ou bien, dans sa faiblesse, il lance des menaces à l'adresse d'une personne qui, manifestement, lui a voulu du mal. Mieczysław s'assied alors auprès de lui, essuie la sueur de son front ou lui humidifie les lèvres. Il lui caresse également les mains, ce qui a le don de le calmer, et il va jusqu'à lui fredonner quelque chose, presque en murmurant.

Mieczysław passe des heures entières auprès de Thilo. À cette fin, il a obtenu d'être dispensé de certains traitements, notamment des douches du docteur Kneipp, qui, selon lui, relèvent de la barbarie. Dans cette chambre, il y a du silence, car, pour Mieczysław, venir auprès de son ami est associé à une triste sérénité, un état qu'il apprécie depuis son enfance. C'est une sorte de mélancolie quotidienne, qu'il connaît bien et que favorise sa recherche permanente, dans toutes les situations, du côté « appétissant » des choses. La mélancolie a des dimensions cosmiques, mais Mieczysław ne souffre que d'une petite parcelle, infime, microscopique de celle-ci. Lorsqu'il regarde Thilo à la dérobée, sa gorge se serre, sa poitrine est douloureuse comme s'il s'y trouvait un poids énorme qui allait bientôt lui écraser le cœur. Aucune larme. Mieczysław ne sait pas pleurer, son père lui a vite interdit les larmes. C'était un de ses préceptes de base : « Un homme ne pleure pas, arrête de chialer. » Son corps s'était donc trouvé d'autres moyens d'exprimer la tristesse.

Chez son ami, une grande loupe à la main, Mieczysław passe du temps à scruter la toile de Herri met de Bles, ne cessant d'être étonné par ce qu'il y découvre.

Comment se peut-il que de petits coups de pinceau trempés dans la peinture fassent apparaître un univers avec de pareilles profondeurs ? Le tableau de Bles lui semble infini. Agrandi à la loupe, il dévoile plus de détails encore, par de discrètes petites taches, des mouchetures, des traînées indistinctes ou de mystérieuses imperfections. Il voyage alors sur les nuages, où apparaissent des lignes souples, arrondies, rappelant des personnages, des visages, des ailes. Quand il descend vers les plantes, il voit des yeux et des nez dans le feuillage, des fragments de mains et de pieds, des corps éphémères qui n'existent que le temps d'un frôlement unique du regard. À travers les fenêtres de châteaux aériens, il aperçoit partiellement des chambres peuplées d'êtres à moitié transparents dont chacun est porteur d'une tragédie, d'une tristesse. Le sacrifice d'Abraham s'y déroule peut-être également, mais dans un cadre un peu différent et avec d'autres acteurs. La toile de Herri met de Bles lui semble remplie de significations, autant qu'une carte détaillée dont le langage est fait de signes simples mais porteurs de sens arborescents, et où les découvertes deviennent incessantes, car dès que l'on s'enfonce dans les profondeurs, le monde se fait infini.

Plus Thilo s'affaiblit, plus Mieczysław est fasciné par la tache noire de la caverne. C'est là qu'il approche sa grande loupe pour se mesurer à l'obscurité. Silencieux, rassuré par la respiration de Thilo, il se penche sur le tableau armé de la puissante lentille. Il a progressivement appris à y distinguer des formes, même s'il lui serait difficile de dire lesquelles. Deux étincelles brillent faiblement. Peut-être des pupilles, les yeux d'un immense animal, ou ceux d'une autre instance qui nous observe en permanence alors que nous l'ignorons ? Ou peut-être est-ce Dieu, qui veut voir de près si Abraham va exécuter son ordre ?

– Tes doigts sont si incroyablement longs, lui dit un jour Thilo, et il tend le bras pour saisir la main de son ami entre les siennes, qui sont glacées.

Mieczysław s'occupait à son herbier où, à chaque page, soigneusement séchées et collées par de petites bandelettes de papier, des plantes accédaient à l'éternité.

– Regarde, voici du muguet, *Convallaria majalis,* dit-il au malade. Il semble tellement banal, n'est-ce pas ? Tu l'as vu maintes fois au cours de ta vie, mais de mémoire tu ne saurais le décrire que très succinctement. Je n'ai pas raison ?

Thilo se penche vers le muguet, content que son ami requière ainsi son attention. Il y a quelque chose de touchant dans l'intérêt ému qu'il porte à cette plante, certes morte, mais ayant conservé sa merveilleuse structure, unique dans l'ordonnancement de ses nervures, la beauté de ses formes, ses franges baroques ou la répétitivité de ses figures.

– Dommage que ce soit déjà l'automne, j'aurai pu collecter des variantes locales, dit Mieczysław.

– Tu peux attendre jusqu'au printemps, l'hiver passera vite.

– Oh que non ! s'exclame Mieczysław. À Noël, je serai chez moi. Toi aussi.

– Moi, je vais rester ici. Dans ce cimetière où reposent madame Opitz et tous les autres.

Mieczysław referme l'herbier pour réprimander son ami du regard.

– Serre-moi contre toi, lui dit Thilo tout bas.

Sans hésiter une seconde, Mieczysław prend dans ses bras son corps frêle et brûlant. Une sensation étrange. Il y avait tellement longtemps que Mieczysław n'avait étreint une autre personne, ou qu'il n'avait été lui-même pris dans les bras ! La proximité d'un être, juste à travers le tissu des vêtements, la fragilité de l'ossature et la délicatesse du corps de cet autre l'emplissent d'une douce chaleur, un peu comme s'il se trouvait de nouveau dans la cuisine de Gliceria à manger du *kogel mogel*. Cette cuisine est l'endroit de sa vie qu'il a préféré, et c'est là-bas qu'il aurait voulu emmener Thilo, si la chose avait été possible. Il ferme les yeux, étourdi par ce soudain plaisir et cette sérénité. Il sent contre sa poitrine les battements du cœur de Thilo, ce petit élément des grands rouages de la nature. Sans qu'il sache même comment cela se produit, Thilo von Hahn, ce jeune mais talentueux spécialiste de l'art du paysage, prend entre ses mains son visage et dépose sur ses lèvres un long baiser que Mieczysław ne sait pas comment rendre. Il l'accepte donc, le plus simplement du monde, chaviré, mais gagné par une paix merveilleuse.

– À ma mort, prends ce de Bles. Il est à toi. Je te le donne.

*

Thilo ne descend plus dîner depuis un certain temps déjà. Sa chaise est d'abord restée vide, puis elle a disparu et tout semble avoir toujours été ainsi. Mieczysław attend le dernier moment pour rejoindre la salle à manger, jusqu'à ce qu'on entende le son du gong en bas. Il ne se hâte pas car il aime être un peu seul, d'autant qu'il passe la plupart de son temps auprès de Thilo. Dans les moments de rare solitude, dans sa chambre, il prend son herbier pour le feuilleter, pensif.

L'après-midi, Mieczysław se sent moins bien. Souvent, il pense qu'il n'a jamais été malade auparavant, qu'il s'est retrouvé à Görbersdorf par un concours de circonstances et que c'est le docteur Semperweiß qui a découvert chez lui la maladie qui se manifeste désormais, un mal particulier, sans nom, sans description dans les dictionnaires médicaux. Des processus mystérieux interviennent en lui, des cartographies changent, des amers se déplacent. Les fleuves délaissent leurs lits, des montagnes surgissent dans les plaines. Tout cela mobilise son énergie vitale au point qu'il se sent rapidement somnolent et faible. Il s'allonge alors sur la couverture matelassée du lit, fait à la va-vite par Rajmund, pour y plonger dans une sorte de somnolence.

Au cours du dîner, les habituelles discussions ont lieu, mais Mieczysław n'y prend quasi plus la parole, pas même lorsque Lukas ou August l'interpellent. Depuis plusieurs jours, ils débattent du déclin de l'époque. Le monde tire à sa fin, Longin Lukas en est persuadé. Moins les autres parlent, et plus lui, le catholique de Królewiec, monte en force dans ses laïus. Il affirme que l'homme de la civilisation occidentale a atteint les limites de son évolution. L'extinction prochaine se manifeste à travers les maladies, les gens manquent d'air. La phtisie en est le mal symbolique.

– La grande époque des humains se termine. Est-ce que vraiment personne ne le voit ? crie-t-il à travers la serviette avec laquelle il essuie la sauce tomate de son menton.

À l'autre bout de la table, Frommer, le théosophe de Breslau, réagit en répétant que toute culture est un processus qui a son commencement, qui mûrit pour arriver à son apogée, puis se fane sans retour. Et à l'approche de la fin des temps doivent apparaître les esprits, car le conflit se déplace également aux limites entre les mondes.

– Un renouveau arrive pour donner la parole aux esprits, dit-il d'une voix un peu tremblante.

Mieczysław le trouve très théâtral. Il devine que Frommer pense être le dernier parmi les hommes à pouvoir encore comprendre les mécanismes de l'apocalypse.

En cours de discussion, les *kluski* à la viande nappés de sauce sombre disparaissent des assiettes, mais également d'autres délices tels les petits poivrons farcis, les cornichons au vinaigre, les boules de mortadelle sautées. Le talent culinaire défaillant de Rajmund a poussé Opitz à commander des plats chez des femmes du village, dont le meilleur est certainement un entremets de riz aux pommes, léger comme un nuage.

Après le dîner, ces messieurs restent assis autour de la table dans les postures nonchalantes qu'adopte un corps repu et satisfait. Un bon feu a été allumé, aussi fait-il agréablement chaud, d'autant qu'au-dehors le temps est particulièrement mauvais. C'est la première véritable tempête de l'automne et des bourrasques de vent et de pluie viennent s'écraser contre les fenêtres. Dans les carreaux ne se reflètent que les visages qui émergent de l'obscurité. Sur la table se pavanent encore des miettes de pain et une tache de sauce qui a la forme d'une grosse goutte.

Oui, désormais les dîners se prolongent et Mieczysław ignore si c'est la manière dont le raccourcissement évident de la journée se répercute sur eux, ou s'il s'agit de l'état de santé de Thilo qui s'aggrave sérieusement et projette son ombre sur la pension, de sorte que les hôtes recherchent leur compagnie mutuelle pour se réconforter. Une bouteille imposante de *Schwärmerei* apparaît comme par magie, et monsieur August allume son unique cigare du jour pour en tirer quelques bouffées avant de tousser jusqu'aux larmes.

*

Un soir, Longin Lukas se met à tambouriner sur la table, imitant en cela monsieur August sans le vouloir – ou peut-être sciemment, pour se moquer de lui ? –, avant de déclarer avec une grimace de dégoût :

– Je vois que des questions irrationnelles occupent vos esprits de façon très malsaine. Vous devenez inquiets et peureux.

À cela, monsieur August rétorque :

– Tel est le propre de l'automne. On pense à la mort, qui, elle, effraie toujours. Surtout quand elle est brutale comme ici. Rien d'étonnant à ce que les gens se tournent vers les contes, vers la mythologie, lorsqu'ils ne comprennent pas ce qui se passe autour d'eux.

Rajmund, qui vient d'apporter la *Schwärmerei*, s'arrête à la porte, appuyé au chambranle.

– Les esprits, dit-il brièvement, mais Opitz lui jette un regard réprobateur.

Aussitôt, Longin Lukas saisit le sujet au vol avec reconnaissance.

– Nous nous avançons sur le terrain de la démonologie, autrement dit un mode de pensée propre aux premiers stades de l'évolution spirituelle humaine. Quand apparaît le Dieu unique, transcendant, la démonologie disparaît. Elle se dissipe comme de la fumée. Une fois clairement examinée, elle doit être considérée par l'homme contemporain comme une sorte d'atavisme et d'enfantillage, n'est-ce pas ? dit-il en regardant monsieur August. Les démons n'existent pas. Depuis que le Fils de Dieu s'est sacrifié pour nous, les démons n'ont plus rien à dire.

– Rien à dire, répète après lui monsieur August, pensif, imitant à peine l'accent germano-balte de Lukas. Et pourtant, les démons existent par le fait même que nous en parlons et que nous y pensons. Des sagas ou des pièces de théâtre les évoquent. Les gens y croient, et au village d'ici ils en ont une peur panique…

C'est alors que Frommer intervient, enveloppé d'un nuage de fumée :

– Il y a trop de preuves de leur existence pour qu'on puisse tout balayer sous le tapis. Je connais des personnes qui sont entrées en contact avec des esprits. Moi-même, j'ai vu des choses inouïes… déclare-t-il mystérieusement.

Tous attendent que Frommer en dise plus. Qu'il rapporte l'une de ces historiettes effrayantes et stupides que se racontent si volontiers les cuisinières. Mais, bien entendu, il garde un silence sibyllin et s'estompe dans les volutes de fumée.

Il est impossible que monsieur August n'intervienne pas :

– Je suis d'accord avec vous. Ils n'existent précisément que sous cette forme, en tant qu'expérience subjective, intérieure. Illusions et fata morgana.

– Ah, je vous demande pardon, les fata morgana ne sont nullement subjectives. Il s'agit d'une image reflétée, conséquence de phénomènes météorologiques, réagit Frommer à travers son nuage de fumée.

Là-dessus, Lukas s'en mêle. Il est dans l'une de ces humeurs où tout le hérisse.

– Démon est synonyme de chaos, de négation et de mensonge. Les démons sont toujours une pluralité opposée à l'unicité divine. Les plus grands ennemis de l'homme. Ils n'existent pas, mais nous devons les combattre en permanence.

– Excusez-moi, mais comment peut-on combattre un ennemi inexistant ? ose demander Mieczysław, surpris par sa propre témérité.

– La pluralité contre l'unicité, poursuit Lukas, ignorant ses compagnons. Le chaos contre l'ordre. La nature contre le logos. Le paganisme contre le Dieu unique. Voilà les démons. La démonologie nous dévoile un monde fermé sur soi, sans aucune transcendance, car les démons agissent dans le monde, les démons agissent dans la nature. Et dans cette vision du monde où existent les démons, Dieu est hors de la nature, tandis que l'homme devient prisonnier de la nature.

Monsieur August éteint son cigare rougeoyant avec soin et un regret manifeste.

– Je vois là quelques contradictions, dit-il. Nous pourrions tous établir que les démons existent en tant que symboles, en tant que représentations de notre esprit. Dans la mesure où nous y croyons.

Là-dessus Frommer fait de nouveau entendre sa voix. Il émerge de l'ombre et de la fumée pour saisir un verre de *Schwärmerei* sur la table éclairée par la lampe.

– Pour moi, les démons sont une sorte de garantie de la pérennité de l'existence. Qu'est-ce que ce serait si entre le monde et Dieu béait un immense trou, un quasi-abîme de vide éthéré ? Les démons comblent ce trou dans l'existence. C'est comme les saints du catholicisme, ils sont également des sortes de démons, mais bienveillants à ce qu'il paraît. Puisqu'il y a une place pour les saints, vous devez en faire une pour les démons. Celui qui croit à saint Antoine doit croire aux démons qui l'ont persécuté, c'est logique.

Tous regardent Longin Lukas, qu'ils savent catholique et donc concerné, mais c'est Mieczysław qui réagit :

– Est-ce que les démons savent parler ? Est-ce qu'ils donnent de la voix ?

– Plotin, dans *Les Ennéades*, dit que oui, et comment ! Ils savaient se servir de la voix humaine, mais le temps passant, les Pères de l'Église se sont obstinés pour affirmer que non. Les démons n'auraient pas le pouvoir de la parole. Celle-ci leur ayant été confisquée, eh bien, les démons font des leurs !

Disant cela monsieur August sourit en douce.

Longin Lukas réplique :

– J'estime qu'il faut nier, de façon rituelle, l'existence des démons, et quand on n'y parvient pas, il faut pratiquer un exorcisme. Dieu existe, le monde existe, et il n'y a rien entre les deux. L'esprit et la matière. La philosophie et les sciences.

Le sacré et le profane. L'intellect et la chair. Notre civilisation repose là-dessus, notre esprit fonctionne ainsi. Ça ou ça.

– Voilà un dualisme bien radical, asiatique, dirais-je, comme emprunté directement à Zoroastre, répond August. Or, nous, nous sommes éduqués dans la tradition grecque, ajoute-t-il avant de balayer du regard ses interlocuteurs comme pour s'assurer que tous, sans exception, confirment leur appartenance à la tradition grecque. Nous devons nous référer à Platon et à son concept de monde intermédiaire des Idées. Ce troisième champ a pour fonction d'être le médiateur entre le Dieu transcendant et l'homme immanent. Entre l'esprit et la nature. Entre l'empirisme et la métaphysique. Paradoxalement, en étant médiateur, ce monde interstitiel contribue à conserver les différences entre les deux autres. Réfléchissez-y, cher ami.

– Platon était un païen. Nous avons Aristote ! proteste Longin Lukas peu pertinemment.

– Certes, le monde ancien était païen. Aristote aussi. Cela ne change rien au fait que c'est également notre monde et que nous lui sommes redevables de bien des choses. Mon postulat est de donner raison à ce monde entre « ou bien… » et « ou bien », une sorte de zone grise entre l'un et l'autre, déclare monsieur August.

– Vous êtes athée, paraît-il, et vous soutenez l'existence d'une zone grise habitée de démons ! raille Longin Lukas.

– Je leur cherche un gîte afin que vous puissiez les en chasser par exorcisme. Moi, j'en parle seulement comme si tout cela devait exister, devait exister… L'existence des démons est insaisissable. Les démons sont une armée de Protée, ils se transforment en permanence pour revenir dans de nouveaux corps, sous de nouvelles apparences.

– Je serais tenté de dire que c'est plutôt le néant qui a la capacité de prendre diverses formes plus ou moins menaçantes, rétorque Longin Lukas. Le néant tentateur et séducteur pratique la corruption. Il agit toujours d'une étrange manière, comme si au même instant il était tout en n'étant pas. Il est constitué de la projection de nos angoisses, il se nourrit volontiers de nos peurs.

– Je vous l'ai dit, vos démons, toutes ces *Tuntschi* locales, ces empouses, ils sont là ! s'exclame monsieur August en montrant sa tempe avec un doigt.

Au même instant, le vent gifle les fenêtres avec une telle violence que l'une d'elles s'ouvre et projette à terre un pot d'armoise ou *Artemisia*. Il y a beaucoup de ces plantes au nom de déesse, disposées un peu partout dans la pension.

Opitz, silencieux jusque-là, se précipite pour nettoyer. Après un moment de confusion, Mieczysław prend de nouveau la parole :

– Monsieur Lukas, d'une part vous niez l'existence des démons, de l'autre vous encouragez la lutte contre eux. Mais alors, de quel côté êtes-vous ?

– Je considère qu'il faut les repousser hors de l'espace de l'esprit humain, veiller à ce qu'ils cessent totalement d'exister. L'humanité doit se défaire de ses démons.

– S'en défaire comment ?

– Prendre le contrôle sur eux, les éradiquer à la manière des mauvaises herbes…

– Vous savez parfaitement que ce n'est pas possible, déclare soudain Frommer. Ce sont des entités qui suivent d'autres lois que les lois terrestres.

– Il n'y a pas d'autres lois que les lois terrestres. Il n'y a que Dieu.

*

Plusieurs journées passent, notre Mieczysław parcourt les simples itinéraires de ses allers-retours au sanatorium et de ses deux promenades quotidiennes. Deux fois par jour, il rend aussi visite à Thilo dont l'état s'est aggravé, au point qu'un télégramme a été envoyé à Berlin, mais est-ce à ses parents ou à son ami, cela Mieczysław l'ignore. Le docteur Semperweiß passe chaque matin par la chambre qui sent la peinture à l'huile, puis en sort avec un air toujours plus grave. Il est un moment question de transférer le malade au sanatorium, où les soins seraient meilleurs, mais on finit par y renoncer. Un second infirmier est engagé et, dès lors, une odeur spécifique de savon et de désinfectant envahit le premier étage. À toute heure, on peut apercevoir l'imposante silhouette de ce soignant, en tablier aux manches toujours retroussées, du côté de la cour où il reste debout à fumer des cigarettes.

Opitz propose une nouvelle petite excursion pour s'aérer les poumons et chasser les sombres pensées des hôtes de la Pension pour Messieurs. Il faut faire ce qu'on a à faire, il faut vivre, répète-t-il. Est-ce qu'il ne meurt pas toujours quelqu'un par ici ?

Monsieur August est fréquemment dans la salle à manger à attendre Mieczysław, pour l'entreprendre ne serait-ce que lors de son trajet vers le sanatorium. Toujours légèrement tourné et penché vers son interlocuteur, il pérore en saupoudrant son propos de citations grecques, les mains jointes dans son habituel geste de prière. Mieczysław ne comprend pas le grec, mais n'ose pas le lui avouer.

L'après-midi qui précède leur sortie jusqu'à une auberge paysanne – qu'il préfère désigner par le mot autrichien de *Heuriger* –, August rend visite à Mieczysław dans sa chambre. Il se glisse à l'intérieur, fraîchement rasé, sentant l'eau de Cologne, un parfum qui prend aussitôt possession de toute la pièce. Il sort une bouteille verte de la poche intérieure de son *tużurek* couleur tabac.

– J'ai apporté un petit *apéritif*[1], dit-il avec un sympathique sourire amical. De quoi remplir deux petits verres. Buvons à l'amitié.

Ils s'asseyent à la table où Mieczysław était justement en train d'écrire à son père et à son oncle. Il glisse les cartes postales sous son herbier, même si le professeur de lettres classiques ne connaît pas le polonais. Au moins une matière où il lui damne le pion. Les deux hommes parlent de ceci et cela, des qualités de l'herbier, de la santé de Thilo, de l'hiver précoce. Soudain, August se penche avec familiarité vers l'étudiant pour déclarer :

– Je vous ai démasqué, Mieczysław, ô être de beauté ! – il prononce son prénom comme s'il s'y était longuement exercé. Je sais qui vous êtes, monsieur. Quand Jupiter et Vénus s'impliquent simultanément paraît une chimère d'agréable apparence inspirant le respect…

Ce à quoi pense Mieczysław aussitôt, c'est au trou dans le mur. Il n'a pas dû le colmater suffisamment. Il peut y en avoir d'autres dans les parois ou dans la porte. Soudain, son père

---

1. En français dans le texte. (*N.d.T.*)

lui manque ! Lui saurait que répondre, comment se conduire. Il sent son corps se raidir. Pour se donner le temps de réagir, il saisit son verre pour l'avaler cul sec, en dépit de sa ferme intention de n'en rien faire. August se met à lui en remplir allègrement un deuxième.

Pendant qu'August parle encore et que la *Schwärmerei* s'écoule de l'œsophage vers l'estomac pour se mêler bientôt au sang, Mieczysław retrouve sa sérénité.

– Il est temps de nous préparer à sortir, monsieur August. Il faut nous habiller chaudement, déclare-t-il avant de se lever pour aller chercher son manteau dans l'armoire. Je ne savais pas que vous vous intéressiez également à l'astrologie. Cela fera un sujet de discussion avec Herr Lukas.

August August le regarde par-dessus son épaule sans bouger.

– Dans Plutarque, on lit : « Préfères-tu la volupté féminine ou le charme de l'adolescent ? – Là où l'on ne voit que la beauté, les deux mains interviennent. »

Mieczysław attend à la porte, le dos tourné à son visiteur. Il baisse juste la tête.

– Cicéron en parle lui aussi, déclare l'écrivain de Vienne mystérieusement, avant d'ajouter : Tu sais que ceux comme toi, on les noyait dans la mer ?

*

Ils roulent dans un véhicule cocasse, de conception locale, aux bancs placés en longueur, de sorte que nos excursionnistes sont assis les uns en face des autres, à la façon des pompiers. Plutôt silencieux, ils n'échangent que des propos espacés car la voiture craque et grince à grand bruit. Mieczysław Wojnicz observe le monde embrasé par les feux de l'automne, les paupières mi-closes selon les conseils de Thilo. Le monde devient plat, il se compose de taches et de lignes parfois absolument imprévues. Là où le regard du jeune homme abandonne l'ancienne approche, quand on sait à l'avance ce vers quoi se portent les yeux, surgissent parfois des figures surprenantes. À travers les vastes prairies découvertes qu'ils parcourent, la route de Langwaltersdorf en direction de Reibnitz devient un triangle aux lignes floues avec des hachures aux diverses nuances de bronze, de terre de Sienne, de vert pourri et de rouille. Ces stries se jouent de la symétrie, se répètent aux tournants pour agacer les limites imprécises de ce triangle d'une facture inattendue avec les bords de route dans lesquels s'enfoncent les verticales sombres des troncs d'arbres. Le ciel plante ses dents entre les montagnes visibles à l'horizon, mordant la terre. Les feuilles rouges qui tombent des hêtres sont la trace de serres plongées dans le sang.

– Vous avez mal aux yeux ? lui demande Walter Frommer.

Et Mieczysław note dans son regard un authentique intérêt.

Quand ils arrivent à l'auberge de montagne, plutôt petite mais très jolie, le soleil disparaît derrière la crête d'un haut sommet, alors que, sur l'autre versant, il doit sans doute encore éclairer la plaine d'une lumière d'or. Il fait très sombre. Noir velours.

Le propriétaire, vêtu à la mode tyrolienne, avec des culottes de cuir et de grosses chaussettes, les invite à pénétrer dans l'intérieur chauffé, où ils sont accueillis par du vin fait maison (pas très bon), puis par la liqueur aux sept herbes locales dont la recette est un secret jalousement gardé. L'attraction du gîte demeure l'un de ces lacs de montagne dont on dit, dans le coin, que ce sont les eaux souterraines qui remontent pour prendre la forme de profonds bassins à l'eau toujours froide et d'une pureté cristalline.

Opitz s'adresse au propriétaire avec un grand respect, tandis que messieurs August et Lukas, rendus plus téméraires par le mélange des alcools, recommencent à se quereller. Un merveilleux fumet – de goulasch, dirait-on – arrive de la cuisine. Tous ont très faim, aussi attendent-ils avec impatience de pouvoir se rassasier. Cette fois, la conversation porte sur la tradition et, pour ce qu'en entend Mieczysław du coin de l'oreille, Longin Lukas insiste sur le fait que la tradition doit être traitée avec sérieux et respectée à la lettre, car elle recèle la sagesse de générations successives. August, quant à lui, affirme que c'est une armure rigide qui, de l'extérieur, maintient mieux la cohésion de la communauté que la religion, mais que, dans le monde libéré qui viendra, il ne restera plus trace ni de la tradition ni de la religion.

– Le 3 novembre, c'est notre *Kaninchentag*, notre jour du Lapin, les interrompt le propriétaire tout en faisant mettre la table, assiettes et couverts. Ici, ce jour-là, nous mangeons un plat appelé *Angstel.*

Mieczysław sort son calepin et y note ces informations, tout en observant attentivement l'aspect du plat servi dans des cassolettes en fonte. Il peut ainsi éviter le regard d'August, qu'il a veillé à ne pas avoir à côté de lui. Dans des bols en terre cuite arrive sur la table de la purée de pommes de terre et de courge, d'une belle couleur jaune d'or. Des cornichons en saumure et des betteraves rouges revenues à la poêle complètent le tout. Les convives se jettent sur le goulasch avec appétit. D'abord méfiant, Mieczysław commence par tourner sa fourchette piquée dans un bout de viande aux formes irrégulières, puis il finit par céder, et quand du vin est resservi l'appétit prend en lui la puissance d'une tornade.

Après avoir abordé la question de la tradition, ces messieurs, en mangeant le goulasch, s'intéressent au thème du *daemonium*, mais leur conversation est vite interrompue par le directeur de l'auberge, qui apporte une bouteille d'une autre boisson de sa fabrication dont il vante bruyamment les qualités.

– Et maintenant, dites-moi sincèrement qui concocte la meilleure *Schwärmerei*, moi ou monsieur Opitz ? lance-t-il, à la suite de quoi il verse dans de magnifiques verres en verre taillé la boisson que tous connaissent déjà.

Mieczysław se livre à la dégustation avec intérêt. Oui, le goût est différent, plus sucré, moins relevé, mais, dans la liqueur de l'aubergiste, la senteur des mousses, de l'humidité des sous-bois, des aiguilles de sapin ramollies et des fourmis est plus intense. Il s'en fait reverser, il sent que la liqueur coule dans son estomac puis monte à l'assaut de son système nerveux. Viennent ensuite l'excitation bien connue, une attention aiguisée, l'habituel brouillamini des détails que Mieczysław ne sait pas comment appeler.

– Le goulasch était exquis ! Je n'ai jamais rien mangé de pareil ! s'exclame monsieur August en plongeant la main dans sa poche intérieure pour y prendre son cigare quotidien.

Cette fois, il ne l'allume pas, mais le tourne entre ses doigts avec sensualité.

– Quelle saveur ! s'enthousiasme Lukas déjà un peu grisé. Ce doivent être les condiments locaux. Avouez-nous donc, monsieur, ce que vous y avez mis. Certainement du piment de la Jamaïque...

Le patron de l'auberge convient facilement que nulle part ailleurs on ne sait faire quelque chose d'aussi bon. Il s'assied au bord du banc, manifestement prêt à livrer un long récit. Il sourit et son visage en est changé du tout au tout.

– Les préparatifs pour ce plat durent depuis le printemps. Il faut avoir au moins trois douzaines de lapins d'âge similaire.

Il s'appuie sur ses genoux largement écartés, les convives tournent leurs chaises vers lui, on croirait voir quelqu'un commencer une histoire de chasse.

– Ce sont des animaux tellement peureux ! La veille du *Kaninchentag*, on va aux cages avec un fusil chargé, puis on tire en l'air plusieurs fois, histoire de faire du boucan, dit-il en lançant les bras en l'air avec des « Pan ! Pan ! ». La plupart des lapins meurent d'une crise cardiaque. On dit que leur cœur éclate de peur.

Le silence retombe, l'aubergiste se dit qu'il n'a pas été compris.

– C'est la principale composante du goulasch, chers messieurs ! s'écrie-t-il comme s'il s'adressait à des enfants. C'est précisément ce que vous avez mangé. Les cœurs épouvantés se remplissent de sang et prennent un goût exquis. Voilà notre *Angstel*, un délice de frayeur. Quant à la viande des lapins, on en fait des pâtés et leur peau tannée sert à confectionner des manteaux de fourrure pour dames.

Il rit à gorge déployée et son visage se déforme complètement.

Mieczysław sort devant le refuge pour tomber aussitôt dans les bras puissants et velouteux des montagnes éclairées de lueurs jaunâtres, au ciel, qui émanent vraisemblablement de Waldenburg. Il ressent le plus grand dégoût, et le désespoir d'avoir été pris à un piège dont il ne se libérera plus jamais, de vivre de nouveau dans la crainte et le sentiment d'être une contrefaçon, une imitation à bas prix. Son estomac rempli de cœurs de lapins se crispe d'épouvante et d'écœurement. Mieczysław s'appuie d'une main à la paroi chaude de la maison en bois, puis se met à vomir longuement.

*

Des marches étroites mènent à l'entrée de la mansarde. Leurs dimensions semblent presque celles d'un jouet pour enfants et la porte elle-même est décidément beaucoup plus petite que toutes les autres dans la pension. Sous la peinture marron sombre, appliquée sans soin, d'autres couleurs étaient visibles, comme sur une très vieille porte qu'on a peinte et repeinte pendant des siècles. Mieczysław regarde autour de lui, écoute un moment pour voir si personne n'approche, puis grimpe le petit escalier et attrape la poignée. Il doit pousser la porte avec force, personne ne semble l'avoir ouverte depuis longtemps. Entre le sol et le battant, un ruban de poussière s'est accumulé avec des restes d'insectes morts, des cheveux, des débris de feuilles. Lorsque Mieczysław pénètre dans la mansarde en se voûtant, il doit retenir un instant sa respiration car il y règne une odeur particulièrement intense de terre, de bois vermoulu et de moisissure. Il s'attendait à de la fraîcheur, alors que, au contraire, il sent un souffle tiède d'air humide. Le sol est recouvert d'aiguilles de sapin et de touffes de mousse, les murs sont également partiellement moussus, ainsi que les chevrons de la charpente. Les petites lucarnes sont recouvertes d'un voile de lichen grisâtre, à moins que ce ne soit de très vieilles toiles d'araignée. Mieczysław fait quelques pas, mais il a l'étrange sensation que ses pieds s'enfoncent dans le tapis d'aiguilles. Effrayé, il revient sur le seuil. Dans un angle de la soupente se trouve un meuble de forte dimension, Mieczysław devine qu'il s'agit d'une commode recouverte d'une mousse luxuriante, dont les longs sporogones, terminés par une capsule de cellules reproductrices, pendent vers le sol comme d'étranges bijoux.

Il s'accroupit, puis s'avance à quatre pattes vers le meuble en veillant à répartir son poids pour ne pas s'enfoncer. Soudain, il sent sous sa main quelque chose de visqueux et de froid. Sur le point de bondir de nouveau vers le seuil, il s'aperçoit qu'il est sur une colonie de bolets. Les champignons poussent allègrement, leur couleur miel et or brille presque dans la semi-pénombre. Après un moment de totale sidération, Mieczysław les cueille par réflexe, alors qu'il n'a pas où mettre une telle abondance. Il décide d'en remplir son mouchoir qui, très vite, ne suffit plus. La vue des champignons a refoulé son sentiment de danger vers les marges de son esprit, aussi retire-t-il sa chemise et, à moitié nu, progresse-t-il vers le fond de la mansarde en cueillant les bolets dorés, tandis que sa poitrine frôle les molles capsules à spores de la mousse. L'air est humide et étouffant. Mieczysław ne remarque même pas que sa gorge émet un discret souffle rauque qui, d'instant en instant, rappelle un peu plus le roucoulement qu'il connaît bien, mais qui, loin de l'irriter à présent, lui est agréable à l'oreille, lui paraît familier, personnel, comme l'est la voix rassurante d'une mère. La chemise est désormais remplie et il doit se retirer de cet antre aux trésors. Reculer à quatre pattes lui est difficile, d'autant qu'il sait que, dans ce tapis charnu d'aiguilles, il reste beaucoup de petits chapeaux dorés. « Je dois les laisser pour plus tard, je reviendrai », se promet-il dans un état d'excitation qui le rend vraiment heureux. Comme il regrette de partir ! De nouveau sa gorge émet ce son, « Rou-hou, rou-hou, rou-hou ». C'est comme s'il se plaignait, « Rou-hou, rou-hou, rou-hou », comme s'il appelait quelqu'un. Du coin de l'œil, il aperçoit un mouvement rapide, infime, mais il pense que ce doivent être des pigeons qui vivent là, ou d'autres oiseaux peut-être, de ceux qui ne s'envolent pas pour l'Afrique en hiver. Cette richesse que Wilhelm Opitz possède ! Le sait-il seulement ? Oh oui, Mieczysław voudrait déjà aller se vanter de sa découverte, mais brusquement il s'aperçoit qu'il n'a aucune envie de partager ce trésor avec d'autres. Pourquoi leur dire ce qu'il a trouvé ici ? Est-ce qu'eux partagent leurs secrets avec lui ? Il ne dira rien.

Il s'extirpe du grenier, puis, tenant d'une main le sac fait de sa chemise et se couvrant la poitrine de l'autre, en silence, sur la pointe des pieds, il descend le petit escalier et retourne à sa chambre.

14

La courbe des températures

Après cette bizarre soirée macabre où ils sont allés manger des cœurs de lapins à l'auberge du petit lac, Mieczysław a décidé de ne plus boire de *Schwärmerei.* Il y a quelque chose de suspect dans cette liqueur goûteuse, dense et qui engendre une dépendance étrange. Son amertume suave fait exulter, mais ensuite l'activité nerveuse et l'attention sont perturbées. Mieczysław avait alors l'impression que sa réalité banale de patient de sanatorium était brusquement pénétrée par un réseau de ramifications temporelles sauvages, avec leurs cavités et leurs replis. Le temps se mettait à onduler, les minutes se diluaient dans les secondes ou s'étiraient en quarts d'heure, de sorte qu'il devenait facile de s'y perdre. Il en était de même avec l'espace. Les combles de la pension dans leur entier lui semblaient toujours inexplorés, comme s'il y avait eu sans cesse davantage de portes. Il arrivait que la pension devînt brusquement trop grande, comme si elle avait enflé au cours de la nuit, comme si d'autres espaces étaient venus à y éclore. Mieczysław rêvait souvent que le couloir doublait de longueur. Plus loin se trouvaient d'autres petites chambres d'où parvenait un roucoulement ou le brame d'un cerf amoureux. Après avoir bu de la liqueur, il arrivait à Mieczysław de ne plus retrouver sa chambre, de rester dans l'escalier pour y observer attentivement les tableaux assombris par la fumée. Avec la loupe qu'il gardait désormais sur lui, celle avec laquelle il avait examiné le tableau de Herri met de Bles, il avait découvert que les rambardes de l'escalier étaient fortement dévorées par les vrillettes. Les longues années de travail de ces insectes transforment lentement les balustrades en squelettes fragiles qui, un jour, s'effondreront à grand bruit sous la main de qui s'y appuiera. Mieczysław tentait d'observer à la loupe les paysages kitch, mais il faisait trop sombre dans la pension. La faible lumière des rares lampes modernes, qui grésillaient, ne faisait qu'agacer les images dissimulées dans ces toiles, sans en dévoiler grand-chose. En revanche, il évitait vivement le tableau avec le lièvre suspendu, il allongeait le pas et sautait quelques marches. La *Schwärmerei* lui donnait le sentiment qu'il était ce lièvre, accroché tête en bas au-dessus de la table d'un géant, et il avait même l'impression de tout voir à l'envers.

Le matin, ce n'était pas tant la gueule de bois qui le faisait souffrir que le sentiment d'avoir perdu quelque chose, de ne pas se souvenir de ses propres paroles, d'avoir des trous de mémoire par lesquels pénétrait dans son cerveau un grondement indéterminé. Désormais, il fait juste semblant de boire, il parvient même une fois à jeter le contenu d'un verre sans que ce soit remarqué.

*

La dernière semaine d'octobre est particulièrement humide. Il pleut des journées entières, soit de fortes averses déplaisantes, soit une bruine chaude qu'un brumisateur diffuse depuis le ciel. Le torrent au pied de la pension a gonflé, il a commencé à déborder sur les berges, emportant la poussière et les plumes d'oie, arrachant les petites plantes qui, l'été, se sont avancées imprudemment trop près du courant. Les gens entendent un murmure d'eau constant, sans doute pas uniquement celui du torrent car Mieczysław a parfois l'impression que l'eau est omniprésente, que ce murmure provient aussi des profondeurs, des fondations des maisons, des caves, de sous le sol du parc. Qu'il accompagne la route pavée, emboîte le pas aux hommes, escorte les cabriolets qui caracolent et le vrombissement des rares voitures. L'humidité se dépose en un fin glaçage sur les feuilles depuis longtemps jaunes ou rouges, mais toujours accrochées à la vie. Elles ne sont pas encore disposées à divorcer des arbres. Dans l'air lourd saturé d'eau, celle qui tombe le fait avec une théâtralité étonnamment bruyante. Pof, pof, elle se colle à ses compagnes qui déjà recouvrent trottoirs et pavés d'un revêtement moelleux.

Mieczysław parvient à fuir August August, qui le regarde avec insistance et semble le surveiller en permanence, mais aussi Longin Lukas, qui l'accueille toujours avec le sourire entendu d'un complice de futurs méfaits, et enfin l'inquiétant Walter Frommer, qui l'a mis au fait des secrets de sa véritable profession. Pour les éviter tous, Mieczysław quitte l'unique grande allée pour prendre une voie latérale et rejoindre la montagne aussitôt après avoir dépassé des jardinets soigneusement entretenus. Quand il n'est pas essoufflé, il réussit à grimper assez haut, et alors il s'aperçoit que qualifier cette localité de « petite ville » est grandement exagéré. Il s'agit tout au plus d'une zone bâtie de maisons où, dès que le soleil se couche – et chaque jour, la lumière décline un peu plus –, un froid perçant et humide descend aussitôt des montagnes pour se mêler à l'odeur âcre de la fumée des cheminées et du bois éternellement détrempé. Görbersdorf est un chaudron où cuit un mets inconnu.

Là-haut, Mieczysław a le temps de réfléchir. Et comme il n'aime pas le faire en marchant, il se trouve toujours un arbre couché, ou même un petit banc pour s'asseoir et, en regardant le village ainsi que l'énorme et monstrueux bâtiment du sanatorium visible de partout, il se met à penser. Mais pas en se projetant en avant, vers l'avenir, pour aller de l'avant. Il ne sait que penser à reculons, ses réflexions sont des souvenirs, car sa tête n'est pas encore libre, il doit sans cesse se mesurer avec ce qui lui est arrivé.

Ce sont des moments particuliers, pas très importants en soi, et à vrai dire il ne sait pas pourquoi il s'en souvient. L'odeur du repas en préparation qui arrive de la cuisine, une chose qui agaçait tellement son père qu'il finirait par commander leurs repas au restaurant. Sa propre sidération quand, un jour, il a vu son père ivre et en larmes. Lui devait être petit, car il se souvient d'avoir senti la forte poigne de Gliceria le saisir pour le sortir de la pièce, grâce à quoi il avait longtemps oublié cette scène. Ou encore son expédition en solitaire au village quand il avait cinq ans. Aujourd'hui encore, il s'étonne de ce qui avait pu l'y pousser. Il n'était rentré que vers le soir, et son père fou d'inquiétude l'avait giflé devant tout le monde.

Lentement, Mieczysław prend néanmoins ses distances avec ce jadis en lui, pour avoir de plus en plus le sentiment que tout était arrivé, non pas à lui, mais à un autre, à un certain Miecio Wojnicz de Lwów. Il voit des saynètes comme celles de cartes postales, il pourrait y ajouter un petit « Bonjour de... ». En revanche, il aime s'interroger avec des « Comment se fait-il que... », et là il inscrit tous les paradoxes, les injustices et les souffrances de ce monde. Un peu comme une variante de monsieur Virevolte, ce jeu auquel il s'adonnait avec tant de persévérance lors des voyages en train. Sa nouvelle distraction se prête aux heures de chaise longue, aux promenades dans le parc, au temps passé au lit en attendant que l'horloge se mette à réveiller Jakob.

Il se demande par exemple : « Comment se fait-il que l'on meure aussi jeune, sans avoir presque rien vécu ? » Ou : « Comment se fait-il que face à cette effroyable maladie, la phtisie, chacun trouve sa propre stratégie d'adaptation ? » Ou encore : « Comment se fait-il que des personnes qui regardent une même chose en voient des différentes ? »

Évidemment, il ne trouve pas de réponse à ces questions. Il se promet d'interroger Longin Lukas ou August August, mais ces derniers se retranchent toujours dans les domaines qui n'ont d'intérêt que pour eux, et il est bien rare qu'ils le laissent s'exprimer. D'ailleurs, il soupçonne qu'ils seraient bien incapables de lui fournir de simples explications, pour qu'il comprenne, sans citations, sans paraphrases ni leçons de morale.

Après une promenade solitaire, il rentre à la pension, s'assure que, hormis Thilo et son infirmier qui fume dans la cour, il n'y a encore personne, puis il monte directement à la chambre de madame Opitz. Il attend ce moment depuis le matin, redoutant seulement les événements imprévus qui pourraient l'en empêcher.

Maintenant, cette visite est légèrement différente de ce qu'elle était au début. Dès qu'il monte, son souffle s'accélère. Il commence par se tenir immobile au milieu de la pièce, respirant à peine. Son corps reste tendu, prêt à faire face à une chose qui, pourtant, n'arrive toujours pas, alors qu'elle est si proche. Là, le roucoulement provenant du grenier est plus net, mais cela ne lui cause plus l'inquiétude de naguère. Au contraire. Désormais, dans ces sons aux rondeurs duveteuses, il lui semble reconnaître des syllabes articulées par des oiseaux ou des êtres humains, mais agréables à l'oreille.

Il s'assied sur le lit, caresse des doigts les entrelacs de la courtepointe délavée et souple. Ensuite, il retire ses chaussures usées, puis, d'une main assurée, prend sous le lit celles de la femme morte. Il les chausse d'un mouvement ferme, elles lui vont comme si elles avaient été faites pour lui. Un frisson le traverse quand il ôte son gros chandail pour enfiler la chemise à bretelles en baptiste. Ses mains, maladroites au début, ont vite gagné en dextérité avec les petits boutons et cordonnets. Au bout d'un moment, tendu comme une corde d'arc, tremblant de froid, il se ceint de la jupe silésienne plissée sur ses jupons et serre le corset. Il reste ainsi debout, droit, immobile comme pour donner une chance au monde de s'habituer à cette variante de Mieczysław Wojnicz, en jupe et fond de robe. Son cœur cesse de battre la chamade, il se sent très serein et, pourrait-on dire, complètement libéré de ses pensées. Après avoir goûté ce moment si calme, si concentré, si plein de lui-même, Mieczysław finit par se déshabiller pour revenir à sa version première. Il remet avec soin les pièces de la garde-robe là où il les a trouvées, puis redescend à son étage.

*

Thilo est allongé, les paupières closes. Il semble très changé à Mieczysław, comme s'il n'était plus un jeune garçon, mais un être sans âge et sans sexe. Sa vue est un tel choc qu'au premier instant Mieczysław veut reculer jusqu'à la porte. Il se fait violence quand il voit que le malade a ouvert les yeux et tourné son visage vers lui, attendant qu'il approche.

– Regarde, dit Thilo qui saisit Mieczysław par la manche. Voici ma courbe de température. Tu vois ? Regarde-la de près.

Mieczysław prend la tablette sur laquelle est fixée la feuille de température. Une simple ligne brisée et, dans le cas de Thilo, pas trop en dents de scie.

– Et maintenant regarde vers là-bas, dit Thilo qui pointe du doigt la ligne de crête des sommets derrière la fenêtre.

Son visage s'enflamme un instant, à cause de l'effort peut-être, parce qu'il essaie de se redresser sur ses coudes. La rougeur gagne jusqu'à son front.

– Les lignes sont identiques. Le vois-tu ? Identiques. Comment est-ce possible ?

Mieczysław regarde tour à tour l'une et l'autre. En effet, il apparaît que, par on ne sait quel miracle, la ligne des températures et celle qui relie les sommets des montagnes se ressemblent beaucoup, voire sont quasi identiques.

– Je te l'ai dit : ici, le paysage tue. L'endroit est l'un des rares au monde où le paysage tue, déclare Thilo avec une réelle difficulté. Ici, ils ne vous soignent pas du tout, mais vous assassinent, bien qu'ils ne le sachent pas. Comment ? Il se peut que l'endroit dégage des énergies, des champs de forces topographiques... Demande à Frommer. Et jure-moi d'envoyer un télégramme pour faire venir György...

– C'est fait. Il sera là d'un jour à l'autre. Peut-être aussi tes parents...

– Non, non, pas mes parents. Je n'en veux pas ici. Ils ne m'ont pas aimé, ils avaient honte de moi. Surtout pas mes parents, je n'ai rien à voir avec eux.

Il se tait un moment, comme s'il devait digérer la satisfaction de cet aveu. Puis il poursuit :

– Le paysage nous a cernés, et maintenant il nous tue lentement, il nous met en pièces. C'est le paysage qui est un assassin. Dis-le à Frommer. Je sais qui est Frommer, je ne suis pas idiot.

– Pourquoi devrait-on nous tuer, Thilo ? demande Mieczysław, désireux de calmer son ami.

Il s'assied près de lui sur le lit et le prend par la main.

– Qui voudrait nous tuer et pourquoi ? Qu'avons-nous fait de mal ?

– Il nous a suffi de naître, répond Thilo.

Il se tait, la rougeur se dissipe, la pâleur revient. Du sang apparaît à ses lèvres. Mieczysław écoute attentivement la respiration du malade. Lorsqu'il lui semble que Thilo s'est endormi, il se lève pour rejoindre la porte sur la pointe des pieds.

– N'oublie pas le tableau, dit Thilo lorsque Mieczysław pose la main sur la poignée. Je l'ai volé à mes parents et je ne veux pas qu'il retourne chez eux. Veille à ce qu'il ne disparaisse pas si j'étais emmené au sanatorium.

Mieczysław aperçoit alors contre le mur un paquet pas très grand, emballé n'importe comment dans des journaux locaux, avec de la ficelle de chanvre banale, comme on attache un colis postal pour qu'il soit plus facile à porter. Personne ne se douterait de ce qu'il contient.

*

Les mains posées sur le ventre, dans le fauteuil où d'habitude est assis Walter Frommer, somnole un homme d'un peu plus d'une trentaine d'années, avec une épaisse moustache noire et une tempête de cheveux frisés. Ses lunettes à montures métalliques sont drôlement de guingois sur son nez plutôt fort. Un manteau de voyage a été jeté sur le dos du siège, une valise est posée au sol. Mieczysław s'immobilise, mais l'homme a dû sentir sa présence car il ouvre les yeux pour dire indistinctement :

– J'attends qu'il se réveille.

Mieczysław devine immédiatement qui est l'arrivant.

György, que Thilo appelle « Kaï », donne l'impression d'être effrayé comme quelqu'un qui n'est pas à sa place et ne sait pas comment se conduire. Ses yeux intelligents dévisagent Mieczysław, cherchant à deviner qui il est. Ce dernier se présente.

Ils échangent quelques mots de politesse, bien que l'homme ne semble pas intéressé par de la compagnie.

– Je vais vous y conduire, il ne dort plus.

Quand ils entrent dans la chambre du malade, les petites lunettes du voyageur se couvrent de buée.

– Kaï, Kaï, murmure Thilo et il essaie de soulever la tête.

Elle semble toute petite, celle d'un enfant. Les cheveux ont pris une teinte cendrée, ils semblent couverts de poussière, sont ternes et raides. Ses joues brûlent de la fièvre qui le dévore de l'intérieur. Un râle s'échappe régulièrement de ses poumons.

– Mon Dieu, mon Dieu, répète le philosophe communiste berlinois.

Il s'agenouille près du lit et prend la main de Thilo.

La scène est insoutenable pour Mieczysław. Il s'éclipse de la chambre avec l'infirmier, qui sort aussitôt une cigarette roulée et l'allume.

– *Schwule*[1], dit-il avec dégoût.

*

Le lendemain matin, sitôt réveillé, Mieczysław comprend que Thilo est mort. Quand il jette un coup d'œil dans le couloir, il voit disparaître dans l'escalier des inconnus, les pans de leurs manteaux noirs rappellent des ailes de corbeaux. L'un d'eux porte le costume plié de Thilo, l'autre ses chaussures. Mieczysław s'assied sur son lit pour ne plus bouger. Tout en lui se rétracte pour se tourner vers l'intérieur, chercher à s'abriter dans un hypothétique centre du corps, là où doit, à coup sûr, se trouver quelque chose comme une âme, qui bénéficie d'une relation directe avec l'au-delà, avec le temps infini, les galaxies et Dieu. Les larmes montent à la gorge de Mieczysław où elles forment des bulles éphémères, mais ses yeux restent secs.

Aujourd'hui, il ne parvient pas à se lever pour aller suivre son traitement, il est incapable de regarder le visage doucereux d'August ou celui plein de mépris de Longin Lukas, il ne supporterait pas Walter Frommer, et encore moins Opitz. Quant au docteur Semperweiß, il pourrait lui sauter à la gorge ! Mieczysław tire l'édredon sur sa tête pour ne pas entendre le remue-ménage de la pension, les pas dans l'escalier, le tintement des tasses, les chuchotements. Dans un endroit où l'ennui règne en maître, la mort est une attraction pour tous.

Mieczysław se souvient alors du tableau. En pyjama, pieds nus, il se rend dans la chambre de Thilo où les draps défaits sont maculés de sang. Il se penche pour prendre le paquet emballé dans des journaux et le serre contre sa poitrine, se souvenant de ce qu'il a vu sur la toile. Une fois revenu dans sa chambre, il le déballe, puis, la loupe à la main, il scrute la tache noire dans l'océan de verdure, là où brillaient deux points mystérieux. Le verre grossissant ne permet pourtant de rien y découvrir de plus, les traits de pinceau eux-mêmes ont disparu à cet endroit. Il n'y a là qu'un grand néant.

1. « Homosexuel » en allemand. (*N.d.T.*)

Voir est le plus important, avait constaté un jour Thilo. Ce n'est pas uniquement une affaire d'yeux, nous devons voir aussi avec nos autres sens, bien que la chose n'ait pas encore été démontrée. C'est ce qu'il disait. Ferme les yeux et regarde. Tu vois cette même pièce, n'est-ce pas ? Tu vois où se trouvent les instruments et tu vois leurs formes. J'éteins la lumière car elle ne nous est plus utile.

Thilo avait raison alors. À partir de ce jour-là, Mieczysław s'exerce à cette vision lorsqu'il s'endort, et il aperçoit toujours quelque chose dans le sombre éclairage grisâtre dont la source n'est en aucune manière identifiable parce que, sous les paupières, il ne fait ni sombre ni noir comme on pourrait s'y attendre dans un endroit sans lumière. D'où vient cette faible lueur diffuse, gris sombre, Mieczysław n'en a pas idée. Sous ses paupières se recrée toute la chambre, chaque chose est à sa place : l'armoire, le lavabo, la tache des rideaux, les fenêtres, et jusqu'aux deux chaussures, distantes l'une de l'autre, sur le plancher. Ce qui est intéressant, c'est qu'il ne sait pas s'il voit tout cela réellement, s'il imagine le voir, ou, pire encore, si quelque chose s'imaginait de son propre mouvement. Mais les paupières sont peut-être en partie transparentes ? Peut-être sont-elles un filtre à travers lequel s'insinue maintenant la nature lunaire du monde visible, sa face jumelle mais non identique. Car enfin, d'où viennent ces filaments de lumières qui ondulent, pareilles à de la fumée échappée des fentes du plancher ? Qui sortent de derrière les cadres de paysages montagneux suspendus aux murs ? Des franges du tapis près de la porte ? Du trou de serrure de l'armoire ?

« Je vois », se dit Mieczysław, qui se lève en hâte de son lit pour aller à la fenêtre regarder les yeux fermés.

Il distingue le contraste net entre le ciel et la terre, le ciel est plus sombre que la terre ; c'est la terre qui phosphore de cette lumière cendrée. Celle dont luit l'obscurité. Il voit la rue et les silhouettes des maisons de chaque côté, mais elles ne sont pas verticales, elles semblent vacillantes, peu sûres, leurs toitures glissent vers le bas, de sorte que, par moments, les bâtiments rappellent des champignons démesurés ; les arbres aux frondaisons fièrement déployées le jour se dressent misérablement vers le ciel telle la paille des balais ; le pavé de la rue, si luisant et neuf le jour, semble en cet instant saupoudré d'aiguilles de pin, doux et moelleux comme un tapis étouffant les pas.

– Tout cela à cause de la *Schwärmerei*, dit Mieczysław en retournant à son lit.

Et maintenant, dissimulé sous son édredon, il ferme les yeux comme le lui a appris Thilo pour observer de nouveau ce monde cendré. Il voit le cercueil porté à travers le pont, puis chargé professionnellement, avec précaution, sur le corbillard. Il voit Opitz donnant des ordres à son habitude, György le visage éteint, monsieur August un mouchoir sur la joue, et Walter Frommer, rigide sur le seuil. Longin Lukas, à l'entrée de sa dépendance, vacille légèrement sur ses jambes. Mieczysław aperçoit même, de l'autre côté du pont, dans la rue, Frau Weber et Frau Brecht, sinistres et laides.

Le cercueil est dans une morgue cossue, sur l'un des trois catafalques. Cette nuit-là, un patient du sanatorium est décédé également, Thilo est peut-être content d'avoir de la compagnie pour ce dernier arrêt avant d'aller en terre. Les deux défunts sont côte à côte, sans s'être connus dans la vie, ils sont unis par un destin commun, colonisés par les bacilles de Koch.

Mieczysław voit encore sous ses paupières que Wilhelm Opitz et Rajmund, qui ont accompagné le cercueil de la pension à la morgue, sont déjà revenus et se tiennent devant l'entrée. Ils discutent, penchés l'un vers l'autre, et jettent plusieurs fois des regards vers sa fenêtre. Cela l'effraie et il ouvre les yeux.

Vers midi, il s'habille pour sortir. Il parcourt le village, il le sillonne d'un pas rapide, en long et en large, sans rendre leur salut aux curistes satisfaits d'eux-mêmes, rassasiés, qui parviennent à oublier que, dans peu de temps, le sort de Thilo sera le leur. En voulant échapper à la compagnie des Polonais qui le guettaient, il arrive – par hasard, semble-t-il – à l'église orthodoxe, et puisqu'il n'y a personne, il entre, referme la porte et se dissimule dans l'angle sous l'étrange icône. Le groupe de personnages peints lui semble brusquement proche, comme s'il voyait un portrait de famille. Il regarde attentivement les visages sérieux des femmes, et il voit dans l'Enfant le pauvre Thilo. Le manteau de sainte Émérencie ne lui fait plus l'impression sinistre de la première fois. Maintenant, il lui semble aussi protecteur que la doublure de la fourrure de sa mère, une fourrure tellement précieuse que son père ne s'en était pas séparé. Elle était suspendue dans l'armoire de leur appartement de Lwów ; le parfum dont elle avait été aspergée s'était depuis longtemps estompé, ne restait que l'odeur de la naphtaline. Le petit Miecio entrait dans cette armoire en l'absence de son père pour caresser le doux poil, glisser ses mains dans les poches et, sans retirer le manteau de son cintre, s'en entourer de manière à sentir la doublure douce et fraîche. Il préférait sa fraîcheur soyeuse à la fourrure d'un animal tué, serait-elle des plus moelleuses. Voilà ce qui lui revient en mémoire maintenant, quand il regarde le visage de sainte Émérencie qui doit certainement être la gardienne des armoires, la sainte Naphtaline, la petite mère des cachettes, des passages étroits, des couloirs sombres, des renardières.

À son retour au salon, monsieur August lui tombe dessus, particulièrement excité, les joues rouges. Il vient d'installer à table György, indifférent et blême, et de dire à Rajmund de lui servir du café, des petits biscuits et, bien évidemment, juste pour goûter, de la *Schwärmerei*. Le philosophe en avale un verre distraitement, ne cessant de parler de Thilo et de ce qu'il a appris du médecin. Il a un accent surprenant, dur, pas du tout berlinois, étranger. Un accent que Mieczysław n'a encore jamais entendu. György répète sans conviction : « Eh oui, on peut dire qu'il n'y avait plus aucun espoir. »

Ensuite, il se tourne pour s'adresser à Mieczysław :

– Thilo avait un objet très précieux, en ce sens que sa valeur est… sentimentale. Un souvenir de famille, voyez-vous… Est-ce qu'il n'a pas laissé quelque chose pour moi ? Je vous le demande parce que vous étiez amis.

C'est l'un des moments les plus difficiles de la vie de Mieczysław. Avant que György n'ait terminé sa phrase, il savait ce que celui-ci demandait. Une chance que ce bel homme aux cheveux frisés ne sache pas lire dans les pensées, il y aurait vu nettement le tableau de Herri met de Bles, emballé dans des journaux, glissé entre le mur et l'armoire, dans sa chambre ! Aussi, avant que György ne finisse, il a le temps de réfléchir à sa réponse. Tout en lui le pousse à dire : « Mais bien sûr, Thilo a laissé un tableau. Il est dans ma chambre, je vous l'apporte immédiatement. »

Ce n'est pas du tout ce qu'il dit. Une autre voix sort de sa gorge, une voix qu'il n'attendait pas, même si ces dernières semaines il la soupçonnait d'être en lui. C'est un nouveau point d'équilibre en lui, autour duquel tout se réorganise.

– Je regrette. Je ne suis pas au courant. Thilo ne m'a rien transmis – et après une pause, il ajoute : Je suis désolé.

15

L'âme en son point le plus fragile

Mieczysław Wojnicz se dénude et baisse les yeux. Il doit de nouveau affronter ce qu'il déteste le plus : un examen, une évaluation, une comparaison avec ce qui devrait être, ce qui doit être, ce qui est ailleurs, pas ici, chez toutes les autres personnes, chez n'importe qui d'autre, mais pas chez lui. Il détourne la tête et se sent exactement comme lorsque son père le traînait chez les médecins : séparé de son propre corps. Monsieur Virevolte, cet être léger qui saute d'objet en objet, qui est capable de faire la course avec les trains, revient lui aussi. Déjà, il est sur le meuble-vitrine, sur le rebord de la fenêtre, sur le cintre avec le tablier blanc du médecin, puis il s'échappe au-dehors vers la cime du sapin et la corniche du bâtiment voisin. Oui, monsieur Virevolte accumule de l'énergie pour pouvoir sortir Mieczysław de lui-même, et il est probablement prêt à sauter jusqu'aux sommets des montagnes, jusqu'aux doux ourlets des nuages. Mais à ce moment précis se fait entendre la petite mélodie de Jakob endormi, de l'autre côté de la vitre, et monsieur Virevolte éclate comme une bulle de savon, tandis que, nu, vulnérable, pâle de honte et de froid, Mieczysław se sait de retour dans le cabinet médical. Son corps magnifique, si harmonieux, est pris pour cible par l'équipement de la pièce, toutes ces seringues tournées vers lui, ces balances, ces stérilisateurs et jusqu'au stylo plume du médecin prêt à rédiger le diagnostic qui réduira Mieczysław Wojnicz à une anomalie. Mais le docteur Semperweiß vient vers son patient polonais pour lui tendre ses maillot de corps et caleçon, et même lui poser son chandail sur le dos avec un geste qui semble empreint d'une certaine tendresse.

– Bien. Rhabillez-vous, je vous prie.

Mieczysław s'habille derrière le paravent non sans jeter des coups d'œil par un interstice. Il se dit que le médecin va s'asseoir pour écrire, mais ce dernier reste debout à regarder par la fenêtre, les mains dans le dos. Lorsque son patient s'assied devant le bureau, comme cela a déjà eu lieu maintes fois, dans l'attente du verdict qui, en termes médicaux précis, résumera combien son cas est désespéré, le docteur Semperweiß déclare :

– Les gens élaborent leurs fictions et adhèrent à celle qu'ils ont négociée avec eux-mêmes. Vous savez, la vérité n'est pas nécessairement que les choses doivent être soit comme ceci, soit comme cela. Il s'agit juste d'une facilité pour pouvoir naviguer, dans la pratique, c'est la phtisie ou c'est la syphilis, l'une ou l'autre. Mais vous êtes bien placé pour savoir que, dans la plupart des circonstances, notre expérience n'est pas confrontée à des divisions aussi simplistes – il jette un regard perçant à Mieczysław avant de poursuivre : Je vous invite à créer votre propre fiction. Par exemple, que c'est vous qui êtes parfait.

Les propos de Semperweiß sont effrayants et fascinants à la fois. Sur son tabouret en métal, Mieczysław se voûte sous le poids de cette vérité, mais il est également pris de l'envie de précipiter l'arrivée de chaque parole sur les lèvres du médecin pour qu'elles parviennent plus vite à ses oreilles.

– N'est-ce paaaas, dit Semperweiß en traînant sur le mot. En chacun de nous persiste le sentiment que notre valeur laisse à désirer, la conviction qu'il nous manque une chose que toutes les autres personnes possèdent. Toute notre vie, nous devons composer avec ce sentiment d'infériorité, le surmonter ou l'atteler au chariot de nos ambitions et de notre aspiration destructrice à la perfection. Mais qu'est-ce que la perfection, quelqu'un le sait-il ?

– Vous voyez bien que je ne suis pas comme tout le monde. Je suis une anomalie, dit Mieczysław qui prend le chandail qu'il a sur les épaules pour l'enfiler.

Après un bref silence, le médecin poursuit :

– Vous devriez traiter cette anomalie de la même manière que la petite affection que vous avez au poumon. Un élément avec lequel il faut apprendre à vivre sans lui permettre de nous détruire. Il s'agit ici de la cosmogonie du corps. Tout peut y être une anomalie, et l'instant d'après, cette anomalie peut devenir l'atout permettant de gagner la course de l'évolution. Ce n'est qu'une question de regard.

– J'ai appris à la dissimuler. Personne d'autre ne la verra. Juste vous. Et c'est un secret. Vous avez le droit de la connaître parce que vous me sauvez la vie. Mais le silence vous oblige. Mon père ne doit pas apprendre que vous savez. Personne ne doit être informé que vous savez.

Le médecin s'appuie confortablement au dos de sa chaise. Il joint ses mains comme pour la prière.

– Voyez-vous monsieur, madame… voyez-vous… vois-tu… s'emmêle Semperweiß, et un sourire éclaire soudain son visage.

C'est peu dire, un sourire ! Il se met à rire, et Mieczysław, le regarde surpris, boudeur d'abord, mais le rire du médecin fait que lui aussi se laisse gagner par une certaine légèreté.

– Dès que je rentrerai de Hirschberg, je dois te faire faire un tour en Mercedes. Ma Mercedes. Il y en a une deuxième à Pszczyna, paraît-il, chez le duc, dit le médecin une fois calmé.

La proposition est sympathique, tous les deux se détendent, même si Mieczysław tremble encore. Semperweiß lui confie qu'il a affaire chaque jour avec l'imperfection, et que Görbersdorf est la contrée même de l'imperfection, où échouent les exemplaires défectueux, condamnés à une lente annihilation. Après des années en ce lieu, il a appris que chaque être humain, chaque organisme humain a son point de moindre résistance, son point le plus fragile, le fameux talon d'Achille, et c'est la loi de la perle : à l'exemple du grain de sable qui blesse l'huître et qui se voit neutralisé par la nacre et finit par constituer un bijou précieux pour nous, les lignes directrices de notre psychisme s'articulent autour de notre point le plus fragile. Chaque anomalie, affirme Semperweiß, qui sans doute ne veut pas utiliser le mot « carence », stimule une activité psychique particulière, un développement spécifique qu'elle concentre autour d'elle. Nous sommes structurés non pas par ce qui est puissant en nous, mais par l'anomalie justement, la fragilité, ce qui n'est pas accepté.

– Si vous me demandiez, jeune homme, ce qu'est l'âme, je vous dirais ceci : l'âme est ce qui en nous est le plus fragile. Dans vos symptômes, il y a votre âme.

Mais Mieczysław ne veut pas entendre ça.

– Toute ma vie, j'ai considéré qu'il faut se concentrer sur ce qui est fort, sain, puissant. J'ai été éduqué ainsi par mon père. Et vous, vous venez me dire que l'âme est une poubelle.

– Je n'ai pas dit « poubelle ». Voyez cela sous un autre angle. Notre culture s'est développée sur un sentiment d'infériorité, sur toutes sortes d'ambitions inassouvies. Or, il en va différemment : ce qui en nous est faible nous donne de la force. C'est cette compensation permanente des faiblesses qui régit l'ensemble de notre vie. Démosthène avait un défaut de prononciation, et précisément à cause de cela il est devenu le plus grand orateur de tous les temps. Non pas *malgré* cela, mais précisément *à cause* de cela.

– Vous vous trompez, docteur. La culture est une recherche de la perfection, tente de plaider Mieczysław.

Le docteur Semperweiß reste ferme sur ses positions :

– Le sentiment d'infériorité influe sur l'ensemble de notre existence, et plus particulièrement sur notre manière de penser. Vous le saviez ? Puisque nous ne sommes pas sûrs de nous, nous inventons un système très stable, rigide, capable de nous maintenir debout. Il simplifie ce que nous jugeons être des complications inutiles. Or, penser blanc ou noir, recourir à des antithèses basiques est la plus grande des simplifications. Vous comprenez ce que je veux dire ? Notre esprit se constitue un ensemble d'oppositions strictes – blanc-noir, jour-nuit, haut-bas, femme-homme –, et ce sont elles qui déterminent l'ensemble de notre perception. Il n'y a aucun entre-deux. Le monde ainsi perçu est manifestement plus simple, il est aisé de circuler entre ces pôles, facile d'établir des règles de conduite et, surtout, commode de juger autrui, en se réservant volontiers pour soi-même le luxe du flou. Pareil mode de pensée protège de toute incertitude. Tchac, tchac ! et tout est clair, les choses sont comme ceci ou comme cela, il n'y a pas de troisième possibilité. Le Nombre d'or ou le Veau d'or ! – et à ce moment, il éclate d'un rire tellement joyeux que Mieczysław se joint presque à lui. – Cela nous protège de la réalité, qui se compose d'une multitude de nuances très subtiles. Celui qui pense que le monde n'est qu'un ensemble d'oppositions strictes est malade. Je sais de quoi je parle. C'est un dysfonctionnement majeur.

– Et comment est le monde ?

– Flou, trouble, vacillant, tantôt comme ci, tantôt comme ça. Cela dépend du point de vue.

Tout cela semble trop compliqué à Mieczysław, trop éloigné de sa personne. Il faudrait vivre dans un monde pareil ? Comment concevoir des systèmes sanitaires pour la ville de Lwów ? Sur quoi se fonder ? En quoi croire ? Il ne comprend pas ce que dit Semperweiß. À plusieurs reprises déjà ne l'a-t-il pas mené en bateau ? Mieczysław se dit qu'il le baratine pour détourner la conversation de sa personne, pour universaliser son problème, pour que lui, son patient, disparaisse sous les généralisations. Mieczysław connaît ces méthodes qui consistent à lui dénier toute importance, à le repousser dans un coin sombre.

– Je ne suis pas normal, lance-t-il avec un soudain désespoir. Il serait préférable que je meure ici. J'espère qu'il en sera ainsi. Tout le monde en sera soulagé, mon père en particulier. Il m'a envoyé ici pour cette raison. Pour que je meure.

Ses dernières paroles sont étouffées par un sanglot qui s'échappe de sa poitrine et qu'il a du mal à contenir. Le médecin se racle la gorge, embarrassé.

– Je ne peux vous consoler qu'en vous disant qu'il y a beaucoup de personnes comme vous, dit Semperweiß avec sérieux, comme s'il prenait conscience du drame qui se jouait pour ce jeune homme. Vous échappez à une division primitive, tape-à-l'œil. Vous nous rappelez que la vision du monde qui prévaut est purement conventionnelle, qu'elle est construite sur les propres incertitudes des juges. Une personne comme vous suscite rejet et haine parce qu'elle rappelle clairement que la représentation du monde en blanc ou en noir est aussi mensongère que destructrice. Vous, monsieur Wojnicz, ou quelle que soit la manière dont je devrais m'adresser à vous, poursuit-il, vous représentez un monde intermédiaire, difficile à supporter parce qu'il n'est pas clairement tranché. Sa vision induit en nous une sorte de vacillement qui ne permet l'affirmation d'aucun dogme. Vous nous révélez une contrée de l'« entre-deux », à laquelle nul ne veut penser parce que chacun a assez de ses problèmes blanc-noir. Vous nous montrez que cet « entre-deux » est plus vaste que nous ne le pensions et qu'il nous concerne également. *Vous êtes un explosif*, s'exclame-t-il en accentuant les mots. Se sentir validé une fois pour toutes, évalué, pour ainsi dire, estimé à sa stricte valeur, c'est le pire qui puisse nous arriver. La conséquence en est l'immobilité, alors que le sentiment d'être sous-estimé pousse toujours au mouvement. Quand une personne juge qu'elle est devenue parfaite, qu'elle s'est accomplie, elle devrait se tuer.

Ils restent assis un moment en silence. Mieczysław s'est calmé et il regarde ses chaussures. Elles ne sont plus bonnes à rien, la semelle des deux se décolle un peu, et les bouts sont complètement usés. Cette vue habituelle le calme. Quelque part au fond de son être, très loin dans les périphéries, une discrète vibration se manifeste, petite, joyeuse et excitante. Il regarde le médecin et comprend pourquoi celui-ci se tait : il est en train d'allumer un cigare. L'instant d'après, des volutes de fumée aromatique l'entourent comme une sorte d'oracle.

Mieczysław a une quinte de toux.

– Le fonctionnement de toute société repose sur deux piliers : l'hypocrisie et le conformisme, déclare le docteur Semperweiß qui lève le doigt à la hauteur du nez de Mieczysław, puis le bouge de gauche à droite. Hum, il me faut vous dire en passant, jeune homme, être exceptionnel, que vous avez un léger strabisme, pas au point que ce soit inquiétant, mais souvenez-vous-en. Donc l'hypocrisie renvoie toujours aux idées de haut vol qui structurent une communauté. On doit y croire et montrer que l'on y croit, mais au fond personne ne traite ces idées tout à fait sérieusement. Elles sont pour les autres et ne doivent s'appliquer qu'aux autres. En revanche, le conformisme est le mode de circulation dans ce monde imaginaire et il impose d'ignorer tout ce qui ne cadre pas, n'entre pas dans le moule. L'oubli sert à cela, dit le médecin – après quoi, il ajoute : Je pense que, pour Noël, vous serez chez vous.

*

Mieczysław rentre à la pension dans un état d'euphorie. Il saute par-dessus les rebords de trottoirs peints en blanc et ne s'inquiète aucunement de la bruine qui commence à tomber. Il commence mentalement une carte postale pour son père, mais ne parvient pas à dépasser le « Cher Père ». Quand il arrive devant le salon de thé, il décide de ne plus chercher à faire des économies puisque son séjour va bientôt se terminer. Il entre acheter quelques macarons colorés pour le thé de l'après-midi. À l'intérieur, il n'y a que de rares personnes et, parmi elles, la femme au large chapeau. Mieczysław la regarde droit dans les yeux lorsqu'ils se croisent sur le seuil. Elle sort en portant une boîte de gâteaux. Elle lui adresse un sourire encourageant, mais Mieczysław l'ignore.

De son long doigt, il désigne les macarons, quatre d'abord, puis il se décide pour six. Ils sont assez chers. Il s'était toujours imaginé que lorsqu'il serait devenu un ingénieur hydraulicien bien établi il s'achèterait tout un plateau de macarons, une pyramide de gâteaux, avec des couleurs allant du violet le plus foncé, sans doute fait de jus de myrtille, en passant par le céladon, jusqu'au rouge le plus joyeux.

Ce n'est qu'après avoir reçu son paquet au comptoir que, dans un angle de la pâtisserie, il remarque le très rigide Walter Frommer qui l'observe. Avec une esquisse de sourire, d'un geste de la main, le conseiller secret de la police de Breslau l'invite à sa table. Hélas, impossible de refuser !

– Vous devriez partir d'ici au plus vite, lui dit Walter Frommer en polonais et il le regarde d'une étrange manière, presque suppliante.

Surpris, Mieczysław se tait, il réfléchit à ce qu'il peut faire. Il s'est laissé piéger par inadvertance, et le voilà coincé pour un moment. Finalement, il déclare :

– Pourquoi devrais-je m'en aller, monsieur Frommer ? Que voulez-vous me faire comprendre ?

– Je veux te sauver.

Penché sur sa tasse vide avec des traces de café, l'enquêteur semble malade d'inquiétude. Il sort une liasse de documents soigneusement rangés dans un dossier gris sur lequel est inscrit d'une belle écriture :

Affaire
Görbersdorf 1889 – 1913
Faits et hypothèses

Frommer humidifie son doigt et ouvre à une page avec un tableau. Il y est indiqué où, quand et qui a disparu.

– J'ai cherché un dénominateur commun, peut-être ai-je essayé de trop théoriser. Si je venais à être tué moi-même – mais je dois être trop vieux –, je comprendrais peut-être ce qui se passe. Vous savez, parfois je me dis que je pourrais me sacrifier si cela me permettait, au dernier instant, de trouver la solution du mystère.

– Et si vous vous chargiez plutôt de découvrir comment est morte madame Opitz ? Je suis de plus en plus persuadé qu'il y a quelque chose d'étrange dans sa disparition. Voilà une véritable affaire pour un détective, dit Mieczysław qui cherche un prétexte pour regagner sa chambre et ouvrir son paquet de macarons.

– Nous ne le saurons jamais plus, en dépit du fait que l'autopsie a révélé des traces de violences anciennes et récentes. Elle devait être battue. Je sais que cette histoire vous passionne, je vous ai vu plusieurs fois entrer dans la chambre de madame Opitz.

Mieczysław rougit et réplique aussitôt :

– Je soupçonnais un crime, en effet, d'autant que son suicide arrangeait tout le monde.

Il appelle le serveur pour commander un café et une petite assiette pour les gâteaux, puis il ouvre le paquet.

– Où voulez-vous en venir, monsieur Frommer ? Avez-vous une nouvelle théorie intéressante ?

– Nous *devons* à d'autres dimensions de l'expérience humaine nous ouvrir, déclare Frommer en polonais avec un brin de syntaxe allemande. Nous ouvrir à ce qui a été oublié, rejeté comme enfantin ou indigne de l'homme moderne. Nos ancêtres avaient raison, ils sont toujours avec nous, ils sont présents, ils nous parlent, ils *requièrent* notre attention. Les souffrances *infligées* par le passé n'ont pas cessé d'être présentes, elles résonnent toujours, suscitant en nous un frémissement intérieur.

Il se tait au moment où le serveur apporte le café. Mieczysław l'invite à prendre un gâteau et Walter Frommer en saisit un rouge, le premier venu, sans y prêter attention. Le jeune homme en a déjà mangé un bordeaux et en reprend un violet.

– Vous savez que je suis théosophe, je crois aux esprits qui vivent dans une autre dimension, d'où ils nous observent.

Depuis qu'il s'est mis à parler polonais, Mieczysław trouve tout ce qu'il dit naïf.

– Ils ont certainement un système de valeurs différent du nôtre, poursuit Walter Frommer. Je ne sais pas ce que les esprits voient, je ne sais pas ce qu'ils regardent, mais je sais qu'ils existent. Ici, alentour. Il faut mettre « alentour » entre guillemets.

Il se penche de nouveau par-dessus la table, et Mieczysław sent son odeur sèche, dépourvue de la moindre fraîcheur, poussiéreuse, celle du papier ou d'un atelier de cartonnage.

– Ce n'est pas une force qui vient d'un autre monde, tel ou tel. Cette force vient d'ici. Je crois qu'elle aspire à rétablir un équilibre. Je ne crois pas qu'elle ait conscience de commettre un crime.

Mieczysław prend un petit gâteau jaune et soupire d'aise, le macaron est au citron. Walter Frommer baisse la voix et le jeune homme a honte de sa conduite.

– Vous savez, l'âme terrorisée qui s'échappe d'un corps soumis à la torture ne veut plus jamais revenir dans son enveloppe matérielle. Elle se crée une alliance avec la nature, et finalement tout vient de là. Je comprends les choses ainsi, monsieur Wojnicz. Les *Tuntschi* vous ont certainement déjà remarqué. Elles désirent des hommes jeunes.

Mieczysław bat des paupières. Il n'est pas certain d'avoir bien compris le conseiller. Un court moment, il a l'impression d'avoir bu de la *Schwärmerei*, pas du café.

– Je… commence-t-il, mais il s'arrête.

– Oui, oui, vous m'avez bien compris. Vous êtes intelligent. Ceux d'ici le comprennent également. Ils rassasient les *Tuntschi* avec ce qu'ils ont sous la main, avec vous, les êtres affaiblis et malades qu'on trouve ici tant qu'on veut. La chose est simple. Par le passé, les *Tuntschi* s'emparaient d'un mâle de leur famille, elles tuaient des locaux, et c'est pourquoi la population masculine du coin a appris à les tromper. Depuis plusieurs années, ce sont uniquement des jeunes curistes qui disparaissent. À moins d'un incident, comme il y a quelques années lorsque le frère d'Opitz a été tué, ou lorsqu'un distrait s'égare, comme ce charbonnier, il y a deux ans. Mais les gens de Görbersdorf ont amélioré leur méthode jusqu'à la perfection : ils fournissent eux-mêmes la victime aux *Tuntschi.* Ce dont je suis certain, c'est qu'ils pensaient que cette année ce pourrait être ce pauvre Thilo, mais il est mort trop vite. Désormais, c'est vers vous, Mieczysław, qu'ils jettent des regards avides. Vous devez partir d'ici sur-le-champ.

– Il y a un grand nombre de jeunes gens par ici. Pourquoi moi, précisément ?

– Bien sûr, je conseillerais de quitter les lieux à tous les hommes en âge d'être « recrutés », si je puis dire.

L'esprit saturé de sucre, Mieczysław a du mal à se concentrer sur ce que dit Walter Frommer. Il le voit comme un vieil affabulateur extravagant qui prend plaisir à déconcerter ses interlocuteurs. Pour sa part, ce qui lui trotte toujours dans la tête, ce sont les paroles du docteur Semperweiß, qui l'ont rendu euphorique. Avec ce qu'il raconte, Walter Frommer l'empêche de festoyer. Assis dans ce salon de thé, tandis qu'il prend le dernier gâteau vert que le conseiller secret de la police a poliment refusé, Mieczysław se sent comme l'enfant qui a finalement réussi à revenir au moment unique où il se délectait du *kogel mogel* de Gliceria. Il comprend que cet instant était l'essence même de cette « vie appétissante » qu'il recherchait en permanence. Tout est à sa place, en sécurité, les objets vivent sous les mains de Gliceria, leur utilité est émouvante, tout comme le plateau de la table de cuisine tailladé par les couteaux, ou encore les torchons propres avec la lettre « W » brodée, et toute sa vie depuis le commencement jusqu'à l'heure présente. Lui-même est une partie de ce monde dans lequel on lui a réservé une place pour un temps, et il doit en profiter.

Il se dit qu'il pourrait tout recommencer à partir de là. Tout depuis le début. De la cuisine de Gliceria.

Walter Frommer sort de sa serviette une boîte à casse-croûte en fer, avec ses prénom et nom gravés, pour y ranger le gâteau qu'il n'a pas mangé.

– Je le garde pour plus tard, dit-il à Mieczysław. Ce qui m'intrigue, c'est le fait que personne ne voie tout cela, que personne ne le remarque. Comment est-ce possible ? Cela se passe comme si de rien n'était, comme si la mort de ces jeunes gens était une chose banale. Une victime de temps à autre… Je vous ai dit que je serais prêt à donner ma vie pour savoir. Il ne me reste rien d'autre. Combien de temps vais-je encore vivre avec ma phtisie ?

Sur ce, il jette un regard à Mieczysław Wojnicz, encore si jeune, et il comprend aussitôt sa gaffe. Il ne sait pas comment la rattraper. Il baisse les yeux.

Tous les deux baissent les yeux.

16

La personne avec une seule chaussure

– Il faut encore marcher un peu, dit Rajmund vaguement.

Ils grimpent, Rajmund devant lui, dans un manteau de pluie en grosse toile dont les pans volent devant les yeux de Mieczysław, lui cachant la vue.

Le jeune homme, soudain frappé par l'absurdité de la situation, s'arrête pour happer, dans ses poumons en voie de guérison, de l'air frais et humide certainement porteur de quantités microscopiques de mousses et d'humus.

– Je ne vais pas plus loin, déclare-t-il.

Rajmund se retourne vers lui avec une grimace flagorneuse et un sourire mâtiné de colère.

– Il faut encore marcher un peu, répète-t-il sans conviction. Wilhelm Opitz veut te montrer quelque chose de très important.

– Je ne vais nulle part.

Mieczysław s'arrête, essoufflé, et se demande comment il s'est retrouvé là. En plein après-midi, il dormait quand Rajmund est venu le voir pour lui dire de s'habiller. Il a cru comprendre qu'Opitz avait des chaussures pour lui, même si le mot n'a pas été prononcé. Il s'agissait peut-être d'autre chose, une affaire importante, un rendez-vous prévu. Mal réveillé de sa sieste, Mieczysław a mis ses souliers, qui sont en bout de course, et il a enfilé sa veste. Au dernier moment, il a attrapé ses gants. Et Rajmund et lui sont partis.

Il veut savoir où ils se rendent dans une telle hâte et ce que Wilhelm Opitz veut lui montrer. Non, c'est absurde. Vers où est-ce qu'ils grimpent ? Pourquoi ? Est-il devenu fou pour courir ainsi derrière ce commis qui lui parle à toute allure dans son dialecte que lui, le Polonais, n'arrive pas à comprendre ? Il ne reconnaît que le prénom « Wilhelm ». Et que faire quand on a été éduqué à être poli et serviable, à ne pas causer d'embarras, à ne pas se distinguer, mais plutôt à attendre dans la pénombre que la situation s'éclaircisse et que l'on sache ce qu'il en est ? Qu'est-ce qui lui a pris de sortir aussi légèrement vêtu ? Ils ont déjà dépassé le village, ils pénètrent dans la forêt. Mieczysław a froid, il n'a pas envie d'aller plus loin. Bientôt, il fera noir et comment rentrer alors ?

Impossible de discuter avec Rajmund qui le regarde par en dessous, avec suspicion, comme s'il s'attendait à un geste surprenant. Mieczysław fait demi-tour pour descendre vers le village ; de là où il est, il voit les toits des maisons et le grand corps du sanatorium.

Au même moment, Rajmund siffle. L'instant d'après, alors que le jeune homme n'a fait que quelques pas dans la descente, d'on ne sait où apparaissent des charbonniers, plusieurs grands gaillards aux paupières sales de cendre noire. Inutile de leur dire quoi que ce soit, ils ne savent que trop bien ce qu'ils ont à faire. En quelques bonds, ils entourent Mieczysław, qui est stupéfait. Ils ont un regard qu'il reconnaît. Plus d'une fois, Miecio s'est retrouvé dans une situation similaire, quand son père l'inscrivait dans une nouvelle école. Ses tentatives pour se faire des camarades dans la classe se terminaient toujours de la même façon. Parfois, cela se produisait après très peu de temps, parfois c'était plus long. Il lui arrivait d'être adopté pendant plusieurs mois avant que quelqu'un ait un soupçon, découvre son anomalie. Il y a des gens qui ont un talent exceptionnel pour flairer tout ce qui est différent. De la même manière, les charbonniers le regardent maintenant comme une victime, un lapin pris au collet. Mieczysław se débat désespérément, mais déjà des mains puissantes, dures, impitoyables le retiennent. « Ils vont me tuer », se dit-il et il sait en quoi il a péché pour s'attirer ce châtiment. En un certain sens, il s'y est toujours attendu, et maintenant il comprend que sa vie était une patiente préparation pour ce moment. Il voit son père et son oncle qui devaient le savoir depuis longtemps et qui l'ont préparé pour cet instant avec toute leur affection inquiète. Ils lui ont appris à se cacher, à éviter les confrontations, à être prudent, à vérifier que les rideaux sont bien tirés, à boucher les trous de serrure dans les portes. Oui, ils ont fait tout leur possible. Mais ils savaient que cela arriverait un jour.

Les charbonniers l'ont saisi fermement sous les bras, et quand il se met à gigoter deux autres lui attrapent les jambes pour le porter, en ahanant et en jurant. Rajmund marche à côté d'eux ; il donne des ordres dans ce drôle de dialecte qui, au milieu de la forêt, évoque des grognements. Mieczysław s'agite encore un peu jusqu'à ce qu'un des hommes lui donne un coup de pied dans le ventre. La douleur est telle que, à partir de là, le jeune homme se soumet complètement, paralysé par la peur.

Non, il n'a rien fait de travers. Rien ne lui vient à l'esprit. Il s'est conduit correctement et poliment. Il n'est rentré en conflit avec personne. Il a dissimulé ses émotions. D'ailleurs, il est resté secret comme le lui a toujours enseigné son père. « Garde tes distances », disait-il. La suite se ramenait à des recommandations : « Si tu deviens trop proche, on te fera souffrir. Évite la familiarité, on la prendra pour de la faiblesse et on se permettra davantage avec toi. Ne parle pas trop longtemps avec les hommes, ils peuvent être dangereux. Tiens-toi loin des femmes, elles sont imprévisibles. Ne baisse jamais ta garde. » Oui, le seul péché de Mieczysław a probablement été d'avoir baissé sa garde. Pourquoi Rajmund ? Qui est-il ?

Les charbonniers ont grimpé sur une centaine de mètres en le portant et ils s'arrêtent, fatigués. Ils l'étendent sur le sol, puis, respirant péniblement, ils se reposent après lui avoir entravé les pieds et les mains. Ils lui tendent une bouteille pour qu'il boive, mais lorsqu'il reconnaît l'odeur caractéristique de la *Schwärmerei,* il détourne la tête, et alors ils l'attrapent par le menton pour lui verser dans la bouche un gobelet de cette liqueur amère et suave. Cela le prive de ses dernières forces.

Le groupe se trouve sur un terrain plat en forêt, non loin de l'endroit où Mieczysław a vu une *Tuntschi* pour la première fois. Les charbonniers lui retirent sa veste, que l'un des types a manifestement l'intention de s'approprier parce qu'il la pose soigneusement sur son épaule. Ils se mettent également à lui retirer son chandail et sa chemise, mais lorsque sa cage thoracique est dénudée, blanche et sans le moindre poil, qui plus est avec ses malheureux mamelons trop proéminents, ils ricanent un long moment. Mieczysław ferme les yeux. Il se sent partir vers une autre dimension. Il lui semble s'élever au-dessus de la terre, planer et être sur le point de s'envoler vers le ciel comme un ballon, mais les mains puissantes, impitoyables des charbonniers le tirent vers l'humus froid et humide. Au fond de leurs poches, les gaillards ont des sangles de cuir avec lesquelles ils l'attachent habilement à un tronc de hêtre tombé à terre, de sorte que l'écorce rugueuse s'enfonce douloureusement dans le dos de Mieczysław. Ils se dépêchent, l'obscurité descend, une discrète lueur pointe à l'est, le jeune homme voit qu'ils regardent par là avec inquiétude.

Ils s'apprêtent à lui retirer son pantalon quand Mieczysław sent vibrer le tronc sous lui et l'humus sous son pied (une de ses chaussures est tombée), il entend aussi une sorte de bourdonnement, un son grave vibrant, désagréable à l'oreille. De loin, du haut de la montagne, lui parviennent des bruits – tintements, claquements, sourds grondements de tonnerre et, lui semble-t-il, ce roucoulement qu'il connaissait déjà, mais à présent beaucoup plus fort, sauvage et désordonné. Sur le visage soudain tendu et blême de ses bourreaux apparaît un effroi inimaginable. Ils le lâchent pour courir vers le village, pris de panique, abandonnant les sangles et les haches, perdant leur casquette et leurs gants.

– Elles ne l'ont pas pris ! Pas voulu ! crient-ils, sauvez-vous !

Ensuite, on entend encore :

– Les chaises, les chaises !

Mieczysław se débat, mais chaque mouvement lui met le dos en sang et le blesse douloureusement à la colonne vertébrale. Le bruit augmente, mais Mieczysław se demande s'il vient de l'extérieur ou du centre de sa tête. Cela rappelle ce que l'on entend quand on a une forte fièvre, ou quand, en plongée, la pression s'exerce contre les tympans.

Mieczysław bat des paupières, il voit tout en bleu-vert comme s'il s'était trouvé brusquement sous l'eau, ce qui lui est arrivé enfant, lorsque la glace s'était brisée sous son poids et qu'il avait failli se noyer dans l'étang. Le ciel est un élément solide et dur, très concret, si l'on bondit, on peut le heurter de la tête. En plissant les yeux, Mieczysław perçoit des formes qu'il n'avait pas remarquées plus tôt dans l'enchevêtrement des branches, des feuilles et des troncs. Et pourtant, elles étaient déjà là ! Il voit maintenant les corps frêles et souples de créatures un peu humaines, un peu animales, et ce qu'il prenait pour un tas de feuilles est également une forme, un visage couleur bronze, nervuré comme une feuille, qui se tourne vers lui. Les yeux sont sombres, mais l'instant d'après ils redeviennent deux glands de chêne et il n'y a plus de visage. Oh ! mais attendez. Maintenant ce visage part ailleurs.

Nous sommes ici légèrement changées, mais semblables à ce que nous étions, chaleureuses mais froides, aveugles mais en train de regarder. Nous sommes ici, ici se trouvent nos bras de branches vermoulues, nos ventres, nos mamelles en vesses-de-loup, notre giron qui devient renardière au plus profond de la terre pour dorloter une portée de renardeaux. Tu nous vois enfin, Mieczysław Wojnicz, courageux ingénieur venu des steppes plates et sans forêts ? Nous vois-tu, être frêle qui te soucies de sécher des feuilles pour les coller dans un herbier et les sauver de la décomposition et de la mort ?

– À l'aide ! *Hilfe !* crie Mieczysław, mais sa voix s'évanouit à proximité de son visage, de sorte qu'il ne s'entend pas lui-même, complètement étourdi.

Par un énorme effort, il parvient à libérer une de ses mains attachées au tronc. Elle est en sang, elle tremble. Tremblant, il cherche à détacher son autre bras, mais ses doigts ne parviennent pas à faire ce qu'il faut. Il voit seulement des pommes de pin qui roulent depuis les hauteurs de la montagne, comme propulsées par un souffle de vent.

Une chose est en train de dévaler la montagne, quelque chose se rapproche avec une force impérieuse. Le pauvre Mieczysław Wojnicz essaie fébrilement de libérer ses chevilles cruellement entravées, mais lorsqu'il nous aperçoit, il s'immobilise.

Tout près de lui, il voit un visage de mousse où brillent des yeux humides ayant le vert foncé du lac souterrain. Il regarde le corps fait de rameaux entrelacés, d'aiguilles de pin, de lichen et de terre mouillée. Il se sent enveloppé par un air plus chaud, comme une haleine, avec une odeur semblable à celle d'un tas de feuilles pourrissantes. Les grands yeux sombres le fixent avec intérêt, mais Mieczysław n'y perçoit aucune pensée. Ce serait plutôt une curiosité qui n'aurait rien d'humain. Le visage s'approche de lui à une vingtaine de centimètres, son regard cherche à pénétrer les pores de sa peau, ses cils, ses lèvres, ses sourcils. Une autre face se joint à la première, puis une autre encore.

Mieczysław cesse presque de respirer pour nous fixer avec un effroi qui, peu à peu, s'estompe, puisque nous ne lui voulons aucun mal. Le pauvre être humain qu'il est comprend cela et de sa main libre, ensanglantée, il touche notre joue et sent qu'elle est vivante, qu'en dessous se trouve une sorte de chair, différente de la sienne car la nôtre a une consistance provisoire, occasionnelle, qui dépend des influences et des pressions, des courants souterrains et de l'évaporation.

Notre regard pénètre en lui. Nous observons son squelette, son cœur battant, les mouvements péristaltiques de ses entrailles, son sphincter œsophagien toujours à l'œuvre qui s'efforce de faire descendre la salive accumulée par la peur. Nous voyons sa langue qui s'apprête à prononcer un mot. Son diaphragme qui monte et qui descend. Ses reins desquels goutte l'urine jusqu'à la vessie. Son utérus qui se contracte comme un poing, tandis que son pénis se gorge de sang.

*

Les sangles sont tombées. Mieczysław étouffe des sanglots. Il entame la descente d'un pas vacillant, en se retenant aux arbres tant les larmes inondent ses yeux. Son torse est dénudé, un de ses pieds n'a plus de chaussure et ses cheveux clairs ébouriffés cernent sa tête d'une auréole cendrée. Dans le crépuscule trouble, les vallées devant lui s'éteignent, mais l'obscurité n'a pas encore pris la couleur qui est la sienne, parce que le spectacle ne fait que commencer. Quelque part vers l'est, le ciel s'éclaire d'une autre teinte, non solaire, puis entre les arbres Mieczysław voit grandir un fragment de lumière vive jusqu'à ce qu'apparaisse la face osseuse de la pleine lune. Dans le bas, il voit Görbersdorf avec les petites figurines que sont les gens. La grand-rue pavée reflète la lueur lunaire, ce qui lui donne l'allure d'une scène de théâtre, et ce d'autant plus que s'allument les lampadaires électriques.

Mieczysław se dirige directement vers la pension, persuadé que le plus important pour lui est de se dissimuler sous quelque vêtement que ce soit. Couvrir son corps dénudé, c'est tout ce qui le préoccupe.

Ensanglanté, sali par la terre, il arrive sur le cours en boitant à cause de sa chaussure manquante. Il n'y a plus personne, étonnamment. Au lieu de se densifier, l'obscurité se laisse dissoudre par la lueur de la lune qui inonde tout. Ce que voit Mieczysław lui rappelle le dessin en noir et blanc sur les boîtes métalliques de *pierniki*. La *Schwärmerei*, se dit-il. Il ne se sent pas bien, il a les jambes en coton, sa gorge se serre, il va vomir. La seule chose qui compte pour lui, c'est d'arriver à la pension pour s'y cacher, ne serait-ce que sous le lit. Il a déjà atteint l'arrière du sanatorium, maintenant, il doit traverser la rue bien éclairée et courir encore plusieurs centaines de mètres. Il remarque pourtant du mouvement à l'entrée latérale des thermes. En boitillant, il se précipite dans la cour pour passer par-derrière, parallèlement à la rue principale. De celle-ci lui parviennent des conversations de plus en plus sonores et des bruissements de pas. Sidéré, Mieczysław y jette un coup d'œil prudent. Il aperçoit une foule de patients que Sydonia Patek, une canne blanche à la main, s'efforce de mettre en mouvement. Son tablier d'infirmière semble fait de métal sous l'éclairage argenté de la lune. Les premiers malades avancent déjà, ils progressent d'un pas lent de promenade, montent vers le bout du village, la forêt et les montagnes, là où les charbonniers avaient leur camp, mais il est difficile de dire s'il s'agit d'une marche ou d'un défilé car il n'y a aucun ordre dans cette cohue désorientée. Tous les curistes sont d'excellente humeur, certaines voix particulières émergent du charivari multilingue. Mieczysław entend même une exclamation joviale en polonais : « Pour le moins, mon cher monsieur, je vous assure ! » L'appel de la tour du sanatorium retentit – l'heure n'est-elle pas d'aller dîner ? –, mais il est joué avec indolence, et à la deuxième reprise il s'interrompt brusquement comme si le trompettiste, pris de doute, avait laissé tomber. Au loin, dans la foule, Mieczysław aperçoit messieurs Lukas et August. À leur habitude, ils sont occupés à discuter. Un peu à l'écart, il remarque également Walter Frommer, concentré et pensif, un cigarillo éteint à la main. Tout ce petit monde murmure, discute, plaisante, se querelle en diverses langues, et brusquement Mieczysław se rend compte qu'à l'exception de Sydonia Patek, transformée en un semblant de bergère avec une canne dont elle fait avancer ce troupeau humain, il n'y a aucune femme. Redoutant toujours d'être vu dans l'état où il se trouve, le jeune Polonais regagne la cour, boitille aussi vite qu'il le peut vers la pension, dépasse le petit banc où ne se trouvent cette fois ni Frau Weber ni Frau Brecht. Dans la maison des deux vieilles dames aucune lumière ne brille.

Quand il arrive enfin à la pension, il n'a pas froid, mais il éprouve de la honte et il redoute d'avoir été vu dans l'état où il est. Il se précipite dans sa chambre et se couvre aussitôt de la courtepointe jaune qu'il arrache du lit. Ce n'est que là qu'il prend conscience du froid et de son immense fatigue. Avec ses doigts gourds, il parvient à enfiler un maillot de corps chaud et un chandail en laine, puis à changer de pantalon car le sien est maculé de terre et déchiré. L'une de ses chaussettes, celle du pied sans chaussure, est en charpie, couverte de boue. Il la jette avec dégoût avant d'essuyer son pied sale avec une serviette. Il tremble de tout son corps, non plus de froid, mais de la fureur que provoque toujours une violence incompréhensible, injustifiée. Non, il ne peut pas dire qu'il ne l'a jamais rencontrée. Aux marges de sa conscience persistent des événements similaires, autant de souvenirs rejetés, émoussés pour avoir été longtemps refoulés. Mieczysław laisse échapper un bruyant sanglot, mais s'empêche de pleurer davantage. S'il s'y autorisait, il serait vite submergé par son ancien malheur, sa grande aliénation. S'il cédait à ses larmes, il devrait s'infliger de nouveau les souffrances dont il s'était guéri. Ou dont on l'avait sorti.

Soudain, il entend un bruit quelque part au-dessus de sa tête, comme si quelque chose de lourd était tombé sur le plancher. Il retient son souffle et jette un coup d'œil dans le couloir. Le silence règne. Apparemment, il n'y a personne à la pension. Au rez-de-chaussée, une lampe à pétrole est allumée, l'une de celles qu'on laisse en veilleuse pour ne pas gaspiller l'électricité, au cas où quelqu'un voudrait descendre au salon. Le bruit se reproduit, cette fois accompagné d'un gémissement sourd.

Toujours avec une seule chaussure, mais désormais avec un pied complètement nu, Mieczysław sort dans le couloir, puis, tendant l'oreille, il se déplace le plus silencieusement possible en montant l'escalier. En bas, la pâle lueur de la pleine lune de novembre pénètre par les petits carreaux, mais là, devant les portes closes, il fait tout à fait noir Des sons inquiétants lui parviennent de la pièce à la fenêtre mansardée. Lorsque le plancher, soudain, grince sous le pied de Mieczysław, il se fait aussitôt un silence absolu. Le jeune homme réalise qu'il n'entend pas non plus le roucoulement habituel de la soupente.

– Il y a quelqu'un ? lance-t-il d'une voix effrayée.

– Wojnicz ? Par ici, ici, viens par ici !

C'est la voix d'Opitz. Elle résonne chargée d'une impatience fébrile. Mieczysław ouvre la porte et, dans le rayon de lune qui pénètre dans la pièce, il aperçoit le directeur attaché à la chaise, cherchant en vain à se libérer des sangles. Mieczysław sait à quel point elles sont résistantes.

– Détache-moi, ordonne Opitz d'une voix impatiente, tutoyant de nouveau Mieczysław. Allez ! détache-moi !

Le jeune Polonais est tellement surpris qu'il met un long moment à comprendre ce que lui veut cet homme. Il reste debout, sidéré, à le regarder se contorsionner sur la chaise.

– Allez ! mais t'attends quoi, crétin ? Qu'est-ce que tu r'gardes ? Détache-moi !

Mieczysław reste immobile. Il réfléchit.

– Et d'abord, d'où tu viens ? lance de nouveau Opitz. Tu devais plus être là ! Comment tu t'es ramené ?

– Calmez-vous, monsieur Opitz, s'il vous plaît, dit Mieczysław en s'accroupissant devant le directeur attaché.

Il essaie de donner du mou aux sangles, mais elles sont tellement serrées qu'il n'arrive pas à en défaire les boucles. Qui plus est, Opitz fait des bonds furieux sur la chaise, cherche même à se lever, mais ne réussit qu'à tomber sur Mieczysław et tous deux se retrouvent sur le plancher.

– Qui vous a attaché ? Qui vous a fait ça ? demande le jeune homme en s'extirpant de sous ce corps pesant et d'autant plus anguleux qu'il est lié à une chaise.

Opitz lui lance un regard féroce. Le blanc de ses yeux est injecté de sang par l'effort.

– Rajmund, grince-t-il. Rajmund m'a attaché.

– Mais pourquoi ? essaie de savoir Mieczysław.

De nouveau, il s'efforce de détacher les sangles qui maintiennent, en faisant deux tours, les bras du prisonnier. Elles sont si serrées que les mains du pauvre Opitz ont viré au bleu. Tout en s'escrimant sur les sangles, Mieczysław cherche des yeux un outil qui lui faciliterait la tâche. Il lui vient à l'esprit qu'il pourrait aller chercher un couteau à la cuisine pour couper ces attaches diaboliques.

– Pourquoi ? Pourquoi donc ? répète-t-il.

– Comment ça, pourquoi ? Parce que j'lui ai ordonné.

Mieczysław se fige, et il a un déclic, il comprend. Soudain blême, il recule sur les genoux jusqu'au mur. Il a comme un bourdonnement d'oreille.

– Vous, les hommes d'ici, vous vous attachez pour ne pas sortir ! Vous vous faites entraver pour ne pas céder à cette frénésie meurtrière !

– Détache-moi, idiot ! Tout de suite ! bafouille Wilhelm Opitz, de la folie dans le regard.

Désormais, Mieczysław sait qu'il ne le libérera pas tant qu'il n'aura pas tout avoué. Il commence par une question simple :

– Pourquoi moi ?

Opitz pousse un hurlement de rage et tente de s'agenouiller avec la chaise sur le dos, mais les pieds de celle-ci ne lui permettent pas de se redresser plus. Il reste ainsi sur les genoux, incliné devant Mieczysław à grogner de fureur.

– Pourquoi toi ?

Dans sa position de révérence contrainte, Opitz halète. Peut-être rassemble-t-il ses forces pour une ultime tentative de rompre ses liens, mais peut-être se dit-il que Wojnicz a le droit de connaître la vérité. Il grommelle entre ses dents, domine mal son tremblement, son spasme des mâchoires et la grande impatience de son corps à rejoindre le défilé des hommes.

Ce devait être le gars de Berlin. Ce devait être Thilo. Mais il est mort trop tôt. Oui, cela arrive parfois que ceux qui sont désignés, menés au bois et attachés à l'arbre soient les plus malades. De toute manière, ils vont mourir. Il n'y a aucun mal à condamner à mort un mourant pour épargner les hommes en bonne santé. N'est-ce pas la manière de penser la plus raisonnable ? La plus pragmatique ? Oui, Mieczysław doit le lui accorder. Des malades à la place de personnes en bonne santé, des étrangers plutôt que des locaux, des vieux plutôt que des jeunes… Opitz marmonne qu'aussi loin que sa mémoire remonte, c'était une personne du village, un des leurs qui disparaissait. Alors, quand le sanatorium du docteur Brehmer a ouvert, l'occasion était trop belle. Depuis, ils choisissent un curiste en septembre, octobre, pour le garder à l'œil. Son état de santé est à peu près connu. Après un verre de *Schwärmerei*, le docteur Semperweiß et les autres oublient le secret médical. « Un brave garçon, mais il est mourant. » Ensuite, il faut trouver un moyen de traîner le quidam en forêt pour l'exposer à la vue des *Tuntschi*.

Mieczysław part d'un rire nerveux. Il se penche pour pouvoir regarder droit dans les yeux injectés de sang de Wilhelm Opitz.

– C'est quoi, ces *Tuntschi* ?

Opitz lui lance un regard de haine.

– Détache-moi tout de suite ! siffle-t-il entre ses dents. Détache-moi, je dois y aller !

Mieczysław ne le comprend pas.

– Pourquoi tu veux y aller ? Qu'est-ce qui se passe là-bas ?

Opitz émet un râle affreux, comme s'il était en train d'étouffer.

– Tu dois me laisser partir, Wojnicz, je dois aller là-bas.

– Est-ce que je comprends bien qu'en ce moment je te sauve la vie ?

Wilhelm Opitz a des paroles confuses, il ne semble pas saisir le paradoxe de sa situation. Une grande affaire, c'est la victime qui sauve le village. L'ordre immuable. La loi de la nature. Dieu et le diable. Lorsque, plus tard, Mieczysław cherchera à assembler ses propos décousus pour y trouver un sens, il apparaîtra que Walter Frommer avait raison, du moins en partie.

Comme le jeune homme ne s'en sort pas avec les liens des pieds, il essaie de nouveau de libérer les bras. Il parvient à ouvrir une première boucle. Après quoi, de sa main libre, Opitz malmène l'attache de l'autre bras, puis celle de l'une de ses jambes. Une fois que les deux boucles ont cédé, il veut sortir de la pièce avec la chaise à laquelle son autre cheville est toujours fixée. Mieczysław lui hurle dessus d'une voix suraiguë, au point d'en être lui-même effrayé :

– Opitz, reprends tes esprits !

Le directeur se calme un instant, s'immobilise en haletant péniblement, puis repousse Wojnicz vers le fond de la pièce en disant juste :

– Pousse-toi !

L'instant d'après, Mieczysław entend le vacarme de sa descente dans l'escalier. Sans plus attendre, il le suit. En bas, il chausse ses godillots, attrape un manteau au hasard accroché dans l'entrée et sort sur le seuil. Il voit Opitz s'éloigner de la pension d'un pas vacillant, après s'être enfin débarrassé de la chaise, puis traverser le pont pour rejoindre la marche des hommes. Parvenu jusqu'à eux, brusquement, il se redresse comme mû par une force nouvelle, son visage s'apaise, son front se détend. Mieczysław, qui l'observe, a même l'impression qu'Opitz est devenu plus beau. Le directeur de la pension a rejoint la fin du cortège, mais bravement il cherche à se faufiler vers l'avant, il dépasse des personnes de sa connaissance, mais elles ne sont pas nombreuses, deux ou trois ont à leurs pieds ou à leurs mains des restes de sangles arrachées. Il y a surtout des hommes du sanatorium, mais également le nouveau receveur de la poste, des infirmiers, ainsi que Tomášek, avec ses lunettes embuées. Presque à la fin de la colonne, si l'on excepte un curiste obèse, monsieur Ludwig ou un artiste invalide de Hambourg en fauteuil roulant, marche Walter Frommer, qui s'amuse avec sa canne.

Mieczysław l'interpelle :

– Monsieur Frommer !

Le conseiller secret de la police lui jette un regard absent, presque vide, il marmonne quelque chose, puis pivote sur lui-même dans un mouvement inhabituel chez lui, tant cela ressemble à une danse.

Mieczysław s'alarme de cette étrange gestuelle. À grandes enjambées, il se précipite au sanatorium, grimpe l'escalier jusqu'au cabinet du docteur Semperweiß, où il avait vu la carabine au-dessus du bureau. Il la décroche de son support mural et vérifie si elle est bien chargée. Elle l'est.

Le bruit de la détonation traverse Görbersdorf jusqu'à se répercuter plusieurs fois en écho dans les montagnes environnantes de Hohe Heide, Floste, Trattlau et Groß Storch Berg, un peu comme si un énorme cœur battait quelques coups, mais cela n'est d'aucun effet sur les participants de l'étrange défilé.

Rien n'interrompt leur marche, ne serait-ce qu'un instant. « Pourquoi ne suis-je pas atteint ? » se demande Mieczysław. Pourquoi n'est-il pas en proie à ce délire collectif, pourquoi reste-t-il lucide, lui, incroyablement lucide ?

Il a l'impression d'assister aux préparatifs d'un événement en plein air, comme s'ils partaient pour un pique-nique, ou pour un concert. Oui, il ne manque plus qu'une fanfare et des petits drapeaux. La foule dépasse pourtant le kiosque à musique, poursuit sa marche vers la piste ascendante, certaines personnes ont déjà pénétré dans la forêt sans se soucier d'être vêtues d'un peignoir à la place d'un manteau, ou de ne pas avoir les souliers qu'il faut. Les hommes avancent de bonne humeur, discutent du prix du blé sur les marchés mondiaux ou de la situation dans les Balkans. Ils progressent en bonne entente, se cèdent volontiers la place sur le chemin de plus en plus étroit ou grimpent carrément hors de la piste, à travers bois, insensibles aux pierres et aux branches des sapins. Opitz parle avec un bourgeois corpulent de Breslau, il évoque son oncle qui a servi dans la garde suisse, tandis que messieurs Lukas et August semblent débattre des guerres de l'Antiquité ou peut-être de la philosophie contemporaine. Dans un état de stupéfaction indicible, avec le fusil du docteur Semperweiß qui lui heurte les jambes Mieczysław les suit quelques instants, mais à l'orée de la forêt il s'arrête tandis que les marcheurs indifférents le dépassent. Transi de froid, il abandonne et regagne Görbersdorf presque en courant.

Alors qu'il est sur le point de pénétrer dans la Pension pour Messieurs, il change soudain d'avis et se dirige vers la cour pour jeter un coup d'œil à la dépendance dans laquelle vit Rajmund, qu'il n'a pas remarqué dans le cortège. Il le voit là, attaché à une chaise par des chaînes. La clé traîne par terre, près du mur opposé, où le commis l'a jetée après s'être entravé. Rajmund a le visage rougi, les yeux injectés de sang, un regard suppliant, mais Mieczysław claque la porte puis regagne sa chambre.

Il est heureux que Mieczysław Wojnicz ne soit pas témoin de ce qui arrive ensuite, lorsque le cortège s'enfonce dans la forêt ! La brume adore ce genre d'endroits. La lune claire, joyeuse, qui jusque-là a éclairé les événements, se voile de brumes pour ne plus diffuser qu'une lueur de lait dilué sous laquelle les visages se font blêmes et cadavériques. Les marcheurs se perdent entre les arbres, mais vont toujours de l'avant d'un air obstiné, chacun de son côté, vers son destin. Les nappes de brouillard visqueux les égarent encore plus, provoquent une confusion accrue dans les rangs de cette armée bizarre et délabrée, de cette procession chaotique et impie. Bientôt les participants se dispersent, chacun d'eux confronté seul au brouillard, au bruissement des brindilles, au crissement des mousses, aux motifs de l'écorce des arbres et à leurs branches déployées.

Opitz reste seul à la lisière d'une petite clairière, un peu voûté comme s'il allait jeter sur ses épaules une sorte de fardeau. Il halète lourdement et chacune de ses inspirations refroidit ses poumons malades – car lui aussi est souffrant, comme tous les autres –, puis il relâche un petit nuage gris dans l'air déjà glacé car la pleine lune a apporté l'hiver.

Rien de brutal en tout cela, plutôt un mouvement rapide, quasi imperceptible par lequel le pauvre Opitz s'élève au-dessus du sol. Nous sommes tellement surprises de voir sur son visage cette expression qu'il n'avait jamais eue encore. Celle d'une grande affliction. Il doit savoir ce qui va lui arriver.

Les rares hommes toujours à proximité, dispersés entre les arbres, regardent tout autour d'eux comme s'ils venaient de reprendre leurs esprits, avec un soulagement manifeste : « Ouf, ce n'est pas moi ! » Ce qui, indéniablement, est cruel de leur part. Plus d'un parmi eux n'assiste pas à ce terrible mystère pour la première fois, mais comme il en est avec l'accouchement chez les femmes, un temps suffisant s'est écoulé depuis la dernière fois pour qu'ils aient oublié la douleur et la peur. La *Schwärmerei* joue également son rôle. « Oui, c'est possible, semblent dire leurs visages. Il en est précisément ainsi. Ce que nous avons craint le plus, cherché à éloigner de nous par la tromperie, la moquerie et la manipulation, voici que cela revient sous cette même forme épouvantable pour prendre son tribut. »

Le corps d'Opitz retombe à terre mis en pièces, couvrant la mousse et les buissons de lambeaux sanglants.

À la fin, la neige se met à tomber. Jusqu'au matin, elle couvre tout, de sorte que plus rien n'est visible. Il n'y a plus rien de corrompu, de sale, pas un gant oublié, un journal détrempé, un détritus ou un pavé ébréché. Le monde devient aussitôt plus joyeux et fait sombrer dans l'oubli ce qui vient d'arriver. Quel sens y aurait-il à se souvenir de l'essence de ses échecs, de leur ombre inquiétante !

Personne ne se rappelle plus comment il s'est retrouvé chez lui après la sortie nocturne, ou quelles mains l'ont libéré alors qu'il était attaché à une chaise.

Au matin, comme s'il ne s'était rien passé, les curistes en manteau d'hiver, la tête enfoncée dans leur col de fourrure, sont sortis dans les ruelles de Görbersdorf pour tracer sur la neige fraîche l'itinéraire de leur promenade obligatoire. Seuls quelques hommes ont gardé une marque de la nuit : une joue griffée, une aiguille de pin dans les cheveux, une veste un peu déchirée. Vers midi, quand le soleil pénètre pour de bon dans la vallée, ils oublient les traitements que leur ont prescrits les médecins pour se livrer à des batailles de boules de neige ou à des glissades maladroites, sur des traîneaux loués, depuis la colline de l'église orthodoxe.

De bon matin, Rajmund a graissé les skis.

*

Mieczysław soigne son pied blessé. Son soulier est évidemment perdu, mais cela ne fait rien ; de toute manière, il était hors d'usage. Les mains tremblantes, le jeune homme lave le sang de son pied avant de l'entourer d'un mouchoir avec un magnifique monogramme WM couleur crème, cadeau de son père January Wojnicz. Le jeune Polonais ne se soucie plus de ce qui se passe au-dehors. Du coin de l'œil, par la fenêtre, il voit les grands flocons humides qui, pareils à la manne, tombent du ciel pour revêtir la terre de la splendeur d'une robe blanche. Aux aurores, imperceptiblement, le gel arrive d'on ne sait où, les flocons deviennent plus denses. En quelques heures, avant midi, les toits, les rues et les parcs sont recouverts. Lentement, le village perd ses contours pour se transformer, aux yeux de Mieczysław, en une image de conte. Aussitôt apparaissent des enfants auxquels le jeune curiste n'a guère prêté attention jusque-là. Ils attachent à leurs chaussures des skis taillés dans le bois par leurs grands-pères. De sa fenêtre, Mieczysław aperçoit également les patients qui, probablement après un copieux petit déjeuner au sanatorium, sans se souvenir de la nuit d'avant, font des batailles de boules de neige. Il remarque aussi un médecin de l'équipe soignante qui, le visage soucieux et grave, son manteau jeté sur la blouse blanche, hâte le pas en compagnie de Sydonia Patek. Aucun doute n'est permis, tout fonctionne comme avant, un mécanisme bien huilé, et la norme des soixante-quinze pour cent de guérisons est toujours favorable aux patients. Il faut garder espoir.

Mieczysław grimpe au grenier, et ce davantage pour y chercher des chaussures que pour toute autre raison. Quand il se retrouve dans la chambre de madame Opitz, il ouvre l'armoire sans hésiter et regarde les quelques habits sur les patères. Après avoir jeté sa veste sur la courtepointe, il se déshabille lentement, plie ses vêtements en une pile carrée qu'il glisse sous le lit. Il reste nu devant l'armoire ouverte. Au-dessus du lavabo, le petit miroir fissuré reflète son corps fragmenté, comme si l'image appartenait à ce puzzle plus vaste que chacun de nous a toute une vie pour déchiffrer.

Finalement, Mieczysław prend sur l'étagère la plus basse des souliers en cuir à lacets. Ils lui vont. Brièvement, il sent une gêne, ses pieds sont étroitement maintenus, cela le serre un peu sur le cou-de-pied, mais il s'y fait très vite. Après les chaussures, Mieczysław regarde ce qu'il pourrait trouver comme vêtements.

Comme à travers les fenêtres d'une pièce immense, il voit dans son esprit quelles formes va prendre sa vie future. Il y a tant de possibilités qu'il sent monter en lui de la puissance. Il ne trouve pas les mots, les seuls qui lui viennent à l'esprit sont en allemand, « *Ich will* », je veux, mais il y a plus, cela dépasse le simple « je ». Il se sent nombreux, multiple, fait de strates nombreuses, composite et complexe comme un récif de corail, comme le mycélium dont la véritable existence se trouve sous terre.

Oh oui, Mieczysław pourrait rester ici après tout ce qui s'est passé, et même reprendre les fonctions d'Opitz, étant donné l'absence irrévocable de ce dernier. Il apprendrait à diriger la Pension pour Messieurs, et puisqu'il a noté dans son journal tous les repas, les menus acceptables, il ne lui resterait qu'à les commander soir après soir. Avec Rajmund, ils iraient cueillir des champignons à petits bonnets qu'ils feraient macérer dans de l'alcool pour obtenir de la *Schwärmerei.* Le docteur Semperweiß devrait reconnaître – peut-être avec un peu de réticence – que sa maladie était terminée, qu'elle avait été emportée comme une poignée de poussière par le souffle des *Tuntschi.*

Il pourrait également retourner à Lwów, chez son père et son oncle, pour y mener l'existence d'un ingénieur en adduction d'eau, et au besoin il se consolerait en faisant une collection de ceci ou cela.

Tout lui va, les sous-vêtements et la robe. Il saisit sa vieille veste qui, désormais, fera office de manteau.

Tout se décide dans l'escalier, lorsqu'il se découvre dans l'unique grand miroir de la pension. Au fond, il est resté la même personne, mais juste différemment parée, pourrait-on dire, autrement présentée, autrement décorée. Désormais, il rappelle cette femme en chapeau qui a éveillé chez lui un tel émoi et qui lui manque tant.

Le passeport trouvé dans la chambre de la défunte confirmera que, désormais, il est Klara Opitz, de nationalité tchèque, citoyenne de la commune de Friedland in Niederschlesien. Et celle-ci, après avoir bouclé sa valise, se rend sans un au revoir sur le cours, au point où s'arrête la calèche qui conduit les curistes à la gare de Dittersbach. La jeune femme porte également un paquet rectangulaire emballé dans des journaux et entouré de ficelle. Un sympathique monsieur l'aide à prendre place. Klara est un peu gênée par son chapeau qu'elle décide de maintenir par un foulard.

Quand la voiture dépasse leur maison, au centre du village, Klara voit Frau Weber et Frau Brecht en train de déblayer la neige devant l'entrée avec des balais de paille. En l'apercevant dans le véhicule, elles interrompent leur travail et, appuyées à leur balai, elles lui disent gravement au revoir avec les yeux. Un instant, Klara a l'impression d'avoir vu l'ombre de la troisième, ou à tout le moins son gros doigt sur le chambranle, et elle se rappelle ce qu'elle a vu sur le tableau de Herri met de Bles.

Un autre souvenir lui revient, aussi Klara glisse-t-elle la main dans sa poche de manteau où elle retrouve la fève qu'elle avait ramassée par terre au début de son séjour à Görbersdorf, précisément là, devant la maison des vieillardes. Elle l'avait complètement oubliée, alors qu'elle l'avait sur elle en permanence sans le savoir. Avant que la calèche ne sorte du village, Klara, avec une joie espiègle, la jette en l'air pour qu'elle retombe directement dans sa bouche.

Épilogue

Rien de comparable à ce que nous avons relaté ici ne s'est jamais produit de nouveau. La guerre a calmé nos appétits.

La tuberculose a quasi cessé de sévir grâce au vaccin BCG utilisé depuis les années vingt du XXe siècle.

Klara Opitz s'est installée à Munich, où elle a travaillé aux cuisines d'un hôpital. En 1917, elle s'est retrouvée sur le front, en Belgique, où elle a servi dans un hôpital de campagne. Après la guerre, elle est partie pour Berlin, et toute trace d'elle a disparu. Une personne affirme avec certitude avoir vu Mieczysław Wojnicz à Lwów, sur la tombe de son père, à la fin des années 1920. Et qu'il portait des vêtements en tweed anglais.

Le docteur Semperweiß, mobilisé, a été tué dès le début de la guerre, non loin de Cracovie, et sa célèbre Mercedes – ce véhicule au nom féminin – a été réquisitionnée par l'armée.

Rajmund a repris la Pension pour Messieurs, qu'il est parvenu à gérer avec succès quelques années de plus, jusqu'à ce que son addiction à l'alcool ait raison de lui en le poussant un jour à gagner la montagne pour ne plus en revenir. La pension a été mise en gérance et a ainsi fonctionné tant bien que mal. Après la Seconde Guerre mondiale, le bâtiment a été nationalisé et transformé en quatre appartements familiaux. Il se dresse toujours à Sokołowsko, nom qui a remplacé celui de

Görbersdorf quand, les Allemands partis, la région est devenue polonaise.

Après avoir guéri de sa phtisie – mais il est vrai qu'il n'en a peut-être jamais souffert –, Walter Frommer a vécu longtemps. Il est mort de froid et de faim lors du *Festung Breslau*, siège de Wrocław par l'Armée rouge en 1945. Le lieu de son repos éternel n'est pas connu.

August August a terminé son existence le 11 juillet 1914 à Görbersdorf et a été enterré au cimetière de Langwaltersdorf.

Longin Lukas est mort à Görbersdorf le 3 septembre 1914. Il repose à proximité de monsieur August. On peut leur rendre visite, en hiver de préférence, quand le foisonnement des plantes ne couvre pas leurs tombeaux corrodés et ne dissimule pas les inscriptions gravées dans la pierre.

Et nous ? Nous, les empouses, nous sommes là de tout temps.

Onomastique des localités avant et après 1945

Görbersdorf : Sokołowsko
Hirschberg : Jelenia Góra
Friedland in Niederschlesien : Mieroszów
Kostenthal : Gościęcin
Langwaltersdorf : Unisław Śląski
Nieder Wüstegiersdorf : Głuszyca
Waldenburg : Wałbrzych

Note de l'auteure

Dans le roman, tous propos misogynes sont des paraphrases de textes des auteurs suivants :

Augustin d'Hippone, William S. Burroughs, Caton l'Ancien, Bernard de Cluny, Joseph Conrad, Charles Darwin, Émile Durkheim, Henry Fielding, Sigmund Freud, Henry Rider Haggard, Hésiode, Jack Kerouac, David Herbert Lawrence, Cesare Lombroso, William Somerset Maugham, John Milton, Friedrich Nietzsche, Ovide, Platon, Ezra Pound, Jean Racine, François de La Rochefoucauld, Jean-Paul Sartre, Arthur Schopenhauer, Sémonide d'Amorgos, William Shakespeare, August Strindberg, Jonathan Swift, Algernon Charles Swinburne, Tertullien, Thomas d'Aquin, Richard Wagner, John Webster, Frank Wedekind, Otto Weininger, William Butler Yeats.

*

Par ailleurs, plusieurs citations ont été inspirées (en français) par les traductions canoniques suivantes :

Aristophane, *Les Grenouilles,* Paris, éditions A. Lemerre, 1867, traduit du grec par Eugène Talbot, préface de Sully Prudhomme.

John Milton, *Le Paradis perdu*, Paris, NRF Gallimard, 1995, livre X, traduit de l'anglais par Chateaubriand.

Plutarque, *Œuvres morales*, Paris, éditions Lefèvre et Charpentier, 1844, volume I, traduit du grec par Ricard.

*

L'auteure remercie M. Jerzy Marek et Ula Ososko pour leur aide dans la reconstitution précise de Görbersdorf.

*

La traductrice remercie Olga Tokarczuk pour ses conseils avisés et Anne Fontaine, première lectrice française du roman, pour ses critiques pertinentes.

Table

COMPOSITION ET MISE EN PAGES
NORD COMPO À VILLENEUVE-D'ASCQ

CET OUVRAGE A ÉTÉ ACHEVÉ D'IMPRIMER
SUR ROTO-PAGE
PAR L'IMPRIMERIE FLOCH À MAYENNE
EN JANVIER 2024

N° d'impression : 103976
Dépôt légal : février 2024
Imprimé en France